THE WALKING DEAD

Obras dos autores publicadas pela Galera Record

The Walking Dead: A *ascensão do Governador*

The Walking Dead: O *caminho para Woodbury*

The Walking Dead: A *queda do Governador – parte 1*

The Walking Dead: A *queda do Governador – parte 2*

The Walking Dead: *Declínio*

The Walking Dead: *Invasão*

JAY BONANSINGA

THE WALKING DEAD

CRIADO POR ROBERT KIRKMAN

DECLÍNIO

Tradução
Mariana Kohnert

4ª edição

Galera
RIO DE JANEIRO
2016

CIP-BRASIL. CATALOGAÇÃO NA FONTE
SINDICATO NACIONAL DOS EDITORES DE LIVROS, RJ

Kirkman, Robert

K65q The walking dead: declínio / Robert Kirkman Jay Bonansinga ; tra-
4ª ed. dução Mariana Kohnert. – 4ª ed. – Rio de Janeiro: Galera Record, 2016.
(The walking dead; 5)

Tradução de: The walking dead: descent
Sequência de: The walking dead: a queda do Governador – parte 2
ISBN 978-85-01-10357-4

1. Ficção de terror americana. I. Bonansinga, Jay R. II. Kohnert, Mariana. III. Título. IV. Série.

15-20055 CDD: 813
CDU: 821.111(81)-3

Título original:
Robert Kirkman's The Walking Dead: Descent (book #5)

Publicado mediante acordo com St. Martin's Press, LLC.

Texto revisado segundo o novo Acordo Ortográfico da Língua Portuguesa.

Composição de miolo: Abreu's System

Ilustração de capa: Renato Guedes

Adaptação de layout de capa: Renata Vidal

Direitos exclusivos de publicação em língua portuguesa somente para o Brasil
adquiridos pela
EDITORA RECORD LTDA.
Rua Argentina, 171 – Rio de Janeiro, RJ – 20921-380 – Tel.: 2585-2000,
que se reserva a propriedade literária desta tradução.

Impresso no Brasil

ISBN 978-85-01-10357-4

Em memória de Jane Catherine Parrick

3 de dezembro de 1928-21 de março de 2014

AGRADECIMENTOS

Tenho uma enorme dívida de gratidão neste livro ao Cara, ao Mito, ao Mensch Sr. Robert Kirkman, por me dar as chaves do carro esportivo da família; um obrigado especial a David Alpert pela microgerência magnífica; a Andy Cohen pelo conhecimento de mundo e pelas piadas; a Brendan Deneen pela edição espetacular e por explicar as diferenças entre "farther" e "further", em inglês, a Nicole Sohl pelo controle das etapas; a Justin Velella pelo trabalho sensacional de relações públicas; a Lee Ann Wyatt do The Walker Stalkers pelo tratamento de astro do rock; e a Kemper Donovan do Circle of Confusion pela genialidade editorial detalhada. *Muchas gracias* adicionais a Jim Mortenson e Joe Chouinard da Comix Revolution Evanston; a Charles Robinson da Eagle Eye Books de Atlanta; a Eric e James do The Walker Stalkers; a Stephanie Hargadon, Courtney Sanks, Bryan Kett, Mort Castle, Jeff Siegel, Shawn Kirkham; a toda a gente boa da Skybound; e a meus dois filhos hipsters, Joey e Bill Bonansinga (amo vocês, cavalheiros). Por fim, mas não menos importante, gostaria de agradecer imensamente ao amor da minha vida, uma artista incrível, amiga e parceira no crime, Jill M. Norton (*lo to amero' per sempre*).

PARTE 1

Lago de Fogo

Os dias de punição chegaram, os dias de retribuição chegaram; Que Israel saiba disto! O profeta é um tolo, o homem inspirado é demente. E há somente hostilidade na casa de Deus.

— Oseias 9:7-8

UM

Naquela manhã silenciosa, dois problemas diferentes e preocupantes estão logo abaixo da superfície daquela cidade que é uma ruína incinerada — as duas questões, pelo menos a princípio, passam completamente despercebidas pelos residentes.

O rufar de martelos e o arranhar das serras preenchem o ar. Vozes se erguem ao vento em chamados e respostas ocupados. Os odores familiares de fumaça de madeira, piche e matéria orgânica turvam as brisas mornas. Uma sensação de renovação — talvez até de esperança — pulsa sob a superfície de toda a atividade. O calor opressivo do verão, ainda um ou dois meses distante, não conseguiu murchar as rosas cherokee selvagens que crescem profusamente ao longo dos trilhos abandonados do trem. O céu assume um brilho de alta definição, de um azul como o ovo de um pisco-de-peito-ruivo que o céu por esses lados costuma adquirir nas últimas passageiras semanas da primavera.

Incentivados pela tumultuosa troca de regime, assim como pela possibilidade de um novo modo de vida democrático em meio às ruínas da praga, o povo de Woodbury, Geórgia — que um dia foi um burgo junto à ferrovia, 50 quilômetros ao sul de Atlanta, só recente mente reduzido a prédios carbonizados e estradas desgastadas, marcadas e cobertas de lixo —, se reconstituiu como cadeias de DNA, formando um organismo mais forte e saudável. Lilly Caul é um grande motivo para esse renascimento. A jovem esguia, bonita e amargurada pela batalha, com cabelo castanho-avermelhado e rosto em formato de coração se tornou a líder relutante da cidade.

Neste momento, na verdade, a voz dela pode ser ouvida de qualquer quarteirão, sendo carregada pelo vento com autoridade, flutuando para o alto de carvalhos e álamos que ladeiam o passeio oeste da pista de corrida. De cada janela aberta, cada beco, cada curva da arena, ela pode ser ouvida vendendo o pequeno assentamento com o entusiasmo de um agente imobiliário da Flórida anunciando propriedades em frente à praia.

— *Neste instante, a zona de segurança está reduzida, admito* — comenta Lilly candidamente para algum ouvinte não identificado. — *Mas estamos planejando expandir aquela parede ali mais um quarteirão para o norte, e esta aqui talvez mais dois ou três ao sul, então, no fim, vamos acabar com uma cidade dentro de outra, um lugar seguro para crianças, o qual, um dia, se tudo correr bem, será totalmente controlado e totalmente autossustentável.*

Conforme o som alegre do monólogo de Lilly ecoa e penetra nas reentrâncias e fendas daquele estádio de corrida — lugar onde um dia a loucura reinou na forma de lutas sangrentas mortais —, a figura escura presa sob um bueiro vira o rosto incinerado na direção da voz com a brusquidão mecânica de uma antena de satélite girando na direção de um sinal do espaço.

O cadáver queimado e reanimado, que um dia foi um fazendeiro alto, com músculos definidos e uma cabeleira espessa cor de palha, tropeçou para dentro do bueiro quebrado durante o caos e o incêndio que tomaram a cidade havia pouco tempo, e vem passando despercebido havia praticamente uma semana, gemendo naquela cápsula de escuridão fétida e sem ar. Centopeias, besouros e tatuzinhos rastejam descontroladamente pelo rosto sem vida e pálido dele e descem pela sua calça jeans surrada e desbotada, cujo tecido está tão velho e gasto que mal se distingue da pele morta da coisa.

Esse errante desgarrado, que já foi um membro cativo dos gladiadores não humanos que animavam a arena, se provará o *primeiro* de dois acontecimentos muito preocupantes que passam completamente despercebidos por todos os residentes da cidade, incluindo Lilly, cuja voz se ergue a cada passo em direção à pista de corrida, o arrastar de outros passos audível sob os dela.

— *Agora, vocês podem estar se perguntando: "Estou vendo coisas ou um disco voador gigante aterrissou no meio da cidade quando ninguém estava olhando?" O que estão vendo é a Pista de Corrida dos Veteranos de Woodbury. Acho que a chamariam de um* resquício *de tempos mais felizes, quando as pessoas não queriam nada numa sexta-feira à noite além de um balde de frango frito e uma pista cheia de homens em stock cars ultrapassando uns aos outros e poluindo a atmosfera. Ainda estamos pensando no que fazer com ela... mas achamos que daria um ótimo jardim público.*

Dentro da clausura fétida da galeria de esgoto, o fazendeiro morto baba diante da perspectiva de tecido vivo se aproximando. O maxilar dele começa a se abrir e a ranger, fazendo um ruído como o de papel sendo amassado, conforme a criatura vagueia em direção à parede, estendendo os braços às cegas na direção da luz do dia que se infiltra pelo bueiro. Pelas barras estreitas de ferro da tampa, a criatura consegue ver as sombras de sete humanos vivos se aproximando.

Mas a coisa acidentalmente prende o pé direito em um buraco na terra despedaçada da construção.

Errantes não têm habilidades para escalada, nenhum propósito a não ser devorar, nenhuma noção a não ser a da fome, mas, naquele momento, o obstáculo imprevisto é suficiente para que a coisa quase que acidentalmente se erga até a tampa quebrada pela qual havia caído. E, quando seus olhos de botão branco alcançam a borda do buraco, a criatura fixa o olhar feroz na figura mais próxima: uma garotinha vestindo trapos que anda ao lado de Lilly com uma expressão séria no rosto sujo de poeira.

Por um momento, o errante dentro do esgoto se encolhe como uma mola, emitindo um grunhido baixo que mais parece um motor, e seus músculos mortos se contraem devido a sinais inatos enviados por um sistema nervoso reanimado. A boca escura e sem lábios da criatura se descola dos dentes verde-musgo, os olhos são como diodos leitosos absorvendo a presa.

* * *

— Vocês vão ouvir boatos sobre isso mais cedo ou mais tarde — confidencia Lilly aos clientes malnutridos enquanto passa a centímetros da tampa do bueiro.

O grupo do tour é composto por apenas uma família, os Dupree, que consiste em um pai macilento de cerca de 40 anos que atende pelo nome de Calvin, sua esquálida esposa, Meredith, e seus três trapinhos: Tommy, Bethany e Lucas, de respectivamente 12, 9 e 5 anos. O clã Dupree surgiu nos limites da cidade de Woodbury na noite anterior, em uma caminhonete Ford LTD caindo aos pedaços, quase mortos por inanição, praticamente psicóticos de fome. Lilly os acolheu. Woodbury precisa de gente, novos residentes, novatos que possam ajudar a cidade a se reconstruir e fazer parte do trabalho pesado de montar uma comunidade.

— Melhor que ouçam de nós — diz Lilly para eles, parando e vestindo o moletom da Georgia Tech e uma calça jeans rasgada, com as mãos no cinto de munições Sam Browne. Ainda com 30 e poucos anos, mas com o rosto de uma alma muito mais velha, Lilly prendeu o cabelo castanho-avermelhado em um rabo de cavalo apertado, seus olhos castanhos brilhavam com uma faísca no centro das pupilas, em parte inteligência e em parte a expressão ausente de um guerreiro experiente. Ela olha por cima do ombro para uma sétima figura atrás de si. — Quer contar a eles sobre o Governador, Bob?

— Vá em frente — encoraja o homem mais velho com um sorriso cansado pela praga no rosto marcado pelo tempo com a pele grossa. Com o cabelo escuro penteado com gel para trás sob a testa enrugada, o cinto de munição acima da camisa de cambraia manchada de suor, Bob Stookey tem 1,80 metro de altura, mas curva o corpo com a fadiga eterna de um bêbado recuperado, que é o que ele é. — Você está mandando bem, menina Lilly.

— Tudo bem... Então... durante praticamente um ano — começa ela enquanto encara os Dupree, um de cada vez, enfatizando a importância do que está prestes a dizer — este lugar, Woodbury, esteve sob o domínio de um homem muito perigoso chamado Philip Blake. Que era chamado de Governador. — Ela solta um suspiro ínfimo, que é meio um risinho, meio um suspiro de nojo. — Eu sei... não deixamos de notar a ironia. — Ela inspira. — Enfim... ele era um completo sociopata. Paranoico. Delirante. Mas fazia as coisas. Odeio admitir, mas... ele pareceu, para a maioria de nós, pelo menos, durante um tempo, um mal necessário.

— Desculpe... hã... *Lilly*, é isso? — Calvin Dupree deu um passo adiante. Ele é um homem pequeno, de pele clara, com os músculos duros e demarcados de um trabalhador braçal. Está vestindo um casaco imundo, o qual parece ter sido usado como avental de açougueiro. Seus olhos estão sóbrios, acolhedores e abertos, apesar do jeito reticente e do trauma permanente de ter ficado no mundo selvagem sabe Deus por quanto tempo. — Não tenho certeza do que isso tem a ver com a gente. — Ele olha para a esposa. — Quero dizer... agradecemos a hospitalidade e tudo, mas aonde quer chegar com isso?

A esposa, Meredith, encara a calçada, mordendo o lábio. É uma mulher pequenininha e calada que usa um vestido de alça aos farrapos e que não disse mais que três palavras — a não ser por "hum" ou "aham" — desde que chegaram. Na noite anterior, eles foram alimentados, receberam primeiros socorros de Bob e foram deixados para descansar. Agora, a mulher se distrai enquanto espera Calvin exercer seu dever patriarcal. Atrás dela, as crianças olham com expectativa. Parecem em choque, confusas, esquivas. A menininha, Bethany, está a apenas alguns centímetros da tampa do bueiro quebrada, chupando o dedo com uma boneca surrada na dobra do bracinho, completamente alheia à sombra que se move dentro do buraco.

Durante dias, o fedor emanando do esgoto — o odor peculiar de carne rançosa de um Mordedor — foi confundido com o fedor de esgoto velho, e o ruído de grunhidos baixos foi identificado erroneamente como a reverberação de um gerador. Agora o cadáver reanimado consegue espremer a mão feito garra por uma abertura na tampa quebrada, as unhas podres estendendo-se na direção da bainha do vestido da garota.

— Entendo a confusão — diz Lilly a Calvin, fixando o olhar nele. — Nunca nos viu. Mas achei que... sabe. Toda a verdade. O Governador usava esta arena para... coisas ruins. Lutas de gladiadores contra Mordedores. Coisas feias em nome do entretenimento. Algumas pessoas por aqui ainda estão meio assustadas por causa daquilo tudo. Mas tomamos o lugar de volta e estamos oferecendo um santuário, um lugar seguro para viver. Gostaríamos de convidar vocês para ficarem aqui. Permanentemente.

Calvin e Meredith Dupree trocam mais um olhar e a mulher engole em seco, olhando para o chão. Calvin está com uma expressão estranha — quase um desejo —, e se vira para começar a dizer:

— É uma oferta generosa, Lilly, mas preciso ser sincero...

Subitamente, ele é interrompido pelo rangido enferrujado da tampa cedendo e a menininha gritando aterrorizada. Em seguida, todos disparam na direção da criança.

Bob pega a Magnum .357.

Lilly já percorreu metade da distância da calçada rachada até a garota.

O tempo parece ficar suspenso no ar.

Desde que a praga irrompeu, há quase dois anos, a mudança nos padrões de comportamento dos sobreviventes tem sido tão gradual, sutil e progressiva que foi quase invisível. Os sangrentos dias iniciais da Transformação, que a princípio pareciam tão temporários e novos — capturados naquelas manchetes queixosas como OS MORTOS ANDAM, NINGUÉM ESTÁ SEGURO e SERÁ O FIM? — se tornaram rotineiros, e isso aconteceu sem que ninguém de fato percebesse. Os sobreviventes ficaram cada vez mais eficientes em estourar a bolha, atacar sem refletir e sem cerimônia, destruir o cérebro de um cadáver violento com o que tivessem à mão — a espingarda da família, uma ferramenta de agricultura, uma agulha de crochê, uma taça de vinho quebrada, uma relíquia sobre a lareira —, até que o ato mais repulsivo tornou-se lugar-comum. O trauma perde todo o sentido; luto, tristeza e perda são abafados garganta abaixo até que uma dormência coletiva se instaure Mas soldados ativos conhecem a verdade sob a mentira. Detetives de homicídios também. Enfermeiras de prontos-socorros, paramédicos — todos conhecem o segredinho sujo. Não fica nem um pouco mais fácil. Na verdade, isso sobrevive dentro de você. Cada trauma, cada visão terrível, cada morte insensível, cada ato de violência feroz e ensanguentado em nome da autopreservação: tudo isso se acumula como sedimentos no fundo do coração de uma pessoa, até que o peso se torne insuportável.

Lilly Caul ainda não chegou a esse ponto — como ela está prestes a demonstrar nos próximos segundos para a família Dupree —, mas está a caminho Está a algumas garrafas de uísque barato e umas duas noites em claro da total aniquilação de espírito, e é por isso que ela precisa repovoar Woodbury, precisa de contato humano, precisa de uma comunidade, de calor, amor, esperança e gentileza onde puder encontrar. E é por isso que golpeia aquele cadáver fétido de um fazendeiro com extremo preconceito quando ele irrompe da sua toca e segura a bainha surrada da menininha Dupree.

Lilly cobre a distância de 5 metros entre ela e a garota em apenas alguns saltos, ao mesmo tempo em que saca a Ruger SR calibre .22 do pequeno coldre na traseira do cinto. A arma é de ação dupla, e Lilly a mantém engatilhada e destravada, um pente de fileira única dentro dela com oito balas prontas para detonar e uma *sempre* na câmara. Não é uma arma de grande capacidade, mas é o bastante para dar conta do trabalho. Lilly está mirando no alvo, a visão se fechando em um túnel conforme dispara na direção da menininha que grita.

A criatura da galeria de esgoto enroscou uma das mãos esqueléticas na bainha xadrez do vestido da criança, o que tirou o equilíbrio da menina e a jogou, estatelada, no cimento. Ela grita sem parar, tentando rastejar para longe, mas o monstro agarra seu vestido e morde o ar ao redor dos tênis dela, os incisivos viscosos estalando como castanholas, movendo-se para cada vez mais perto da carne macia do tornozelo esquerdo de Bethany.

Naquele instante frenético antes de Lilly disparar fogo — uma suspensão onírica do tempo ao qual o povo da praga está quase se acostumando —, o restante dos adultos e das crianças recua e arqueja em uníssono. Calvin tateia em busca da faca de caça no cinto, Bob pega a .357, Meredith cobre a boca e solta um gemidinho de choque, enquanto as outras crianças recuam espantadas, com os olhos arregalados.

A essa altura, Lilly já está próxima do Mordedor, com a Ruger erguida e na mira. Ao mesmo tempo em que empurra a criança para longe do perigo com a ponta da bota, ela desce o cano a centímetros do crânio do monstro. A mão do errante continua enganchada na bainha do vestido da criança, o tecido se rasga e a menininha arranha o concreto.

Quatro disparos rápidos como balões estourando penetram o crânio do Mordedor.

Uma mancha de borrifo de sangue atinge o pórtico atrás da criatura enquanto um fragmento de crânio do tamanho de um biscoito sai voando. O ex-fazendeiro desaba instantaneamente no chão. Um rio de sangue negro escorre em todas as direções por debaixo da cabeça destroçada enquanto Lilly recua, piscando, recuperando o fôlego, tentando não pisar no rastro da poça crescente conforme abaixa o percussor da arma e ativa a trava de segurança.

Bethany continua gemendo e gritando, e Lilly vê que a mão do errante ainda está presa — o rigor mortis contraindo os tendões — em torno de uma parte do vestido xadrez rasgado. A menininha se encolhe e arqueja como se não conseguisse reunir lágrimas depois de tantos meses de horror, e Lilly vai até ela.

— Está tudo bem, querida, não olhe. — Lilly deixa a pistola cair e aninha a cabeça da menina. Os outros se reúnem ao redor deles, Meredith ajoelhada, Lilly golpeando a mão morta com a bota. — Não olhe. — Ela rasga o vestido. — Não olhe, querida. — A menininha, por fim, encontra as lágrimas. — Não olhe — repete Lilly, sussurrando, quase como que falando consigo mesma.

Meredith puxa a filha para um abraço desesperado e sussurra bem baixinho ao ouvido da criança:

— Está tudo bem, Bethany, querida, estou aqui... estou aqui.

— Acabou. — Lilly abaixa a voz, como se estivesse se convencendo de alguma coisa. Solta um suspiro de agonia. — Não olhe — murmura mais uma vez para si mesma.

Mas Lilly olha.

Ela provavelmente deveria parar de espiar os errantes depois de destruí-los, mas não consegue evitar. Quando o cérebro finalmente sucumbe, o ímpeto sombrio desaparece do rosto deles e a letargia vazia da morte retorna, Lilly vê as pessoas que eles foram. Ela vê um fazendeiro com grandes sonhos que talvez tenha cursado até o ensino fundamental, mas precisou assumir a fazenda do pai doente. Ela vê policiais, enfermeiras, carteiros, balconistas e mecânicos. Vê seu pai, Everett Caul, aconchegado nas dobras de seda de seu caixão, esperando o enterro, em paz e sereno. Ela vê todos os seus amigos e entes queridos que faleceram desde que a epidemia varreu o território — Alice Warren, Doc Stevens, Scott Moon, Megan Lafferty e Josh Hamilton. Está pensando em mais uma vítima quando uma voz áspera quebra o feitiço.

— Menina Lilly? — É a voz de Bob. Baixa. Parece vir de muito longe. — Você está bem?

Durante um último instante passageiro, encarando o rosto morto daquele fazendeiro, ela pensa em Austin Ballard, o jovem que tinha a beleza andrógina de um astro do rock e cílios longos, que ela viu ser sacrificado em um campo de batalha para salvar Lilly e metade das pessoas de Woodbury, inclusive ela. Será que Austin Ballard foi o único homem que Lilly realmente amou?

— Lilly? — A voz de Bob aumenta um pouco atrás dela, com um tom de preocupação. — Você está bem?

Lilly solta um suspiro doloroso.

— Estou bem... estou bem. — Subitamente, sem aviso, ela fica de pé. Lilly acena com a cabeça para Bob e então pega a pistola, enfiando-a de volta no coldre. Então umedece os lábios e olha ao redor para o grupo. — Está todo mundo bem? Crianças?

As outras duas crianças assentem devagar, olhando para Lilly como se ela tivesse acabado de laçar a Lua. Calvin guarda a faca na bainha e se ajoelha para acariciar o cabelo da filha.

— Ela está bem? — pergunta o homem à esposa.

Meredith dá um breve aceno de cabeça, mas não diz nada. Os olhos da mulher parecem vidrados.

Calvin suspira e fica de pé. Ele se aproxima de Lilly. Ela está ocupada ajudando Bob a arrastar o cadáver para debaixo de uma marquise a fim de recolherem mais tarde. Lilly fica de pé, limpa as mãos na calça jeans e se vira para encarar o recém-chegado.

— Sinto muito por vocês terem que presenciar isso — diz a Calvin. — Como está a menina?

— Vai ficar bem, ela é forte — responde Calvin. Ele sustenta o olhar de Lilly. — E você?

— Eu? — Lilly suspira. — Estou bem. — Ela emite outro suspiro doloroso. — Só cansada disso.

— Entendo. — O homem inclina um pouco a cabeça. — Você é bem habilidosa com essa arma.

Lilly dá de ombros.

— Não sei quanto a *isso*. — Então olha ao redor do centro da cidade. — É preciso ficar de olhos abertos. Este lugar foi palco de muitos tumultos nas últimas semanas. Perdeu uma seção inteira da muralha. Ainda tem alguns desgarrados. Mas estamos retomando o controle.

Calvin consegue dar um sorriso cansado.

— Acredito em você.

Lilly repara em algo pendurado na corrente no pescoço do homem: uma grande cruz de prata.

— Então, o que acha? — pergunta ela.

— Sobre o quê?

— Sobre ficar. Fazer um lar aqui para sua família. O que acha?

Calvin Dupree inspira fundo e se volta para olhar a mulher e a filha.

— Não vou mentir... não é má ideia. — Ele umedece os lábios, pensativo. — Estamos em trânsito há muito tempo, exigindo muito das crianças.

Lilly olha para ele.

— Este é um lugar em que podem estar seguras, ser felizes, levar uma vida normal... mais ou menos.

— Não estou dizendo que não. — Calvin olha para Lilly. — Só estou pedindo... que nos dê tempo para pensar, fazer uma oração.

Ela assente.

— É claro. — Por um breve momento, pensa nas palavras "fazer uma oração" e imagina como seria ter um religioso no grupo. Alguns dos homens do Governador costumavam pregar sobre terem Deus ao seu lado, sobre o que Jesus faria, e toda essa baboseira de emissora cristã. Lilly nunca teve muito tempo para religião. É claro que rezou silenciosamente em algumas ocasiões desde que a praga irrompeu, mas na cabeça dela, não conta. Como é que dizem? "Não há ateus nas trincheiras." — Ela encara os olhos cinza-esverdeados de Calvin. — Leve todo o tempo de que precisar. — Lilly sorri. — Olhe em volta, conheça o lugar...

— Isto não será necessário — interrompe uma voz, e todas as cabeças se viram para a mulher esquálida ajoelhada perto da criança trêmula. Meredith Dupree acaricia o cabelo da menina e não faz contato visual ao falar. — Agradecemos sua hospitalidade, mas iremos embora ainda esta tarde.

Calvin olha para o chão.

— Mas, querida, nem mesmo discutimos o que vamos...

— Não há o que discutir. — A mulher ergue o rosto, os olhos brilhando com emoção. Os lábios rachados dela tremem, a pele pálida cora. Meredith parece uma boneca de porcelana delicada com uma rachadura escondida no corpo. — Vamos embora.

— Querida...

— Não há mais nada a discutir.

O silêncio que se segue torna o momento de desconforto quase surreal, conforme o vento balança as copas das árvores, assobiando as treliças e os suportes do estádio adjacente, e o fazendeiro morto apodrece silenciosamente no chão a apenas alguns metros. Todos próximos de Meredith, inclusive Bob e Lilly, olham para baixo com constrangimento mútuo. E o silêncio se prolonga até Lilly murmurar algo:

— Bem, se mudarem de ideia, sempre podem ficar. — Ninguém diz nada. Lilly consegue dar um sorriso torto. Em outras palavras, a oferta está de pé.

Durante um breve momento, Lilly e Calvin trocam um olhar furtivo, e uma quantidade enorme de informação é compartilhada entre os dois (parte intencional, parte não intencional) sem que uma palavra seja dita. Ela permanece em silêncio por respeito, ciente de que esse assunto entre os dois recém-chegados está longe de ter sido resolvido. Calvin olha para a mulher esquiva enquanto ela dá atenção à criança.

Meredith Dupree parece um fantasma; seu rosto angustiado está tão pálido, fechado e assombrado que ela parece desaparecer gradualmente.

Ninguém percebe no momento, mas essa dona de casa desleixada e diminuta — completamente imperceptível de quase todas as formas concebíveis — provará ser o segundo e mais intenso problema com o qual Lilly e o povo de Woodbury, cedo ou tarde, precisará lidar.

DOIS

Ao meio-dia, a temperatura sobe até os 21°C, e o sol alto e forte desbota as cores do interior do Centro-Oeste da Geórgia. Os campos de tabaco e feijão ao sul de Atlanta estão todos em sementes ou cresceram e viraram matagais de capim ou junco, os restos fossilizados do maquinário das fazendas estão afogados na folhagem, enferrujados e expostos, tão ressecados quanto esqueletos de dinossauros. É por isso que Speed Wilkins e Matthew Hennesey não reparam no círculo oculto na plantação a leste de Woodbury até o meio da tarde.

Os dois jovens — enviados naquela manhã por Bob, supostamente para encontrar combustível nos carros em ruínas ou em postos de gasolina abandonados — começaram a viagem na picape de Bob, mas estavam saindo da estrada depois de atolarem na lama e seguiam a pé.

Eles cruzam quase 5 quilômetros de trilhas percorridas por carros antes de pararem em um monte que dá para um vasto campo coberto de juncos, árvores caídas e uma profusão de gramíneas de pradarias. Matthew é o primeiro a ver o círculo mais profundo de verde ao longe, aninhado em meio à selva encouraçada de plantas de tabaco abandonadas.

— Aguenta aí — murmura ele, erguendo a mão e ficando bastante imóvel na beira do precipício. Matthew observa os campos de tabaco distantes que oscilam aos raios de calor, protegendo os olhos determinados, semicerrando-os contra o brilho do sol. Um trabalhador manual esguio de Valdosta com uma tatuagem de âncora no antebraço forte, Matthew exibe as vestes de um pedreiro: camiseta justa manchada de suor, calça cinza de trabalhador e botas robustas esbranquiçadas pelo pó de argamassa. — Está com os binóculos à mão?

— Estão aqui. — Speed vasculha a mochila, pega os binóculos e o entrega. — O que foi? O que está vendo?

— Não tenho certeza — murmura Matthew, ajustando o foco, avaliando a distância.

Speed aguarda, coçando o braço musculoso com uma nova fileira de mordidas de mosquito, a camisa do REM colada com suor ao peito largo. O jovem atarracado de 20 anos definhou levemente de seu peso confortável de 105 quilos — mais possivelmente devido à dieta da praga: enlatados saqueados e ensopado de coelho magro —, mas seu pescoço ainda tem aquela espessura de aço de um eterno jogador da linha de defesa.

— *Uau.* — Matthew olha pelas lentes. — Que porra é...?

— O que é?

Matthew continua pressionando os binóculos contra os olhos, umedecendo os lábios enquanto avalia.

— Se não estou errado, tiramos a sorte grande.

— Combustível?

— Não exatamente. — Ele devolve os binóculos, então sorri para o companheiro. — Já ouvi ser chamado de muitas coisas, mas nunca de "combustível".

Eles descem a encosta de cascalho, atravessam o leito seco de um riacho e entram em um mar de tabaco. O odor de esterco e húmus os envolve, tão espesso e presente quanto o interior de uma estufa. O ar está tão úmido que pesa na pele e nas narinas. A maior parte da plantação está florida, erguendo-se a pelo menos 5 metros de altura entre os tufos de grama selvagem, de forma que eles precisam esticar o pescoço e caminhar sobre as pontas dos pés para se guiar. Eles sacam as pistolas e puxam a trava de segurança — só para prevenir —, embora Matthew tenha visto pouco ou nenhum movimento além das ondas verde-cáqui oscilando à brisa.

A plantação secreta está a cerca de 200 metros além de um amontoado retorcido de carvalhos, os quais se erguem do tabaco como sentinelas paralisados. Pela selva de troncos, Matthew consegue ver a cerca de segurança que envolve as plantas contrabandeadas. Ele dá um risinho e diz:

— Acredita nisso? Não acredito nessa porra...

— Isso é o que acho que é? — Speed fica maravilhado conforme se aproximam da cerca.

Eles adentram a clareira e ficam ali, olhando boquiabertos para as longas e exuberantes pontas espiraladas das folhas que sobem pelas fileiras de talos de madeira cobertos de limo e de telas de aço entrelaçado. Uma trilha estreita foi escavada para fora, além do canto leste da clareira, que agora estava coberto de gramíneas e não era maior que um buraco para roupa suja — provavelmente o que um dia foi o recanto de motos e quadriciclos off-road.

— Puta que pariu — comenta Matthew, com reverência.

— Puta merda, vamos nos divertir na velha cidade hoje à noite. — Speed caminha pela fileira de plantas, olhando-as de cima a baixo. — Tem o bastante aqui para nos manter até a próxima era do gelo, porra.

— E das boas — diz Matthew, parando para cheirar uma folha. Ele esfrega uma parte dela entre o polegar e o indicador e inspira o odor almiscarado de sálvia cítrica. — Olhe aquela porra de bulbo peludo ali.

— Porra de primeira, Bubba... Acabamos de tirar a sorte grande.

— Pode crer. — Matthew tateia os bolsos e tira a mochila dos ombros. O coração dele está acelerado de ansiedade. — Me ajude a montar alguma coisa para usarmos como cachimbo.

Calvin Dupree segura o pequeno crucifixo de prata aninhado na palma da mão enquanto caminha de um lado para outro no armazém entulhado nos fundos do tribunal de Woodbury. O homem vai mancando levemente e está tão magro que parece um espantalho vestindo uma calça chino larga. Calvin está zonzo de tão nervoso. Pelo vidro sujo de uma única janela, ele consegue ver os três filhos brincando em um parquinho comunitário, se revezando para empurrar uns aos outros no balanço enferrujado.

— Só estou dizendo ele esfrega a boca e suspira — que precisamos pensar nas crianças, no que é melhor para elas.

— *Estou* pensando nas crianças, Cal — replica Meredith Dupree do outro lado da sala, com a voz embargada devido à tensão.

Ela se senta em uma cadeira dobrável, bebericando água mineral e encarando o chão.

Os dois comeram uma lata de Ensure na noite anterior, na enfermaria de Bob, para tratar a desnutrição, e naquele dia tomaram um café da manhã completo, com cereal, leite em pó, manteiga de amendoim e torradas. A comida os ajudou fisicamente, mas ainda estão lidando com o trauma da quase inanição que sofreram na estrada. Lilly reservara uma sala particular para o casal alguns minutos antes, assim como comida, água e o tempo adicional dos quais podem precisar para se recompor.

— O melhor para *nós* — murmura Meredith para o próprio colo — é o melhor para *elas*.

— Por que acha isso?

Meredith olha para o marido com os olhos vermelhos e úmidos, os lábios tão rachados que parecem prestes a sangrar.

— Sabe quando você está num avião e eles exibem aquele vídeo de segurança?

— Sei, e daí...?

— Na improvável ocasião de a aeronave perder pressão atmosférica, a pessoa deve colocar a máscara de oxigênio em si mesmo antes de ajudar os filhos.

— Não estou entendendo. O que você teme se ficarmos aqui?

Meredith lança um olhar ríspido para o marido.

— Por favor, Cal... Sabe muito bem o que acontece se descobrirem sobre a minha... a minha *condição*. Lembra-se do acampamento do Kampgrounds of America?

— Aquelas pessoas eram paranoicas e ignorantes. — Calvin anda até ela, ajoelha-se diante da cadeira e apoia a mão carinhosamente no joelho da esposa. — Deus nos trouxe até aqui, Mer.

— Calvin...

— Sério. Ouça. Este lugar é uma dádiva. Deus nos trouxe até aqui e Ele quer que a gente fique. Talvez aquele homem mais velho, Bob, acho que é esse o nome dele, tenha remédios que podem lhe ajudar. Não estamos na Idade Média.

Meredith olha para o marido.

— Cal... *estamos*, sim, na Idade Média.

— Querida, por favor.

— Eles furavam as cabeças dos doentes mentais naquela época... e agora é ainda pior.

— As pessoas daqui não vão perseguir você. São exatamente como nós, estão tão assustadas quanto. Só querem proteger o que têm, construir um lugar seguro para morar.

Meredith estremece.

— Exatamente, Cal... E é por isso que farão exatamente o que *eu* faria se fosse elas e soubesse que alguém no grupo é deficiente mental.

— Pare com isso agora! Pare de falar assim. Você não é deficiente. O Bom Deus nos ajudou a chegar até aqui, e Ele vai cuidar de nós...

— Calvin, por favor.

— Reze comigo, Mer. — Ele pega a mão da mulher, fecha os próprios dedos envelhecidos ao redor dos dela e baixa a cabeça. A voz do homem fica mais suave. — Senhor, pedimos Sua orientação neste momento difícil. Confiamos no Senhor... que é a nossa rocha e proteção. Lidere-nos e oriente-nos.

Meredith baixa o olhar, a testa franzida de dor, os olhos cheios de lágrimas novamente.

Os lábios da mulher se movem, mas Calvin não tem certeza se ela está proferindo uma oração silenciosa ou murmurando algo muito mais enigmático e pessoal.

* * *

Speed Wilkins se senta sobressaltado, despertado pelo fedor sobrepujante de errantes. Ele esfrega os olhos injetados e tenta se recompor, ordenando o cérebro a se lembrar de como conseguiu cair no sono a céu aberto, sem um vigia, sozinho em uma área rural tão deserta. O sol está mais quente do que uma fornalha. Speed dormiu por horas. Está ensopado de suor. Um mosquito zumbe em seu ouvido. Ele estremece e gesticula para afastar o inseto.

Ele olha em volta da proximidade imediata e vê que, aparentemente, adormeceu à beira do campo coberto de tabaco. Está com dor nas juntas. Principalmente nos joelhos, ainda fracos e frágeis devido a antigos machucados adquiridos jogando futebol americano. Nunca foi um grande atleta. Seu primeiro ano na Divisão III de futebol americano para os Lions de Piedmont College, em Athens, foi um fiasco. Speed tinha grandes esperanças para o segundo ano, mas então aconteceu a Transformação e tudo virou fumaça.

Fumaça!

Subitamente, as lembranças retornam — o que estava fazendo ali mais cedo quando cochilou em meio à vegetação selvagem — e ele sente as ondas simultâneas, porém opostas, de vergonha, constrangimento e comicidade que costumam tomar conta dele ao se recobrar de uma onda intensa. Ele se lembra de ter descoberto o campo de maconha clandestino ao norte, um tesouro de paraíso pegajoso e fragrante escondido no campo maior de tabaco — uma matrioska botânica — e engenhosamente oculto do mundo externo por algum fazendeiro chapado empreendedor (logo antes de a Transformação cortar o barato de todo mundo).

Ele olha para baixo e vê o cachimbo improvisado que já foi uma caneta-tinteiro, a caixa de fósforos e os farelos escuros de cinzas ao redor dela.

Speed dá uma gargalhada seca — a risada nervosa de um maconheiro — e imediatamente se arrepende de ter feito esse barulho. Ele consegue sentir o fedor de diversos Mordedores espreitando em algum lugar próximo. Onde diabos está Matthew? Quando avalia a clareira, encolhe-se ao sentir a dor de cabeça latejante que está começando a partir seu crânio.

O jovem fica de pé com dificuldade, a tonteira e a paranoia percorrendo seu corpo em igual proporção. O rifle de assalto Bushmaster ainda está jogado sobre o ombro. Os errantes ainda não se revelaram, mas o cheiro está por toda parte, como se viesse de todas as direções.

O odor negro e terrível dos mortos-vivos se tornou um alarme de ataques iminentes — quanto mais forte o fedor, maior a quantidade deles. Um leve toque de carne estragada e fezes costuma indicar apenas uma criatura, certamente não mais que duas ou três, mas as variações infinitas que prenunciam grupos maiores se tornaram catalogadas e articuladas da mesma forma que uma carta de vinhos elaborada. Um caminhão de esterco de vaca marinado no lodo de um lago e em amônia indica dezenas. Um oceano de queijo Limburger estragado, lixo infestado de larvas, mofo preto e pus sugerem centenas, talvez milhares. No momento, a julgar pela intensidade do cheiro, Speed imagina que sejam pelo menos cinquenta ou sessenta vagando por perto.

Ele ergue a arma, caminha pela beira do campo de tabaco e chama, sussurrando:

— Matt! Ei, Hennesey... cadê você?

Nenhuma resposta. Apenas o mais baixo farfalhar à sua esquerda imediata, atrás da parede de verde, onde a plantação abandonada se ergue por pelo menos 1,5 ou 1,8 metro, composta de tabaco velho, ervas daninhas e gramíneas selvagens. As enormes folhas enrugadas fazem um barulho fantasmagórico ao vento, como o sussurro de papel sendo friccionado e cabeças de fósforo sendo riscadas. Alguma coisa se move como um tubarão no mar verde-cáqui.

Speed desvia para a sombra. Algo está se movendo devagar na direção dele, os galhos e as folhas secas estalando como uma impressão arrítmica conforme os passos desastrados se aproximam. Erguendo o cano da arma, ele apoia a mira sobre o montinho escuro de terra, avaliando o topo das plantas. Ele inspira. A figura está a uns 20 metros de distância.

O rapaz começa a pressionar o gatilho quando o som de uma voz o deixa paralisado.

— Ei!

Speed se vira na direção da voz e vê Matthew parado diante dele, sem fôlego, segurando a Glock 23 com o silenciador encaixado. Apenas alguns anos mais velho, Matthew é mais alto e mais esguio e tão envelhecido quanto Speed, com as bochechas vermelhas, bronzeado e vestindo uma calça jeans desbotada que parece um pedaço de carne seca ambulante.

— Nossa — murmura Speed, abaixando o rifle. — Não me assuste assim, porra... Eu estava quase cagando nas calças.

— Abaixe-se — ordena Matthew, baixinho, mas com firmeza. — Agora, Speed, abaixe-se.

— Hã? — Ainda um pouco zonzo por causa da erva, ele encara o amigo. — Fazer o quê?

— Abaixe-se, cara! *Abaixe-se*!

Piscando, engolindo em seco, Speed obedece, percebendo que há uma figura logo atrás dele.

Speed olha por cima do ombro e por um único instante, justo antes do estalo seco da Glock, vê um borrão de carne podre avançar na direção dele. A errante é uma senhora de roupa esfarrapada e um cabelo azulado arrepiado que mais parece uma peruca assustadora. Seu hálito parece um túmulo e ela tem dentes de serrote. Speed se abaixa. O estouro abafado dispara e a cabeça da senhora irrompe em uma fonte de fluido espinhal escuro e matéria cerebral, o corpo flácido desabando numa pilha no chão.

Porra! — Speed se levanta. — *Porra!* — Ele examina o campo de tabaco adjacente e vê pelo menos mais meia dúzia de cabeças farroupilhas se movendo convulsivamente sobre o topo das gramíneas e do junco, indo na direção dele. — PORRA! PORRA! PORRA!

Vamos, cara! — Matthew puxa a camiseta de Speed e o leva para a trilha. — Tem outra coisa que quero mostrar a você antes de voltarmos.

O ponto mais alto do condado de Meriwether fica no interior rural, não muito longe da interseção da autoestrada 85 com a Millard Drive, no limite de uma cidade agrícola abandonada chamada Yarlsburg. A Millard se estende sobre uma colina íngreme, atravessando um bosque denso de pinheiros, e então beira o precipício de uma planície de 1,6 quilômetro que dá para um retalho de campos agrícolas.

Em certo momento dessa estrada escabrosa, perto de uma parada que usam para consertar pneus furados e mijar, há uma placa coberta de ferrugem e buracos de bala declamando, sem um pingo de ironia, MIRANTE, como se aquele interior caipira e pobre fosse um parque nacional exótico (e não um tédio de fim de mundo bem no meio do nada).

Matthew e Speed levam cerca de meia hora para chegar a esse ponto.

Primeiro, precisam voltar para onde a picape de Bob está atolada na lama, na autoestrada 85, então levar caixas de papelão que foram jogadas fora para debaixo dos enormes pneus a fim de fornecer tração. Depois de conseguirem mover o veículo, atravessam 8 quilômetros de asfalto coberto de destroços para chegar a Millard. Veem pequenos grupos de errantes pelo caminho, alguns rastejam para a frente deles Matthew não tem problema em desviar na direção das criaturas e mandá-las para a próxima vida como se fossem pinos de boliche cheios de sangue. Isso os atrasa um pouco, mas finalmente avistam a Millard Drive se aproximando em meio às ondas de calor poeirento adiante.

Então fazem uma rápida viagem para o norte, em direção às colinas acima de Yarlsburg.

Speed continua perguntando a Matthew por que é tão importante saírem 30 ou 50 quilômetros da rota. Matthew desconversa, explicando que fará sentido em breve. Speed fica irritado. Por que o amigo não pode simplesmente contar por que estão nessa caçada insana, porra? Que diabo ele quer que Speed veja? É alguma fonte de combustível na qual não pensaram? Algum ponto de venda inexplorado? Algum Walmart que deixaram passar? Por que todo esse mistério? Matthew apenas mastiga nervosamente a parte interna da bochecha, dirigindo para o norte sem falar muito.

Conforme se aproximam do mirante, Speed percebe de imediato, com uma descarga de reconhecimento nauseante que revira seu estômago, que aquele é o mesmo lugar onde o Governador preparou todos os veículos militares nos instantes que antecederam a batalha pela prisão. Ao olhar pelo bosque, Speed percebe, então, que estão a 1,5 ou 3 quilômetros do amplo complexo de tijolos cinza conhecido como a Instituição Correcional do Condado de Meriwether, e uma pontada inesperada de pesar percorre a espinha dele.

Estresse pós-traumático vem em diversos sabores. Pode roubar o sono e causar alucinações. Pode se transformar sorrateiramente em comportamentos destrutivos, vício em drogas ou sexo e alcoolismo. Pode ser subitamente debilitante, com ataques de pânico crônicos e distensão intermitente dos nervos do plexo solar durante períodos estranhos e inexplicáveis. No momento, Speed está sentindo esse vago e incipiente pesar no intestino, conforme Matthew para a picape sobre a cobertura empoeirada de cascalho salpicado de grama e desliga o motor.

Aquela área foi local de um caos profundo — muitas mortes, algumas de amigos próximos a Speed, de Woodbury —, e as vibrações desgraçadas ainda zunem no ar. A prisão foi onde o Governador fez sua última resistência — como o general Custer, psicótico, megalomaníaco até o amargo fim. Foi também onde Speed Wilkins percebeu pela primeira vez as habilidades naturais de liderança de Lilly Caul.

Matthew sai da picape com os binóculos já em mãos.

Speed chuta a porta, que abre com um rangido enferrujado, e salta para fora. A primeira coisa em que repara é o cheiro sobrepujante de carne morta pairando no ar, misturando-se ao odor acre de fumaça. Ele segue Matthew pelo amplo local na estrada até o bosque. As marcas de pneus do enorme comboio do Governador ainda estão na terra — até a impressão em formato de waffle do tanque Abrams pode ser vista — e Speed tenta não olhar para os traços quando se junta a Matthew na beira da floresta.

— Aqui, olhe para baixo, no campo. — Matthew aponta para uma clareira na cortina espessa de pinheiros e vegetação rasteira e lhe entrega os binóculos. — E me diga o que vê.

Speed atravessa a clareira até a beira do precipício e dá uma primeira boa olhada na prisão a distância.

A propriedade de 800 mil metros quadrados continua envolta em uma leve névoa de fumaça. Alguns dos pavilhões de celas destruídos ainda queimam, e provavelmente permanecerão assim durante semanas. O complexo parece com as ruínas de algum templo maia esquisito. O odor está mais forte, e o estômago de Speed se revira de náusea.

A olho nu, ele consegue ver a cerca retorcida que foi derrubada na invasão à propriedade como fitas rasgadas, os sobrados incinerados das torres de vigia e as crateras escuras abertas no cimento por explosões de granada. Veículos abandonados entulham os pátios ao redor, e vidro quebrado reluz por toda parte. Como assombrações em frangalhos perambulando por uma cidade fantasma, errantes vagueiam aqui e ali, sem propósito ou direção. Speed leva os binóculos aos olhos.

— O que estou procurando? — pergunta ele enquanto avalia os pátios externos.

— Está vendo o bosque ao sul?

Speed vira os binóculos para a esquerda e encontra a borda verde enevoada da floresta de pinheiros que ladeia a propriedade. Ele inspira. O fedor inacreditável de carne infestada de larvas e fezes humanas faz sua bile subir e sua boca se encher de saliva azeda.

— Jesus Cristo — profere o jovem, ficando boquiaberto diante da multidão de mortos-vivos. — Que porra é essa?

— Exatamente. — Matthew suspira. — Toda a comoção da batalha deve ter atraído mais deles para fora das florestas do que sabíamos. Essa é apenas a ponta. Quem sabe quantos mais deles há por aí, porra.

— Eu me lembro da horda — diz Speed, umedecendo os lábios. — Mas não me lembro de nada *assim*.

O rapaz percebe as implicações do que está vendo assim que o ar rançoso vence, e curva o corpo, caindo de joelhos. Ele entende — exatamente o que significa — no momento em que a bile quente e ardida, instigada pelo fedor, sobe por seu esôfago. Ainda um pouco chapado da maconha, Speed vomita na terra seca e coberta de cascalho do precipício. Não comeu muito naquele dia, e a maior parte do que expele é bile amarelada, que jorra vigorosamente.

Matthew observa solenemente de alguns metros de distância, encarando o amigo regurgitar com leve interesse. Depois de alguns minutos, fica claro que Speed derramou a última gota de ácido estomacal que continha no corpo. A mão direita dele ainda segura os binóculos e ele se senta, arquejando, limpando o suor frio da testa. Matthew espera o mais jovem se recompor. Por fim, suspira e diz:

— Terminou?

Speed assente e tenta respirar fundo. Não diz nada.

— Que bom. — Matthew se inclina e tira os binóculos da mão do Speed. — Porque precisamos voltar imediatamente e fazer alguma coisa a respeito disso.

TRÊS

Lilly Caul ouve as portas da Dodge Ram batendo assim que cruza a praça da cidade, vestindo a calça jeans remendada e o moletom surrado, com um rolo de projetos amadores sob o braço. O sol começou sua longa e lenta descida para a barreira de carvalhos negros do outro lado do trilho da ferrovia, por isso as sombras crescem e a luz se suaviza em tons dourados atravessados por enxames de mosquitos. Os ruídos de marteladas e serras da equipe de conserto cessaram pelo dia e, no momento, os aromas do jantar — panelas de combustível em gel cheias de raízes comestíveis, verduras e caldo instantâneo — pairam sobre a zona de segurança, misturando-se ao cheiro de grama do anoitecer de fim de primavera.

Caminhando agilmente para o prédio de David e Barbara Stern no fim da rua principal, Lilly se vê distraída pelo arrastar nervoso de passos que vêm do lado de fora do enorme portão, o qual está momentaneamente bloqueado por um enorme caminhão de carga leve. Dá para ver a picape de Bob pelas janelas da cabine, assim como dois indivíduos agora reduzidos a borrões conforme dão a volta no caminhão e seguem na direção da entrada de cerca retorcida. Lilly sabe quem são. Os projetos terão que esperar.

Ela passou a tarde inteira rabiscando ideias para os jardins da pista de corrida — seu conhecimento incipiente em arquitetura paisagística é compensado pela energia e pelo entusiasmo — e agora está doida para mostrar as ideias aos Stern a fim de obter um feedback. Mas a verdade é que Lilly está mais interessada em saber como foi a busca de Speed e Matthew por combustível. Os geradores e os motores a propano da cidade estão funcionando na reserva. Os tanques precisam ser abastecidos logo, antes que os perecíveis comecem a estragar, os equipamentos de construção parem de funcionar, as velas acabem e as ruas mergulhem em escuridão à noite.

Ela atravessa a estrada assim que os rapazes se espremem para passar pelo portão. Lilly imediatamente repara que nenhum deles está carregando um tanque de combustível.

— Sem sorte com a gasolina? — pergunta ao se aproximar.

Speed olha ao redor da praça para ver se alguém está escutando.

— Detesto ter que lhe dizer isso, mas temos problemas maiores do que uma escassez de combustível.

— Do que está falando?

— Acabamos de ver...

— Speed! — Matthew se coloca entre eles, apoiando a mão no ombro do amigo. — Aqui não.

Dentro do tribunal, o corredor mal iluminado cheira a mofo e a cocô de rato, e o cone de luz amarela espanta as baratas de volta para as fendas nas paredes em ruínas. No fim do corredor está a sala comunitária: um retângulo entulhado com piso de parquete, janelas seladas com tábuas e cadeiras dobráveis.

Eles entram na sala, e Lilly apoia a lanterna e os projetos na mesa comprida.

— Tudo bem, comecem a falar — diz ela.

À luz fraca e tremeluzente, o rosto jovial de Matthew parece muito sábio. Ele cruza os braços solenemente sobre o peitoral largo. As bochechas e o queixo com a barba por fazer — e o olhar do jovem — o fazem parecer anos mais velho do que é.

— Há uma nova horda se formando. Vimos do lado de fora da prisão. — Ele engole em seco. — Uma grande, a maior até agora, a maior que *eu* já vi.

— Tudo bem. E daí? — Lilly olha para ele. — O que quer que *eu* faça?

— Você não está entendendo — intromete-se Speed, encarando-a. — Está vindo nesta direção.

— Como assim? A prisão fica a... o quê? Uns 30 quilômetros daqui?

— Uns 37 quilômetros — informa Matthew. — Ele está certo, Lilly. Está se movendo para o noroeste. Vão passar direto por Woodbury.

Ela dá de ombros.

— À velocidade com que os errantes se movem, com todas as variáveis, levará dias para chegarem aqui.

Os dois homens trocam um olhar. Matthew respira fundo.

— Uns dois dias, talvez.

Lilly olha para ele.

— Mas isso se continuarem seguindo na mesma direção.

Ele assente.

— É, isso. O que está dizendo?

— Errantes não se movem assim. São todos confusos, estão por toda parte.

— Normalmente, eu concordaria com você, mas uma horda daquele tamanho, é tipo...

Ele para de falar. Olha para Speed, que olha de volta para ele, buscando a palavra certa. Lilly os observa por um momento e então diz:

— Uma força da natureza?

— Não... não era o que eu ia dizer.

— Um estouro de manada?

— Não.

— Enchente, um incêndio selvagem? O quê?

— Fixa — diz Matthew, por fim. — É a única palavra em que consigo pensar.

— Fixa? O que quer dizer com *fixa*?

Matthew olha para Speed, então de volta para Lilly.

— Não consigo explicar exatamente, mas essa, essa horda é tão grande, é uma porra tão grande, que continua reunindo impulso. Se a tivesse visto, entenderia o que estou dizendo. A direção é fixa. Como um rio. Até que alguma coisa ou *alguém* foda com ela, não vai mudar de direção.

Lilly o encara e reflete por um momento. Ela rói uma unha e pensa mais um pouco, depois encara as janelas cobertas por tábuas e se lembra de todas as outras hordas que encontrou, sendo a mais recente a onda de errantes descendo para a prisão durante a última resistência do Governador. Ela tenta imaginar uma maior, uma horda monolítica formada de muitas outras, e isso lhe dá dor de cabeça. Lilly cerra o punho e crava as unhas na palma da mão. A dor a prepara.

— Tudo bem, eis o que vamos fazer primeiro...

Uma hora depois, a escuridão investe sobre a cidade enquanto Lilly reúne seu recém-formado conselho de anciãos — a maioria deles *literalmente* anciãos —, agrupando todos na sala comunitária iluminada por uma lanterna. Ela também convida Calvin Dupree na esperança de que ele acabe convencido a ficar quando ouvir o que está se aproximando. Estar na estrada com tal manifestação se estendendo vagarosamente na direção deles não é a opção mais segura — ainda mais para uma família com crianças pequenas — e, além disso, Lilly vai precisar do maior número possível de pessoas aptas para estancar a horda.

Às 19h30 daquela noite, os anciãos já ocupam seus lugares ao redor da mesa de conferências surrada, e Lilly soltou a bomba sobre eles da forma mais suave que conseguiu.

Durante a maior parte da apresentação, os ouvintes ficam sentados, petrificados, nas cadeiras dobráveis, permanecendo em silêncio conforme absorvem a narrativa sombria. De vez em quando, Lilly pede para Matthew ou Speed esclarecerem o que viram. Os outros absorvem tudo, os rostos obstinados. Chocados. Abatidos. O sentimento não dito na sala é: *Por que nós? Por que agora?* Depois de todos os dias sombrios vivendo sob a influência do Governador, depois de todo o tumulto, da violência, da morte, da tragédia e da perda, eles ainda têm que lidar com *isso*?

Por fim, David Stern fala:

— Entendo que essa é uma grande horda. — Sentado torto, apoiando o peito no encosto da cadeira dobrável no canto, o homem de cerca de 60 anos, de barba feita, cabelo raspado, cavanhaque cinza--chumbo e jaqueta de seda, transmite o ar de um profissional austero perto de se aposentar, o empresário de uma banda na última turnê. Mas, no fundo, tem coração mole. — Vai ser difícil segurar, é claro, entendo isso, mas o que estou pensando é...

— Obrigada, capitão Eufemismo — interrompe a mulher de meia--idade ao lado dele, que usa um vestido havaiano florido e desbotado.

Uma mãe coruja com cachos cinza, longos e desarrumados, e uma silhueta suave, arredondada e voluptuosa, Barbara Stern é declaradamente ranzinza, mas, não tão diferente do marido, no fundo é gentil. Os dois trabalham juntos com uma eficiência relutante.

— Com licença — diz David a ela, fingindo educação. — Queria saber se por acaso eu poderia falar por apenas um ou dois segundos sem ser interrompido?

— Quem o está impedindo?

— Lilly, entendo o que está dizendo sobre essa horda, mas como sabe que ela não vai simplesmente se dissipar?

Lilly suspira.

— Acho que não sabemos com certeza *o que* vai acontecer. Espero *mesmo* que se dissipe. Mas, por enquanto, acho que devemos presumir que a horda vai nos atingir em um ou dois dias.

David coça o cavanhaque por um momento.

— Talvez se mandarmos batedores para conter...?

— Bem na sua frente — fala Matthew Hennesey, na frente da sala. — Speed e eu vamos sair amanhã de manhã cedo. — Ele assente brevemente para David. Durante a maior parte da apresentação, Matthew ficou de pé como um índio de madeira de tabacaria atrás de Lilly, mas agora ficou animado e seus ombros truculentos de trabalhador estremecem e oscilam enquanto ele anda de um lado para outro diante da parede dianteira com os retratos rachados e obsoletos do presidente dos Estados Unidos e do antigo governador da Geórgia. — Conseguiremos avaliar com que velocidade está vindo, se está em curso, ou o que for. Vamos usar os walkie-talkies para atualizar vocês.

Lilly repara em Hap Abernathy, o motorista de ônibus de 75 anos de Atlanta, que está de pé do outro lado da sala perto de uma janela selada com tábuas, apoiado num bastão de caminhada e parecendo que vai cochilar a qualquer momento e começar a roncar. Lilly começa a dizer outra coisa quando uma voz a interrompe.

— E quanto a armamentos, Lilly? — Ben Buchholz está sentado de um dos lados dela com as mãos retorcidas entrelaçadas sobre a mesa, como se estivesse rezando. É um homem abatido de uns 50 anos com olheiras e vestindo uma camisa polo surrada abotoada até o pescoço flácido. A perda da família inteira no ano anterior jamais deixou de estar presente em seus olhos leitosos e úmidos. — Se não me engano, gastamos bastante arsenal no ataque à prisão, então como estamos agora?

Lilly baixa os olhos para o tampo arranhado da mesa.

— Perdemos todas as metralhadoras de calibre .50 e a maior parte da munição. Fodemos tudo. Simples assim. — Um gemido audível, em grande parte retórico, irrompe pela sala conforme Lilly tenta manobrar os humores de volta a seu favor. — Esta é a notícia ruim. Mas ainda temos muitos explosivos e dispositivos incendiários que não foram destruídos nos incêndios. E também aquelas coisas do depósito da Guarda Nacional que o Governador largou no armazém.

— Aquilo não vai funcionar, Lilly — murmura Ben, balançando a cabeça, desapontado. — Dinamite é uma arma cega quando à distância. Precisamos de rifles de alta capacidade, automáticos.

— Com licença — interrompe Bob Stookey. Ele está sentado do outro lado de Lilly, o boné da Caterpillar abaixado sobre a testa enrugada. — Podemos ao menos *tentar* permanecer otimistas aqui? Talvez nos concentrar no que *temos*, em vez de no que *não temos*?

— Ainda temos todas as nossas armas pessoais, certo? — arrisca Barbara.

— Isso aí. — Bob a encoraja. — Além disso, podemos compartilhar toda a munição que temos escondida.

Ben nega com a cabeça, ainda não convencido.

— Se o que esses jovens estão dizendo é verdade, isso nem vai fazer cócegas em uma horda daquele tamanho.

— Tudo bem, eis o que eu acho — intromete-se Gloria Pyne, do canto. A mulher baixinha e troncuda com a viseira colorida e o moletom do Falcons masca chiclete sem parar, o rosto com nariz de pug tão implacável quanto o de um estivador. — Talvez a gente esteja vendo isso do modo errado.

Lilly acena de modo encorajador para ela.

— Continue.

Gloria agita as mãos ásperas por um momento, medindo as palavras.

— Talvez haja um modo de... qual é a palavra? *Distraí-la*? Mudar a direção dela?

Lilly continua olhando para a mulher.

— Na verdade, o que está dizendo não é tão doido assim.

Bob assente.

— A moça está no caminho certo. Seria um modo de revidar sem gastar muita munição.

Lilly olha para os demais.

— Precisamos descobrir um modo de atraí-los para fora do curso. Colocar algo no caminho deles, mudar a paisagem por onde estão cambaleando. Talvez atrair a atenção deles de alguma forma, sacudir alguma coisa.

— Está falando em usar alguém como *isca*? — Ben sacode a cabeça de modo cético, a boca contorcida formando uma expressão azeda. — Não precisam se voluntariar todos de uma vez.

— Ei! — Bob briga com Ben. — Qual é o seu *problema*?

Lilly revira os olhos.

— Calma, Bob. Todo mundo tem direito de falar aqui.

Um segundo de silêncio tenso.

Ben dá de ombros, sem desviar os olhos da mesa.

— Só estou tentando ser realista para variar.

— Já temos muito realismo no momento! — dispara Bob. — Precisamos é de respostas. Precisamos permanecer otimistas, pensar além da zona de conforto.

Outro momento de silêncio se segue, e a tensão passa como um micróbio de uma pessoa para a seguinte. Ninguém na sala acha a ideia de Gloria tão incrível, mas nenhuma outra pessoa consegue pensar em nada melhor, e não há ninguém mais ciente disso do que Lilly. Seu primeiro teste de verdade como líder surgiu mais cedo do que ela esperava, e o fato é que ela não tem ideia do que fazer. Lá no fundo, está começando a repensar sobre ter se oferecido. Lilly odeia ser responsável pelas vidas de outras pessoas e detesta a possibilidade de fazer com que mais pessoas sejam mortas. As cicatrizes da perda do pai, de Josh Hamilton e de Austin Ballard ainda estão apodrecendo dentro dela, invadindo seu sono à noite.

Lilly está prestes a dizer algo quando repara que Calvin Dupree está sentado, sozinho, encostado na parede dos fundos ao lado de uma máquina de comida detonada e vazia. Parece um menininho de castigo. Ela se pergunta se o homem amaldiçoa o dia em que ele e a família foram parar sem querer naquela cidadezinha. Calvin a encara também, os olhos semicerrando-se em uma expressão enrugada de preocupação.

— Lilly, não quero interromper — diz ele -, mas quando terminar aqui, eu gostaria de falar com você em particular, se não tiver problema.

Lilly olha ao redor, para os demais, e dá de ombros.

— Sim. Claro.

Todos olham, constrangidos, para a mesa, para as mãos, para o chão — como se a resposta estivesse ali em algum lugar entre os azulejos de cerâmica rachados e imundos. Mas não há nada.

Apenas mais silêncio cético.

Lilly se encontra com Calvin no barracão da ferrovia atrás do tribunal. Um dos únicos prédios do lado oeste da cidade intocado pelos incêndios da semana anterior, o barracão é do tamanho de uma garagem com duas vagas e está dentro da zona de segurança, protegido pelos setores da muralha que resistiram. Dentro da estrutura escura e aos pedaços, as janelas estão cobertas por tábuas e o ar é almiscarado, com sacos de mistura para cimento e terra para plantio empilhados nas estantes cheias de teias de aranha.

— Sua oferta ainda está de pé? — pergunta Calvin a Lilly depois que ela fecha a porta e acende uma única lanterna de querosene perto de uma pilha de antigos dormentes da ferrovia.

A luz amarelo-pálida faz as feições esguias e angulosas de Calvin estremecerem, deixando o olhar dele ainda *mais* intenso.

— Que oferta, Calvin?

— A de abrigar minha família, nos deixar ficar e fazer parte da comunidade.

— É claro que ainda está de pé. — Lilly inclina a cabeça para o homem. — Por que não estaria?

— Você precisa de costas fortes, certo? Precisa de corpos saudáveis, pessoas para ajudar, não é? Como eu. E meu menino Tommy. Quero dizer, ele só tem 12 anos, e dá trabalho, me desaponta o tempo todo, mas consegue erguer o próprio peso em feno.

— Sim. Claro, Calvin. Já falei, precisamos de você e da sua família. Aonde quer chegar, exatamente?

— Em um acordo.

Lilly o encara.

— O que quer dizer com um acordo? Do que está falando?

Calvin parece subitamente magoado, o olhar dele se suaviza à luz da lanterna.

— Lilly, acredito que o Senhor nos trouxe até sua cidade por um motivo. Talvez esse motivo seja revelado mais tarde, ou talvez nunca. Não sei. Não cabe a mim dizer. Ele trabalha de forma misteriosa. Mas acredito com todo meu coração e alma que Ele nos trouxe para cá.

Ela assente.

— Tudo bem... justo. Então, o que tem em mente?

— Você parece ser uma boa pessoa. — Calvin dá a impressão de estar prestes a chorar. Os olhos dele se enchem de emoção. — Às vezes, você confia em alguém só porque seu coração lhe diz para confiar. Entende o que quero dizer?

— Na verdade, não.

— Minha mulher está doente.

Lilly espera. Algo importante está prestes a ser compartilhado.

— Continue, estou ouvindo.

— Para ser sincero, é uma doença invisível. Na maior parte do tempo. Mas ultimamente, está muito perigosa... É um grande risco.

— Não estou entendendo, Calvin.

Ele inspira, e uma única lágrima escorre pelo seu rosto magro com a barba por fazer.

— Fomos expulsos de outros dois povoados. As pessoas não se dão o luxo de serem cristãs a respeito disso hoje em dia, não se dão o luxo de mostrarem compaixão. É a sobrevivência do mais apto, e aqueles que são fracos, que estão, de alguma forma, prejudicados, são afastados... ou pior.

— Qual é a doença, Calvin?

Ele toma um fôlego encorajador e limpa o rosto.

— Ela recebeu alguns diagnósticos diferentes, como transtorno bipolar e depressão clínica. Antes da Transformação, estava sob os cuidados de um psiquiatra que a ajudava. Agora ela... ela... tentou tirar a própria vida algumas vezes.

Lilly assente com tristeza.

— Entendo. — Ela umedece os lábios e tenta ignorar o pesar que a sufoca, que aperta seu coração. — Sinto muito. — Ela olha para Calvin. — Você falou em um acordo, não foi?

Calvin olha para Lilly.

— Em Augusta, antes de as coisas ficarem ruins, ela estava tomando lítio, e parecia estar ajudando. — Ele inspira fundo. — Você tem um grupo coeso de pessoas aqui, Lilly. Pessoas boas, decentes. Tem esse cara, Bob, e uma enfermaria... Tem remédio, pessoas com treinamento médico...

— Calvin, Bob está longe de ser um psiquiatra. Ele foi médico militar na primeira Guerra do Golfo. E até onde sei, não temos nada remotamente parecido com lítio.

— Mas talvez você pudesse encontrar. Em alguns dos mesmos lugares em que achou os outros remédios... naquela farmácia de que Bob estava falando mais cedo, talvez tenham algo lá.

Lilly balança a cabeça devagar.

— Calvin, eu queria poder lhe prometer que encontraremos alguma coisa... mas simplesmente não posso fazer isso.

— Não estou pedindo promessas, Lilly. Só que você tente.

Ela assente.

— É claro que tentaremos.

— Se fizer isso por mim, se tentar encontrar esse remédio para Meredith, vou convencê-la a ficar. Ela vai me ouvir, pois assim não quer estar lá fora como eu. O que me diz, Lilly?

Ela suspira.

Nunca foi muito boa em dizer não.

As 24 horas seguintes passam com um tipo de propósito sombrio — dentro e fora das muralhas de Woodbury — conforme Lilly delega e orienta. Ela designa Gloria Pyne para trabalhar com Matthew e Speed noite afora em um modo de alterar o curso da horda. Quando a primeira luz do alvorecer surge, eles já pensaram em uma estratégia: vão usar dispositivos incendiários com quaisquer outros líquidos inflamáveis que consigam para iniciar uma linha de fogo controlado na borda leste da horda, essencialmente bloqueando o caminho para Woodbury. Não é um plano infalível, mas ninguém tem outro melhor.

Ao mesmo tempo, Lilly pede que Bob reúna uma pequena equipe de homens para sair em busca de lítio na farmácia abandonada que fica logo além da muralha do lado leste da cidade.

Bob leva algumas horas para montar essa equipe, mostrando aos homens um mapa da área no entorno da Farmácia Seu Desconto, preparando-os para tomar cuidado com as áreas perigosas nas ruínas adjacentes e deixando o grupo familiarizado com a fachada da farmácia. Durante missões anteriores, Bob descobriu um andar inferior não explorado sob a loja — antes inacessível devido a cadeados — que pode ou não conter reservatórios intocados de remédios e suprimentos. Bob planeja fazer uma incursão ao prédio mais tarde naquela manhã, com Hap e Ben.

Enquanto isso, Matthew, Speed e Gloria saem ao alvorecer para dar início à linha de fogo.

Eles seguem com a picape de Bob pelas estradas vicinais e trilhas não mapeadas para chegar o mais perto possível da trajetória da horda. Matthew calcula a posição dos errantes ao estimar a velocidade com que estavam viajando e registrar o curso da horda ao longo de uma linha reta pelos terrenos agrários diretamente a oeste da prisão.

Às 8h30, veem os primeiros sinais da horda no bosque a oeste da autoestrada 85, a cerca de 20 quilômetros de Woodbury. Gloria é a primeira a avistar, do assento na traseira da picape, enquanto a caminhonete ruge ao subir um trecho íngreme de asfalto.

— Ei! Senhores! — diz ela, apontando para a floresta distante. — Olhem para o topo das árvores!

Sob os raios do sol do início do alvorecer, a névoa primitiva que envolve os carvalhos antigos se agita e estremece como fantasmas ansiosos, o alto dos galhos retorcidos tremendo com a pressão do enxame invisível abaixo. Matthew pega a estrada vicinal seguinte, uma serpentina sinuosa de asfalto, subindo as colinas imediatamente ao sul.

Quinze minutos depois, encontram um ponto de vantagem na beira da estrada de pista dupla. Matthew encosta a picape, estaciona e sai do veículo; os demais o seguem. O ar está pútrido com os odores nauseantes e infestados de larvas dos mortos. O grupo usa os binóculos para observar abaixo das árvores mais densas.

Em 24 horas, o número aumentou. Agora uma onda de mortos-vivos do tamanho de uma ampla maré esvai-se pelas sombras da floresta. São mais de mil, com certeza. Emitindo um zumbido esquisito, várias centenas de grunhidos baixos formando um coro atônico, eles vagarosamente trombam uns nos outros, esbarrando e arranhando troncos de árvores, tropeçando entre si, mas de alguma forma, *de alguma forma*, naquela marcha desordenada e dura, continuam indo na direção leste, devagar porém estáveis, talvez a 1,5 ou 3 quilômetros por hora.

Não é preciso ser gênio para fazer as contas.

QUATRO

Eles levam uma hora para montar a linha de fogo. Escolhem uma área seca e rebaixada logo ao norte do parque estadual Roosevelt. O longo e plano campo de vegetação forrageira fica 3 quilômetros a nordeste da posição atual da horda e cobre uma seção de terra que corta diretamente o caminho do grupo. A área está a mais ou menos 12 quilômetros do limite de Woodbury, o que fornece um espaço de segurança suficiente para o caso de o fogo se alastrar. A Geórgia passou por uma série de secas terríveis desde que a praga irrompeu, e atualmente os terrenos alagados na parte sul do estado são como combustível esperando para ser inflamado pelo próximo relâmpago bem localizado.

Matthew, Speed e Gloria trabalham depressa e em silêncio, comunicando-se, na maior parte das vezes, com gestos manuais, seguindo o plano arquitetado por Lilly e Bob. Eles traçam apressadamente uma linha de cal — usando o aparelho manual que foi encontrado no campo de futebol da escola primária — para se certificar de que o fogo tenha precisão cirúrgica e queime em linha reta. Então desenrolam quase 100 metros de corda espessa para absorver o material inflamável. Por fim, despejam agilmente diversos aceleradores de incêndio pela linha, tomando o cuidado de evitar derramar na roupa ou deixar que escorram pela terra.

Depois de pegar enormes contêineres de plástico, um após o outro, do compartimento de carga da picape, eles usam álcool isopropílico da enfermaria de Bob, etanol da fazenda abandonada e do barracão, galões de bebida alcoólica velha da taverna em Flat Shoals Road, querosene do armazém e até mesmo a parte interna de velhos fogos de artifício encontrados em uma casa abandonada em Dromedary Street. O último passo envolve cobrir a linha com gravetos formando dormentes de ferrovia e vigas de construção recolhidas no entorno da periferia da cidade.

Às 9h45, estão prontos. Eles assumem suas posições em uma colina próxima — menos de 100 metros ao norte — e se agacham às sombras de enormes nogueiras, esmagando mosquitos.

Depois de alguns minutos intermináveis, os três sentem o cheiro dos primeiros indícios da horda se aproximando, o odor delatório é detectável muito antes que qualquer um deles de fato olhe por cima da beira da colina. O ar vibra com aquela sinfonia infernal de gemidos e grunhidos logo antes de Speed fazer o primeiro reconhecimento visual das figuras farroupilhas distantes se materializando no horizonte, emergindo das árvores como um exército de soldados de madeira defeituosos.

— Bem na hora — sussurra Matthew, segurando o pequeno controle de rádio e se agachando atrás de um enorme emaranhado de troncos caídos.

Seu coração acelera conforme ele se prepara para acender uma ponta da linha de fogo com o detonador improvisado: um aparelho montado com o controle remoto de um avião encontrado em uma loja de esporte e lazer saqueada de Woodbury.

A maré negra de mortos-vivos se aproxima da linha de fogo, e Matthew espera até que estejam bem em cima da armadilha de vigas. Ele aperta o botão de ignição, e a ponta da linha faísca, quente e clara como magnésio ao sol.

— Queimem, seus filhos da puta — murmura Gloria, observando as chamas lamberem a linha de quase 150 metros.

O fogo pega desprevenida a fileira dianteira de errantes, subindo pelas roupas mofadas deles, envolvendo seus rostos pálidos em casulos de chamas. O fogo aumenta. Em segundos, toda a primeira fila de errantes se acende em faixas de chama brilhante.

O caos sobe para o céu conforme o fogo se alastra pela horda. Aparentemente, errantes são tão inflamáveis quanto qualquer equipamento de incêndio, com a podridão de metano irradiando por suas roupas ensopadas de sangue e as entranhas infestadas de larvas. O turbilhão se agita mais claro e mais quente do que o esperado enquanto todo o vasto exército de mortos-vivos é atingido.

— Ah, não... não, não — geme Gloria depois de testemunhar o fenômeno inesperado, abaixando-se e puxando a viseira para cobrir o rosto da onda de choque de calor e luz. — Não, não, não, não, não, porra, não. PORRA!

Matthew apenas encara, com olhos lacrimejantes, chocado com aquele acontecimento imprevisto.

Eles cometeram um grande erro.

Bob e sua equipe vasculham prateleira após prateleira de caixas vazias de remédios e embalagens sem rótulo na farmácia abandonada da Folk Avenue, ainda sem encontrar nada. Estão trabalhando no escuro, não só literalmente. Bob está com a lanterna de minerador no capacete de metal amassado; Hap e Ben com lanternas finas presas entre os dentes.

Tudo o que conseguem achar são remédios para acne, pomadas para hemorroidas e remédios de nomes enigmáticos abandonados há muito tempo por saqueadores. Todas as drogas lucrativas para o sistema nervoso central não estão mais lá. O grupo procura por mais uns dez minutos, até que Bob finalmente ergue a mão.

— Tudo bem, vamos dar um tempo, amigos. Calma. — Os dois param. Tiram as pequenas lanternas da boca e olham para Bob. — Estou achando que está na hora de tentarmos o porão.

A lanterna de minerador de Bob projeta um brilho amarelo que banha as feições enrugadas dele em silhuetas. Os outros dois homens dão de ombros, sem parecer satisfeitos nem insatisfeitos com a ideia. Por fim, Ben pergunta:

— Tem certeza de que quer ir tão longe?

— Longe? Do que está falando?

— Arriscar nossas vidas para que alguma dona de casa lelé consiga os remédios dela?

— Não sabemos se ela é lelé, Ben. Acredite em mim, é melhor para todos nós se a estabilizarmos.

Ben dá de ombros novamente.

— Vá em frente, Macduff.

Minutos mais tarde, depois de Bob arrombar os cadeados e os homens terem descido as escadas de serviço, Hap Abernathy tem dificuldade para enxergar com as porcarias dos óculos do Walgreens. Coberto pela escuridão bolorenta do porão da farmácia, com o corpo virado de lado, tentando se concentrar nos movimentos dos outros dois homens, Hap percebe que nunca deveria ter insultado o jovem oculista na ótica LensCrafters, em Belvedere Park, um mês antes de tudo ir pelos ares. Mas aquele merdinha presunçoso naquele jaleco idiota ficava fazendo piadas sobre "homens de certa idade" enquanto examinava os olhos de Hap, e isso o deixou tão irritado que ele acabou empurrando a bandeja de instrumentos e indo embora dali. Mas agora, quase dois anos depois, Hap tenta sobreviver ao Apocalipse com lentes baratas, e isso o está enlouquecendo.

— Devagar, senhores — diz Hap aos outros, mirando a pequena e fraca lanterna no breu à sua frente.

Pelas lentes imundas ele consegue ver raios embaçados de luz varrendo prateleiras de metal entulhadas e tentáculos de canos de aquecimento cobertos de poeira serpenteando para o alto, até as estalactites de tubulação exposta. Ele ouve a voz grave de Bob através da escuridão.

— Siga o som da minha voz, Hap. Parece que há caixas de remédios velhos empilhadas nestas prateleiras que provavelmente expiraram na época de Clinton, mas nunca se sabe. — Hap começa a arrastar os pés na direção da voz e do borrão de luz prateada. — Minha nossa! — Agora a voz de Bob soa em um tom mais agudo. — Que porra é *essa*?

— O que viu aí, Bob?

Hap se aproxima, e as silhuetas dos dois homens se materializam à meia-luz. Eles estão de pé no canto de uma câmara antiga com paredes de tijolos, cheia de fitas para presente, lenha antiga, fezes de rato e poeira tão espessa quanto pelo em todas as superfícies.

Hap direciona sua lanterna para o ponto no canto que os dois homens estão olhando, boquiabertos, hipnotizados e fascinados. Hap pisca e encara. A parede é um borrão, e ele precisa ajustar os óculos por um instante para conseguir ver. Por fim, ele registra o velho portal que percorre os tijolos enviesados com pelo menos 1,5 ou 1,8 metro de altura, com as dobradiças enferrujadas enterradas na reentrância, quase invisíveis em um dos lados.

— Por *Judas* — murmura Hap, sem fôlego, ao perceber exatamente o que está vendo. — Isso é uma *porta*?

Bob assente devagar.

Hap encara.

— Aonde acha que *isso* vai dar?

Típico! Lilly apoia o walkie-talkie por um segundo para ir ao banheiro e tudo vai pelos ares. Aquela porcaria ficou tão silenciosa quanto um tijolo a manhã toda, sem nenhuma palavra de Matthew e companhia — independentemente do fato de que Lilly o verificou a cada 15 minutos mais ou menos enquanto supervisionava a fortificação da cidade —, e agora a coisa começa a tagarelar enquanto ela mija no solitário banheiro químico do lado de fora do local de construção.

Lilly estende a mão para o rolo de papel higiênico quando ouve outro rompante da voz fina e ansiosa de Matthew do lado de fora da porta do reservado.

— Lilly, está ouvindo? Está aí? Oi? Onde você está? Uma coisa... uma coisa muito fodida aconteceu... Alô? Alô! ALÔ!

Ela termina o que está fazendo apressadamente e levanta as calças. Desde o aborto, há três semanas, vem sofrendo com uma infecção urinária persistente, e justo naquela manhã repara que seu abdômen está sensível quando chuta a porta de plástico.

— Estou indo, pelo amor de Deus — resmunga aos sussurros. — Não se descabele.

O walkie-talkie está apoiado em um barril de óleo a 4,5 metros, e Lilly percorre essa distância em algumas passadas saltadas, pegando o dispositivo de cima do barril. Ela aperta *enviar*.

— Matthew? É Lilly aqui... vá em frente.

A voz estala.

— *Ai, meu Deus... hum... Lilly... uma coisa muito... uma coisa muito ruim aconteceu!*

Lilly aperta o botão.

— Calma, Matthew. Conte o que aconteceu. Câmbio.

A voz:

— *Foi culpa minha... eu não... não previ isso... Ah, MERDA!*

— Matthew, respire fundo — pede Lilly. — Estão todos bem? Alguém foi mordido?

Depois de um rompante de estática, a voz retorna, ofegante, histérica, tossindo.

— *Estamos bem, estamos todos bem... mas a horda, Lilly, a porra dessa horda desgraçada... Não a impedimos. Só... pioramos.*

— Do que está falando, Matthew? Fizeram a linha de fogo?

Do pequeno alto-falante soa o ruído esquisito da risada nervosa e sem fôlego de Matthew Hennesey:

— *Ah, fizemos, sim... Botamos fogo na porra do lugar.* — Pausa, um farfalhar, o som de respiração pesada. — *O problema é... Surpresa! Essas porras estão mortas... já estão mortas, porra...!*

Lilly ouve a voz se deteriorar em mais risadas ofegantes. Ela aperta o botão.

— Matthew, me escute. Preciso saber exatamente o que aconteceu. Apenas se acalme, porra, e me conte o que aconteceu.

Depois de uma longa pausa, o silêncio estalando, a voz de Matthew Hennesey se acalma e abaixa uma oitava, feito uma criança que foi pega no flagra:

— *Acendemos a linha de fogo... e... e... Meu Deus, eu nunca poderia ter imaginado... Lilly, eles passaram direto por ela... como se nem estivesse lá... A fileira da frente pegou fogo primeiro... foi como algum tipo de truque deturpado... os errantes na nossa frente simplesmente se acenderam como velas... apenas viraram chamas... os gases de toda a carne em decomposição... não sei o que foi... como se cada um deles tivesse entrado em erupção... e logo depois a porra da horda inteira começou a queimar... Foi como aquele velho filme do Hindenburg explodindo... você se lembra disso? O fogo simplesmente se espalhou sobre o enxame... até que praticamente todos estivessem em chamas .. Ficaram em chamas como tochas ambulantes, mas Lilly... a questão é que... eles não pararam... seguiram em frente... continuaram se arrastando como se nem fizessem ideia de que estavam queimando.* — Matthew para e toma fôlego. Lilly, ainda processando a informação, encara a terra cinza e dura, tão granulosa quanto poeira lunar. O som da voz de Matthew estala de novo. — *Ainda estão indo para Woodbury, Lilly.*

Ela aperta o botão:

— Espere. Tudo bem. Calma. Não estou entendendo. O fogo não vai destruí-los? Nem a maioria deles? Ou pelo menos uma boa parte?

A voz, agora reduzia a um murmuro, estala e chia pela estática:

— *Sim... com o tempo, acho. Alguns deles... não sei.* — Risadas secas e roucas de novo. — *Se o fogo destruir o cérebro... ou tornar o corpo incapaz de andar... a essa altura, sei tanto quanto você... mas uma coisa posso afirmar com certeza... Há tantos deles que uma boa parte vai chegar a Woodbury amanhã de manhã... E não vai ser bonito.*

Lilly encara o relógio, pensando, sacudindo a cabeça devagar. A questão é que *nada* mais é bonito.

— Apontem as lanternas para o lado direito da porta, bem ali... Isso, perfeito. — Bob se agacha e empurra a parte de trás do martelo contra a argamassa empoeirada e rachada entre dois tijolos, lançando uma chuva de partículas ao chão. Ele resmunga com dificuldade. — Esses tijolos têm mais de cem anos - diz ele, lutando com o martelo, encaixando-o e então alavancando o mais forte possível.

— Bob...

A porta cede de repente.

Hap recua, sobressaltado. Velho demais para reagir rapidamente, cego demais para ver o que está acontecendo, ele é bombardeado com uma série de impressões — a primeira delas é uma lufada fria de ar nauseante que é jorrada do portal, como se a selagem de um enorme vidro de conserva tivesse sido aberta. Isso é seguido pelo som de dobradiças velhas rangendo quando Bob abre a porta, e depois há um borrão de movimento.

A princípio, Hap identifica o que irrompe do portal como um guaxinim. É escuro e está próximo do chão, e pela visão embaçada de Hap, a única coisa que realmente consegue enxergar é uma pequena boca cheia de dentes amarelos afiados. A coisa escala como uma aranha pelo chão na direção de Hap. Ele solta um arquejo de susto quando a criatura se agarra ao tornozelo direito dele e crava os dentes na sua carne.

A partir desse momento, as coisas começam a acontecer muito rapidamente — rápido demais para que Hap acompanhe —, e o pior de tudo é a dor quente que percorre sua perna. Ele perde o equilíbrio e cai para trás, de bunda no chão, fazendo com que a lanterna saia voando da sua mão e role pelo chão. A luz ilumina a coisa que está mastigando seu tornozelo.

Durante um instante horrível antes que os outros homens intercedam, Hap encara o rosto de um pesadelo vivo.

O monstro que cravou a mandíbula na perna de Hap mal se parece com qualquer coisa que já foi humana um dia. Presumivelmente, o tempo que passou na escuridão atrás da porta o ressecou além do reconhecimento. Sua pele é cinzenta como minhoca e está tão grudada nos ossos do crânio e do esterno que parece que foi embalada a vácuo. Nós pontiagudos e disformes de ossos se projetam das dobras dos braços e das pernas, dando à coisa uma aparência terrível de fantoche. Talvez o que tenha sido uma criança, ou um anão, o humanoide miniatura encara com os olhos brilhantes, sem pálpebras, enquanto mastiga a junta artrítica de Hap, sugando o sangue e a medula com o fervor de um náufrago faminto que suga as últimas gotas de água de um coco.

Hap vê um clarão, e o estouro estala seus ouvidos quando Bob acerta a coisa com um único tiro na cabeça que lança cacos cinza de tecido no rosto de Hap. Ofegante, segurando a perna, ele sente o monstro soltá-lo e desabar no chão em uma poça de fluidos escuros. Hap geme, seu tornozelo queimando.

A silhueta de Ben ocupa o portal na parede. Ele está erguendo com ambas as mãos sua Glock, mirada e pronta, mas apenas aquela corrente gélida de ar tóxico sai da escuridão do outro lado da porta. Nenhum movimento ou ruído, somente o zunido nos ouvidos de Hap enquanto ele está deitado de costas, agonizando, segurando a canela velha e reumática, cheia de varizes, o sangue morno da vida escorrendo, misturando-se aos fluidos pútridos que se espalham por aquele deque imundo de concreto.

— Tudo bem, respire, Velho Hoss, apenas respire — diz Bob, ajoelhado ao lado do amigo, segurando a cabeça dele. Hap pisca e inspira apesar do tsunami de dor que percorre seu corpo. Ele tenta respirar. Tenta falar. Tenta se concentrar em Bob, que continua a encorajá-lo baixinho. — Vai ficar tudo bem, vamos tirar você daqui.

— Não... não, não vão. — Hap precisa reunir cada fio de energia para falar, para formular palavras e frases. A dor se enterra nele, se espalha por cada capilar. Algumas pessoas sucumbem devagar ao choque da mordida; para outras, é questão de minutos. Hap sente sua essência escorrendo pela ponta dos pés. — Não vai me tirar daqui.

— Hap, shhh, nós vamos...

Ele consegue sacudir a cabeça.

— Não, não vai me tirar daqui porque eu... estou acabado. Esperava que acontecesse... c-cedo ou tarde. Foi uma... boa... boa aventura o que vivi neste mundo.

— Hap...

— A-acabe com isto agora.

— Hap, cale a boca...

— Bob. — A voz de Ben interrompe baixinho. — Sabe o que precisa fazer, não tem como...

— CALE A BOCA! — Bob afasta o som da voz de Ben atrás de si com um gesto, como se espantasse uma vespa. Ele inspeciona o ferimento que ensopa de sangue a calça de Hap. Freneticamente, sem fôlego, ele apoia a arma e rasga um pedaço do tecido da bainha da camisa, fazendo agilmente um torniquete e o enroscando ao redor da perna do velho amigo. — Agora, não discuta comigo, Velho Hoss. Nós vamos...

Hap fecha os dedos trêmulos ao redor do cabo com proteção cauda de castor da pistola .357 de Bob.

Bob olha para baixo.

Acontece tão abruptamente, tão depressa, que Bob não tem tempo de impedir, quanto mais *registrar* o que está ocorrendo. Ele vê algo se mover na escuridão abaixo de si e percebe que os dedos velhos e retorcidos de Hap se fecharam ao redor do cabo do revólver. Bob dá um grito abafado quando Hap gira rapidamente o cano e o pressiona em sua têmpora sardenta.

Bob estende a mão para a arma no mesmo instante em que Hap aperta o gatilho.

Bob dá outro grito inarticulado quando o disparo é feito, lampejando e rugindo na escuridão. Bob recua quando Hap ricocheteia, a nuca dele estoura e o jorro de sangue atinge uma coluna de sustentação atrás dele. Hap cai para trás em uma nuvem de cordite, desabando com os olhos arregalados. A arma retine no cimento e uma poça escura se espalha.

— NÃO! PORRA, NÃO! — Bob dispara na direção do amigo, agindo por instinto. — PORRA! PORRA! — Bob tenta erguer a cabeça do velho do chão, e o sangue deixa suas mãos viscosas. Hap desliza de volta. Bob balbucia para si mesmo enquanto toca a nuca do homem, sente o pescoço dele em busca de alguma pulsação. — Porra-porra--porra! — Os olhos de Bob ficam cheios d'água e ele não consegue enxergar muito bem quando puxa o corpo inerte de Hap para um abraço sangrento e esquisito. — Caramba, seu velho burro, o que você fez? O que você *fez*?

— Bob, vamos. — A voz de Ben sai das sombras atrás de Bob, parecendo vir de um milhão de quilômetros de distância. — Bob, ele se foi. Ele...

— CALE A PORRA DA BOCA, BEN! — A força com que a voz grave jorra pega o próprio Bob de surpresa, e a emoção inesperada que se acumula dentro dele o deixa tonto.

Por algum motivo, aquilo o atinge em cheio, aquela morte, aquela perda sem sentido, tão casual e repentina como um espirro. Ele amava o velho Hap Abernathy, amava as histórias dele, sua personalidade ranzinza, a obstinação teimosa que fazia Bob se lembrar de alguns dos velhos amigos do exército. Hap passara um tempo na Marinha na época da Guerra da Coreia e fora um bom cozinheiro, um típico praça, e fazia Bob rir. Agora, ele sente as lágrimas ameaçando cair conforme abraça o corpo inerte do amigo contra o peito e o sangue o batiza em tristeza. Ele começa a chorar baixinho.

— Foi ele que fez isso, Bob — murmura Ben da escuridão, a apenas centímetros, mas sua voz vem de uma grande distância. — Ele era uma boa e velha alma, e se foi como um homem.

— Eu poderia... eu poderia... PORRA! — Bob apoia o rosto na lateral da cabeça destruída de Hap. — Eu poderia ter salvado ele.

— Não, não poderia.

— Eu poderia... ter *amputado*.

— Não, Bob. Não tinha nada que você pudesse ter feito. Ele se foi como um homem.

Bob tenta dizer outra coisa, mas em vez disso, fecha os olhos e deixa o restante da crise de choro percorrer seu corpo. Leva cerca de um minuto. Então, ele fica em silêncio, oscilando o corpo flácido para a frente e para trás. Depois, para de balançar e fica apenas sentado ali, desolado, vazio, extenuado. Bob ergue o rosto para Ben e diz, baixinho:

— Vamos levar o corpo dele de volta, dar um enterro digno.

— É claro.

— Venha... me ajude a fazer uma maca.

Os dois homens reúnem pedaços de madeira, corda e fita adesiva.

Eles improvisam uma maca tosca na qual podem arrastar o corpo de volta para a cidade. São precisos mais alguns minutos para prender o corpo de Hap à maca, e quando terminam, depois de já o terem amarrado e estarem limpando o suor das testas e se preparando para sair,

Bob dá uma última olhada para o outro corpo — o cadáver deformado no chão com a pele ressecada e os ossos se projetando de cada junta — e cospe na criatura.

Então Bob repara em outra coisa. Do outro lado do cadáver, atrás daquela porta secreta na parede do porão, um túnel se estende na escuridão.

Bob pisca, esfrega os olhos e encara o túnel por um longo momento. A passagem está coberta de tijolos e argamassa, e pelas condições do alinhamento, parece ter sido construída às pressas, muitos, muitos anos antes. Parece se estender para a escuridão por centenas de metros, talvez quilômetros.

Na verdade, quanto mais Bob olha para o túnel, mais uma comichão se instala nas profundezas da mente dele: *Quem diabo construiu essa coisa, por que fez isso e, mais importante, até onde isso vai?*

Por fim, Bob se vira para Ben e diz, com a voz fatigada e exaurida:

— Vamos dar o fora daqui.

CINCO

Calvin Dupree irrompe no escritório administrativo, no segundo andar do prédio do tribunal, com o coração acelerado e a boca seca de pânico. Ele para logo quando passa pela porta e rapidamente avalia a antessala, a qual Lilly ofereceu à família dele como instalações temporárias até estarem recuperados para partir. Iluminado por uma única claraboia, o espaço foi varrido, as mesas e os arquivos foram empurrados até uma parede e as janelas seladas com tábuas foram decoradas com cortinas comidas por traças.

As crianças estão sentadas preguiçosamente em um canto da sala, caladas durante a maior parte do tempo. Bethany está sentada em uma cadeira giratória surrada, lendo um livro de histórias comido por traças enquanto Tommy e Lucas estão no chão de frente um para o outro, brincando com um jogo de tabuleiro.

— Querida? — grita Calvin para Meredith, que está sozinha do outro lado da sala, encarando uma rachadura em uma das janelas seladas, balançando o corpo devagar em uma cadeira dobrável e proferindo silenciosamente sua litania obsessivo-compulsiva, parte dela balbuciada e inaudível, parte as frases "Pega essa menina" e "que tem medo", enquanto o mundo segue inalterado ao redor dela. — Querida, está tudo bem? — pergunta Calvin ao se aproximar, cerrando os punhos, nervoso.

Ela não diz nada.

— Querida? — Calvin se ajoelha ao lado de Meredith. — Fale comigo... o que está havendo?

Ainda nada além daquele balbuciar silencioso e perturbador de alguma oração talismânica.

— Ouça, querida. Lembra-se de quando falei sobre aquela horda que estava se formando a oeste daqui? Bem, tentaram impedi-la, mas deu alguma coisa errado. Ainda está vindo nesta direção. Precisamos ficar agora. Estamos mais seguros dentro das muralhas deste lugar. Pelo menos por enquanto. Está entendendo?

Ela não olha para Calvin, não responde, apenas continua murmurando para si mesma, zumbindo baixinho e sem entonação, enquanto um feixe fino de luz entra pela janela selada e se projeta sobre seu rosto, tornando suas feições finas e delimitadas ainda mais ríspidas do que o normal. Pouco mais que um sussurro, mais um gemido do que uma canção, a voz de Meredith parece vir do fundo de um poço conforme ela profere as palavras de uma velha canção de ninar:

— *Boi, boi, boi... Boi da cara preta...*

Calvin percebe que é isso o que a mulher vem murmurando há dias, talvez semanas. Ele toca no ombro dela.

— Querida? Ouviu o que eu disse?

Subitamente, ela se afasta do toque do marido como se estivesse recuando de um choque elétrico. Ergue o rosto para Calvin, piscando, com uma expressão de raiva.

— Ouvi o que você falou, Calvin, não estou em coma! — Ela franze a testa. — O que aconteceu com a horda?

— O quê? — Ele inclina a cabeça. — Ah. Não sei. Tentaram bloquear o caminho dela, mas de algum modo o tiro saiu pela culatra. — Calvin acaricia o braço da mulher. — Ficaremos bem. Não se preocupe. — Ele aperta o braço dela. — Por que não rezamos por isso? O que acha? Vamos rezar juntos. — Abaixa a cabeça. — Senhor Jesus, por favor, ouça nossa prece...

De trás dele, uma voz hesitante interrompe:

— Você pode, *por favor*, fazer outra coisa que não seja *rezar* o tempo todo?

Calvin se vira e vê o filho mais velho, Tommy, de pé com os punhos cerrados, o moletom encharcado de suor e as veias latejando no pescoço magricela. O menino está no limite: da adolescência, da violência, das lágrimas.

— A mamãe ficou completamente louca, está completamente doente da cabeça, e tudo o que você consegue fazer é rezar?

— Cale a boca! — Calvin sente o ódio incendiar seu estômago. O menino consegue irritá-lo de uma forma... e ele já tem se irritado bastante ultimamente. — Estamos lidando com uma situação de vida ou morte aqui.

— Eu sei, pai. Esse é o problema. Não pode nos proteger com orações.

— Vá se sentar! Agora mesmo!

— Mas, pai...

— Agora!

O menino emite um grunhido enraivecido e sai batendo os pés. Ele chuta o jogo de tabuleiro pelo chão, assustando o irmão mais novo.

Calvin se volta novamente para a mulher.

— Vai ficar tudo bem, prometo — diz a ela, acariciando o braço de Meredith.

Ela se afasta de novo.

— Seu filho está certo, Calvin.

— Não diga isso.

— Sua mulher é uma doente mental.

— Meredith...

— Mais doida do que um sanduíche de sopa.

— Pare!

— PARE *VOCÊ*! — O mero volume e o timbre da voz dela assustam todos na sala. As crianças subitamente erguem o rosto das peças do jogo espalhadas. O rosto fino de Meredith ficou lívido, as veias no pescoço latejam. — Pare de fingir que pode rezar para sair dessa situação, e pare de fingir que está tudo muito bem com esta família e que não chegou o Fim dos Dias ou que não estamos todos ferrados!

— Tudo bem, basta... — Ele tenta tocá-la de novo, e Meredith dá um tapa na mão de Calvin.

— E pare de mentir para mim!

Ele olha para a mulher.

— Do que está falando?

— Tommy ouviu que você iria para aquele depósito da Guarda Nacional hoje mais tarde para ajudar essa gente a procurar por armas. É verdade?

— Tudo bem, isso não é...

— É VERDADE OU NÃO?

Ele assente.

— Sim, é verdade.

A mulher respira fundo. Os olhos dela estão vítreos de ódio e loucura.

— Vou com você.

— Meredith...

Ela olha para o marido com uma estranha mistura de emoções contraindo suas feições: angústia, desolação, tristeza, mas, em grande parte, puro ódio.

— Não vou me encolher e morrer. Não sem lutar. Quero destruir esses monstros tanto quanto qualquer um. Vou com você.

As cinzas do antigo Depósito Número Dezoito da Guarda Nacional cobrem uma planície de 40.500 metros quadrados de vegetação arbustiva que dá para Elkins Creek — cerca de 2,5 quilômetros de Woodbury. Uma estrada de acesso estreita, de asfalto escurecido pelo sol, sai da autoestrada 18 e serpenteia pela subida oeste até o portão de entrada, o qual agora lembra um esqueleto carbonizado de ossos de ferro retorcido, destruído de um lado a outro pelas ondas de choque de uma bomba incendiária.

Enquanto Bob conduz a Dodge Ram enferrujada para os destroços da entrada, o restante dos passageiros silenciosamente absorve as extensas ruínas da propriedade. O que um dia foi uma fortaleza de prédios cercados por cerca de ferro torcido, muralhas espessas e armamentos pesadamente vigiados agora se assemelha aos brinquedos descartados de uma criança, espalhados pela paisagem detonada. Tanques jazem, carbonizados e emborcados como tartarugas mortas a distância. Carcaças incineradas de Humvees e veículos de batalha Bradley estão jogados pelo pátio. Metade dos prédios não tem portas e nem janelas, alguns deles com andares inteiros esburacados, destruídos pelo fogo e agora expostos à natureza. A cratera no centro da explosão que devastou o depósito lembra um lago salobro cheio de água tóxica da chuva. O raio da explosão ainda é evidente a olho nu em grandes anéis concêntricos de fuligem que irradiam pelo pavimento.

— O que, em nome de Deus, aconteceu aqui? — pergunta Calvin do banco traseiro estreito, o qual fica apertado com três adultos.

Ele está espremido entre Meredith e Lilly, esticando o pescoço para ver pela janela enquanto David vai na frente, com um rifle de assalto AR-15 apoiado delicadamente entre as pernas. Ele encara as ruínas pela janela.

— O pessoal que se desentendeu com o Governador queimou como um tipo de ação preventiva.

— Quando isso aconteceu?

David dá de ombros.

— Não sei, há mais ou menos um mês, por aí.

— Quem *eram* essas pessoas? — pergunta Calvin, quase retoricamente, chocado com a devastação.

— Eram apenas pessoas — fala Lilly, esfregando as pernas como se tentasse senti-las.

Seu corpo esguio está apoiado na porta traseira. As memórias traumáticas do mês anterior ainda ardem dentro de Lilly sem muito aviso. A morte de Hap Abernathy naquela manhã reacendeu seus velhos sentimentos de pânico. Lilly se sente uma fraude. Quem pensa que é, afinal? Ela tenta afastar a dúvida da mente. Olhando pela janela, vê os restos carbonizados de Mordedores no chão, espalhados pela propriedade, e a visão de todos aqueles corpos escurecidos causa um aperto dentro dela. Poderia facilmente ainda haver errantes queimados caminhando por aqueles prédios em ruínas. Lilly pega a Ruger, verifica o pente e conclui:

— Gente normal. Exatamente como nós. Pessoas que só estavam tentando sobreviver.

Meredith, do outro lado do assento traseiro, inquieta com os nervos e a adrenalina, fala, por fim:

— Se quer saber, nunca vamos encontrar nada se ficarmos circulando nessa joça de picape... Alguma hora teremos que sair e procurar a pé.

Depois de uma hora de busca inútil — cada prédio foi limpo por saqueadores ou queimado e está além de qualquer identificação após a explosão —, eles encontram um barracão Quonset no canto da propriedade, ao lado da garagem. Seja devido ao exoesqueleto de aço ou pela dissipação das ondas da explosão, o barracão continua intacto, trancado pelo lado de fora.

Bob quebra o cadeado com um martelo de bola, e a equipe inteira adentra a escuridão do abrigo, que tem cheiro de óleo de máquina e mofo.

Lanternas se acendem. Sob os feixes finos, dá para ver enormes caixas de madeiras, empilhadas até o teto e cobertas de teias de aranha. Letras de forma pintadas com estêncil nas laterais das caixas dizem ARTILHARIA NÃO VERIFICADA, 100 MUNIÇÕES BROWNING CAL. .50 PERFURADORA DE COLETE, EXPLOSIVOS DETONANTES DE COMPOSIÇÃO C e 50 SINALIZADORES DE ALTA PERFORMANCE 25 MM. Por fim, o feixe de luz da lanterna de Bob pousa sobre uma caixa etiquetada MUNIÇÃO INCENDIÁRIA/FOS. BRANCO.

— Filho da mãe — murmura ele.

— O que foi, Bob? — pergunta Lilly, apontando a lanterna para as letras. As palavras não significam nada para ela.

— Já ouvi falar dessa merda — diz ele, ajoelhando-se diante da caixa e soprando poeira das tábuas. — Fósforo branco. O exército usou no Kuait.

— O que é?

— Uma coisa muito, muito ruim. Como napalm, só que mais claro e mais rápido.

— Bombas?

— Tipo isso.

— Já não tentamos isso?

— Esse negócio é diferente, acredite. — Bob olha por cima do ombro para Lilly. — Como fogo com anabolizantes.

Ela pensa por um segundo.

— Podemos usar essa coisa?

Bob lança um olhar enigmático para Lilly e então se vira para os outros.

— Alguém me ajude, precisamos de uma plataforma levadiça ou de alguma outra coisa para carregar tudo isso para a caminhonete.

No fim daquela tarde, Lilly e os outros voltam para Woodbury e descobrem que Matthew, Speed e Gloria chegaram antes deles na cidade.

Abatidos, suados e cobertos de fuligem, parecendo mal terem escapado de um desastre em uma mina de carvão, Matthew e companhia se encontram com Bob e Lilly na enfermaria, onde Bob trata as pequenas queimaduras e a inalação de fumaça sofridas pelo grupo e Lilly os questiona sobre a velocidade com que a horda está se aproximando de Woodbury.

— Eu diria que temos doze horas no máximo — diz Matthew, sentado na beira de uma maca, limpando a sujeira do rosto com uma toalha.

Gloria e Speed estão sentados do outro lado da sala, bebendo água mineral e parecendo arrasados e assombrados. Lilly anda de um lado para outro e indaga:

— Que merda aconteceu? Já vi errantes se *assustarem* com fogo, *recuarem* diante dele. Certo? Mas nada assim. O que os tornou imunes a isso?

Matthew dá de ombros e olha para o outro lado da sala, em direção aos colegas.

Não sei mesmo. Aconteceu tão rápido que nem tive certeza do que estava vendo.

Speed se intromete:

— Deve estar reduzindo a velocidade deles, de alguns, pelo menos, mas para a maioria, sei lá, é como nem notassem que estão pegando fogo, porra.

Isso interrompe subitamente a conversa fria por um longo momento, e o silêncio que se segue é agoniante.

Lilly olha para Bob.

— Quanto tempo até consertarmos aquela ponta da muralha a oeste?

— Deve terminar ao anoitecer. — Bob pigarreia, nervoso. — Sei que o tempo é curto e que não temos tempo para um funeral digno. Mas e se eu disser algumas palavras mais tarde, antes de enterrarmos o velho Hap? — Bob parece ter um sapo preso na garganta, pois ele fica pigarreando repetidamente, mas Lilly sabe que, na verdade, está só contendo as lágrimas. — Ele era um bom e velho sujeito. Salvou algumas vidas na época dele. Sinto que devemos uma a Hap. O que você acha?

— É claro, Bob. — Lilly examina o rosto profundamente enrugado dele. Os velhos olhos de Bob estão enterrados em emaranhados de rugas. Ele tem os tiques e os tremores de um bêbado sem copo. Durante um breve instante, Lilly imagina se o amigo está perto de voltar a beber. Não faz ideia do que faria sem esse homem. — Assim que reforçarmos a muralha — continua ela — e situarmos todos... nos encontraremos na praça, então o enterraremos ao lado de Penny.

Bob assente e olha para o chão, parte em sinal de gratidão, parte por vergonha. Ninguém sabe o quanto ele quer uma bebida agora.

Do outro lado da sala, Gloria tira a viseira e passa os dedos pelo ralo cabelo cinzento.

— É possível que o fogo reduza a horda em algum momento. Metade daquelas coisas estava acendendo como fogos de artifício. — Ela olha para Lilly. — Quando chegarem aqui, com alguma sorte, não terão sobrado muitos.

Lilly assente e esfrega os olhos.

— Como é aquele velho ditado? Que Deus te ouça?

— E por falar em Deus — diz Speed. — Vi aquele cara, o doido de Jesus, trabalhando com vocês mais cedo na muralha. Eles decidiram ficar?

Lilly suspira.

— Acho que sim... não sei. — Ela pensa a respeito. — Calvin é tranquilo, aliás. Ele não me passa a impressão de ser um fanático, nem nada assim. — Lilly pensa mais um pouco sobre a família Dupree. — As crianças são boazinhas também. É com a mulher que estou preocupada. Ela é bem instável. Quero que todos fiquem de olho. Ela tem aquele olhar... já o vi antes... passou tempo demais lá fora. Quer ajudar com os explosivos, mas não tenho certeza se é uma boa ideia. Essa mulher é perigosa. Acho que quer, sozinha, fazer essa horda sumir do mapa.

Depois de uma longa pausa, Gloria comenta, baixinho:

— Quem não quer?

SEIS

Dez minutos para as 20 horas. A escuridão cai. Grilos cantam. Há algo pútrido no vento. Um zumbido distante soa como fios de alta tensão — ou talvez um exército de mortos se aproximando. As horas estão passando. Cada residente de Woodbury, Geórgia, corre para fazer as coisas antes do dilúvio.

Sob a pista de corrida, Barbara Stern lidera um bando de crianças de 3 a 12 anos para baixo por uma série de degraus até o labirinto subterrâneo das baias de serviço. Os ruídos, como gritos e latidos de hienas, das oito crianças ecoam pelas paredes de azulejo do corredor central conforme a mulher de meia-idade com vestido havaiano se apressa para o último escritório à esquerda.

— Não empurre, Robie — avisa Barbara para um dos mais jovens. — Tire o dedo da boca, Alyssa. Continuem andando. Nathan, ajude sua irmã.

Barbara tem apenas uma vaga lembrança do escritório. Ela o viu uma vez, quando acompanhava os brutamontes do Governador até ali, e enquanto apressa as crianças para além das portas de garagem detonadas em sequência — todas abaixadas e trancadas — tem uma sensação esquisita de inquietude no estômago. Aquele é o lugar em que as equipes de corrida um dia consertaram ou armazenaram suas máquinas, onde homens de macacões cheios de graxa remexiam incessantemente sob capôs e chassis de carros potentes, deslizando em plataformas levadiças, apertando e martelando. Mas é também o lugar em que Philip Blake, ou o Governador, torturou prisioneiros — os gritos dos condenados se misturavam aos barulhos agudos de furadeiras e à risada do inquisidor —, um lugar que se tornou uma casa de horrores da vida real. Barbara uma vez viu um documentário na CNN sobre o palácio de Saddam Hussein, saqueado e colocado sob lei militar depois da invasão dos Estados Unidos. Por algum motivo, ela se lembra da característica assustadoramente comum daquele lugar maligno — as fotos de viagens de caça nos ímãs de geladeira e a pornografia nas mesas de cabeceira — e no momento se lembra exatamente disso conforme passa por um calendário de pin-ups na parede com uma mulher nua em um cavalo mecânico.

— Última porta à esquerda, Tommy — grita Barbara para o menino à frente.

Uma versão em miniatura do pai, Tommy Dupree é um menino magricela de cabelo loiro com um rosto rosado que exibe emoções imediata e abertamente, os enormes olhos castanhos cheios de inteligência e vigor. Ele parece um soldadinho no momento, usando macacão jeans e um boné da Caterpillar enquanto marcha em direção ao escritório, arrastando a irmãzinha pelo colarinho do vestido de alça. Assim que conheceu o menino, Barbara sentiu uma afeição imediata por aquele menino briguento de 12 anos. Sem filhos e desacostumada com a carência insaciável da maioria das crianças, Barbara se acha fortemente parecida com a alma velha de Tommy. O menino é irritante, um presunçoso que não tolera estupidez, e ela se identifica com isso.

— Não sou cego — grita Tommy para ela. — Consigo ver a placa

Como uma babá de cachorros guiando filhotes, Tommy segura as mangas da roupa dos irmãos mais novos e os apressa em direção a uma porta de vidro que diz ADMIN. DE SERVIÇOS E BAIAS em estêncil desbotado. Lucas, de 5 anos, tropeça sutilmente no macacão de veludo cotelê e sapatos Oxford, deixando cair uma pequena mochila cheia de papeis no chão manchado.

Livros de colorir caem abertos, lápis se espalham pelo chão e papéis vão parar em diferentes pontos.

— Eu pego, Luke, não tem problema, entre — comenta Tommy amargamente, mas também com um indício de paciência bastante sofrida na voz, como se tivesse se tornado um mártir, um pai por aproximação, enquanto reúne o conteúdo da mochila.

Barbara leva o restante das crianças para além de Tommy e para dentro da sala.

Ela volta um momento depois para ajudar o menino a recolher o material de arte. Ajoelhada ao lado de Tommy, Barbara enfia os lápis de volta na bolsa enquanto ele recolhe desenhos rabiscados com marcador preto e lápis pela mão trêmula de uma criança de 5 anos. Um dos desenhos chama a atenção de Barbara.

— Não quero ser intrometida — diz ela para o menino de 12 anos —, mas quem deveria ser este?

— Ah, isto? — Ele ergue a folha e Barbara vê mais de perto a figura humanoide estranha e disforme com chifres, rosto cadavérico e uma enorme língua bifurcada para fora da boca cheia de presas. — É o *Antiocristo.*

— É mesmo?

— É. Meu irmãozinho tem visões. Na maioria das vezes ele tem visões do *Arretamento.* Ou pelo menos é assim que meu pai chama.

— Quer dizer o Arrebatamento?

— Isso — confirma o menino com um aceno de cabeça casual, devolvendo o desenho para a mochila. — Meu pai diz que estamos nos tempos da *Tribolação,* quando alguns de nós são erguidos para o céu e outros precisam ficar para trás e lutar contra o *Antiocristo.* É daí que vêm todos esses monstros. São sinais dos tempos da *Tribolação.*

— Ah. — Barbara não consegue responder, e só diz um tépido: — Entendo.

— Acho isso tudo uma besteira — continua o menino. — Mas não digo nada, pois magoaria meu pai. Ele não é um pai ruim, só fica tão irritante de vez em quando com essa conversa de Jesus, orações e coisas de Deus. — Tommy fecha a mochila e fica de pé. — Eu mesmo sou ateu. Mas não conte aos meus pais, isso os mataria.

Barbara dá um risinho ao ficar de pé e apressar o menino para dentro do escritório.

— Ah, está vendo, temos algo em comum. Não sou judia, mas não conte aos pais de David, isso os mataria.

Eles fecham a porta após entrar e puxam as persianas; o som do ferrolho trancando a sala ecoa pelo corredor vazio.

Nas horas que antecedem a primeira aparição da horda, Lilly supervisiona as tarefas de último minuto necessárias para fortificar a cidade e se preparar para o ataque. Seis mulheres e 14 homens trabalham continuamente para reforçar a muralha oeste, alocando munição, instalando postes de lâmpada fotovoltaica, posicionando os atiradores, montando a catapulta improvisada de Matthew, distribuindo explosivos e equipamentos como escopos, binóculos de visão noturna, balas traçantes, sinalizadores e cartuchos de munição. Depois de catar o que conseguiram das ruínas do depósito da Guarda Nacional e de reunir as munições pessoais, eles têm um total de 16 granadas, algumas centenas de balas calibre .45, umas sessenta de calibre .38, 150 balas perfuradoras de colete de alta velocidade calibre .30 e cerca de cem balas calibre .22 em dez pentes separados para as duas pistolas Ruger de Lilly. Não é um arsenal muito impressionante — principalmente considerando as variáveis —, mas terão que servir. A carga explosiva do depósito da Guarda pode ser o trunfo deles. Lilly aconselha aqueles com rifles de assalto que atirem balas controladas, pois as armas disparam oitocentos cartuchos por minuto se o gatilho for pressionado continuamente.

Por volta das 23 horas, eles fazem uma pausa para uma rápida cerimônia na praça, em memória a Hap Abernathy. À luz de tochas, os vinte adultos se reúnem em um semicírculo ao redor da estátua de pedra de Jeb Stuart, com as cabeças baixas, enquanto Bob se coloca diante de um caixão de pinho envolto em corda e fita adesiva e fala baixo sobre os dias de Hap levando e buscando crianças na escola primária no seu ônibus amarelo. Hap era ranzinza, mas também muito adorado, e diversos sobreviventes querem contar histórias. Todos têm a chance de falar, mas a cerimônia é encurtada quando o odor distinto dos errantes começa a ser trazido pelo vento, representando uma ofensa ao ritual. Todos ficam sobressaltados ao detectarem um novo aspecto no fedor. Logo abaixo do odor característico de carne rançosa e merda pútrida, como um contraponto musical dissonante, está o odor escuro, acre e oleoso de carne incinerada.

Os lamentadores se dispersam, ocupando suas posições em tetos de carros e cabines de caminhões estacionados ao longo da barricada. Matthew monta a catapulta improvisada no cesto do alto de um guindaste próximo ao portão oeste. Um aglomerado de cordas de *bungee-jump*, cavilhas de madeira e partes de um carrinho de mão, a catapulta conta com um aparato de estilingue que dispara projéteis de até 5 quilos. Ao lado da catapulta, Matthew empilha explosivos C-4, montes de dinamite e quadrados de meio quilo de fósforo branco.

Junto a Matthew, no capô de dois caminhões de carga leve, os autointitulados atiradores de elite da cidade montam equipamento, inclusive tripés, proteção auricular, escopos de longo alcance e caixas de metal com balas de alta velocidade capazes de perfurar coletes à prova de balas. Ben aprendeu tiro ao alvo de longa distância na ROTC, a Corporação de Treinamento de Oficiais da Reserva, em Vanderbilt, e alega ser capaz de acertar um tiro na cabeça a 160 metros. Lilly não consegue decidir se acredita, mas isso não importa. Alguém precisa operar o rifle M1 Garand. O outro atirador de elite é David Stern. Com quase nenhuma experiência e um olho direito ruim, ele não tem as credenciais de Ben, mas compensa com o temperamento controlado. David passa a Lilly a impressão de ser inabalável — uma característica muito importante no calor da batalha.

Algum tempo depois da meia-noite, Lilly decide ter uma última conversa motivadora antes da chegada da horda. Ela reúne todos perto dos caminhões estacionados do outro lado do portão oeste. A essa altura, o fedor está insuportável, tão pungente que sugere que a horda é ainda maior do que achavam. Mas ninguém viu ainda qualquer errante. A pior parte, talvez, seja o odor inconfundível de carne queimada. Lilly nunca se deparou de perto com qualquer incêndio fatal de uma residência, nem testemunhou uma morte por imolação, mas com certeza já sentiu o cheiro de gordura de bacon queimando em uma frigideira de ferro, um resultado comum das tentativas de seu pai, Everett, de fazer café da manhã. *Esse* odor tem o cheiro do bacon queimado multiplicado por mil, misturado com pele de animal incinerada e cabelo humano chamuscado. Faz as entranhas de Lilly flutuarem durante o discurso de última hora.

— Tudo bem, então, o negócio é o seguinte — anuncia Lilly ao grupo na escuridão da madrugada. Eles apagaram as lâmpadas de emergência de vapor de sódio, desligaram os geradores e mergulharam tudo no luar. O silêncio esquisito resultante é interrompido apenas pelo vento que canta acima do zumbido distante dos mortos-vivos. O barulho, maior e mais intenso com uma lentidão e uma certeza agoniantes, parece a chegada da monção, como uma rajada se formando atrás das árvores. Os rostos reunidos ao redor de Lilly refletem o luar frio e o terror mal escondido. — Quero que todos tomem suas posições e não fiquem confortáveis demais; obviamente a horda vai chegar antes do planejado.

— Como sabe disso? — indaga Ben Buchholz, o rosto magro sombreado pelo boné de John Deere.

Os outros rostos, de Calvin, Meredith, Speed, Matthew, David, Gloria e do restante deles, observam com vigilância intensa, de olhos arregalados. Adrenalina percorre o grupo como uma corrente elétrica.

— Está sentindo esse cheiro? — Lilly olha para Ben com rispidez. — Inspire.

— Tudo bem, entendi — resmunga ele.

— Não importa o que aconteça, fiquem em suas posições. — Lilly avalia o grupo. — Não encarem a horda, não fiquem hipnotizados, não escolham um único errante e desperdicem munição tentando matá-lo. Apenas deem disparos controlados em direção ao topo dos corpos. — Lilly faz uma pausa e deixa a informação ser absorvida. O vento carrega um coro de gemidos do oeste. Ela sente um estremecimento se aproximar, mas o esconde. O relógio faz tique-taque. Embora não esteja sequer remotamente perto de ser uma líder experiente, militar ou de outro tipo, ela vê que as palavras estão saindo de sua boca quase espontaneamente, inatas, automáticas. — Vou patrulhar com as pistolas calibre.22 e o walkie-talkie. Matthew vai ficar com o outro rádio. Se alguma coisa der errado, ou se virem algo que achem que precisa ser resolvido de outra forma, vão em frente e...

— Lilly!

A voz que chama o nome dela — familiar e áspera e seca de uísque — interrompe o discurso como um tipo de sussurro de palco shakespeariano.

— O que foi, Bob?

O homem mais velho está ajoelhado no topo de um caminhão de carga leve, segurando os binóculos ao lado do corpo, as feições marcadas enrugadas pela tensão nervosa na escuridão. Ele parece ter acabado de testemunhar um acidente mortal.

— Precisa ver isso — diz Bob, estendendo os binóculos, com os dentes trincados, lutando para esconder o terror por medo de alarmar os demais.

— Todos assumam suas posições! — grita Lilly por cima do ombro enquanto dispara na direção do caminhão.

Ela sobe dois degraus por vez da escada de serviço e chega à plataforma de Bob em segundos.

— Logo na beira das árvores — diz ele, com um tipo de fatalidade sombria, entregando os binóculos.

— Ai, meu Deus. — Lilly vê exatamente do que o amigo está falando. — Bob, vou precisar que você dispare alguns sinalizadores.

A sabedoria comum entre os sobreviventes da praga é que uma horda é a personificação do Apocalipse — as dez pragas do Egito embrulhadas em uma única onda de carne pútrida e presas escuras — e a presença dela sinaliza o fim para qualquer criatura viva em quilômetros. Lilly viu algumas em primeira mão, cada uma sobrevivendo em seus pesadelos, mas até então elas têm, pelo menos, sido *consistentes* nos padrões comportamentais. Até esse momento, todas as hordas têm se comportado de forma quase idêntica: um rebanho uniforme de errantes reunidos e se movendo como um só, seguindo sempre em frente, uma maré fétida de cadáveres migrando como lêmingues para algum destino incipiente. Por fim, todas as hordas se dissiparam, seja com o tempo ou após uma obstrução natural ter impedido o progresso delas. Mas *essa* — essa abominação surgindo da linha das árvores a oeste de Woodbury a 1h53 da manhã, horário padrão do leste, e seguindo pelo pátio vazio, coberto de lixo, adjacente aos trilhos da ferrovia — desafia a análise, transcende atuações passadas e confunde a mente de qualquer ser que ainda respire e coloque os olhos nela.

Três sinalizadores em rápida sucessão percorrem o campo em arco, iluminando com a luz de magnésio o horror abaixo.

Lilly tenta comentar conforme olha pelos binóculos, mas nenhuma palavra consegue ser formulada, nenhum pensamento coerente se forma em sua mente, e tudo o que ela consegue fazer é escancarar a boca e movê-la, formando o mais próximo possível de uma palavra. Mas nenhum som sai. A pele de Lilly coça com arrepios gélidos, a lombar está formigando de terror, o couro cabeludo eriçado com milhões de alfinetadas. Lilly olha fixamente. A horda irrompeu para o descampado e está completamente visível sob a irradiação fria dos sinalizadores.

A aproximadamente 250 metros, a linha de frente pode ser vista a olho nu, contorcida dentro de uma ampla e baixa névoa de fumaça, mas apenas aqueles com binóculos podem de fato ver o que está vindo na direção deles. Montes e montes — talvez centenas — de cadáveres queimados rastejam em formação para a cidade. Ainda em brasa, os olhos feito carvão, as roupas em farrapos fundida à pele incinerada, a horda se arrasta parecendo um exército reanimado de vítimas de queimaduras — como se um holocausto nuclear tivesse varrido todo o batalhão e deixado para trás apenas cascas fantasmagóricas ao encalço — que está sendo impulsionado pelos fios invisíveis de marionetes do instinto interminável, implacável, insaciável. Alguns errantes estalam e racham enquanto rastejam, como se estivessem prestes a desabar aos pedaços a qualquer momento. Outros, nas fileiras de trás, ainda queimam levemente, as chamas escassas elevando-se nos crânios sem cabelo e misturando-se ao miasma de fumaça e fedor que agora paira como uma nuvem de tempestade sobre o campo. O odor que emana da horda é praticamente indescritível — uma mistura de fumaça química de borracha queimando, proteínas carbonizadas e asfalto acre, oleoso e amargo borbulhando em uma frigideira quente. O fedor permeia o ar e faz Lilly tossir mesmo enquanto está paralisada pela visão daquilo tudo.

Boquiaberta, encarando, ela pressiona os binóculos com tanta força nas órbitas dos olhos que eles irradiam dor pela ponte do seu nariz. A mão livre dela instintivamente desce para o pequeno coldre no canto esquerdo do quadril e segura o cabo da .22. Lilly sente o instinto assassino ascender dentro de si. Sente a boca aguando com náusea e violência latente.

Naquele instante terrível antes dos primeiros tiros serem disparados, ela sente uma onda súbita, inesperada e sobrepujante de tristeza percorrer seu corpo. O efeito daquele amplo exército de cadáveres imolados — um pouco reduzido em número em relação à superhorda original — é diferente do enxame padrão de mortos-vivos reanimados. As chamas alimentadas pelo metano, pela podridão e pela degradação da pele destruíram qualquer resquício de individualidade. Um observador não consegue mais identificar as distinções entre os errantes — uma antiga enfermeira, um mecânico, uma criança, uma dona de casa, um fazendeiro. Não há mais delineação entre os queimados, apenas uma enorme massa de ressuscitados escurecidos e em brasa rastejando continuamente para a frente, movendo-se sem propósito, sem esperança, sem Deus, piedade ou lógica, apenas se movendo.

Lilly dá um salto quando o primeiro estalo de um rifle de longo alcance ilumina a escuridão à sua esquerda.

Através dos binóculos, ela vê um dos cadáveres adiante ricochetear em uma nuvem de fumaça e jorro de sangue, então desabar no chão — restando uma pilha crocante de restos mortais queimados para os urubus —, conforme os irmãos dele, devagar e ignorantemente, tropeçam no corpo ao continuarem com sua marcha subsônica pelo campo. Mais tiros disparam das plataformas à esquerda e à direita de Lilly, e outros cadáveres incinerados estouram e desabam em fontes de fagulhas. O tiroteio acorda Lilly do devaneio, e ela abaixa os binóculos e puxa a Ruger, pegando o walkie-talkie do cinto em seguida.

Depois de apertar o botão, ela grita:

— Matthew, quero segurar os incendiários até a horda estar perto o bastante para causar danos! Está entendendo? Matthew? Diga que está entendendo! Matthew, câmbio?

Em meio aos estalos da estática, surge a voz de Matthew:

— *Entendido! Só tenho uma pergunta!*

Lilly aperta o botão.

— Fala!

A voz:

— *Você pegou os garotões?*

No bocal, Lilly fala:

— O quê? Se eu peguei *o quê*?

Pelo minúsculo receptor:

— *Os montões de dinamite. Eles sumiram!*

— O que quer dizer com sumiram?!

A voz de Matthew:

— *Não estão aqui, porra. Que merda aconteceu com eles?*

Lilly olha por cima do ombro para o cesto do guindaste, a uns 50 metros dali. Na escuridão, ela consegue ver a silhueta curvada de Matthew vasculhando as latas de explosivos e as pilhas de fósforo. Lilly está apenas parcialmente ciente das implicações daquele sumiço — a mente dela vagueia, faiscando com adrenalina naquele breu. Ela rapidamente se volta para o massacre em câmera lenta.

A horda já fez um progresso significativo pelo campo.

Está agora a 150 metros de distância, e o odor é espesso como uma mortalha.

— Muito bem, gente, atirem à vontade! — Lilly puxa para trás a trava da Ruger. — ATIREM À VONTADE! ATIREM À VONTADE! ATIREM À VONTADE!

* * *

Agachado no teto de um caminhão de carga leve ao lado do cesto do guindaste, Calvin ouve a voz de Lilly cortar os estalos dos disparos das armas assim que pega a sua Magnum .357.

Dada a ele por Bob Stookey, a Magnum pesa uma tonelada e parece estranha na sua mão. Ele não é um esportista ou ex-militar, nem um cara que gosta de armas — embora a pequena cidade em Kentucky onde nasceu e foi criado fosse um santuário para fanáticos por esse tipo de coisa. Mas agora, com o advento da Tribulação, Calvin se obrigou a aprender sobre armas de fogo.

Ele ergue a mira dianteira e direciona o alvo para um monte reanimado de pele queimada que rasteja em um halo de fumaça a uns 100 metros de distância. Atira. O rugido faz os ouvidos dele zumbirem, e o coice da arma empurra sua escápula quando ele vê o errante cambalear, mas não cair. O disparo arrancou um pedaço de carne queimada das costelas da criatura, deixando um buraco por onde o luar atravessa em um feixe de fumaça e poeira rodopiante, porém não é o suficiente para destruir a coisa, e Calvin tenta conter a frustração.

Ele sente que há algo errado.

— Mer? Querida? — Calvin chama a esposa.

Ela estava de pé logo abaixo, ao lado da cabine, apenas um segundo antes. Calvin convenceu a mulher a vestir a jaqueta grossa de couro dele, botas de cano alto, luvas, fita adesiva ao redor dos pulsos e dois lenços de estilo árabe no pescoço, só por precaução — Deus os livre —, caso ela se aproxime demais de um errante. Apenas um minuto antes, Meredith estava reclamando da rigidez da vestimenta enquanto entregava munições sobressalentes para o marido, resmungando que também deveria ter uma arma.

Agora ela se foi.

— Ah, não — murmura ele, se virando e verificando as sombras dentro da barricada. Olha de um lado para outro da muralha oeste, vê apenas os outros homens e mulheres disparando na direção da horda que se aproxima. Faíscas de canos de armas brilham na escuridão, transformando todos os movimentos em uma câmera lenta surreal de filme mudo. — MEREDITH!

Calvin rapidamente desce a escada de emergência da cabine. Ele cai no chão e corre para o norte, pela escuridão, apertando a .357 com a mão direita.

— MEREDITH!

Calvin para no fim da barricada, onde a muralha cruza a Canyon Road. Com o coração acelerado, ele se vira, descrevendo um círculo, obrigando o cérebro a pensar em uma solução. Ela poderia ter voltado para os túneis subterrâneos debaixo da pista de corrida para ficar com as crianças. Mas por que não diria a ele? Não era típico de Meredith simplesmente sumir sem dizer nada. A boca de Calvin fica seca com o pânico, seus pelos se arrepiam. Algo está muito, muito errado. Calvin ouve a primeira carga de explosivos disparar do outro lado do campo, lançada pela catapulta de Matthew, e a explosão sônica o deixa apavorado.

Durante um breve instante, a escuridão se transforma em dia quando Calvin grita:

— MEEEEEEREDITH!

No canto noroeste da barricada, atrás do velho carvalho gigantesco que está há mais de um século naquela esquina solitária, Meredith Dupree luta com um cadeado. Ninguém a vê. Naquela extremidade da cidade, toda a eletricidade foi desligada e todos os postes estão apagados, por isso a única iluminação vem do luar ou das faíscas dos disparos distantes e de explosivos, então ela tem bastante tempo.

Meredith trabalha na escuridão, murmurando sua cantiga de ninar e enxergando através de lágrimas conforme tenta arrancar o cadeado da alça de uma porta de tela saqueada do Walmart próximo dali. A porta foi reforçada com arame contra roubo e apressadamente pregada entre uma fenda estreita na muralha de 2 metros. É um resquício da antiga ordem — os homens do Governador a colocaram um ano antes para uma rápida saída de emergência —, mas agora enferrujou, queimou e praticamente se fundiu aos painéis da muralha.

As mãos de Meredith não tremem enquanto ela trabalha, apesar de poder ouvir o marido gritando por ela acima do tiroteio e das explosões. Meredith concentra a atençao na porta. Ela trabalha no cadeado com um pé de cabra que encontrou na noite anterior no barracão de ferramentas atrás do depósito da ferrovia deserta. Não é uma mulher forte — tem quadris largos, mas pouco seio e um tronco magricela —, no entanto, considerando a natureza momentânea da ocasião, ela coloca tudo o que tem no pé de cabra e, finalmente, abre a tranca.

O cadeado cai no chão com um estampido sutil. Meredith solta a ferramenta e tenta empurrar a porta para abri-la, mas está emperrada. A mulher a chuta com o salto da bota — uma, duas, três vezes — até que a tela finalmente se solta e a porta se abre.

Por um momento, Meredith fica realmente paralisada pela escuridão ampla do outro lado da porta — a paisagem à noite é inesperadamente linda — e ela apenas fica parada ali, encarando por um longo momento.

Então pega a bolsa, respira fundo e empurra a carga pesada pela porta, para a noite bruxuleante.

PARTE 2

O Labirinto

Ninguém sabe, nem mesmo os anjos no céu, ou o Filho, mas apenas o Pai. Fiquem alerta, sejam vigilantes. Pois não sabem quando a hora virá.

— Marcos 13:32

SETE

Do lado de fora da barricada de Woodbury, além do prédio em ruínas dos correios, da Farmácia Seu Desconto e de fileiras de prédios modestos com lateral de alumínio que ladeiam a Jones Mill Road, estão o denso bosque de nogueiras-pecã e as ruas cercadas por árvores de Nolan Woods. A essa hora da noite, com o céu tão limpo e o luar tão forte, a paisagem fica quase primordial, mística, envolta em névoa noturna e vagalumes. As copas das árvores oscilantes, carregadas pelo vento, se estendem até o onde a vista alcança, com a silhueta se destacando na imensidão de constelações que decoram o céu.

Meredith leva a enorme bolsa de lona nos ombros conforme segue por aquela paisagem sombreada.

Durante um bom tempo, é quase como se as hordas de errantes tivessem poupado aquela parte da cidade; o tiroteio, os gritos e os coros de gemidos se dissipam no fundo da sua consciência enquanto Meredith segue para o norte. Ela se lembra de quando dirigiu para Woodbury pela primeira vez vindo daquela direção, lembra-se de passar pelo lago, dos vagalumes — de como Deus salpicou pó mágico do Céu, como se as plantas barbas-de-velho estivessem pingando fagulhas mágicas. Ela sente o cheiro da horda — o odor do mal, da fraqueza e do pecado — e ouve passos arrastados atrás de si.

Alguns dos mortos a localizaram com a intensidade de um cão perdigueiro. O coelho foi atraído para a toca e agora a caçada começou:

os errantes estao vindo atrás dela, um enorme contingente da horda se separando e perseguindo-a. Ela começa a cantar enquanto aperta o passo.

— *Boi, boi, boi... Boi da cara preta...*

O som da voz de Meredith — tão estranho aos ouvidos dela no ar coberto de disparos — começa a atrair cada vez mais errantes para longe da cidade.

Pela visão periférica, ela consegue ver as formas sombreadas deles, formando silhuetas em contraste com as lâmpadas distantes de vapor de sódio; casulos escurecidos e vazios em formato de pessoas, vagarosamente se virando na direção do som da cantoria, mudando de curso de forma bizarra, um a um, seguindo na direção dela.

Enquanto atravessa a grama espessa de um pátio vazio, pisando em troncos caídos e pedras, Meredith ergue a voz e canta mais alto:

— *Pega esse menino que tem medo de careta.*

Os errantes estão vindo em massa agora, montes deles arrastando os pés estupidamente atrás dela. Apenas os olhos deles são visíveis, como refletores enterrados nos rostos carbonizados. O plano está funcionando. Meredith sente a multidão se aproximar dela como ácido banhando sua nuca. Ela se vira para o leste e segue por uma trilha estreita. Ainda não consegue ver o lago entre as árvores, mas sabe que está próximo, é capaz de sentir o cheiro do gás de pântano e os odores de musgo que se misturam ao fedor horrível da horda surgindo na escuridão ao redor dela. A mulher ouve os gemidos e os uivos coletivos, e o ruído a impulsiona. Ela espia pela espessa vegetação rasteira adiante e vê os primeiros reflexos de um espelho d'água brilhando ao luar. Está praticamente gritando a canção agora:

— *BOI, BOI, BOI!*

Chega à beira da clareira e desce a margem do minúsculo lago em formato de crescente.

Não é grande coisa, no que diz respeito a lagos — está mais para uma lagoa superestimada, honestamente —, e lembra Meredith dos buracos escondidos de pesca que o irmão dela, Rory, costumava encontrar nos bosques afastados do leste de Kentucky. Ela olha para o norte e para o sul, e vê os ciprestes pendendo em direção à água suja, as pequenas enseadas reluzindo na escuridão, os antigos píeres para barcos aqui e ali com botes há muito esquecidos feito animais de estimação abandonados, ainda ancorados, esperando por esportistas e famílias que nunca virão.

Os errantes se aproximam por trás dela, quebrando galhos e vibrando a vegetação rasteira como grandes espasmos tectônicos agitando o bosque, fazendo os topos das árvores tremerem. Meredith percebe que lhe resta pouco tempo. Ela desce a margem, abre a bolsa e passa a cantar baixinho, para si mesma, conforme afunda na lama.

— *Boi da cara preta...*

Tempo é tudo.

A primeira fileira de errantes irrompe pelo limite das árvores como bebês desfigurados nascendo. Os rostos queimados trabalhando, mastigando, com o frenesi da alimentação a toda. Alguns já estendem os braços incinerados, queimados, na direção da mulher na água.

Meredith fica de pé, enterrada até os joelhos no lodo conforme, às pressas, abre a bolsa e revela os 12 quilos de artilharia que roubou do arsenal de Matthew — as cordas da dinamite presas em feixes atados em pavios, os pedaços de fósforo branco como enormes barras de sabão, cheirando a terebintina, presos com fita adesiva aos dispositivos incendiários. Ela trabalha com agilidade na escuridão e no fedor. O metano da lagoa é tão forte que praticamente sobrepuja o odor dos mortos enquanto mais e mais deles emergem do bosque e, desajeitadamente, descem a margem lamacenta.

Vasculhando o fundo da bolsa em busca do isqueiro Bic, Meredith se lembra de uma memória enterrada do irmão contando a ela sobre a natureza inflamável do metano.

"Em alguns daqueles lagos de Green River, dá para incendiar a superfície da água como uma panela de combustível em gel", maravilhava-se Rory. "Alguns dos pântanos poderiam queimar até o enésimo infinito."

O coração de Meredith acelera subitamente. Ela não consegue encontrar o isqueiro.

O primeiro errante espirra água na direção dela, um monstro em uma casca escura. O cheiro é pior que terrível, uma coisa viva invadindo sua cavidade nasal. Meredith busca freneticamente no fundo da bolsa e, por fim, coloca a mão no pequeno objeto plástico. Ela pega o isqueiro e acende o pavio.

— *Pega esse menino que tem medo de careta...*

O primeiro a alcança, um borrão de carne pútrida queimada e dentes expostos. Meredith fica inerte na água, afundando na lama conforme incisivos viscosos cravam em seu pescoço. Ela continua cantando baixinho para si mesma, reconfortando-se, o acalento da mãe para o filho, um retalho macio e frio na testa de uma menininha doente.

— *Boi, boi, boi...*

Mais errantes chegam, e o frenesi de alimentação se intensifica. Meredith afunda mais na lama. O barulho é absurdo — um motor de turbina com ruídos aquosos de deglutição —, aumentando ao redor dela a medida que mais caninos escuros se enterram no seu pescoço. Meredith consegue sentir o cheiro do próprio sangue acobreado, sente a umidade da vida sendo drenada em córregos gelados para dentro da água lodacenta e escura. Pré-molares viscosos afundam na parte carnuda das coxas dela, nos ombros, na nuca, até mesmo no lado esquerdo do rosto, rasgando a membrana gelatinosa do globo ocular esquerdo dela, arrancando-lhe a visão, como uma TV exibindo uma tela de teste, e a dor se espalha pelo seu corpo, mas a mulher não se debate.

Os explosivos flutuaram 6 metros para longe, a bolsa de lona brilhando com os pavios acesos assim que começa a afundar, como uma lanterna chinesa projetando um brilho morno sobre a água de ondas suaves que está coberta com uma membrana reluzente de espuma feito ouro líquido à luz que se apaga.

Meredith canta para si mesma, baixinho, nos momentos finais antes de a carne do seu pescoço ser completamente rasgada, junto a suas cordas vocais:

— *Não pega ele, não...*

No seu último lampejo de consciência — com o corpo inteiramente dilacerado e esquartejado no pântano, toda a sensação se esvaindo, a dor catastrófica sendo substituída pela escuridão gélida —, ela pensa nos filhos. Pensa nas coisas boas, nas horas silenciosas e no amor, conforme os corpos queimados a encobrem, pelo menos cinquenta deles, talvez mais, consumindo-a em uma orgia feroz de baba, deglutição, sucção e mastigação. Outros errantes surgem, trôpegos, pela margem do lago. Centenas, talvez milhares no total, se contar os regimentos de mortos que se aproximam dos bosques densos que ladeiam o lago.

Meredith canta um último verso, sem saber se está o fazendo em voz alta ou dentro de sua cabeça, ou nem isso:

— *Pega esse menino que tem medo de careta.*

O calor branco da explosão interrompe abruptamente seu pensamento final.

O céu noturno se transforma em dia conforme três explosões sucessivas estremecem o bosque a noroeste dos limites da cidade de Woodbury. A erupção final — a maior de todas — dispara uma nuvem de cogumelo de fósforo ofuscante, quente como magnésio, para o céu, espalhando-se para fora em tendões de fogo branco purificante, enviando partículas flamejantes em todas as direções. Uma explosão sônica imensa quebra janelas, dispara alarmes de carros e faz tilintarem as vigas da autoestrada a 1,6 quilômetro a leste — os efeitos posteriores derrubam árvores em um raio de explosão de 40.500 metros quadrados, queimando ao menos trezentos cadáveres reanimados ao encalço.

A conflagração é tão repentina e imensa que as reverberações são sentidas tão a leste quanto na autoestrada 19, tão a oeste quanto em LaGrange e tão ao norte quanto em Peachtree City e até em alguns dos subúrbios afastados de Atlanta. Mas é no bosque escuro de antigos pinheiros e carvalhos ao sul de Woodbury que os efeitos posteriores alcançam um ouvinte inesperado.

Alguns nanossegundos depois de a primeira bola de fogo iluminar o céu, o ruído ressoante que se segue faz uma figura agachada nas profundezas do bosque recuar, sobressaltada. É um jovem de 20 e poucos anos, usando botas de trabalho e uma camisa desbotada e remendada de cambraia, que tem o olhar feroz, o rosto imundo e o cabelo emaranhado de um sobrevivente solitário.

O jovem estremece ao ouvir o barulho e ver a luz, e instintivamente se abaixa atrás dos troncos caídos ao lado de onde sua fogueira de acampamento ainda queima. Já faz quase três semanas que está no mato, em busca de ajuda, sem perder as esperanças ou abandonar a causa que o levou até ali. Naquele momento, pela primeira vez, o rapaz acredita que pode haver outros lá fora que talvez possam ajudá-lo — assim como a família que deixou para trás —, e essa ideia faz seu coração se acelerar. Explosões dessa magnitude raramente acontecem sozinhas. Quem quer que tenha detonado essa coisa pode ser o salvador por quem ele procura. Por outro lado, aquela luz no céu também pode significar uma fatalidade.

Os progenitores da explosão podem ser emissários do diabo, apenas esperando que alguém como ele caia na teia de violência e pecado do grupo.

O jovem estremece e enrosca o cobertor em frangalhos da mochila ao redor do corpo magro. Ele olha para o ponto laranja de luz no horizonte ao norte e imagina se deveria seguir aquela luz...

...ou evitá-la como à praga.

— NÃO! JESUS, NÃO!

Calvin Dupree, deitado de barriga no chão logo no limite da área da explosão, na beira do pátio vazio ao longo da Dromedary Street, grita para a terra. Nuvens do hálito empoeirado dele são visíveis contra a luz que dissipa da explosão.

Apenas minutos antes, quando Calvin percebeu, aterrorizado, o que estava acontecendo — a munição sumida, a mulher desaparecida sem permissão, a mudança súbita e inesperada no rumo da horda e os ecos da canção de ninar de Meredith, pairando fantasmagoricamente sobre as árvores —, ele tinha desesperadamente se espremido para passar por uma fenda na muralha e disparado pela cidade, tendo quase chegado ao bosque. Mas Lilly o seguiu e, no último momento, antes de o céu se acender, ela pulou e derrubou Calvin no chão. Ele lutou corajosamente nos braços dela até que a explosão finalmente sacudiu a terra e destroços choveram sobre os dois.

Agora Lilly se esforça para se sentar ao lado dele, suas orelhas zunindo tão forte que ela mal consegue ouvir os soluços de Calvin.

— MEU DEUS! — grita o homem para a terra. — MEREDITH, AH, DEUS! NÃONÃONÃONÃONÃONÃONÃONÃO!

A luz da explosão já se dissipou em um brilho alaranjado atrás das árvores, o ar fede a cordita, circuitos queimados e enxofre. Alguns errantes sobreviventes estão espalhados pelo pátio vazio diante dos dois, no limite do bosque, atordoados pela explosão, movendo-se como se estivessem bêbados. Calvin fica de pé e dispara na direção dos incêndios reluzentes entre as árvores.

— Não, Calvin... espere! ESPERE! — Lilly se levanta em um salto e o segura. — Você não pode fazer nada! Vai acabar se matando!

Um errante desgarrado se aproxima, com a pele escurecida rachando e a boca se abrindo e se fechando. É um adulto do sexo masculino, que foi queimado e está além de qualquer reconhecimento, estendendo os braços escaldados na direção de Calvin, que tropeça quando tenta desviar da criatura. Calvin cai no chão, soluçando pelo luto e de terror, gritando algo sobre não se importar se vai viver ou morrer, enquanto Lilly saca a Ruger do cinto, ergue a arma e dispara dois tiros precisos no crânio do errante encrenqueiro.

A criatura ricocheteia com o impacto dos disparos, o topo da cabeça dela é arremessado na noite, traçando a cauda de um cometa de matéria cerebral.

O errante desaba a 1,5 metro de onde Calvin está encurvado como um amontoado no chão, chorando, balbuciando sobre Meredith estar doente e isso não ter precisado acontecer e por quê, Deus, *por quê*? Lilly vê mais mortos-vivos se aproximando e se ajoelha ao lado de Calvin, estendendo os braços para ele, mas então acontece algo que a pega de surpresa, mesmo em meio à carnificina e ao horror, a ponto de ela enrijecer o corpo subitamente.

Calvin a envolve com os braços. Ele abraça Lilly com força, chorando, trêmulo, murmurando, e apenas algumas palavras são audíveis nos ouvidos zunindo de Lilly.

— Isso estava fadado a acontecer, eu deveria ter previsto, deveria saber, eu poderia... poderia... ah, Senhor, eu poderia ter impedido!

— Sssshhhhhhhh — murmura Lilly ao ouvido de Calvin, o corpo rígido e desconfortável no abraço dele.

Ela dá tapinhas nas costas do homem. Pelo canto do olho, Lilly vê mais errantes espreitando pelo limite das árvores, as silhuetas destacadas no brilho dos incêndios que se dissipam. Os dois precisam sair dali logo, ou podem facilmente ser cercados. Mas a atenção de Lilly é alçada do presente para outro tempo. Ela pensa em Josh e em Austin, e a mera lembrança deles, dos ex-amantes, salvadores, parceiros no crime, perdidos para sempre, lançam uma onda de compaixão, até de *empatia*, que desce por espinha. Os olhos se enchem de lágrimas enquanto ela dá tapinhas nas costas do pobre homem.

— Não é sua culpa — sussurra para Calvin —, apenas lembre-se disso.

— Olhe o que ela fez... ela nos salvou — consegue dizer Calvin, os soluços roubando-lhe o fôlego, o hálito quente no ouvido de Lilly. — Olhe como ela... como ela se foi.

— Eu sei. — Lilly segura os ombros do homem. — Olhe para mim agora, Calvin. Consegue olhar para mim?

— Ela não merecia ir dessa forma, Lilly — diz ele, quase gemendo ao dizer essas palavras, como se elas viessem lá do fundo. — Ela nunca desejou que ninguém...

— Ei! — Lilly o sacode. — Olhe para mim, Calvin. Olhe para mim.

— O quê? — Ele olha para Lilly com os olhos cheios d'água. — O que quer de mim?

— Ouça. Precisamos voltar. Há muitos deles aqui.

Calvin assente.

— Entendo. — Ele limpa a boca e os olhos. Assente novamente. — Estou pronto. — O homem fica de pé e tateia em busca da arma. — Minha arma... O que aconteceu com ela?

Lilly olha para um amontoado de cadáveres fumegantes e escurecidos que se arrastam na direção deles.

Ela segura a manga da camisa de Calvin e o puxa sutilmente para trás.

— Esqueça, Calvin — diz Lilly. — Esqueça... vamos... *agora*.

Ela não precisa dizer uma terceira vez.

Durante o resto daquela noite até a manhã seguinte, Lilly e o povo de Woodbury prosseguem limpando a bagunça. Felizmente, as explosões que assolaram o bosque adjacente desaceleraram a horda, reduzindo a multidão a administráveis cinquenta ou mais errantes abalados que ainda arrastavam os pés pela periferia da cidade. Agora era apenas uma questão de se posicionar acima da muralha e derrubar os cadáveres restantes com rifles de longo alcance. O processo leva mais tempo do que se poderia esperar, no entanto, devido à falta de treinamento da maioria dos atiradores, assim como à mira questionável de David Stern em especial.

Ao meio-dia do dia seguinte, eles haviam destruído praticamente todos os errantes que haviam restado nas proximidades — os cadáveres queimados, apelidados de Crocantes por Speed, para irritação de Lilly, que tenta manter as coisas calmas e respeitosas, considerando os eventos trágicos da noite anterior — até que havia apenas um bocado de mortos-vivos queimados perambulando de um lado para outro no limite da muralha. Lilly designa uma equipe para retirar os cadáveres da área adjacente com uma picape equipada com uma pá dianteira. Eles usam o aparelho para cavar uma trincheira do outro lado dos trilhos da ferrovia e realizar o enterro em massa. Isso ocupa grande parte da tarde.

Durante as operações de limpeza, o grupo consegue esconder os detalhes da noite anterior das crianças Dupree — por enquanto, pelo menos — e dizem a elas que a mãe está em uma missão de busca com alguns outros residentes. Calvin pediu a Lilly um tempo para descobrir como contar às crianças.

No fim daquela tarde, Calvin, Lilly e Bob fazem um memorial breve e particular para a mulher heroica e perturbada. O serviço improvisado é realizado no limite do bosque, com Bob de vigilância para o caso de qualquer errante passar. Calvin fala da generosidade da mulher, do amor dela pelos filhos e de sua profunda e inabalável fé.

De pé à sombra de um carvalho negro gigante, com a cabeça curvada e mosquitos zumbindo ao redor dos ouvidos enquanto ouve a liturgia de Calvin, Lilly está impressionada com o conhecimento do homem sobre Escrituras — ele recita toda a Ladainha pelas Almas do Purgatório sem hesitar. Embora nunca tenha sido fã dos tipos religiosos, ela está chegando a uma conclusão diferente. Talvez por causa da natureza apocalíptica do mundo ao seu redor, ou talvez *apesar disso*, ela sente um respeito inabalável e inesperado por esse homem. Ele é carinhoso, bom e determinado — traços que estão se tornando cada vez mais raros ultimamente.

Ao terminar a elegia, Calvin caminha pelo chão contaminado até a beira da cratera chamuscada formada pelas explosões — um terreno pantanoso amplo e devastado de árvores destruídas e pedaços de restos não humanos ainda fumegando levemente à brisa —, curva a cabeça e chora baixinho por vários minutos. Lilly e Bob dão espaço ao homem, ficando um tempo parados do lado de fora do limite das árvores.

Por fim, Calvin enfia a mão no bolso e pega uma pequena joia.

De onde está, a 15 metros dali, Lilly consegue ver que é um anel de ouro, talvez uma aliança — é difícil dizer daquela distância —, a qual Calvin joga, cerimoniosamente, na cratera. A sensação de finalidade, de conclusão, está aparente no rosto do homem magro quando ele se vira e caminha devagar para onde Bob e Lilly estão. Ela também é capaz de ver uma sensação de alívio nas feições esguias de Calvin. Talvez Meredith Dupree tivesse se tornado um grande fardo para o marido, como um jugo ficando mais pesado a cada dia. Pode ser que o fardo da doença mental tenha pagado o seu preço, e não importa o quanto a partida de Meredith do mundo tenha sido triste, provavelmente, considerando tudo, tenha sido para melhor.

— Você está bem? — Lilly avalia o homem depois que ele volta da cratera.

Calvin acena com a cabeça para ela, esfregando os olhos.

— Ficarei bem — responde ele.

— Ela foi uma heroína em todos os sentidos da palavra.

Outro aceno, o olhar intenso.

— Acho que estou pronto, Lilly.

— Pronto para quê?

Calvin olha para ela.

— Para contar a verdade a meus filhos.

O sol se põe naquele dia com o céu limpo, deixando para trás pouquíssimos traços, a não ser um profundo brilho vermelho-azulado no hori zonte. A hora dourada que se segue recai sobre os lagos e as florestas da Geórgia Central como um edredom, tornando a luz tênue e âmbar. A quietude que se instaura faz os sons viajarem mais longe do que o normal, ecoando e reverberando sobre as cavernas, os vales e as cadeias de lagos. A essa hora da noite, o gemido fantasmagórico dos errantes pode ser ouvido de grandes distâncias.

Em um ninho de grama sob uma moita de pinheiros altos, a aproximadamente 20 quilômetros a sudeste de Woodbury, o sobrevivente solitário tenta bloquear os ruídos dos errantes que ecoam pelo vento cobrindo as orelhas. Ele encolhe o corpo, o rosto jovial tão coberto de sujeira que o faz parecer um limpador de chaminé de algum conto de Dickens. Um jovem sensível com uma coleção de tiques nervosos e hábitos obsessivo-compulsivos, Reese Lee Hawthorne está com as escassas provisões diante de si, enfileiradas sobre a superfície de uma pedra coberta de musgo, um inventário patético de um homem faminto: um canivete suíço, uma barra de chocolate que já foi cortada em pedaços, sendo que metade dela foi consumida, uma pistola especial da polícia calibre .38 com um único carregador e seis balas, um cantil autografado por Roy Rogers e uma pequena Bíblia dos Gideões. Não é muito no que diz respeito a ferramentas de sobrevivência. Se Reese não caçar um coelho ou pescar um peixe em breve, é provável que passe mais uma noite com migalhas de Milky Way e goles de água tépida de poço.

A quem está enganando? Ele não é um sobrevivencialista bronco da Força Delta, é apenas um rato de shopping sem educação vindo dos subúrbios de Jacksonville. De onde tirou a ideia de que poderia, sozinho, salvar sua família? Por que mandaram *ele* — Reese, o mais jovem entre os homens adultos — para buscar ajuda, para encontrar alguém disposto e capaz de resgatar o grupo inteiro? O que estavam pensando? O que *ele* estava pensando?

Reese se encolhe diante de uma lufada de vento que carrega mais um terrível coro melódico de gemidos, provavelmente a vocalização do mesmo enxame que cercou sua família. O barulho coletivo dos mortos-vivos — ainda mais o de montes e montes deles — assume um ruído bizarro, átono e harmônico nos espaços abertos da Geórgia rural, como incontáveis sinos de igreja quebrados prenunciando alguma missa obscura infernal.

Reese tapa as orelhas com mais força, tentando bloquear o som. Ele precisa voltar a seguir em frente. O jovem está paralisado naquela aglomeração de juncos e juníperos selvagens. Se ao menos conseguisse pensar em um modo de navegar em direção àquele clarão de luz no céu que viu na noite anterior...

A explosão controlada significa que há pessoas lá, e a existência delas traz um potencial de ajuda, talvez até mesmo a graça salvadora para sua família. Se ao menos conseguisse pensar em um modo. Reese olha para o céu. Um fraco fiapo de lua já está visível acima, no iluminado céu índigo. As estrelas surgirão em breve.

Reese pisca, e uma revelação o atinge, percorrendo sua espinha. É claro... *as estrelas*. Ele se lembra de que o céu estava limpo na noite anterior — parece igual naquela noite —, então encara a embalagem da barra de chocolate. Ele fica olhando fixo, a percepção revirando seu estômago como um punho gélido: *Milky Way*, a Via Láctea.

A estrela Polar é encontrada pela constelação Ursa Maior, na Via Láctea — isso é o *tanto* que ele se lembra da escola primária —, o que significa que Reese pode continuar seguindo em um ângulo de noventa graus a partir do vetor dela, que fica a oeste... ou algo assim.

Ele começa a recolher os suprimentos minguados, ignorando o fato de que agora há sete figuras escuras se movendo pela vegetação rasteira, a menos de 100 metros dele.

— Tenho notícias muito ruins para contar a vocês — diz Calvin para os filhos, depois de fechar a porta do escritório da administração do tribunal de Woodbury. As três crianças estão sentadas em um sofá surrado apoiado contra as janelas seladas com tábuas. Há uma pequena estante ao lado do sofá com uma dezena de livros infantis e alguns jogos de tabuleiro preenchendo as prateleiras, e uma cadeira de balanço encostada à parede oposta. A mobília fora levada para lá na intenção de tornar o lugar mais aconchegante para os Dupree. Lilly oferecera o segundo andar do tribunal como alojamento temporário para a família, e Meredith estava no processo de tornar o cômodo mais familiar. No momento, o pai da família anda de um lado para outro diante dos filhos, com as mãos nos bolsos da calça chino imunda. — Não existe uma maneira fácil de dizer isso, então vou falar de uma vez... Sua mãe está... bem, a verdade é que agora ela está com o Bom Senhor no Céu.

— O quê?! — Tommy Dupree faz uma careta para o pai como se o homem tivesse acabado de peidar. — Do que está falando?

Calvin solta um suspiro longo e agoniante, e vagarosamente assente para o filho.

— A mãe de vocês acabou ficando em uma situação difícil com os errantes na noite passada, e não conseguiu sair. — Ele olha para as crianças mais novas. — Acabou sendo morta na noite passada e foi para o Céu.

O breve segundo de silêncio é doloroso conforme os rostos das três crianças registram o que Calvin está dizendo. As mais novas desabam imediatamente: Bethany, de 9 anos, encara o pai como se o mundo tivesse começado a derreter diante dos olhos dela, seu rosto de querubim se contrai em uma máscara de agonia e lágrimas escorrem espontaneamente por suas bochechas. O mais novo, Lucas, de 5 anos, faz uma tentativa corajosa de ser forte como o irmão mais velho, mas não consegue impedir o lábio inferior de se projetar miseravelmente para fora, nem seus enormes olhos de corça de se encherem de lágrimas imensas. Apenas Tommy reage com uma série complexa de expressões e posturas. Não está claro para Calvin quanto o menino de 12 anos sabia da condição da mãe, mas ele fica de pé com os punhos cerrados, anda até o outro lado da sala e fica encarando a parede. Os lábios dele estão sendo contraídos com tanta força que parecem ter sido desenhados com um lápis de olho. Tommy pisca e avalia o cômodo como se alguém pudesse dar um pulo a qualquer momento e dizer "Primeiro de abril!". Por fim, ele olha para o pai com o cenho franzido de modo pernicioso, cheio de desprezo e recriminação.

— O que aconteceu, pai?

Calvin olha para o chão enquanto o choro das crianças mais novas ganha força, gradualmente a princípio — apenas soluços entrecortados e engasgados —, mas então Bethany abre o berreiro. Calvin não consegue tirar os olhos das botas, as mesmas que estão manchadas de tinta e têm a ponta de aço da Timberland e lhe serviram tão bem durante os últimos 15 anos como empreiteiro em Fayetteville, Alabama. As manchas de tinta cinza foram pontilhadas com gotículas vermelho-amarronzadas de sangue seco.

— Ela ajudava com os explosivos que estávamos usando para desviar a horda, mas chegou perto demais dos... Ela teve um... teve um acidente com os... Ela... ela não conseguiu... Ah, *que se foda*!

Calvin olha para os filhos e depois para o outro lado da sala, para o filho mais velho. De punhos cerrados, maxilar enrijecido, dentes trincados, Tommy usa o olhar decepcionado e hormonal de um menino de 12 anos para queimar como um laser a alma do pai. O que Calvin deveria fazer? Mentir para o filho? Sobre algo tão importante quanto isso? Engolindo a agonia, esfregando os olhos, Calvin vai até a cadeira de balanço. Desaba sobre o móvel com um resmungo e um suspiro, com o peso do mundo sobre si.

— Tudo bem... a verdade — diz ele, olhando para cada uma das crianças. Uma de cada vez. Ele olha para elas com tanto amor de pai quanto com as realidades difíceis que bons pais não escondem dos filhos. — A verdade é que sua mãe foi uma heroína.

— Ela foi mordida? — pergunta Bethany entre soluços, suas pequenas mãos torcendo o tecido da saia. — Os errantes comeram ela?

— Não, não, não... querida, não. — Calvin inclina-se para a frente, estende a mão para os dois menores e os puxa gentilmente do sofá, levando-os até a cadeira de balanço. Ele bota uma criança sentada em cada uma de suas pernas magricelas. — Foi o contrário. Sua mãe não foi mordida de jeito nenhum. — Ele aperta os ombros dos filhos com carinho. — Ela levou a melhor sobre os monstros. Salvou esta cidade. Salvou as vidas de cada homem, mulher e criança desta cidade.

As crianças fungam para conter as lágrimas, assentindo, ouvindo atentamente Calvin contar a verdade.

— Ela fez uma coisa incrível. Pegou um monte de dinamite e atraiu os errantes para fora da cidade, e quando reuniu todos em um lugar a uma distância segura, explodiu os desgraçados. — A voz de Calvin falha nesse momento, e ele sente o luto emergir subitamente. O homem começa a chorar. — Ela... ela explodiu todos... e ela... ela salvou todos nós. Assim. Salvou esta cidade. A mãe de vocês. Ela é uma heroína e sempre será. Provavelmente vão construir uma estátua dela algum dia. — Os soluços de Calvin viram uma risada histérica. — O que acham disso? Uma estátua da mãe de vocês bem ao lado daquela do general Robert E. Lee!

As crianças olham para baixo, fungando e tentando processar tudo aquilo, enquanto Calvin retoma o controle das emoções. Ele acaricia os cabelos dos filhos. Sua voz se suaviza

— Ela atraiu os monstros como o Flautista de Hamelin para fora da cidade para que ninguém se ferisse.

Calvin olha para o outro lado do cômodo, para o filho mais velho, a criança-problema, sua ovelha negra.

Tommy encara o chão, os lábios contraídos com força, tentando não chorar. Ele raspa a ponta dos tênis All Star de cano alto no piso empoeirado de tábua de madeira. Por fim, o menino sente a tristeza ressoando nas palavras do pai, então ergue o rosto e os dois — pai e filho — encontram o olhar um do outro.

— Sua mãe foi uma heroína durona e corajosa — diz Calvin para os pequenos.

Mas fica óbvio nesse momento que ele está falando com Tommy.

Assentindo devagar, voltando-se para a parede, Tommy fecha os olhos e, enfim, se permite chorar em silêncio.

OITO

Ao contrário do que diz o velho ditado, o tempo não cura *todas* as feridas. Com algumas, não faz diferença quanto tempo passe, ou quanto se beba, ou com quantos terapeutas se consulte. Geleiras poderiam partir continentes e a dor continuaria viva em algum lugar nas câmaras secretas do coração. Para os sortudos, uma cicatriz se forma, e a passagem do tempo acumula mais e mais cicatrizes até que a dor se torne simplesmente parte da constituição da pessoa, parte de que ele ou ela é — o sulco na madeira. Lilly sabe disso por experiência própria, e sabe que Calvin e os filhos vivenciarão isso do seu próprio jeito nas semanas, meses e anos que virão.

Para a família Dupree, a cicatriz começa a se formar logo no dia seguinte.

Lilly coloca todos — inclusive os filhos dos Dupree — para trabalhar limpando a cidade, por motivos práticos e psicológicos. Ela imagina que seja melhor manter as pessoas na ativa, manter as mentes e os corpos ocupados, para não dar a ninguém tempo de ficar ruminando. Uma pedra em movimento não acumula musgo; mente vazia, oficina do diabo; um alvo em movimento é difícil de acertar; e todos esses outros clichés antigos passam pela mente de Lilly naquele dia conforme ela mantém as coisas em movimento.

A muralha precisa de mais reparos. Ainda há os restos mortais carbonizados dos errantes para limpar. E para realizar a ideia há muito cultivada de fazer uma plantação na arena da pista de corrida é necessário que o estágio seguinte, reunir sementes para enterrar no chão, seja implementado.

Bob pergunta a Lilly se ele pode fazer mais uma busca fora da barricada até a farmácia abandonada. Ficou obcecado com aquele misterioso túnel no porão sob a loja, e explica a ela que aquilo poderia ser uma mina de ouro — no sentido figurado, pelo menos — que levaria a estoques escondidos de recursos valiosos. Woodbury está tendo uma redução perigosa de combustível, água potável, baterias, sabão, lâmpadas, propano, munição, velas, fósforos e qualquer proteína comestível além dos grãos secos. Faz semanas desde que alguém matou um cervo, um pato ou mesmo o mais magro dos coelhos. Não que Bob esteja planejando fazer qualquer grande caçada sob a Farmácia Seu Desconto, mas nunca se sabe o que se pode encontrar em um lugar como aquele. Ele se lembra de ter lido sobre minas de carvão e de sal por aqueles lados que vez ou outra eram compradas por grandes empresas e transformadas em enormes armazéns subterrâneos. Lilly concorda que é uma boa ideia investigar mais e sugere que Bob leve Matthew e Speed junto. Ele decide partir na manhã seguinte, ao alvorecer.

Tem um pressentimento a respeito daquele lugar. E raramente tem pressentimentos assim. Não costuma desconsiderá-los. É claro que pode ser nada.

Mas, por outro lado... nunca se sabe.

— Ei, Bob! Você precisa ver isto! — A voz ecoa na escuridão fétida e úmida do túnel, saindo do abismo 15 metros adiante de onde Bob está agachado na poeira, a lanterna de minerador projetando um círculo de luz no chão de terra rachado. O ar tem cheiro de raízes antigas, de subsolo velho e do almíscar pedregoso de eras passadas no escuro. Bob passou os últimos 15 minutos agachado no corredor de 1,2 metro de largura, tirando estranhas impressões fossilizadas das paredes e do chão com as folhas de papel vegetal que encontrou no andar de cima, espalhadas atrás de um balcão. As impressões têm servido como um aparelho de anotações, no lugar de uma câmera digital. Todas as câmeras de Woodbury estão sem bateria, foram roubadas ou simplesmente são um luxo grande demais no qual desperdiçar energia preciosa — de corrente alternada *ou* contínua. Bob já reuniu pelo menos vinte dessas folhas em desenhos, cuidadosamente dobradas e guardadas no bolso interno do peitoral da jaqueta dele. A maioria dessas folhas contém impressões a lápis de pegadas, rastros de carrinho de mão e estranhas formas como de correntes embutidas nas paredes e na terra dura do túnel. — Não vai acreditar nisso!

— Não precisa arrancar os cabelos, estou indo!

Bob fica de pé e cuidadosamente segue até um corredor principal de paredes de gesso e terra, reforçado com tábuas de madeira e vigas de sustentação. A luz fraca e amarela da lanterna de minerador o guia, e ele consegue ver Matthew à frente, a luz iluminando o chão do túnel, formando um círculo prateado do tamanho de um prato. Além do ponto onde Matthew está agachado, o túnel parece se estender para sempre no vazio. O som das botas de Bob esmagando a terra ecoa sinistramente.

Depois de quase uma hora de exploração, Bob e seus dois companheiros concluíram diversas coisas a respeito do túnel: (1) Há uma quantidade muito maior de túneis do que eles haviam pensado — na verdade, há um *labirinto* deles, e o duto principal é atravessado intermitentemente por tributários —, sendo que a maioria dos túneis secundários mal tem largura o suficiente para um adulto passar de quatro. (2) O duto principal parece se estender por quilômetros, os limites ainda sendo testados por Speed Wilkins, com sua lanterna de alta potência presa à AR-15. E (3) Bob continua descobrindo estranhos pedacinhos de evidências que podem muito bem sugerir uma presença humana muitos anos antes.

— Dê uma olhada nisto — entoa Matthew em tom sério quando Bob se aproxima por trás dele, agachando-se para olhar sobre o que o jovem está balbuciando.

O rifle Bushmaster de Matthew pende da alça no ombro, e algumas escovas de dente ainda embaladas despontam do bolso da calça jeans dele. As escovas de dente, também da farmácia saqueada, são ideia de Bob, assim como os espelhos dentais, o papel vegetal, o fio dental, a lupa, os cotonetes, os lenços de mão e o álcool desinfetante. Bob vê essa missão como uma espécie de escavação arqueológica — um experimento muito importante que poderia facilmente ter impacto direto nas vidas de todos em Woodbury.

— Puta que pariu — murmura Bob enquanto olha para a projeção oval da lanterna. — Como diabos não vi isso?

O crânio humano se projeta lateralmente do chão, tão polido pelo tempo quanto mármore antigo. Os dentes alinhados no maxilar se assemelham a milho indiano. Uma faixa enferrujada de ferro, tão oxidada que parece cheia de cracas, também está parcialmente visível, envolta no toco enlameado de um pescoço onde as vértebras cervicais surgem como uma fileira de pérolas amareladas.

— Estava totalmente enterrado — diz Matthew, quase com reverência, sem tirar os olhos do crânio. — Pisei em algo e ouvi uma rachadura. — Ele ilumina mais adiante na beira do caminho. — Olhe só *isto*.

Bob sente o couro cabeludo se arrepiar quando olha para pedaços de uma coluna vertebral reluzindo fracamente sob o feixe de luz da lanterna, um fêmur e o que parece ser um pé meio enterrado com um tornozelo parcial. Mas o que prende mesmo a imaginação de Bob é o grilhão — do mesmo tipo de ferro antigo que o colar e da mesma pátina de placas do tempo em um dente velho —, obviamente atado no tornozelo de quem quer que tenha perecido ali sabe Deus quantos anos antes.

— Minha nossa — murmura Bob ao reparar nos elos em ruínas de uma corrente serpenteando pela terra.

— O que acha de tudo isto, vovô? — pergunta Matthew, apontando a lanterna para o rosto de Bob, que bloqueia a luz com a mão.

— Tire essa luz do meu rosto, Júnior. — O feixe de luz é desviado para longe. — E não me chame de vovô.

— Opa. Desculpe. — Matthew sorri, entrando na dinâmica ranzinza. Os dois homens andam implicando um com o outro, sem más intenções, há semanas, desde que Matthew perguntou a idade de Bob e este respondeu “velho o bastante” e o mandou cuidar da porra da própria vida. — Mas, sério, o que acha que essa merda significa?

— E eu sei lá — responde Bob, então ouve um barulho e olha para as profundezas do túnel principal. Ele vê um raio de luz tremeluzir no centro da escuridão, como a chama de uma vela, e escuta uma série de passos baixos, além de um ruído ofegante. — Espero que o universitário ali consiga preencher algumas lacunas.

Os dois ficam de pé e se viram para a silhueta de Speed quando o jovem corpulento emerge das profundezas do túnel, seguindo na direção deles com a AR-15 apoiada no peito, a lanterna oscilando a cada passo. Ele parece sem fôlego, como se tivesse acabado de percorrer uma grande distância.

— Senhores — diz Speed ao se aproximar.

— Encontrou alguma coisa? — pergunta Bob.

— Apenas mais túneis.

Ele para diante dos dois homens e apoia o rifle no ombro.

— Até onde você foi?

Speed dá de ombros, limpando a sujeira do rosto.

— Porra, não sei. Um quilômetro e meio? Cinco quilômetros?

Matthew olha para ele.

— Está de sacanagem! Essa merda vai tão longe assim?

Speed dá de ombros de novo.

— Mais longe ainda, cara. Desisti de encontrar o fim.

Bob pergunta se ele reparou em qualquer coisa estranha, em alguma coisa no chão, algo fora do comum.

Speed faz que não com a cabeça.

— Cruzei com um errante há uma meia hora. Mas não atirei, pois não queria atrair mais deles.

— O que você fez?

— Amassei a cabeça dele com a coronha do rifle, nada de mais.

Bob suspira.

— Tinha esperança de que fôssemos encontrar alguma coisa útil aqui embaixo. — Ele olha ao redor. — Até agora, só esses restos mortais esquisitos.

Bob indica os ossos e conta a Speed sobre os grilhões, mas ele parece desinteressado.

— Tanto faz, cara. A única coisa que encontrei lá atrás foi uma droga de túnel atrás do outro. Não sei direito como um errante poderia descer até aqui, mas... tanto faz. — Ele umedece os lábios e olha para Bob. — E agora, vovô?

Bob solta um suspiro irritado, vira-se e segue para a escotilha, desejando silenciosamente que parem de chamá-lo assim.

— Lilly!

Ela ouve a voz logo depois de virar a esquina em Dromedary Street e seguir para o prédio. Para sob o sol do fim da tarde e limpa o suor da testa. Exausta após um dia cheio supervisionando todas as equipes, revirando o solo na arena e começando a estender a barricada, ela se sente encharcada, dolorida e zonza ao ver Calvin correndo pela esquina na direção dela, dando um aceno amigável. Lilly não está com paciência para aconselhar ninguém no momento, mas estampa um sorriso no rosto, acena de volta e diz:

— Oi, Calvin.

— Que bom que alcancei você — diz ele, um pouco ofegante enquanto se apressa até ela.

— Como posso te ajudar?

Calvin engole em seco e toma fôlego.

— Acho que vamos ficar, Lilly.

Ela o encara por um momento enquanto a informação é absorvida.

— Isso é... fantástico.

Calvin assente, abrindo um sorriso triste, e os cantos dos olhos dele se suavizam.

— Queria que as circunstâncias fossem diferentes, mas... aí está.

— Acho que você e as crianças serão felizes aqui.

— Acho que tem razão. — Calvin olha para a muralha ao longe. — Lugares como este são poucos e raros.

Lilly assente e observa o homem.

— Sinto muito mesmo por sua perda.

Ele olha para ela.

— Obrigado, Lilly. Agradeço por isso, de verdade.

— Como as crianças estão?

— Estão até muito bem. Tommy está malcriado como nunca. Bethany está dormindo melhor e o pequeno Luke acha que tudo isso foi profetizado.

Lilly inclina a cabeça.

— Profetizado?

— Longa história.

— Está falando de tudo *isto*? — Ela faz um gesto abrangente, referindo-se à cidade inteira. — Woodbury... e tudo o que aconteceu?

Calvin suspira.

— O tolinho tem visões. Pelo menos é o que ele nos diz. Sonhos, visões... Não tenho certeza do que exatamente se passa naquela cachola dele.

— Uau. — Lilly encara o homem. — É sério?

Calvin dá de ombros.

— Deus trabalha de formas misteriosas.

— Já ouvi isso antes.

Calvin pensa mais um pouco.

— Quem sou eu para desconsiderar o que uma criança diz... Qualquer coisa é possível, eu acho... não é?

Lilly dá outro sorriso educado para ele.

— Certo.

— Seja o que tiver de ser. — Calvin olha para ela. — Quero agradecer por sua paciência com a gente, por sua bondade. Você realmente nos aceitou como iguais.

Lilly olha para o chão. Ela sente um vazio estranho na barriga. Talvez seja nervosismo. Não tem certeza. Sente-se vagamente desconfortável perto daquele homem.

— É a coisa cristã a se fazer, não é? — Lilly olha para Calvin e sorri. — Quero dizer... foi o que ouvi.

Ele dá um risinho, um risinho caloroso e puro, e talvez essa tenha sido a primeira vez que o homem riu de alguma coisa desde que chegou ali.

— Muito bom, Lilly... nada mal para uma pagã.

— Quer dizer que não vou para o inferno no fim das contas?

O sorriso de Calvin se amplia.

— Não cabe a mim decidir isso. Mas eu diria que está bem a salvo.

— Que alívio.

O sorriso dele se dissipa quando ele olha para fora da muralha e para as árvores escuras e oscilantes além dela. O ar está quase totalmente livre do fedor dos errantes desde o dia anterior, quando Lilly e companhia finalmente retiraram os últimos cadáveres queimados dos pátios e dos bosques adjacentes e enterraram os restos mortais nos enormes túmulos ao longo dos trilhos da ferrovia. Agora, a brisa carrega os odores do verão — grama verde, trevo e solo rico e fértil —, mas também há um leve barulho perturbador cruzando o céu de vez em quando, raspando as nuvens. Como o chamado de um pássaro exótico que não pertence àquele ecossistema — um aviso fantasmagórico e primitivo para todas as presas. O coro distante de gemidos pode ser ouvido incessantemente acima do vento. É o bastante para alertar qualquer residente de Woodbury e causar arrepios na espinha das almas menos fortes nas proximidades. Calvin parece absorver tudo isso antes de se voltar para Lilly e dizer, em voz baixa:

— Ou talvez *este* seja o inferno... talvez todos nós tenhamos sido condenados sem nem mesmo notar... condenados a nos aglomerar dentro de muralhas como estas ou perambular por esse inferno na terra pela eternidade.

Lilly o encara por um momento, então pisca para afastar a súbita tristeza do destino. Olha para ele.

— Sem querer ofender, Calvin, mas lembre-me de não convidar você para nenhuma festa.

Outra risada cansada do homem.

— Desculpe por isso. — Ele tira uma bandana do bolso de trás e limpa o suor do pescoço. — Acho que me empolgo às vezes. — Dá outro sorriso caloroso para Lilly e, apenas por um instante, ela vê o artesão bom e simples que Calvin foi nos dias que precederam a praga. Ela consegue imaginá-lo desenhando uma linha com giz e alisando cuidadosamente a madeira com aquelas mãos calejadas, um cigarro pendendo dos lábios. — É preciso me observar o tempo todo — diz o homem, por fim —, ou dou uma de pastor Pat Robertson para cima de você.

Lilly gargalha.

— Tudo bem, eu aguento. — Ela oferece a mão a Calvin, um gesto espontâneo que toma até *ela própria* de surpresa, então diz: — Acho que eu deveria tornar oficial. Bem-vindo a Woodbury.

Ele aperta a mão de Lilly com um gesto firme.

— Agradeço a todos por isso.

— Estamos felizes por ter você, Calvin.

— Obrigado.

Os dois soltam as mãos, e Lilly diz:

— Se estiver interessado, gostaria de convidá-lo para ser um membro permanente do comitê.

— Do quê?

— Do grupo de pessoas que se reúne com regularidade... você os conheceu na semana passada, quando estávamos discutindo o que fazer a respeito da horda. O propósito é basicamente tomar decisões. Precisamos de pessoas lúcidas.

Calvin morde o interior da bochecha enquanto pensa a respeito.

— Acho que eu poderia fazer isso.

— Que bom. Está resolvido, então.

— Só uma coisa.

— O que foi?

— Você mencionou que aquele senhor que costumava liderar as coisas por aqui se chamava de Governador...

Lilly assente.

— Isso mesmo. O que tem ele?

Calvin olha para ela.

— Só quero entender. Sei que esse cara era uma maçã podre. E você estabelece mais democracia por aqui agora. Mas só quero esclarecer uma coisa para que eu possa entender.

— Entender o quê?

Ele parece estar medindo as palavras.

— Você é, tipo... bem... a nova Governadora?

Ela solta um suspiro longo e angustiado.

— Nem de perto, Calvin. Nem de perto.

Tarde da noite. A lua está alta no céu. A floresta a leste de Woodbury está tão silenciosa quanto uma capela. Grilos cantam às sombras aveludadas dos pinheiros ao longo de Elkins Creek. O ar é entrecortado por ruídos aleatórios — melodias, gemidos queixosos, galhos se partindo e uma série de fôlegos difíceis conforme uma figura macilenta com a roupa esfarrapada tropeça pela margem do rio, procurando uma forma de atravessar.

Reese Lee Hawthorne passou a noite inteira ziguezagueando desastradamente pelas árvores, seguindo pelo rio no sentido sul, procurando um apoio para o pé ou um aglomerado de troncos caídos sobre os quais pudesse atravessar o amplo canal de água lamacenta. Precisa seguir para oeste, mas o riacho — que a essa altura está mais para um rio, com correntes ágeis, frias e profundas — o impediu de atravessar. Está começando a alucinar pela falta de comida. Reese sente minúsculos olhos brilhantes observando-o por trás das árvores. Vê punhados de poeira estelar flutuando nas sombras. As pernas do rapaz estão prestes a falhar. Ele consegue sentir o cheiro de errantes próximos. É capaz de ouvir os passos farfalhantes, arrastando-se bizarramente pelas folhas atrás dele. Ou talvez esteja imaginando tudo isso. Sabe que não deveria estar viajando à noite. É perigoso demais. Mas é a única forma de navegar e permanecer em curso.

Reese para e toma fôlego, recostando-se no tronco de um enorme carvalho, silenciosamente rezando para o Senhor, pedindo orientação e força, quando vê uma estranha aparição a cerca de 30 metros. Reese pisca e desvia o olhar, pensando que deve ser outra alucinação. Então olha de volta.

Com certeza, a meia distância, algo se ergue acima das copas das árvores e se estende ao longo do rio: um modesto chalezinho de madeira flutuando a 3 metros ou mais acima da água, sem qualquer suporte visível, um lar mágico, de conto de fadas, para algum *leprechaun* ou duende d'água. Reese engole o medo e sacode a cabeça diante da impossibilidade, mas ali está.

A escuridão e o brilho do luar no telhado pontiagudo dão à construção uma característica quase etérea conforme Reese se aproxima cuidadosamente a partir do bosque. Se é apenas uma alucinação causada pela fome, pelo estresse, pela falta de sono ou de açúcar no sangue, essa é certamente a alucinação mais detalhada da história do homem. Ao se aproximar, ele consegue ver a lateral comida por pragas, os traços de tinta vermelha da chaminé há muito desbotada e queimada pelo sol da Geórgia.

Calafrios de febre percorrem a nuca de Reese enquanto ele se aproxima e vê a sombra da casa projetada pelo luar sobre a água abaixo dela. Com toda a certeza, sem razão ou lógica, o chalé levita no ar acima de Elkins Creek como algum truque eterno de mágica. Reese para subitamente. Fica paralisado e encarando o chalé detonado pelo tempo. Espera um pouco. O jovem olha o enorme buraco de uma abertura em um dos lados da construção, uma passagem grande o bastante para acomodar uma carruagem ou uma pequena picape. Reese vê a estrada sulcada que leva até a estrutura.

— Burro... *idiota*, burro — reprova-se Reese, sussurrando, ao perceber que se trata de uma ponte coberta.

Aquela parte da Geórgia está cheia de pontes cobertas, algumas delas dos dias anteriores à guerra. A maioria consiste em estruturas fechadas com lateral de madeira e vigas de metal, mas algumas são elaboradas construções vitorianas decoradas, tão enfeitadas com arabescos e outros objetos que parecem ter sido construídas por elfos. Aquela é uma construção simples de tábuas de madeira e vigas, com um único dormente decorativo em cada ponta. Vinhas se prendem a uma parede externa e um córrego de água lodacenta flui para um canto até alcançar as correntes fortes abaixo da ponte.

Reese respira fundo, sobe a encosta que leva à entrada leste e entra.

Lá dentro é tudo escuridão e podridao fétida, como uma adega na qual todas as garrafas se quebraram e o vinho virou vinagre. O ar está tão embolorado e úmido que parece pesar. Reese considera correr até o outro lado a extensão da ponte é de menos de 10 metros —, mas, por algum motivo, ele caminha. As passadas das botas do jovem no piso de madeira estalam alto nos ouvidos dele. Reese consegue sentir a própria pulsação no maxilar.

O olhar do rapaz se fixa em uma pilha de retalhos perto da saída.

A princípio, às sombras, parece um monte de terra, mas conforme Reese se aproxima cada vez mais, ele vê que se trata de uma pilha de velhos cobertores esquecidos e roupas indiscerníveis, tudo coberto de mofo e sujeira, tão desgastado e revirado que a pilha congelou e aderiu ao piso da ponte. Reese nem mesmo olha para aquilo ao passar rumo a outra ponta.

Ele está a meio caminho da saída quando um braço escurecido dispara da pilha como se tivesse sido atirado por uma mola. Reese grita e tropeça. A mão de um errante está presa em seu tornozelo. Mesmo preso, ele se contorce, buscando a arma. Reese mantém uma bala na câmara para emergências como essa, mas a pressão dos dedos parecida com a de um torno e a condição espantosa do agressor o deixam paralisado.

Pouco visível, a criatura da pilha de retalhos é uma visão surreal às sombras do luar — seu gênero se tornou impossível de ser identificado. Ressecada pelo tempo até se tornar um cadáver enrugado de pele escamosa e ossos, seu cabelo parece algas marinhas coladas ao crânio. A criatura abre a boca pela metade e mastiga o couro do dorso da bota de Reese com o vigor de um triturador de madeira. A vibração e o som disso — durante um instante frenético — são registrados pelos pensamentos desesperados de Reese como se fosse uma serra elétrica na velocidade mínima enterrando-se em uma raiz de árvore persistente.

Reese consegue pegar a arma especial da polícia calibre .38 de detrás do cinto e mira com o polegar sobre o tambor e o indicador envolto no gatilho antes que os dentes cheios de limo da coisa perfurem o couro do seu sapato, que agora é o que existe entre Reese e a eternidade. Ele dispara três tiros na direção do crânio da criatura — a série de faíscas como lâmpadas explodindo na noite —, e a iluminação reflete forte nos olhos do errante feito moedas de cobre.

Com metade da cara amassada tendo sido estourada, junto a parte do crânio e um enorme pedaço do ombro — o ferimento é tão profundo que a cabeça se solta do tronco, os tendões podres como vinhas encharcadas —, o corpo desaba no chão.

Reese solta um grito espontâneo que ecoa pelo firmamento escuro quando vê que a cabeça continua mastigando furiosamente sua bota. Com o cérebro intacto e os dentes ainda presos em Reese com o fervor zen de um louva-a-deus, a cabeça o ataca com mais vigor do que nunca. Reese a chuta — várias vezes — um instante antes de os dentes penetrarem o casulo de couro da bota e rasgarem a pele, e o crânio se solta e sai rolando.

Cambaleando até ficar de pé na escuridão, bêbado pelo terror e com a mente acelerada, Reese Lee Hawthorne dispara atrás da cabeça que rola.

O crânio ganhou velocidade na descida e quica até uma vala. Reese o persegue — grunhindo, sem fôlego e dando gritos balbuciados e inarticulados — até que finalmente alcança a cabeça e pisa nela como se apagasse uma fogueira. Os ossos do crânio cedem conforme a coisa é amassada. Reese pisa várias vezes até o crânio se achatar com a umidade polpuda de um melão podre.

Reese nem sequer percebe que está chorando até que a dor dos repetidos pisões irradia pela sua perna e lhe causa câimbra na coxa e no quadril.

O rapaz cai de joelhos e, em seguida, desaba de costas. Ele chora sem parar, deitado na estrada dura, encarando o céu noturno. Chora sem qualquer vergonha ou inibição, dando soluços ruidosos e aquosos durante vários minutos — muito disso se acumulou nele nos últimos dias de sobrevivência implacável —, até que literalmente perde o fôlego. Em um estado enfraquecido devido ao estágio inicial da inanição, Reese mal consegue se mover agora. Apenas encara o céu cheio de estrelas, com a respiração curta e os pulmões doloridos.

Um longo momento se passa. Reese pensa no Deus Pai lá em cima, no céu brilhante. Uma infância passada na igreja pentecostal ensinou ao rapaz que Deus é um mestre irritado e rigoroso. Deus julga e é vingativo. Mas talvez o Deus de Reese tenha piedade dele. Talvez *esse* Deus — a mesma divindade que visitou aquele inferno na terra — fará uma pausa nos atos de vingança para dar a Reese Lee Hawthorne um descanso. *Por favor, Deus,* pensa ele, *por favor, me ajude a encontrar as pessoas que provocaram aquelas explosões.*

Nenhuma resposta vem... Há apenas o vasto e impassível silêncio do céu negro.

NOVE

Lilly não consegue dormir. Mas em vez de ficar deitada na cama, encarando os círculos de gesso no teto do seu apartamento na rua principal e ruminando todas as coisas que precisa fazer, ela decide se levantar, preparar uma xícara de café solúvel e fazer algumas listas. O pai de Lilly, Everett, sempre costumava dizer: "Quando ficar atribulada pela vida, mocinha, faça uma lista. É sempre um ótimo primeiro passo, e mesmo que não realize uma coisa sequer dela, você vai se sentir melhor."

E e por isso que, durante quase duas horas naquela noite, Lilly fica sentada à janela da sacada — coberta de tábuas pelo lado de fora e bloqueada do lado de dentro por fileiras de plantas para ambientes fechados, as quais Lilly está tentando trazer de volta à vida — rabiscando listas de coisas para fazer em um bloco de anotações com um lápis que ela mantém apontado com o canivete. Muitos dos itens que Lilly escreve inicialmente são logo apagados, pois ela percebe que não há uma loja de ferramentas onde possa obter os parafusos e as porcas para a tarefa, ou o item é impossível de ser cumprido sem que sejam abastecidas as escassas reservas de combustível. Depois de uma hora ou mais, ela acaba com uma lista de tarefas nas quais pode trabalhar:

FAZER

1. Reunir uma equipe de busca por combustível
2. Encontrar mais combustível

3. Reunir uma equipe de busca por sementes
4. Encontrar sementes para os jardins da arena
5. Terminar de arar o campo interno da arena
6. Plantar os jardins da arena
7. Montar equipes rotatórias de reparadores da barricada
8. Trabalhar na extensão das barricadas até a Dromedary Street
9. Pedir que Bob faça inspeção de saúde de porta em porta
10. Fazer uma agenda de tarefas para a reunião do comitê de direcionamento
    Professor para as crianças
    Centro de saúde
    Cooperativa de compartilhamento de comida
    Aquecimento solar
    Adubo
    Biocombustível
    Tecnologias sustentáveis
11. Me reunir com comitê de direcionamento
12. Me manter otimista
13. Encontrar outra pessoa para ser líder de Woodbury

Ao verificar esse último item, Lilly não consegue conter um sorriso malicioso.

Ela sabe que não há ninguém burro o bastante para assumir o comando daquele barco, mas continua fantasiando. Continua pensando nisso. E se ela fosse apenas uma cidadã, uma residente comum de uma cidade comum? Não seria incrível? Ela afasta a cadeira e se levanta, esfregando o pescoço dolorido. Está sentada diante da janela da frente há quase duas horas, apontou o lápis quase meia dúzia de vezes, na maioria delas riscando os itens das listas de desejos, e no momento sente que pode ser capaz de conseguir o sono necessário.

Lilly volta para o quarto e para diante do espelho improvisado que está apoiado na parede atrás da porta. Ela olha para o próprio reflexo. A garota que a encara de volta é quase irreconhecível.

Com a calça de moletom larga e o casaco de moletom da Georgia Tech, Lilly parece uma andrógina, até mesmo masculina, o cabelo castanho desbotado, manchado pelo sol, está bem preso para trás, unido por um elástico, o que só chama atenção para suas feições marcadas e angulosas. Faz literalmente dois anos desde que ela usou maquiagem pela última vez. Mas também parece que há algo novo por trás dos seus olhos castanhos, algo por trás do seu olhar que Lilly não havia notado antes. Em circunstâncias normais, ela poderia culpar a idade — no momento, a única lanterna de querosene no quarto projeta uma luz impiedosa no rosto de Lilly, deixando os pés de galinha ao redor dos olhos dela ainda mais proeminentes do que o normal —, mas naquele ambiente isso sugere mudanças mais sombrias do que simplesmente o passar do tempo. A suavidade original do rosto dela foi rechaçada pela selvageria da época, e Lilly não tem certeza de como se sente em relação a isso.

Ela levanta o tecido frouxo do moletom surrado e olha para a barriga esquelética. Embora tenha sido magra durante a maior parte da vida, Lilly passou de magrinha para definhada nos últimos meses — suas costelas se projetam na pele pelas laterais do corpo como nadadeiras vestigiais. Ela belisca uma porção minúscula de pele ao redor da barriga inexistente. Imagina como seria sua aparência caso não tivesse sofrido o aborto no mês anterior. Lilly se olha e imagina o tronco ficando cheinho, os seios aumentando, os mamilos escurecendo, o rosto se tornando redondo, farto e maduro. Subitamente, uma pontada de emoções a atinge no abdômen, e Lilly vira as costas para o espelho, contendo a tristeza. Ela afasta os pensamentos melancólicos da mente e atravessa o cômodo.

Exausta, desaba na cama, ainda vestida. Cai no sono sem sequer perceber, porque parece que as batidas vêm um instante depois. Ela se senta, sobressaltada, como se tivesse sonhado com o barulho, mas as batidas continuam, fortes e rápidas. Há alguém batendo impacientemente à porta.

— Meu Deus, o que foi agora? — resmunga Lilly enquanto se arrasta para fora da cama.

Ela considera pegar a pistola, mas decide que é melhor não, e em vez disso sai arrastando os pés descalços para a sala, bocejando e coçando a barriga dolorida.

— Menina Lilly, desculpe perturbá-la a essa hora — diz Bob Stookey quando ela finalmente abre a porta. Usando uma regata justa e uma calça manchada de tinta, o homem mais velho está sem fôlego. O rosto envelhecido dele se ilumina de animação. — Acho que quando vir o que tenho para mostrar, vai entender.

Lilly boceja de novo.

— Pode me dar uma dica?

— Tudo bem... uma dica. Vai mudar a forma como vivemos em Woodbury.

Ela olha para Bob.

— É só isso?

— Tudo bem, sua ranzinza. Vamos, pegue os sapatos e uma lanterna.

Eles cruzam a silenciosa praça da cidade, a escuridão e o ar frio das horas que precedem o alvorecer no momento mais intenso, o céu sem luar, o ar tão estagnado quanto em uma tumba. Apenas os passos dos dois podem ser ouvidos ecoando na quietude.

— Pouca gente tem vindo aqui ultimamente — comenta Bob quando sobe as escadas de pedra do pequeno edifício de tijolos de dois andares. — Acho que as pessoas estão mais interessadas na sobrevivência do que em enriquecer a mente. — Eles param à entrada. Bob aponta para o painel de vidro quebrado na porta. — Alguém invadiu e saqueou o lugar não faz muito tempo, mas provavelmente não encontrou muita utilidade para enciclopédias velhas e mimeógrafos quebrados.

A porta se abre com um rangido, envolvendo Lilly em uma lembrança de aromas tão antigos quanto pot-pourri: umidade quente e cola de lombada; páginas bolorentas e cera velha de piso. Ela segue o feixe da lanterna de Bob pelo saguão coberto de lixo, parando para absorver as silhuetas de estantes de livros, arquivos, carrinhos de biblioteca e cabides vazios nos quais alunos do ensino fundamental um dia penduraram seus casacos de chuva durante passeios para pesquisar a flor nacional da Nicarágua.

— Cuidado onde pisa, menina Lilly — diz Bob, passando o feixe de luz por uma pilha de cadeiras viradas e livros caídos, as lombadas antigas rasgadas como restos de pássaros mortos no chão. — Fica logo no fim deste corredor.

É preciso ziguezaguear um pouco — eles têm que desviar de uma pilha de prateleiras caídas, livros espalhados e vidro quebrado —, mas Lilly finalmente vê Bob se aproximar de uma mesa de estudos coberta de grandes documentos e iluminada por uma poça de luz vinda de uma lanterna amarela de querosene.

— Que diabo é tudo isso? — pergunta Lilly, olhando por cima do ombro de Bob enquanto ele está de pé à mesa, abrindo algum tipo de registro enorme com capa de couro. O livro é do tamanho da porta de um carro.

— Os mapas topográficos do condado de Meriwether, registros históricos, mapas de delimitação de propriedades e coisas assim. — Bob vira as enormes páginas do registro até chegar ao ponto que marcou, fazendo nuvens de poeira voarem pelo feixe da lanterna de querosene. — A primeira coisa que precisa saber: a Farmácia Seu Desconto... aquele lugarzinho na Folk Avenue, sabe? Onde você encontrou aquele teste de gravidez naquela época? Tem ideia do que aquela propriedade foi um dia?

— Bob, é tarde, estou congelando... apenas me conte, ande logo.

— As palavras *Ferrovia Subterrânea* lhe dizem alguma coisa? — Ele aponta para uma pilha de papel vegetal nos quais há desenhos rabiscados. Lilly repara em correntes, ossos, crânios humanos e o que parece ser um fêmur com uma argola espessa ao redor. Bob assente para os rascunhos. — Desenhei isso lá embaixo outro dia, e apostaria uma grana que são restos fossilizados de escravos fugidos. Aqui, veja isto.

Ele se vira para o registro e passa o dedo por uma coluna de lugares históricos. A unha suja de Bob para no último registro:

Folk Avenue, 1412, Woodbury, Geórgia, 30293
Antiga localização do Museu da Linha Tronco do Sul
Refúgio da Ferrovia Subterrânea

Lilly avalia o registro.

— Tudo bem, então é bom saber disso, mas como isso afeta, afinal...?

— Calma. — Bob fecha o registro e puxa um plano topográfico desbotado como um pergaminho para a luz, então cuidadosamente o desdobra até que praticamente cobre a mesa toda. — Vou mostrar outra coisa. — Ele passa o dedo por uma série de linhas, algumas delas sólidas, outras pontilhadas, cruzando limites de propriedade dali até a fronteira do Alabama. — Está vendo as linhas onduladas?

Com um revirar de olhos exasperado, Lilly responde:

— Sim, Bob, estou vendo as linhas onduladas.

— Sabe o que são as pontilhadas?

Ela começa a dar outra resposta irritadiça e impaciente, mas para de falar. Tem uma sensação de formigamento na nuca quando percebe o que está vendo.

— Puta merda — murmura Lilly, encarando o mapa topográfico. — Esses são os túneis.

— Bingo — responde Bob, assentindo. — Naqueles dias, algumas das rotas ficavam acima do solo, é claro, mas algumas eram, na verdade, subterrâneas.

— Pode crer — murmura Lilly, encarando boquiaberta as linhas pontilhadas que se projetam pelo estado como o emaranhado de tranças da Medusa. Ela encara uma das linhas mais longas. — Parece que algumas delas se estendem por vários quilômetros.

— Isso aí.

Lilly olha para Bob.

— Conheço esse olhar — diz ela, sorrindo para o homem.

— Que olhar?

— O de quem está feliz da vida.

Bob sorri, fechando o enorme registro com um estampido e lançando uma nuvem de poeira pela luz fraca da lanterna. Ele dá de ombros.

Tudo bem, olhe isto. — Ele vira o mapa em um ângulo e aponta para um minúsculo X com um círculo ao redor. — Está vendo? Acho que é um ponto de acesso.

— Uma escotilha para fuga?

— Exatamente· — Bob encara o mapa topográfico. — Sei que está um pouco cedo para abrir a garrafa de champanhe, mas, por Deus, parece que podemos usar alguns desses túneis.

— Para quê?

— Apenas pense por um segundo. — Os velhos olhos de cão de caça dele estão incandescentes com animação. Àquela luz, o rosto do homem parece verdadeiramente espectral, as rugas e linhas profundas ressaltando o entusiasmo. Lilly nunca tinha visto Bob assim. Mesmo quando Megan Lafferty estava viva e ele alimentava a paixão secreta da sua vida, perambulando pela cidade como um adolescente apaixonado, não tinha essa aparência. O potencial daquela descoberta o rejuvenesceu anos. — Podemos ir de um lado para outro, viajar por quilômetros sem arriscar exposição às condições da natureza... sem mesmo colocar os pés acima da superfície até chegarmos aonde queremos.

— Achei que tivesse dito que havia errantes lá embaixo, como o que pegou Hap.

— Alguns, sim, mas, poxa, podemos tirá-los de lá, talvez reforçar algumas paredes do túnel e coisas assim. Se quer saber, acho que definitivamente vale o esforço.

Lilly pensa a respeito por um momento, roendo uma unha.

— Do que você precisaria em termos de força bruta, equipamentos?

Bob comprime os lábios.

— Acho que talvez dois ou três homens, e se conseguisse descobrir um modo de levar energia para lá sem precisar estender um fio de 5 quilômetros ou nos asfixiar com monóxido de carbono dos geradores... facilitaria muito a vida.

Lilly suspira.

— Extensões e geradores nós temos. É a porcaria do combustível que está nos matando.

Bob passa os dedos pelo cabelo escuro e seboso.

— O posto do Walmart está basicamente seco... e aqueles destroços de carros pela 85 e pela 18 estão limpos.

— E o deque de carga de Ingles Market?

— Secou há séculos.

— E quanto ao maquinário de fazenda da Deforest? Eles não são mantidos abastecidos?

— Vamos verificar de novo, não tenho certeza, talvez nos fundos tenha restado alguns que ainda não secaram.

— Deve haver uma fonte que ainda não achamos.

Bob olha para o antigo documento na mesa, seu olhar percorre a rede de túneis.

— Precisamos ir para mais longe.

Lilly olha para além das sombras das prateleiras de livros reviradas.

— Ainda temos aquelas caixas de óleo de cozinha no armazém.

— É, ótimo... Se quiser fritar uma porção de bolinhos de milho para a peixada de sexta à noite, manda ver.

— E quanto a biodiesel?

— O que tem?

— Não se faz essa merda cozinhando óleos?

Bob solta um suspiro entrecortado.

— É, se você tiver a receita, o *know-how*.

Lilly olha ao redor da biblioteca saqueada.

— Acho que a gente pode pesquisar aqui mesmo.

Bob sorri para ela.

— Não é uma má ideia, Lilly. Está pegando o jeito dessa coisa de liderança.

Ela resmunga.

— Não sei, não.

Bob olha para o documento.

— Algo me diz que a resposta para um monte dessas coisas está bem diante de nosso nariz. — Ele olha para Lilly. — Quanto antes eu descer lá de novo, mais rápido descobriremos aonde essa coisa vai nos levar.

Depois de uma longa pausa, Lilly diz:

— Apenas se certifique de que sabe com quantos errantes está lidando quando fizer espeleologia lá embaixo de novo.

Bob não responde, apenas lança um breve olhar para o mapa topográfico.

O dia seguinte amanhece úmido e nublado, e o clima do fim da primavera começa a abrir caminho para o calor opressivo do verão da Geórgia. Às 7 horas o termômetro já está marcando 23 graus, e os bosques e os vales a leste da cidade zumbem com insetos. Logo, a cantoria de grilos, sapos, pardais e tordos se eleva até um rugido contínuo.

O ruído ambiente é tão intenso que a figura solitária seguindo aos tropeços pelo bosque denso ao longo da ferrovia Riggins acha que está ouvindo coisas.

Ele bate em árvores, pois seu equilíbrio está prejudicado pela exaustão, pelo terror e pela inanição. O jovem espirra água ao passar por caminhos pantanosos e quase tropeça, chegando a cair de joelhos em certo momento e quase dando de cara na lama. Mas se levanta de novo. Ele continua se movendo. A todo custo, continua se movendo. Queimado de sol, desidratado, nos estágios iniciais do choque, Reese Lee Hawthorne ouve vozes em meio ao barulho da fauna ao redor, sons de pastores gritando sermões sobre fogo e enxofre, o zumbido baixo da terra se partindo.

Quando Reese chega à clareira adjacente à ferrovia Riggins e vê a fileira de carros abandonados ao longo do asfalto queimado da estrada de pista dupla, os destroços empilhados se estendendo até onde sua vista alcança — um engarrafamento paralisado e eterno —, ele quase desaba, mas, de alguma forma, movendo-se por pura adrenalina agora, continua cambaleando para a frente.

A distância, ele vê os sinais de uma cidade. Pela visão embaçada, os objetos se materializam como os de um sonho, e o jovem vê os limites do que um dia foi uma pequena e organizada comunidade de fazendeiros: as vias e os bulevares arborizados estão agora cheios de grama crescida, cobertos com detritos não identificáveis e restos humanos, há arame farpado enroscado ao redor de algumas placas de rua... uma típica paisagem pós-praga. Alguns errantes desgarrados perambulam pelos limites da cidade como sem-teto esquecidos, outra visão comum do lado de fora dos assentamentos de sobreviventes. Feito mariposas onipresentes atraídas pelas chamas da vida humana, um certo número de errantes sempre pode ser encontrado perto de pessoas.

Reese vê a muralha. Está a cerca de 300 metros agora, o centro da cidade escondido atrás dela, a madeira arranhada de uma enorme barricada se estendendo por quase um quarteirão e meio nas duas direções. Há uma abertura no canto sudeste, bloqueada por um caminhão de carga leve coberto de sujeira. Certas tábuas parecem manchadas de fuligem, como se um incêndio tivesse varrido a área há pouco tempo. Alguns dos telhados atrás da muralha parecem queimados e danificados pelo fogo. Até mesmo as estradas cobertas de grama e os pátios vazios parecem terem sido queimados.

Reese ouve o grunhido repentino de um errante no seu lado direito.

Ao levar a mão ao revólver .38 — só resta uma bala no tambor —, ele perde o equilíbrio de novo e cai. Cai com força sobre o ombro esquerdo, a dor irradiando pelo braço e pelas costelas. A agonia súbita o deixa sem fôlego conforme rola de costas e segura a arma com ambas as mãos. O errante se aproxima — uma grande mulher, obesa e feminina em vida, com um penteado bufante caído para o lado e um vestido de alcinha surrado —, sua boca como um torrão escuro no crânio. Reese espera até que a mulher esteja ao alcance de um tiro à queima-roupa, então dispara na direção da cabeça dela, abrindo um buraco do tamanho de uma pequena molheira no crânio da errante.

O buraco jorra matéria cerebral escura e fluidos viscosos com a força de uma fonte quando a mulher gorda desaba na grama.

Reese fica de pé com dificuldade — sua última bala se foi, a cabeça dele gira de dor e medo — e faz um último esforço para ultrapassar os outros errantes atraídos pelo barulho, os quais agora se aproximam de todos os lados. Reese dispara pelos trilhos da ferrovia, passa pela cobertura da estação e cruza o pátio vazio do lado de fora da rua principal de Woodbury. Ele se aproxima o suficiente da muralha e vê um único indivíduo — um homem de meia-idade — com algum tipo de rifle militar.

— EI, AMIGÃO! — O som de outro homem gritando para Reese ecoa pelos pátios. — AÍ ESTÁ DISTANTE O SUFICIENTE!

Reese cai de joelhos no limite da Folk Avenue, 100 metros a leste da mesma farmácia abandonada na qual Lilly encontrou o teste de gravidez um mês antes, a mesma propriedade por onde Bob e sua equipe estão perambulando pela escuridão subterrânea.

— P-por favor — diz Reese, bufando, buscando fôlego, com as mãos e os joelhos na terra. — P-por favor, m-me deixe entrar, eu p-preciso...

— ESTÁ SOZINHO?

Sob o sol nascente, o rosto de David Stern fica visível quando ele olha pela beirada do cesto do guindaste, as feições enrugadas, grisalhas e contraídas à luz forte. Mas mesmo em meio à tensão que agora reverbera entre os dois homens, há uma característica bondosa nos modos de David, aparente nos seus olhos com olheiras e na voz de barítono carregada, mesmo aquela distância. Reese Lee Hawthorne está no chão, tentando recuperar o fôlego, sentindo os outros errantes se aproximando dele. Tem apenas um ou dois minutos para convencer aquele senhor com o rifle que não pretende fazer mal algum.

— Sim, senhor! — grita Reese. — Estou sozinho e p-preciso de ajuda... não apenas para mim, mas para minha família também!

Um segundo tenso de silêncio se passa enquanto David abaixa a arma.

A centenas de metros adiante no corredor principal, com pelo menos 2,5 quilômetros de túnel atrás deles e o ar estagnado ficando excessivamente frio, úmido e fedorento, os quatro homens encontram a primeira caverna.

— Ah, merda, olhem só isso — diz Bob aos demais, parando para limpar a testa suada com uma bandana imunda.

A lanterna dele ilumina o muro de terra cerca de 50 metros à frente, acumulada na parede do túnel, bloqueando o caminho deles.

O grupo se junta no centro do túnel, os feixes das lanternas varrendo a escuridão granulada, o odor de podridão tão forte quanto o interior de uma meia suja. Ben puxa o boné da Caterpillar para trás na cabeça careca e encharcada de suor e semicerra os olhos com olheiras inchadas enquanto observa a obstrução.

Parece que o teto do túnel cedeu.

— Porra... achei que ia ser moleza — reclama Speed, com um tom de voz desapontado.

O primeiro 1,5 quilômetro da missão de reconhecimento e limpeza ocorreu sem dificuldades, nenhum errante à vista, o túnel limpo e seco, e apenas alguns resquícios de fogueiras e pontos de descansos aqui e ali de um século e meio atrás. Cada homem levou uma sacola cheia de ferramentas: pá, picareta, pé de cabra, martelo, tesoura de poda, pregos, tábuas sobressalentes, pilhas, pincéis e tinta branca para deixar marcas geográficas e anotações.

— Os mineiros chamam isto de rebote — comenta Matthew, distraído, olhando para o pedômetro. Ele encontrou o dispositivo na farmácia e decidiu mantê-lo preso ao cinto para ajudar a monitorar não apenas a profundidade que percorreram no túnel, mas também, em conjunto com uma bússola, a localização deles em relação à superfície. — Às vezes um pequeno tremor faz isso, alguma coisa que passa despercebida lá em cima. — Matthew vem de Blue Ridge, Kentucky, terra do carvão, e o pai dele foi mineiro a vida toda, assim como o pai do pai dele. E provavelmente foi isso que o deixou tão ansioso para dar o fora de Blue Ridge. Sua licença de trabalhador braçal foi uma passagem para fora. A bolha imobiliária em Lexington forneceu trabalho suficiente a Matthew assentando tijolos e construindo paredes, de forma que ele pôde começar uma vida bem decente antes de a bolha estourar. — Pode ser o fim — murmura ele, encarando a leitura do pedômetro —, principalmente se o caminho além daqui tiver cedido.

Bob anda até a caverna.

— Matt, me faça um favor e me diga a exata contagem de metros até aqui.

Bob se aproxima da parede inclinada de terra que se ergue até as antigas estalactites de calcário e raízes penduradas no teto. Ele se ajoelha diante da obstrução.

Matthew se junta ao companheiro, pegando o pedômetro e lendo a indicação.

— Parecem... exatamente 2 quilômetros e 502 metros.

Bob olha para o teto de raízes. Então observa mais de perto a obstrução de terra. Ele estende a mão e tateia o monte de terra solta. É granulosa e está seca; alguns dos minúsculos torrões de terra deslizam quando Bob tira a mão.

— Não sou especialista, como o Sr. Hennesey aqui — diz ele —, mas isso parece recente para mim. — Ele puxa um mapa dobrado do bolso quando os outros dois homens se juntam a eles. Bob olha de novo para o teto. — Dois quilômetros e 502 metros, é isso? — Abre o mapa na terra dura do chão do túnel. — Isso dá mais de uma milha e meia, se não me engano, não é isso?

— Uma milha e um quarto a partir do leste da cidade — sugere Ben.

— Ilumine ali, Ben. — Com a unha suja do polegar, Bob traça a rota. — Pelos cálculos... deveríamos estar logo abaixo de Elkins Creek, talvez até em Dripping Rock Road.

— Até que distância acha que isso vai? — interrompe Speed.

Ben solta um resmungo incrédulo.

— Certamente não vai até o Canadá.

— Faz sentido que eles seguissem para o leste — comenta Matthew. — Os escravos, quero dizer.

— Leste até os estados fronteiriços, talvez Maryland, D.C. — Bob estuda o mapa. — Meu palpite é que este se liga a outro...

Um barulho o interrompe, um leve tremor na parede, um fio de terra solta rolando para baixo. Cada homem pega a própria arma. As bocas das armas estalam, as miras apontadas para a parede. Bob tem uma Magnum .357 com uma abertura de 10 centímetros, a qual ele instintivamente saca de um coldre curto.

— Saia de perto da parede, Bob — avisa Ben subitamente, recuando, o rifle Bushmaster apontado e pronto para disparar.

Bob dobra o mapa com uma das mãos, segurando o revólver com a outra, mas não vê a parede de terra estremecer e desabar perto da sua perna até ser tarde demais.

Os homens ouvem o farfalhar abafado antes de verem o objeto se projetar do meio da terra. Bob sente uma pressão na perna, olha para baixo e vê a mão escurecida que acaba de irromper pela parede de terra e se agarrar à perna da calça dele como um gancho.

— PORRA! — Ele recua em um movimento involuntário, puxando a perna de volta.

O errante força caminho pela parede, um homem grande com cabelo bolorento pendendo sobre seu rosto macilento e coberto de sujeira. Os resquícios de um colete laranja de operário ainda aderem ao corpo em frangalhos da criatura, que abre a boca expondo uma fileira de dentes cinzentos cheios de vermes e dispara como uma cobra na direção da perna de Bob.

— Abaixe, Bob... AGORA! — A voz de Ben faz Bob se mover e ele abaixa bem a tempo quando o primeiro disparo controlado se acende quente e brilhante para fora da AR-15 de Ben. Quatro disparos acertam o topo do crânio do errante.

O ex-operário instantaneamente desaba sobre os estilhaços do topo do próprio crânio, o qual jorra fluidos escuros sobre a metade inferior do corpo de Bob. Parece uma bile viscosa encharcando as calças dele.

— Que merda — reclama Bob ao se sentar de novo, tateando em busca da arma. — Que porra de merdinha, saco de pus, filho da puta!

— Tem mais deles! — Speed aponta para a parte de cima da parede de terra. — Olhem!

Como plantas retorcidas brotando em um lapso, mais braços irrompem da terra. Alguns esguios e longos, outros emaciados e definhados, os braços abrem caminho pela terra fofa e agarram o ar. Com dedos escurecidos pela decomposição, algumas mãos se abrem e se fecham com o vigor de marionetes, o que lembra a Bob, por um único segundo de insanidade, plantas papa-moscas. Os homens erguem as armas, as travas dos gatilhos são puxadas para trás, os feixes das lanternas sobem, e Bob mira sentado.

Matthew solta um grito reverberante:

— ESTOUREM ESSES MERDAS DAQUI!

Durante vários minutos, o tiroteio preenche o túnel com luz intensa e barulho enquanto incontáveis cartuchos são esvaziados na parede. Ricochetes faíscam em rochas, tilintam em estalactites e se enterram nos depósitos de cálcio, a fumaça de cordita se acumulando, o eco dos estouros fazendo os ouvidos zunirem e os disparos reverberando pela extensão do túnel. Logo, Bob não consegue ouvir porra nenhuma, e mal é capaz de enxergar em meio à névoa conforme a barreira estrondosa segue inabalada, atacando a parede de terra, até que a saraivada de tiros provoca uma pequena avalanche, abrindo um enorme portal na parede de terra, revelando a meia dúzia de errantes do outro lado que agora estoura como balões cheios de sangue. Cabeças explodem e jorram, corpos cambaleiam, borrifos de sangue pulsam e são disparados pelo espaço. Após outro momento insuportável, a abertura gigante na obstrução de terra revela que meia dúzia de errantes desabou no chão, e que o túnel além da parede está livre e ressoando com os ecos de um tiroteio de armas pesadas. Além da carnificina, que se espalha pela terra dura, reluzindo à luz fraca e levemente fumegante, o túnel se estende pela escuridão por uma distância indeterminada antes de virar à direita.

— CONTENHAM O FOGO! — grita Bob para os demais, os ouvidos ressoando tão forte que ele mal consegue ouvir a própria voz.

Outro barulho estala ali perto, chamando a atenção de Bob, quando o último disparo ruge da AK-47 de Matthew, ricocheteando com um estrondoso ruído na parede do túnel do outro lado da cavidade aberta na terra.

— MAS QUE MERDA, PAREM DE ATIRAR, PORRA! — Bob se levanta com dificuldade. Ele ouve uma voz baixinha estalar para fora do rádio e pega o walkie-talkie preso ao cinto a fim de procurar o botão do volume. Ele aumenta e ouve a voz de Gloria Pyne:

— *Bob... está ouvindo, Bob? Pode me ouvir? Alô, Bob!*

Ele aperta o botão:

— Gloria? É Bob, pode falar.

— *Bob, estamos com um problema aqui, talvez queira voltar.*

Ele olha para os demais. Matthew solta um pente vazio, e o objeto quica no chão de terra. Ben e Speed o encaram, esperando. Bob aperta o botão.

— Negativo para isso, Glo... repita.

Pelos estalos da estática, ouve-se:

— *Eu disse que estamos com um probleminha aqui, e Lilly queria que eu reunisse vocês e os trouxesse de volta para cá.*

Bob pisca e aperta o botão:

— O que está acontecendo, Gloria?

Pelo receptor:

— *Acho melhor você voltar e verificar.*

Bob suspira.

— Lilly não pode lidar com isso sozinha? Estamos fazendo progresso aqui embaixo.

— *Não sei, Bob. Eu só trabalho aqui.*

— Pode colocar Lilly no walkie-talkie?

— *Bob, por favor. Ela me pediu para trazer você de volta, então arraste essa sua bunda gorda e cabeluda para cá!*

O clique ecoa pelo túnel enquanto os outros três homens encaram Bob.

DEZ

Na enfermaria improvisada sob a pista de corrida, o jovem está sentado, sem camisa, na beira de uma maca, se abraçando com os braços magricelas, o torso envolto em gaze espessa na área em que ele caiu e quebrou duas costelas. A pele do rapaz está cheia de abrasões e cicatrizes da exposição às condições da natureza. Seu rosto parecido com o de um furão permanece abaixado conforme o rapaz fala, sem fôlego:

— Nunca vi uma horda como a que nos atacou naquela noite, nunca vi tantos em um só lugar. Perdemos cinco dos nossos naquela vez. Como falei, foi ruim... muito ruim. Ficamos encurralados em um lugar chamado Carlinville, a uns 15 ou 25 quilômetros daqui.

As lâmpadas no alto tremeluzem e emitem um zumbido. Lilly está de pé do outro lado da sala, ouvindo atentamente com um copo de papel cheio de café esfriando na mão. O ar tem cheiro de químicas metálicas, sangue e amônia. O couro cabeludo dela se arrepia quando ela monta as peças do quebra-cabeça na sua mente.

— Posso perguntar quando aconteceu isso, Reese? Você se lembra de há quantos dias foi?

O jovem engole em seco e pisca enquanto tenta calcular a passagem de tempo.

— Acho que foi... o quê? Talvez há uma semana? — Ele olha para Lilly com os olhos injetados e o maxilar trêmulo. — Eu meio que perdi a noção do tempo lá fora, para dizer a verdade. Ainda estou entendendo as coisas.

Tudo bem... não posso culpar você.

Lilly olha para o outro lado da sala, para os outros que estão ouvindo atentamente a história do rapaz. Bob está perto da pia de aço, os braços cruzados com discrição sobre o peito, um estetoscópio em volta do pescoço. Barbara e David Stern estão sentados lado a lado na beira de uma mesa. Matthew, Ben, Gloria e Calvin estão do outro lado da sala, perto do armário de equipamentos, cada um deles silenciosamente ruminando todas as palavras ditas.

Quando o jovem chegou, há poucas horas, estava tão desidratado e subnutrido que mal conseguia se mover ou falar. Com Bob nos túneis, Gloria e Barbara forneceram o melhor tratamento médico de emergência que puderam, diante das circunstâncias. Deram a Reese eletrólitos, ataram a ele uma bolsa de glicose, cuidaram dos ferimentos e lhe deram água e sopa instantânea em pequenas doses até que ele parecesse estável o bastante para contar a história. Quando Reese chegou à parte sobre seu grupo ter sido encurralado em Carlinville pela horda misteriosa, revelando por que arriscou a vida para ir até ali sozinho com suprimentos escassos e sem qualquer ideia de como se orientar na natureza, Lilly decidiu convocar o comitê.

Ela olha para Bob quando diz:

— Posso estar errada quanto a isso, mas acho que estamos lidando aqui com parte da superhorda.

Bob acena com a cabeça para ela.

— A que se formou do lado de fora da prisão.

O jovem na maca ergue o rosto como se acordasse de um sonho.

— Superhorda?

Lilly olha de volta para Reese.

— Acho que lidamos com parte dessa mesma horda. Nós a vimos se formar não muito longe daqui, há uma semana.

Ben interrompe:

— Essas porcarias de hordas são como amebas, crescem, se separam e se dividem em múltiplas. Não dá para ter uma porra de sossego com essas coisas. Está piorando a cada dia.

— Não sei nada quanto a isso — murmura o jovem, seu olhar vítreo voltado para Lilly, o terror por trás dos olhos queimando com vivacidade. — Mas sei que a horda que nos encurralou ainda está lá, confiem em mim. Depois que cercaram Carlinville, simplesmente continuaram ali... como, como, como... como abelhas cercando uma colmeia.

— Mas como sabe que a horda ainda está lá? — pergunta Gloria, do outro lado da enfermaria. A sala é iluminada por lâmpadas de halogênio em um único gerador, e elas tremem no intervalo de alguns segundos, dando ao espaço uma característica inquieta. — Manteve contato com seu pessoal? No bosque, quero dizer? Por rádio ou alguma coisa assim?

O jovem nega com a cabeça.

— Não... Eu só... — Ele ergue o olhar. — Eu estava em contato com Deus.

Isso faz com que quase todos na sala simultaneamente olhem para o chão. O recém-chegado fica dizendo coisas assim de vez em quando, e está ficando um pouco bizarro. Ninguém tem problema com Deus por ali — uma batidinha bem-humorada na Bíblia ou uma citaçãozinha das Escrituras faz parte da vida pós-praga —, mas, no momento, Lilly precisa se concentrar na parte prática, se ater à mensagem, aos fatos. Principalmente à luz do que o rapaz está pedindo a eles. Ela mede as palavras agora.

— Esse grupo com o qual você está, Reese — diz Lilly. — É um grupo de igreja?

Reese Lee Hawthorne respira fundo.

— Sim, senhora... mas, na verdade, não temos uma igreja de tijolo e argamassa. Nossa igreja é basicamente a gente, o reverendo Jeremiah e a estrada. — Ele abaixa o olhar e engole em seco de novo. — Antes da Transformação, tínhamos um ônibus grande e velho, carregávamos a tenda no teto... O irmão Jeremiah fazia cultos de renascimento para cima e para baixo da costa leste... batismos e tal. — O rosto do rapaz se contorce com luto, o horror causa tiques nervosos nos cantos da boca dele. Os olhos se enchem d'água. — Tudo isso se foi agora... tudo se foi.

— O jovem encara Lilly, esfregando os olhos. — O exército de errantes de Satã tirou tudo de nós.

Um segundo se silêncio se passa. Lilly observa o jovem.

— Quantos de vocês estão lá?

Ele olha para ela.

— Em Carlinville agora? Contando comigo? Somos 14.

Lilly umedece os lábios e mede as palavras.

— Esse reverendo Jeremiah... Ele está... encurralado em Carlinville com os demais?

Reese assente.

— Sim, senhora. — Outro tique, mais uma pontada de lembrança dolorosa. — Ele salvou nossas vidas naquela noite em que o rio ficou vermelho.

Lilly olha para Bob, que retribui seu olhar. Os outros trocam uma série de olhadelas desconfortáveis. Lilly se volta para o recém-chegado.

— Não precisa nos contar o que aconteceu, Reese, se for doloroso demais.

O jovem assume um olhar sonhador e a expressão dele fica neutra, como se de repente entrasse em hipnose.

— Jeremiah sempre diz que o melhor modo de lidar com a praga é simplesmente seguir em frente... continuar rezando e salvando almas... É a melhor forma de combater o Diabo. — Reese fica muito imóvel, olhando boquiaberto para o canto mais afastado da sala, como se algum horror distante estivesse escondido ali, nas sombras. — Eu lembro que estava quente naquela noite... tão quente e úmido que só respirar já dava trabalho. O rio Chattahoochee parecia a água de uma banheira. Nosso ônibus estava estacionado logo ao norte de Vinings... e armamos a tenda cerca de 400 metros ao norte do rio. — Ele faz uma pausa e com enorme esforço engole a agonia. — Começamos com alguns homens locais. Irmão Jeremiah os levaria até a água, uma parte do rio que deveria ter entre 1 e 1,5 metro de profundidade... bem fundo para um batismo, mas é assim que o reverendo gosta de fazer... como João Batista... imersão total, cara. — Outra pausa. — Ele não viu as coisas se movendo sob a superfície... Eles estavam rio acima, na parte mais funda da água. — Reese inclina a cabeça de novo como se seu crânio pesasse mil toneladas. A voz do rapaz é reduzida a um sussurro. — Ele não viu as coisas até que fosse tarde demais.

Lilly espera um momento respeitoso antes de umedecer os lábios e dizer:

— Tudo bem, Reese, não precisa...

— Ele levou um grupo de mulheres até lá depois... devia ter umas cinco ou seis delas... de todas as idades: algumas adolescentes, uma mais velha, algumas mães. — Silêncio. — Ele estava batizando uma de cada vez, e elas cantavam "The Old Rugged Cross"... e eles estavam louvando, cantando e se enchendo com o espírito. — Silêncio. — *Senhor, em seu amor você nos chamou... para conhecê-lo... para confiar em você... para unir nossa vida com a sua.* — Silêncio. — E Jeremiah levava cada garota nos braços fortes como se estivesse dançando com ela... e ele a mergulhava de costas na água morna... *splash, splash.* — Silêncio. — E ele dizia: "Irmã Jones... que Deus derrame as bênçãos dele em sua vida hoje... para que você possa caminhar na abundância Dele." — Silêncio. — Então ele a mergulhava... *splash*... e... e... — Silêncio. — E em seguida pegava a próxima garota para fazer o mesmo... *splash.* — Silêncio. — Foi a terceira ou a quarta mulher. — Silêncio. — Acho que foi a quarta. — Silêncio. — Quando... de repente... o reverendo a mergulhou na água... e... e...

— Tudo bem, Reese. Já basta. — Lilly vai até o jovem e coloca a mão no ombro dele. O rapaz dá um pulo. — Tudo bem, já entendemos.

Ele olha para Lilly com uma expressão que provavelmente vai viver nos pesadelos dela desse momento em diante.

— Ela não tinha cabeça. — A expressão dele se contrai, as lágrimas escorrem. — O sangue... estava... estava por toda parte... Aquelas coisas estavam no fundo, se movendo como tubarões... e subiram do fundo... e houve gritaria... e o irmão Jeremiah soltou o corpo da mulher e usou a cruz prateada para tentar lutar... mas naquele momento a água se movia loucamente com as criaturas, e o rio estava ficando vermelho como beterraba... e... e... tentei mergulhar e ajudar... então mais mulheres foram puxadas para baixo... e a água estava ficando do tom mais escuro de vermelho que já se viu.

Silêncio.

Nenhuma pessoa sequer naquela enfermaria se move, fala ou faz contato visual com o rapaz.

Reese baixa a cabeça e lágrimas escorrem pelo rosto dele, a voz sumindo.

— O reverendo Jeremiah... ele acertou a maioria das criaturas com a cruz de esterlina... tirou muitos de nós da água inteiros... Ele me salvou, se querem saber... mas aquele rio se transformou no tom mais profundo de vermelho... A água... Nunca vi nada como aquilo... tão vermelha... um vermelho profundo, profundo... como na Bíblia, no Fim dos Tempos.

Silêncio.

Lilly olha para o chão, imaginando que é melhor deixá-lo desabafar de uma vez.

— As pobres mulheres que foram comidas naquela noite... elas estavam rezando quando foram... eu as ouvi rezando... aquelas coisas devorando-as... o rio ficando vermelho... eu ouvi as vozes delas por baixo dos gritos... "O Senhor é meu pastor... Ele me faz deitar em verdes pastos... Ele me guia por águas calmas... Ele refresca minha alma. — Silêncio. Fungadas. Lágrimas silenciosas. — Mesmo que eu ande pelo vale mais sombrio... Eu não... Eu não temerei o mal." — Silêncio. Ombros se curvando, cabeça inclinada para a frente como se ele estivesse prestes a desmaiar. — Então... e então... — Silêncio. Soluços entrecortados. — Nós v-vimos eles saindo da água... como os centuriões... em farrapos, inchados... rostos da cor de barrigas de peixes... olhos de tubarão... estavam vindo atrás de *nós*... nós estávamos recuando para o ônibus... Satã os mandou atrás de nós... e nós... nós... saímos de lá... Deixamos nossas irmãs e saímos de lá e... e... ah... *ahhhhhnnnnngghh*!

O rapaz finalmente deixa as convulsões do luto e do horror percorrerem seu corpo até que não consegue mais falar. Ele desliza da beira da maca. Lilly dispara na direção dele, e Reese cai nos braços dela e chora.

Ele chora sem parar apoiado no tronco de Lilly enquanto ela o segura em um abraço desconfortável durante alguns segundos agoniantes.

Ela se vira e começa a dizer alguma coisa para Bob quando repara que ele já está vindo do outro lado da sala com uma agulha estéril e um pequeno frasco de sedativo. Ele prepara a injeção enquanto os demais observam em um silêncio espantado. Lilly assente, e Bob se aproxima e administra a droga.

O jovem chamado Reese Lee Hawthorne olha para Lilly mais uma vez antes de escorregar dos braços dela e desabar no chão em um estado de semiconsciência.

Bob grita por cima do ombro:

— Ben! Matthew! Me deem uma ajudinha aqui!

Eles se reúnem ao redor do corpo do jovem recém-chegado, o tiram do chão e o carregam pela sala até uma maca acolchoada apoiada na parede. Os homens cuidadosamente colocam Reese na cama, o cobrem com um lençol e observam os olhos do rapaz se semicerrarem... e então se fecharem de vez. Por um momento, ninguém diz nada. O grupo se reúne em volta da cama, observando o peito do rapaz subir e descer devagar.

Por fim, Lilly se vira e fixa o olhar em Barbara Stern.

— Fique com ele, Barbara, e observe qualquer mudança. — Ela olha para os outros. — O restante de vocês, vamos conversar no corredor.

Lilly nunca acreditou em fantasmas. Quando era mais nova, gostava das "histórias assombradas" do pai, muitas das quais contadas na varanda da casa deles em Marietta, em geral nas noites de outono, com o cheiro de fumaça de lenha e folhas queimando à brisa. Everett Caul contava histórias de caroneiros desaparecidos, armários de sumiço e navios misteriosos à deriva, condenados a circundar o oceano pela eternidade, e Lilly absorvia tudo. Ela também adorava os arrepios deliciosos que sentia quando lia o fim surpreendente de um romance de Shirley Jackson, ou quando assistia ao desenrolar de um episódio de *Arquivo X*, ou devorava livros da biblioteca da escola como *Strange but*

True Tales of the Supernatural. Mas nunca acreditou de verdade em coisas como assombrações. Até então.

Mesmo que o Governador tenha se transformado em apenas uma lembrança, estando morto e acabado há várias semanas, o labirinto subterrâneo sob a arena da pista de corrida ainda vibra com a presença dele, tão assombrado quanto qualquer mansão vitoriana arejada. Os interrogatórios violentos do homem nas baias de tijolos ainda ecoam na mente de Lilly, e o cheiro ali embaixo — aquele odor arenoso, calcário, bolorento de graxa antiga misturada com borracha velha — continua evocando os pensamentos sombrios de um louco. Até mesmo o leve fedor dos errantes, tão pungente quanto o interior de uma lata de lixo, ainda emana das celas nas quais eles eram mantidos famintos e prontos para os gládios. Lilly encontra tudo isso rodopiando no fundo da sua mente enquanto tenta se concentrar nos desafios à frente e nos rostos contraídos e nervosos dos colegas reunidos ao redor dela... esperando.

— Certo, obviamente esse garoto está perturbado por causa do tempo que passou sozinho no mato. — Lilly esfrega os olhos, encostando-se na parede do lado de fora da enfermaria, sentindo os olhares fervorosos dos outros seis membros do comitê. — Acho melhor esperarmos até ele estar curado antes de tomarmos qualquer decisão.

Com os olhos caídos reluzindo com a tensão, Ben Buchholz fala:

— Então isso significa que estamos considerando seriamente uma missão de resgate?

— O que está dizendo, Ben? — intromete-se David Stern. — Não quer ir atrás dessas pessoas? Quer simplesmente deixar que elas morram lá fora?

— Não falei isso. — Ben lança um olhar raivoso para David. — Só estou dizendo que todos estaremos correndo risco se tentarmos encontrar essas pessoas.

— Tenho que concordar com Ben. — Gloria Pyne olha para Lilly. — Não fazemos ideia de quanto dessa horda ainda está lá fora... Ela poderia estar se abastecendo, voltando a crescer... e simplesmente não temos pessoas para desperdiçar aqui

— Tudo o que fazemos vem com um risco calculado — replica Lilly. — Estamos falando de 14 pessoas, então meio que temos a obrigação de tentar. Certo? Quero dizer, a não ser que eu esteja errada, essas pessoas muito provavelmente fariam o mesmo por nós.

— Sinto muito, Lilly. — Matthew Hennesey tem um olhar tímido. — Preciso concordar com Ben e Glo nisso. Como sabe que essas pessoas fariam o mesmo por nós? Quero dizer, fala sério. Acredito na bondade dos homens tanto quanto qualquer um, mas por favor. Até onde sabemos, essas pessoas são umas imbecis, porra.

— Obrigado. — Ben dá um aceno de cabeça satisfeito para Matthew. — Era exatamente isso o que eu estava pensando. — Ele olha para David. — Esses pastores de merda... nove entre dez são pedófilos, porra.

— Está falando sério? — David olha para Ben com reprovação, e o corredor parece se encolher em meio ao ódio deles. — É por isso que não quer ir atrás deles? Por princípios morais?

Ben dá de ombros.

— Pode chamar como quiser.

— Tem certeza de que não é por um motivo mais pessoal? Autopreservação, talvez?

— Por que não diz logo? — Ben dá um passo provocativo em direção a David. — Por que simplesmente não diz o que está pensando... que sou um covarde de merda, talvez?

— Ei, cavalheiros... — Lilly começa a se colocar entre os dois, mas David se move até ficar a poucos centímetros de Ben.

— Não falei que você era covarde, Ben. Paranoico, talvez. Ranzinza, pode ser.

— Saia de perto de mim. — Ben empurra o homem mais velho alguns centímetros para trás. — Antes que eu tire esse sorriso arrogante do seu rosto.

— Ei! — Lilly ergue o tom de voz, empurrando Ben de volta. — Parem, os dois!

Os homens se encaram enquanto Lilly se vira para se dirigir a todos no corredor.

— Já passamos por isso... brigando e nos desentendendo a cada decisão. Não vou aceitar mais! — Ela faz uma pausa para dar ênfase. — Eis um boletim de notícias para vocês: nossas vidas estão em jogo aqui. Se quiserem transformar esta cidade no Velho Oeste, é só continuar com essa porcaria de comportamento de valentão no parquinho do sexto ano! Ah, e por falar nisso, podem encontrar outra pessoa para gerenciar as coisas, porque falta pouco para que eu dê a porra do aviso prévio! — Outra pausa. Lilly tem a atenção de todo mundo agora. Ela olha para todos os rostos enquanto suaviza levemente a expressão, a voz abaixando um tom. — Só estou pedindo que respirem fundo, recuem e olhem para isso de forma lógica. O que temos aqui é uma situação de risco-recompensa. Sim, envolve atravessar um território perigoso, nos arriscarmos por essa gente, mas é preciso calcular as recompensas. Precisamos de mais pessoas para sobreviver. Não tenho certeza se conseguimos manter esta cidade a salvo com apenas 25, 30 habitantes. Mal temos gente o bastante para três turnos na muralha todo dia. Precisamos de costas fortes, olhos aguçados, sujeitos que estejam dispostos a contribuir. Não conheço grupos de igreja, sou agnóstica, mas sei que essas pessoas basicamente não vão sobreviver se não formos buscá-las. Então preciso que todos estejam juntos nisso.

Ben encara o chão.

— Foi um belo discurso, Lilly, mas pode ir sem mim.

Ela sente um aperto no peito por causa do ódio e cerra os punhos.

— Você tem uma memória curta, Ben. Se não me engano, apenas dez dias atrás...

— Lilly, sinto muito — interrompe Gloria, baixinho, com a voz alterada pela vergonha. Ela olha para Lilly com os olhos úmidos. — Agradeço tudo o que fez por nós. De verdade. Assumir a frente e tudo. Mas simplesmente não estou a fim de arriscar minha vida por essas pessoas.

Lilly mal consegue respirar; o ódio sobe pela garganta dela e a estrangula.

— Jura? Sério? Esse é o legado de vocês? É assim que honram a memória de pessoas como Austin Ballard? Austin arriscou a vida por *você*, Gloria. E por *você*, Ben. E por você, Matthew! Ele perdeu a vida pelo trabalho que teve! — Lilly engole o ódio, um filtro vermelho se abre sobre o campo de visão dela e sua garganta fica seca. — Vão em frente! Fiquem atrás da muralha! Fiquem em segurança! Digam a si mesmos que estão seguros atrás desse muro! Mas *não estão*! Não estão! Porque fazemos todos parte da mesma guerra! É uma guerra contra nós mesmos! E se vocês se esconderem dela, vão morrer! VOCÊS VÃO MORRER!

Subitamente, ela percebe que está sem fôlego; todos os outros estão olhando para o chão, parecendo crianças que foram mandadas para a cama sem jantar, e uma voz baixa e grave disse algo atrás dela, mas Lilly ouviu apenas parte. Ela vê Bob Stookey encostado à porta da enfermaria. Ele estava ali o tempo todo, ouvindo tranquilamente a disputa de gritos, e quando finalmente disse algo, Lilly só ouviu metade.

— O que foi, Bob?

Ele olha para ela, olha para os demais.

— Eu falei: e se eu pudesse reduzir seriamente o risco envolvido?

Isso é recebido com um silêncio mortal. A frase estranha paira no ar.

Lilly olha para ele.

— Tudo bem, eu me rendo. De que diabos está falando?

Os olhos profundos de Bob, aninhados em bolsões de rugas, quase brilham quando ele começa a explicar.

O restante do dia se passa sem incidentes ou altercações. As crianças brincam de bola na praça enquanto a maioria dos adultos ajuda Lilly no campo interno da arena. Ela traçou planos para fileiras de vegetais, bem como para as plantações robustas, como grãos de soja e milho, as quais podem prover tanto comida quanto fontes de energia. Ela tem grandes planos para o futuro de Woodbury em termos de fontes de energia renováveis e já encontrou diagramas na biblioteca sobre células solares e aquecedores caseiros.

Naquela tarde, na enfermaria sob a pista de corrida, Bob cuida do jovem do grupo da igreja induzindo fluidos, vitamina B12, injeções e velhas histórias de guerra no Oriente Médio. O recém-chegado gosta de Bob, o que é irônico, pois Bob nunca gostou de pessoas com tendências evangélicas. Mas ele é um médico nato — um bom soldado antes de tudo — e trata os pacientes com igualdade.

Ao anoitecer, essa dupla esquisita já se tornou inseparável. Bob mostra a cidade a Reese e até o deixa dar uma olhada nos túneis. Mancando visivelmente e ainda zonzo devido à exposição às condições naturais e à subnutrição, o recém-chegado está ansioso para resgatar os irmãos, mas Bob diz a ele que precisará melhorar mais um pouco para conseguir acompanhar a equipe de resgate até Carlinville. O jovem quer saber quando podem partir, mas Bob acredita que não será até o fim da semana, em três ou quatro dias, e o rapaz deve descansar até lá, recuperar a força, se preparar para a longa jornada. Isso parece satisfazer Reese; por enquanto, pelo menos.

Naquela noite, o sol se põe atrás dos troncos pontiagudos dos antigos carvalhos a oeste, ao longo de Elkins Creek, tornando a luz do dia âmbar e enchendo o ar com uma névoa de algodão às sombras que se estendem.

Dentro da arena, a maioria dos trabalhadores se foi, deixando para trás apenas duas almas, as quais estão agachadas juntas à luz que se dissipa, plantando as primeiras sementes de abobrinha. A tarefa é simples, mas não desprovida de simbolismo. Lilly está muito ciente desse fato quando se apoia sobre joelheiras improvisadas com uma pequena pá de jardinagem, abrindo um sulco estreito na argila escura da Geórgia.

Calvin está curvado ao lado dela com um punhado de pequenas sementes cinza.

Ele solta uma por vez, em uma pequena e organizada fileira, conforme Lilly cuidadosamente cobre as sementes com terra fofa, batendo com suavidade. As plantas da família das abobrinhas têm longas raízes principais que permitem que o legume se desenvolva bem em climas secos. O ciclo de crescimento é de cerca de um mês, por isso a produção também é boa durante o verão. Lilly cava outro sulco e Calvin joga mais sementes, e eles repetem isso várias vezes, até que ela repara que Calvin murmura alguma coisa sempre que abre outro pacote e solta um punhado no chão.

— O que você disse? — pergunta Lilly a ele, por fim, sentando-se e limpando o suor da testa.

— Como é?

Calvin olha para ela por um momento como se Lilly estivesse louca.

— Você está murmurando alguma coisa sempre que plantamos mais sementes.

Ele dá um risinho.

— Ah, desculpe. Você me pegou no flagra. É uma oraçãozinha para a colheita. Eu estava rezando.

Lilly adora isso. Ela olha de esguelha para o homem.

— Tem certeza de que é uma boa ideia incomodar o Todo-Poderoso por algo tão... pequeno?

— É um hábito que peguei do meu avô. O velho rabugento era um fazendeiro de tabaco no condado de Calhoun e costumava plantar melancias do tamanho de caminhonetes no quintal dos fundos. Ele sempre dizia às pessoas que tinha uma fórmula secreta. Quando eu estava com 12 anos, ele finalmente me levou para os fundos e me deixou mascar tabaco Red Man pela primeira vez, então me mostrou a fórmula secreta.

— Ele rezava enquanto plantava.

Calvin assente.

— Ele rezava uma Ave-Maria sobre cada fileira que plantava, embora tenha sido batista a vida inteira. Minha avó Rosie sempre reclamava com ele por isso.

— Ave-Maria... sério?

— Vovô sempre dizia que havia alguma coisa a respeito dos italianos que ele conhecia em Jasper, os quais tinham uma vinícola por lá e que sempre o faziam perder feio na Feira Estadual da Geórgia com os tomates premiados. — Calvin dá de ombros. — Comecei a ouvir vovô murmurando o tempo todo: "Ave-Maria, cheia de graça, o Senhor é convosco, bendita sois vós entre as mulheres, bendito é o fruto de vossa fazenda... *melancias.*"

Lilly gargalha e se sente espetacular; é uma sensação libertadora.

— Ele sempre dizia assim — maravilha-se Calvin, com um risinho —, como se fosse algum encantamento mágico... *melancias... melancias*! Eu o achava tão legal. Quando era criança, queria ser exatamente como vovô. Ele sempre mascava Red Man e chiclete, e, é claro, eu precisava experimentar.

— Mas ele deu a você naquele dia, não foi?

— Deu, sim.

— Você gostou?

— Deus, não. Vomitei as entranhas no assento do trator John Deere dele.

Lilly gargalha. Não ri assim pelo que parece uma eternidade, talvez não desde que a praga se alastrou. Ao colocar as coisas em perspectiva — na história do humor — o conto de Calvin não é tão engraçado. Mas ela *precisa* rir naquele momento.

Ele olha para o relógio.

— É melhor eu voltar para o tribunal. As crianças devem estar comendo as almofadas do sofá a esta altura.

— Eu acompanho você.

Os dois terminam e jogam as ferramentas em um carrinho de mão ali perto.

O ar esfriou significativamente desde o sol forte da tarde. A brisa tem cheiro de lilás, trevo e feno úmido acumulando bolor nos campos. No caminho de volta para o tribunal, Lilly e Calvin conversam sobre o rapaz do grupo da igreja e o plano de Bob de usar os túneis para chegar a Carlinville. Ninguém sabe até onde vai o circuito principal — a cidade fica a pouco mais de 15 quilômetros —, mas Bob assegura a todos de que podem, seguramente, liberar a passagem e chegar ao destino por meio dos túneis.

Lilly não consegue imaginar o túnel se estendendo tanto — nem consegue aceitar como poderá viajar tal distância por um canal subterrâneo imundo —, mas Bob alega que os mapas históricos têm sido até o momento precisos a até 5 quilômetros em todas as direções. Aparentemente, a cultura de escravos fugidios no século XIX era maior e de mais ampla abrangência do que a maioria dos historiadores modernos aceitaria mesmo nas suas mais loucas extrapolações. E Bob está confiante de que, com a ajuda do recém-chegado, consiga levar a equipe de resgate perto o bastante do lugar onde o grupo da igreja está encurralado. O plano é, então, escavar camadas de sedimento até a superfície, resgatar as pessoas e usar o túnel para voltar a Woodbury.

— No papel, faz sentido — diz Lilly quando eles atravessam a praça deserta da cidade e se aproximam do prédio do tribunal. — Mas parece... Não sei... Um exagero. Confio em Bob. Mas, por outro lado, ninguém sabe que porra vamos encontrar lá embaixo... ou se vamos apenas chegar a um beco sem saída.

Eles param nos degraus de pedra que levam até a porta do tribunal. Calvin se vira e toca o braço de Lilly. A mão dele é cheia de cicatrizes de trabalho, áspera na pele dela, mas também é carinhosa.

— Está nas mãos de Deus, Lilly. Você estava certa. Precisamos fazer isso. É o certo.

Lilly encara Calvin.

— Talvez eu devesse rezar uma Ave-Maria por isso.

— Não faria mal. — Calvin sorri para ela, com a mão ainda em seu braço. — O Bom Senhor olhará por nós.

Ela toca a bochecha dele.

— Obrigada. — Um tremor no coração, uma faísca de eletricidade descendo pela espinha de Lilly. Ele se aproximou? Ela consegue sentir o cheiro dele: colônia Old Spice e chiclete, e tem uma vontade enorme de enterrar o rosto no pescoço de Calvin. Os olhos dele são tão sinceros, limpos pelo luto, pela humildade e pela fé tão profunda. — Para ser totalmente sincera — sussurra Lilly para o homem —, eu queria ter a sua fé.

Ele se inclina mais para perto. A mão de Calvin vai até a bochecha dela.

— Você é uma boa mulher, Lilly. — Calvin leva a mão ao colarinho e puxa um pequeno crucifixo em uma corrente do pescoço. Cuidadosamente, abre o fecho e o coloca em volta do pescoço dela. — Tome, isto me ajudou muito.

Ela engole em seco uma onda de emoções que emerge.

— Ah, meu Deus, não posso aceitar   diz Lilly, olhando mais de perto para a minúscula cruz dourada.

— Pode, sim. Acabei de dar a você. — Ele sorri. — Que lhe traga sorte.

— Obrigada... obrigada.

Calvin toca o cabelo de Lilly.

— O prazer é meu.

Será que ele se aproximou ainda mais? Lilly não sabe dizer. O coração dela está acelerado. Mesmo sabendo que é errado, que é cedo demais, que a cidade vai reprovar, ela se aproxima, fechando os olhos.

Os lábios dos dois ficam a centímetros um do outro quando o grito de uma criança ecoa da janela do segundo andar acima deles.

Lilly e Calvin congelam como animais selvagens confrontados pelo farol de um trem que se aproxima.

ONZE

Calvin e Lilly escancaram a porta do escritório administrativo no segundo andar e invadem a sala. Ao avaliarem rapidamente o lugar em busca de qualquer sinal de perigo, errantes descontrolados ou algum tipo de briga, eles veem apenas uma menininha de pé no centro do escritório externo, onde todas as mesas foram empurradas para a parede e as cortinas comidas por traças agora cobrem a janela selada por tábuas.

— É Luke — diz Bethany quando Calvin corre até ela, se ajoelha e a pega nos braços.

— Você está bem?

— Estou bem, papai — responde a menina. Ela veste o pijama macacão com pezinho, segura um livro de histórias de Maurice Sendak e boceja ao explicar: — Tommy estava lendo para Luke, que dormiu e teve um pesadelo.

— Ele está aqui, pai. — A voz atrai a atenção de Calvin para a porta do escritório interno, o qual é atualmente usado como quarto das crianças. Tommy Dupree está de pé à porta, vestindo a camiseta dos Falcons, calça jeans e descalço, parecendo envergonhado e exausto. Também segura um livro de contos de fadas. — Ele caiu no sono e começou a gritar.

Calvin fica de pé e corre até a sala interior, com Lilly ao seu encalço.

Ela sente subitamente como se estivesse invadindo ao mergulhar no mundo entulhado das crianças Dupree — os livros de figuras cheios de orelhas espalhados pelo chão, as roupas empilhadas num canto, as embalagens de doces, o cheiro de chiclete, óleos e talco de bebê. Um dia desses, Bob trouxe uma caixa de revistas em quadrinhos da Farmácia Seu Desconto para Tommy Dupree, e agora o olhar fervoroso de Lilly recai sobre a pilha curiosamente limpa e organizada no parapeito mais afasto da janela, bem ao lado de uma lata de café cheia de pincéis, um bloco de desenho, uma borracha intocada e uma fileira perfeitamente simétrica formada por uma carteira, um canivete e chaves.

O pequeno domínio obsessivo-compulsivo de Tommy — o mecanismo de defesa para um menino sensível em tempos caóticos — agora parece duplamente doloroso para Lilly.

— Meu menino... meu menino! — Calvin se ajoelha ao lado da cama do caçula, um pequeno futon com defeito que Lilly encontrou enquanto vasculhava o armazém da cidade. Ele pega o menininho nos braços musculosos e magros, acariciando a testa suada e o cabelo embaraçado do filho com as mãos calejadas de trabalhador. — Está tudo bem... papai está aqui.

— Eu vi a mamãe!

A voz que sai do pequeno Lucas Dupree mal se parece com um gritinho — o miado de um gato ferido —, conforme a criança se agarra ao pai com uma força simiesca. O menino parece profunda e completamente espantado. O rosto angelical dele brilha com suor noturno, o pijama do trem Thomas e seus amigos totalmente encharcado.

— Eu vi a mamãe de novo, pai.

Calvin olha para o outro lado do quarto, para Lilly, que está de pé ao lado de Tommy. O menino de 12 anos continua encarando o chão, mordendo o interior da bochecha. O pai pigarreia, nervoso. Subitamente, Lilly tem a sensação de que aquela não é a primeira vez que isso acontece desde que Meredith Dupree faleceu, e não é algo que a família quer compartilhar com estranhos; talvez fosse melhor se ela saísse.

— Calvin, vou deixar vocês lidarem com isso e vou para...

— Não. — Calvin encontra seu olhar. — Por favor. Está tudo bem. Pode ficar. Luke gosta de você. — E se vira para o menininho. — Não é, Luke?

O menino assente, hesitante.

Calvin carinhosamente afasta uma mecha de cabelo ruivo do olho da criança.

— Pode nos contar sobre o sonho, Luke. Não tem problema.

O menino se senta apoiado no descanso de braço do futon e olha para o próprio colo. Ele murmura alguma coisa. Lilly precisa se esforçar para ouvir.

— Foi como o outro que teve? — pergunta Calvin ao filho.

Ele assente.

— Sim, papai.

— Ela estava no quintal?

— Estava. — Outro aceno de cabeça. — Dessa vez na casa da vovó e do vovô.

Calvin acaricia o cabelo do menino.

— Lembra-se do que falei sobre pesadelos e visões?

Luke assente de novo, devagar, encarando as mãos e o colo.

— Devemos falar sobre isso porque falar os torna menos assustadores.

— Isso mesmo.

— Mamãe estava lá perto das roseiras... estava morta... mas estava lá mesmo assim. Não era errante nem nada disso. Só estava toda branca, morta e tal. Isso me deixou triste.

O menino tosse de leve, mas o som é distorcido por um gemido, e por um momento, Lilly acha que ele está prestes a chorar de novo. Em vez disso, Luke ergue o rosto para os olhos do pai com um olhar tão aguçado e incandescente quanto uma solda.

— Sabe como mamãe sempre disse que o fim do mundo estava próximo?

— Sim, senhor, eu lembro. — Calvin dispara um olhar envergonhado para Lilly, então olha de volta para o filho. — Mamãe estava dizendo isso no sonho?

O menino assente.

— Ela estava chorando. Ainda não vi o *Antiocristo*. Ele estava atrás dos arbustos, mas não vi ele ainda. Mamãe estava no balanço e ela estava balançando e chorando e cantando.

— O que ela estava cantando, Luke? Lembra?

O menino contrai os lábios e pensa muito antes de cantar baixinho com a vozinha desafinada:

— *Boi, boi, boi... boi da cara preta... Pega esse menino que tem medo de careta.*

Calvin assente, triste.

— É, ela sempre cantava essa música quando colocava você para dormir, não era? Também cantava muito bem.

— Não era isso que estava acontecendo no sonho, papai. Ela não estava me colocando para dormir.

— Tudo bem — diz Calvin, inclinando a cabeça, um pouco relutante em prosseguir. Lilly consegue sentir a tensão no quarto aumentar. — Quer me contar, amigão?

O menino contrai os lábios e não responde.

— Tudo bem, Luke. Não precisamos mais falar sobre isso.

O menino olha para baixo, e uma lágrima escorre de um dos seus olhos. Os lábios dele se movem agora, mas nenhuma palavra sai. Ele parece um boneco de corda quebrado.

— Luke?

No segundo de silêncio antes de a criança responder, um caminho sem volta é cruzado. Luke ergue o rosto para o pai, os olhos úmidos, e consegue reunir as palavras.

— Ela disse que eu nunca mais poderia dormir... nenhum de nós poderia, ou acabaríamos como ela.

Nos dias seguintes, muito depois de Lilly ter esquecido os detalhes exatos daquela noite com as crianças Dupree, uma sensação vaga, indefinida e incipiente de pesar paira na mente dela como um tubarão nadando logo abaixo da superfície dos seus pensamentos. Ali, à espreita, fora de vista, há uma presença sombria e impenetrável, a sensação de fatalidade entrecortando cada momento, cada tarefa, cada reunião, conversa e encontro, como um zumbido no fundo da mente enquanto Lilly ajuda Bob e David a reunir mapas, cartas topográficas, ferramentas, suprimentos e armas para a viagem subterrânea. Aquilo reverbera nos seus sonhos nebulosos e fragmentados enquanto ela luta contra noites inquietas sozinha no apartamento sufocante e bolorento no fim da rua principal. Isso pulsa na sua corrente sanguínea conforme Lilly conta as horas até o momento da partida.

Quando a sexta-feira chega, Reese se recuperou totalmente, e todas as preparações para a jornada pelos túneis já foram feitas. Lilly se esforça ao máximo para se livrar da sensação de trepidação na mente. Ela decide deixar a cidade nas competentes mãos de Barbara Stern, Gloria Pyne e Calvin Dupree. Os três parecem capazes de lidar com qualquer emergência que possa surgir, e, mais importante, os filhos de Calvin ficarão melhores se o pai permanecer por perto em vez de sair por aí em alguma missão quixotesca e perigosa. Os recursos ficaram perigosamente escassos em Woodbury — para a cidade como um todo, assim como as provisões para a equipe de resgate —, então todos sentem que as coisas chegaram ao limite. A batalha contra a horda acabou com a maior parte da munição deles — a maioria das armas que está sendo levada para os túneis são pistolas com carregadores de alta velocidade ou pentes de oito ou dez balas — e a maior parte dos itens alimentícios não perecíveis que está sendo levada para a viagem consiste em enlatados. Logo antes do alvorecer, na sexta-feira, a equipe se reúne na praça da cidade, carregada de sacolas que parecem pesar uma tonelada.

— Que diabos você colocou nessas coisas? Pedregulhos, porra? — resmunga Speed para Bob à meia-luz tênue da praça enquanto o homem mais velho ajuda o jovem a colocar a enorme mochila nas costas.

O ar estala com a tensão e o frio que precede o alvorecer, e o horizonte começa a se pintar com o laranja do dia.

— Pare com a choradeira — repreende Bob quando coloca a própria mochila nos ombros. — Você deveria ser o grande atleta de futebol americano, está reclamando do quê?

— Venha falar comigo depois de uns 12 ou 16 quilômetros lá embaixo, vovô, e me diga se *você* gosta.

Speed ri com escárnio, o cabelo louro raspado envolto em uma bandana, a camiseta do U2 já manchada de suor. Ele ajusta as alças ao redor dos ombros largos com um grunhido e lança um olhar para o outro lado da praça, na direção de Matthew Hennesey, que está sentado em um banco ali perto, carregando um pente de munição com balas novas.

Matthew ergue o rosto para Speed com um sorriso.

— Não seja bichinha, Speed-O.

Lilly observa toda essa loucura do outro lado da praça enquanto afivela a própria mochila, tentando ignorar a sensação oca de ansiedade nos ossos que a está incomodando a semana toda. Ela está com as duas Ruger calibre .22, cada uma presa de um lado do quadril em estilo pistoleiro, e um capacete de mineração tapando o cabelo preso em um rabo de cavalo, o qual está travado por uma alça improvisada no queixo. Lilly se sente uma paraquedista prestes a mergulhar em uma queda livre interminável. Naquela mesma manhã, na verdade, ela acordou na escuridão do seu apartamento com uma realização tão súbita e inesperada quanto fogos de artifício estourando atrás dos olhos: *o motivo para a vaga sensação de fatalidade.*

Agora ela sente isso pressionando seu corpo, mais pesado do que as alças da mochila entulhada, as quais já estão machucando seu ombro. Além dos produtos enlatados, eles pegaram todas as baterias sobressalentes da cidade, suprimentos médicos, equipamento de escavação e mineração, lanternas extras, sinalizadores, rolos de corda, fita adesiva, walkie-talkies e uma variedade de aparelhos que podem ou não ser úteis no desconhecido território subterrâneo.

— Estamos prontos? — pergunta David meio que retoricamente, de pé atrás do banco de Matthew. A única lâmpada de rua que ilumina a praça projeta um halo de vapor de sódio ao redor da cabeleira cinza e esvoaçante dele. Além da mochila pesada, do rifle de assalto e de uma bandoleira de balas, o homem de barba grisalha veste um capacete de motocicleta equipado com uma lâmpada de halogênio. Ele parece um espeleologista velho se preparando para descer até os abismos do inferno. — Bob, tudo preparado?

— Tão preparado quanto jamais estaremos — murmura ele, apertando o cinto. — Vamos lá.

Eles seguem Bob pela praça, descem a Jones Mill Road e passam pela abertura no canto sudoeste da barricada. Lilly sente a pele do pescoço se arrepiar conforme os pátios abandonados e vazios são iluminados. A quietude que precede o alvorecer é quebrada apenas pelo ressoar das passadas deles, pelo chacoalhar do conteúdo das mochilas e pelas batidas do coração de Lilly, tão alto nos seus próprios ouvidos que ela começa a imaginar se os outros conseguem ouvir também. Lilly não tem certeza de por quanto tempo pode esconder o segredinho deles. Ele a corrói agora conforme atravessam as ruas cheias de lixo ao sul da muralha, viram na Folk e seguem em fila única pela calçada rachada que ladeia as vitrines das lojas seladas por tábuas.

Lilly descobriu a aflição — o motivo pelo medo venenoso e incandescente que vai se acumulando em seu estômago ao se aproximarem da farmácia — quando era apenas uma criança, de 8 ou 9 anos, durante uma brincadeira de esconde-esconde com os primos, Derek e Deek Drinkwater.

Os Drinkwater eram de uma família rica e tradicional de Macon. O pai, meio-irmão de Everett, estava envolvido em comércio de petróleo internacional, e prosperava nisso. A enorme mansão estilo Tudor pré-guerra dos Drinkwater, em Warner Robins, era uma monstruosidade toda entulhada, cheia de recessos, vãos e incontáveis quartinhos laterais, armários, despensas e lavabos nos quais uma criança irritada poderia ficar escondida durante dias com uma bolsa de comida e alguns jogos de tabuleiro.

Em uma tarde de domingo, enquanto Everett estava visitando Tom e Janice, sua cunhada, as crianças iniciaram uma maratona de esconde-esconde. Com os adultos reclusos na copa, ocupados com uma jarra de gin com limonada, Lilly e os gêmeos tinham o controle da casa. Ela era boa no jogo e costumava permanecer sem ser descoberta muito depois de ser declarado o fim da brincadeira.

Nesse dia em particular, ela encontrou um velho armário sob a escada do terceiro andar e entrou ali, fechando a porta velha e capenga com um sonoro clique, e essa finalidade fez seus braços e pernas se arrepiarem. Ela dobrou os joelhos contra o peito e se enterrou no canto atrás dos casacos de pele, que cheiravam a naftalina, e das caixas bolorentas com os dizeres CHAPÉUS E ECHARPES DE JANICE e COISAS DE BEBÊ DOS GÊMEOS, então começou a suar. Esse foi o primeiro indício da sua condição — não diagnosticada e não detectada até então —, uma onda de calor estranha e repentina que se espalhou pelo corpo magricela da menina como um incêndio. Em segundos, Lilly estava encharcada. Ela tentou abrir a porta e descobriu que estava travada. Talvez tivesse emperrado, trancado automaticamente pelo lado de fora, ou algo assim. A única coisa que Lilly sabia naquele momento era que precisava sair.

A sensação, como muitos que sofrem dessa condição podem confirmar, não é diferente de sufocamento. Lilly não conseguia respirar naquele pequeno armário conforme ela recuava para o canto, o couro cabeludo formigando, os pelos arrepiados, os casacos pendurados sobre o rosto dela parecendo se aproximar, ameaçando estrangulá-la. Seu coração batia mais forte do que jamais bateu. Ela sentia as paredes se aproximando, a escuridão se intensificando.

Alguns minutos depois, os gritos começaram. Lilly berrava, chorava e soluçava na escuridão daquela minúscula prisão até que um dos gêmeos a encontrou, abriu a porta e permitiu que a menina disparasse para o ar e para a luz do corredor.

O incidente na casa dos Drinkwater foi logo esquecido por todos ali presentes, exceto por Lilly, que percebeu — pelo trauma da experiência ou por alguma química cerebral inata — que tinha, de fato, adquirido o distúrbio e teria que conviver com aquilo pelo resto da vida. Obviamente não era paraplegia, câncer nem qualquer coisa fatal ou debilitante, mas estava mesmo ali, dentro dela, tão palpável quanto daltonismo ou pé chato. E a cabeça demoníaca da coisa despontava dentro de Lilly nos momentos mais inoportunos.

Ela sente isso agora, conforme a equipe se aproxima da farmácia. Sente o coração latejando no peito magro quando param em frente à entrada. Bob vai até a porta de vidro quebrado e espia dentro do estabelecimento saqueado em busca de algum sinal de perturbação, de qualquer evidência de errantes. Os corredores entulhados, as placas quebradas e as prateleiras reviradas estão em absoluta quietude e escuridão, e a luz púrpura nascente do alvorecer atrás deles ainda não penetra nas convoluções da Farmácia Seu Desconto.

— Luzes acesas, pessoal — murmura Bob ao acender sua lanterna de mineração e empurrar a porta com o cano da espingarda.

Ele carrega a calibre .12 com cabo de pistola sempre que espera encontrar um combate corpo a corpo ou uma quantidade desconhecida de errantes.

O peito de Lilly é tomado pelo terror enquanto ela segue Bob para dentro da farmácia, os passos dos outros esmagando o vidro quebrado atrás dela. A farmácia parece se agitar e reagir à presença de Lilly — embora seja tudo coisa da cabeça dela, e ela saiba —, pois as paredes se aproximam tão vagarosa e certamente quanto geleiras se movendo. A boca de Lilly fica seca conforme atravessam a loja vazia e cada um desce a escada de serviço do vão do elevador. As articulações dela enrijecem e sua espinha fica gélida quando chega à base da escada.

O andar do porão é maior do que ela esperava e fica infestado de sombras móveis assim que os feixes finos de luz dos capacetes e das lanternas varrem a escuridão. Bob localiza a abertura na parede — que é tão grande quanto a escotilha de um submarino e expele correntes de ar almiscarado da escuridão do outro lado — e gesticula para que todos se aproximem.

— Por aqui, gente — diz Bob, iluminando o caminho com a tocha. — Lingerie e roupas esportivas femininas.

A garganta de Lilly se fecha conforme ela segue David para dentro do túnel, abaixando-se para evitar bater a cabeça no batente da porta.

Ela para logo ao passar pela porta, o corpo imobilizado de medo enquanto os outros a ultrapassam, um a um.

O terror toma conta de seus braços e pernas, congela seus tendões e fecha sua garganta até que Lilly mal consiga respirar quando os últimos dos outros cinco membros da equipe passam por ela e continuam descendo o túnel, as silhuetas se mesclando com a escuridão, os feixes estreitos de luz dançando nas paredes de terra e nas vigas de sustentação organizadamente espaçadas.

Lilly não consegue se mover nem respirar. O túnel virou o armário sob a escada, as estalactites de raízes e depósitos de cálcio agora se transformam nos casacos de pele pendurados e nas capas de chuva cobertas por plástico que a engoliram na infância. As paredes do corredor começam a espremê-la. Lilly oscila por um momento, a tonteira ameaçando derrubá-la. Uma das silhuetas diante dela para, se vira e a olha com preocupação.

Mal dá para ver o rosto enrugado de Bob sob o feixe de luz do capacete de mineração, mas o brilho revela sua expressão aflita. Ele volta arrastando os pés até Lilly, a mochila chacoalhando.

Ela ergue o rosto para ele.

— Desculpe, Bob, eu... — Lilly inspira e arqueja buscando fôlego, como se estivesse tendo um ataque de asma. — Eu não... — Ela não consegue formar as palavras.

— Qual é o problema, menina Lilly? — Bob põe os braços ao redor dela e a abraça com força. O que está acontecendo?

Lilly inspira e expira, inspira e expira, até estar calma o bastante para falar.

— Bob, tenho más notícias.

— Conte, querida, o que foi?

Ela olha para ele, umedece os lábios, solta um suspiro doloroso e, por fim, reúne coragem para explicar.

— Sofro de um caso terrível de claustrofobia.

Por um momento, Bob apenas a encara e então, como se um transformador tivesse estourado, ele começa a gargalhar. Suas risadas ecoam pelo corredor infindável — um som fantasmagórico que faz os demais, subitamente, pararem, se virarem e ficarem boquiabertos.

Leva somente um minuto para que Bob termine o pequeno ataque de riso, então ele busca no kit médico alguns comprimidos de Xanax. Ele os entrega a Lilly, pedindo desculpas pelas risadas, assegurando-a de que não teve a intenção de caçoar ou diminuir a condição dela, e de que sabe como a claustrofobia pode ser assustadora. No Kuwait, Bob viu um soldado escolher o campo de batalha a uma missão atrás das linhas de frente apenas para evitar o quartel apertado da base em Quonset. Mas Bob continua explicando que às vezes tanta merda se acumula nesse mundo terrível que simplesmente é preciso rir. Além disso, claustrofobia é o *menor* dos problemas deles no momento. Se os errantes não os pegarem ali embaixo, a possibilidade de envenenamento por metano, desabamentos ou de que um vazamento químico os asfixie é muito maior do que morrer de um ataque de pânico.

O Xanax faz efeito em uns 15 minutos, e depois desse tempo ela se sente bem o bastante para caminhar na liderança (depois de pedir desculpas a todos pelo ataque). Lilly sente vergonha da sua paralisia momentânea, mas, de certa forma, teve um efeito preparatório estranho sobre ela. Isso a preparou para a jornada adiante.

Eles avançam em um ritmo incrivelmente bom naquele dia, medindo o progresso que fazem com o pedômetro de Matthew. Na primeira hora, seguem por 3 quilômetros sem encontrar um único errante ou desabamento.

Nesse estágio inicial, o túnel parece razoavelmente uniforme, com vigas cruzadas embutidas no teto mais ou menos a cada 30 metros e paredes de terra batida reforçadas por telas antigas. O ar tem um cheiro oleoso, fecundo e almiscarado, que pesa com os odores da terra negra e do mofo. De vez em quando, a lanterna de mineração de Lilly brilha sobre os ossos esbranquiçados de restos mortais humanos que não foram enterrados por completo no sedimento. Isso a deixa desconfortável, mas também estranhamente enobrecida pelo propósito da missão. Ou talvez seja apenas a euforia momentânea das drogas. Quem sabe?

Bob acompanha o progresso e a posição atual deles na superfície com o mapa topográfico.

No fim da segunda hora, o progresso diminui um pouco devido à passagem ter se estreitado por volta do oitavo quilômetro. Eles passam por um acúmulo bizarro de depósitos de cálcio e calcário que pendem do teto, o que lembra enormes lustres ornamentados de cristais iridescentes e viscosos. As paredes estão cobertas de mofo nessa junção, e o ar está excessivamente úmido e fétido, como se estivessem atravessando uma floresta tropical.

Então o túnel vira levemente para a direita, e Bob assegura a todos que é a direção sul, e eles se deparam com alguns deslizamentos parciais. Lilly começa a reparar que houve uma alteração na infraestrutura do túnel — a forma se torna mais quadrada, com maior número de apoios e vigas de sustentação —, assim como na existência de aberturas intermitentes nas paredes, as quais parecem tributários ou túneis secundários que estão selados com tábuas e vazando lufadas gélidas de ar almiscarado.

Quando Lilly aponta um desses tributários para Bob, o homem continua andando, murmurando, casualmente:

— Minas de zinco... a maioria é zinco. Algumas de chumbo, carvão, talvez. — Ele aponta para a sustentação em formato de cruz e acrescenta: — Meu palpite é que a Ferrovia Subterrânea se ligava a minas desativadas aqui e ali, saltando de mina em mina como uma ponte de pedras até a linha Mason-Dixon.

Lilly apenas sacode a cabeça, assombrada, passando o dedo com nervosismo pelo cabo com proteção cauda de castor da Ruger conforme o grupo segue arrastando-se adiante por mais 600 ou 900 metros, desviando dos enormes bancos de terra que se acumularam no caminho ao longo das décadas, assim como dos resquícios de acampamentos, até verem uma enorme obstrução nas sombras distantes.

A princípio, parece que chegaram ao fim da linha — como se uma antiga parede de tijolos tivesse sido erguida para marcar o término do túnel —, porém, quanto mais se aproximam da obstrução, mais a verdadeira natureza do objeto é revelada à luz dos feixes das lanternas.

— Que porra infernal é essa? — murmura Ben conforme o grupo chega à enorme estaca.

Parece um grande misturador de argamassa, coberto com uma pátina de envelhecimento feito minúsculas cracas na superfície cinzenta infestada de vermes, que foi enfiado diretamente no meio da passagem. Com um diâmetro de 1,5 ou 1,8 metro, ele quase bloqueia o caminho — deixando apenas uma estreita abertura de cada lado —, mas ainda não está claro se o envolvimento daquilo com o túnel foi planejado ou acidental.

Lilly enfia a mão pela abertura de um lado.

— Acho que conseguimos nos espremer um de cada vez pelos lados. — Ela tira a mochila. — Talvez seja preciso esvaziar algumas das cargas maiores.

— Porra, que ótimo — resmunga Matthew. — Mais fazer e desfazer de malas.

Reese Lee Hawthorne está de pé às sombras atrás de Speed, roendo as unhas.

— Desculpem dizer isso, mas tenho quase certeza de que Carlinville ainda está bem distante.

— Aguentem aí um segundo. — Bob se agacha diante da coisa e pega o mapa topográfico. Ele aponta uma lanterna fina para a página e murmura: — Acho que sei o que é isso. — Ergue o olhar para David, que está fitando por cima do ombro de Bob com a testa franzida. — David, me dê mais um pouco de luz aqui.

Lilly vai até Bob.

— Quer nos dizer que porcaria é essa?

— Vou dizer exatamente o que é. — Ele olha de volta para o mapa, avaliando-o, e passa o polegar por um túnel tributário. Então ergue o rosto. — Isso aqui é uma estaca de fundação, das grandes, do tipo que enterram no chão para construir arranha-céus.

Todos ficam processando a informação por um momento, olhos e ouvidos concentrados nos cálculos de Bob...

...e é por isso que ninguém repara no leve ruído de passos arrastados vindo do fim do túnel escuro atrás deles.

DOZE

Na escuridão opaca e úmida do subterrâneo, ruídos são enganosos — principalmente os que são tão baixos e passageiros como esse —, mas, no momento, se alguém de fato se desse o trabalho de ouvir com atenção, escutaria o barulho farfalhante de passadas a escuridão que a equipe de resgate acabou de atravessar, como se algum membro atrapalhado, ébrio e esquecido do grupo se apressasse para alcançá-lo. Além disso, o barulho é ofuscado pela voz incrivelmente aguda de David:

— Bob, não sou cartógrafo, mas a não ser que tenhamos feito uma curva muito errada em algum lugar, tenho quase certeza de que não estamos sob as ruas de Atlanta. Perdi alguma coisa?

— Eu não disse que estávamos nem perto disso... e não falei que isto é parte de um prédio. — Bob fica de pé, os joelhos estalando, e suspira de dor. Ele aponta de volta para o túnel, indicando a escuridão de onde vieram. — Aquele calcário e limo pendurado no teto a 1,5 quilômetro ou mais lá atrás... lembram?

Todos assentem, e David fala:

— Tem uma conexão?

Bob dobra o mapa e o coloca de volta no bolso da camisa.

— Depósitos de cálcio e paredes cobertas de musgo são resultados de infiltração. Estávamos sob Elkins Creek lá atrás.

Lilly calcula a distância, e lembra-se do campo a leste de Woodbury, então percebe aonde Bob quer chegar.

— Isto é parte de um viaduto — diz ela, entusiasmada, sem fôlego, virando-se para a enorme estaca, que agora parece quase luminosa na escuridão, tão enigmática e assombrosa quanto os destroços do *Titanic*. — Estamos sob uma autoestrada.

— Meu melhor palpite é que estamos em algum lugar perto do quilômetro 17, algo assim. — Bob dá tapinhas no bolso do peito. — O que nos serve de marco para realmente nos localizarmos.

— Autoestrada 74? — fala Reese. — É dessa que vocês estão falando?

— Essa mesmo — confirma Bob. — Acho que viramos para o sul há algum tempo, provavelmente logo depois de cruzarmos por baixo de Elkins Creek, e agora estamos seguindo a estrada.

— Estamos mais perto do que pensei — observa Reese, passando os dedos pelo cabelo. — Isso é bom, isso é fantástico. Carlinville fica logo ao lado da estrada. Estamos quase lá! Deus é bom.

Outra voz atrás dele fala:

— É, bem... Espero que Deus possa nos ajudar com outra coisa nesse momento.

— Hã? — Reese se vira na direção das palavras graves e baixas que acabaram de ser ditas por Ben Buchholz. — Como é?

— Espere um pouco — diz Ben, com a voz cheia de pesar. — Alguém mais ouviu isso?

O coração de Lilly fica ligeiramente acelerado. A menos de 100 metros, a curva do túnel é visível atrás de uma névoa fosforescente baixa — mais provavelmente causada por metano —, que brilha como gaze roxa ao luar. O som de passadas se arrastando estranhamente aumenta, então uma sombra fraca surge na parede externa à curva, e de uma só vez o tilintar dos cães das pistolas clicando e das travas dos rifles de assalto sendo puxadas para trás cerca Lilly conforme ela saca a própria arma e aponta a mira frontal para a sombra fantasmagórica, a qual fica maior, maior e maior, até que, subitamente, Lilly sussurra:

— Esperem! Todo mundo espera! Não atirem!

— Foda-se — dispara Ben em resposta, posicionando a mira traseira da AR-15 no olho. Nas sombras distantes, o errante solitário cambaleia, entrando no campo de visão. Ben cicia: — Não vou ser cercado por essas porras de Mordedores desgraçados.

— É um! Ben, é só um! — A voz de Lilly está esganiçada de nervoso, mas também é autoritária o suficiente para fazer o homem tirar o dedo do gatilho. — Espere para ver se há mais vindo!

Ela não precisa explicar que seria uma estupidez soltar uma saraivada estrondosa de tiros naquele recinto subterrâneo apertado. Não apenas atrairia todos os errantes próximos o bastante para ouvir, como muito possivelmente liberaria aquela névoa roxa etérea. Melhor derrubar os desgarrados solitários em silêncio.

O morto-vivo, atraído pelas vozes e pelo cheiro do grupo, começa a se arrastar na direção deles mancando fortemente, naquela caminhada de braços estendidos e rígidos que é sua marca registrada, como se, revoltado, exigisse um abraço. Lilly e os demais apenas o encaram e deixam o errante ir até *eles* — zero emoção, nenhum medo, muito pouco afetados, apenas a espera impaciente de pescadores se preparando para lancear um salmão —, e quanto mais a criatura se aproxima, mais Lilly a avalia com interesse forense.

Aparentemente é um homem de meia-idade de etnia indeterminada, as roupas reduzidas a tiras esfarrapadas, tão imundo de terra e lama que parece algum tipo de criatura do pântano, uma múmia ou um faraó conservado em uma gosma primordial. Mas é a perna que chama a atenção e desperta a imaginação de Lilly.

— Bob, olhe para a perna esquerda dele.

— Fratura feia, não é? — Bob estuda a criatura pela mira da Magnum .357 de aço inoxidável com o mesmo cuidado de um joalheiro inspecionando as facetas de uma pedra preciosa. O errante reduziu a distância entre eles para 45 metros, deixando a gravidade da perna quebrada evidente: um nó de osso polido se projeta da carne pútrida da coxa, um ferimento debilitante que faz com que a criatura se mova a uma velocidade intensa arrastada, como um carro sem uma roda. — Faz você pensar.

— Faz mesmo. — Lilly contempla o andar terrível e arrastado do errante enlameado conforme ele se aproxima, reduzindo a distância para 22 metros. De tão perto, os dentes escurecidos ficam aparentes, trabalhando dentro do buraco que é a boca, o ronco enferrujado de um grunhido saindo dali como um motor. Lilly se vira para Speed. — Quer essa honra?

— Eu adoraria — responde, com uma indiferença fria, o ex-herói do futebol americano de pescoço largo ao pegar um pé de cabra enfiado na lateral da mochila. Os outros observam calmamente Speed disparar na direção da criatura que se aproxima. — Roupa bonita — diz ele para a coisa quando enfia a ponta afiada do pé de cabra de ferro pelo céu da boca do errante e para dentro do lobo frontal dele.

A ponta do pé de cabra irrompe pelo topo do crânio da criatura.

Durante um momento, a criatura apenas enrijece o corpo, permanecendo de pé, encarando boquiaberta e inutilmente o agressor enquanto córregos de fluidos negros escorrem pela testa e pelo rosto dela. Speed puxa o pé de cabra com um ruído terrível de sucção quando a criatura finalmente desaba em uma pilha de tecido úmido.

Lilly e os outros se reúnem ao redor do errante com o leve interesse de patologistas.

— Só eu estou achando que esse é da horda que queimou? — pergunta ela, olhando para a criatura e cutucando as roupas esfareladas e escurecidas com o bico da bota. Os trajes esfarrapados estão carbonizados.

— É, parece que sim — murmura Bob, encarando a abominação e pensando.

— Então isso quer dizer... o quê? — David avalia a coisa asquerosa no chão do túnel enquanto segura um lenço sobre o nariz e a boca para afastar o fedor, abafando a voz. — Que ele acabou de encontrar o caminho até aqui embaixo?

— É. — Lilly se ajoelha perto da criatura, olhando com mais atenção para a fratura catastrófica retorcendo a perna esquerda e o quadril dela. A protrusão do osso é como uma presa de marfim deformada. — Meu palpite é que o errante caiu. — Lilly olha para o teto, as raízes e as estalactites de calcário penduradas. — O que não me dá exatamente uma sensação calorosa de segurança.

Bob já está inspecionando as estalactites perto do topo da estaca gigante.

Matthew e Ben o observam. Por fim, Ben pergunta o que Bob está procurando.

— Não tenho certeza — murmura ele, avaliando os detalhes do teto.

Ele projeta a luz da lanterna nos emaranhados de raízes, nas vigas fossilizadas, nos depósitos de cálcio reluzindo como ouro de tolo. Lilly se junta a ele, e os dois trocam um olhar. Ela sabe o que Bob está pensando.

— Talvez isso seja uma benção disfarçada — sussurra Bob quando olha para a constelação ornamental de raízes.

Ben o encara.

— E como diabos você chegou a essa conclusão?

— Tem um milhão de modos diferentes de a criatura ter caído aqui: galerias de escoamento, bueiros de esgoto, pontos frágeis nos viadutos...

— É... e daí?

Bob olha para Ben.

— Eu estava planejando cavar para sair quando chegarmos lá, mas se há como cair... isso quer dizer que há como sair.

Eles percorrem mais 5,6 quilômetros antes de Reese começar a ver sinais de que estão se aproximando de Carlinville. A primeira pista aparece como um fantasma aos feixes de luz das lanternas e lâmpadas de cabeça: uma fina cortina de poeira escorrendo nos raios prateados de luz, e Lilly passa por baixo dela, protegendo o rosto. O efeito do Xanax passou e ela se sente dormente e trêmula enquanto projeta a luz da lanterna no teto do túnel. As raízes vibram com o peso de muitos, muitos pés se arrastando.

Ah, merda — murmura Lilly, a sensação de pesar repuxando suas entranhas.

Os outros se reúnem ao redor dela, e Bob aponta a lanterna para cima, na direção dos redemoinhos de poeira.

— Parece a porra da Sétima Infantaria marchando lá em cima. Ele solta um suspiro amargo e exasperado e depois pega o mapa topográfico. — De acordo com o mapa, estamos bem no meio da cidade. — Bob olha para Lilly. — Preciso admitir que estava esperando que as coisas tivessem se acalmado a esta altura.

Lilly saca uma das Ruger, verifica o pente e a recoloca no lugar.

— Não podemos fazer nada a respeito. — Ela verifica a outra pistola e a enfia de volta no coldre. — Quando subirmos, lembrem-se: gatilho de segurança desativado e cuidado com as costas.

— Podemos chegar mais perto! — A voz de Reese vem das sombras mais além no túnel, onde se acumulou água. — Encontrei outro ponto de referência!

Os demais caminham na direção da voz dele, verificando as armas, chapinhando em 5 a 7 centímetros de água parada e oleosa. À frente, à luz das lanternas, Reese Lee Hawthorne entra no campo de visão, ao lado de uma antiga escada de ferro embutida na parede de argamassa.

— O que é isso? — pergunta Lilly a ele quando se aproxima, sacando a Ruger e segurando a lanterna perto do cano da arma. Ela aponta a luz escada acima até o objeto de ferro circular preso nas raízes do teto.

Reese explica:

— Isso só pode ser o bueiro na esquina da Maple com a Eighteenth.

Lilly olha para o rapaz enquanto os demais se reúnem ao redor deles, enfiando pentes em pistolas e puxando alavancas nas laterais dos rifles de assalto.

— Quão perto isso fica do coração da cidade?

— Menos de um quarteirão. — Reese respira fundo. Na escuridão, as feições magras e macilentas dele brilham com suor.

— E onde fica a capela na qual estão encurralados? É uma capela, não é?

Ele dá um breve aceno.

— Sim, senhora... Fica do outro lado da rua.

— A que distância?

Reese morde o lábio enquanto pensa. Um filete de poeira subitamente passa pela luz da lanterna, as vibrações ainda ressoando pelo chão. Reese engole em seco.

— Da tampa do bueiro? Não sei exatamente. Acho que fica logo do outro lado da rua, um lugarzinho com estrutura e cerca de madeira.

— Tudo bem, gente, atenção. — Lilly se volta para os outros, que se aproximam, os olhos brilhando de adrenalina às sombras. — Quem está com a AR-15? Ben? Muito bem, você e eu vamos primeiro, um de cada vez, seguidos por Reese, que vai identificar o lugar para a gente.

— Tudo bem, entendi, entendi — murmura Ben Buchholz, nervoso, agarrando o rifle com os nós dos dedos brancos. Toda a sua arrogância e postura de valentão sumiram. Evaporaram. Ele parece um garotinho preso no corpo de um caipira respondão. — Estou pronto quando você estiver.

— Poupe o máximo de munição. — Ela olha para os demais. — Use as armas brancas sempre que puder. Isso vale para todos.

Acenos de cabeça por todo lado, alças sendo presas, cintos verificados, os cabos de facas, facões e picaretas preparados. Os rostos brilham de tensão.

Lilly se vira para Reese.

— Há 13 pessoas lá, certo?

Ele assente. Lilly pensa.

— Você disse seis homens e sete mulheres?

— O contrário.

— Tudo bem, gente, tempo é o que importa aqui. — Ela vai até a base da escada. Algumas das lanternas ao redor de Lilly são desligadas, e o túnel fica mais escuro. Ela tira o capacete de minerador e o joga no chão. — Entrar e sair, rápido e limpo, é a melhor maneira de evitar sermos cercados. Encontrem a capela, tirem eles de lá e voltem para cá. Nada mais. — Lilly olha para Speed. — Acha que consegue abrir essa coisa?

— Pode deixar, Lilly. — Speed vai até a escada, sobe, empurra raízes e plantas, inala poeira, tosse, tira o pé de cabra da mochila e então começa a trabalhar nas bordas congeladas e oxidadas da antiga tampa de bueiro. — Cuidado aí — avisa ele.

— Não deixe cair — grita Lilly para Speed. — Quando sentir que está cedendo, segure no lugar para que Ben e eu possamos subir aí de novo.

— Entendi.

Depois de outro minuto de resmungos e gemidos de Speed — um período de tempo que parece um milhão de anos para Lilly —, a tampa do bueiro range e ele a segura.

— Tudo bem, Lilly, consegui. — Olha para baixo. — Pode subir.

Lilly sobe ao lado de Speed e Ben sobe até a metade, parando poucos centímetros abaixo dela. Os outros se reúnem ao redor da base da escada, se preparando para entrar em ação.

Lilly olha para eles.

— Ao meu sinal, gente. Estão prontos?

Acenos de cabeça ao redor, olhos incandescentes, ar sendo inspirado nervosamente.

Lilly respira fundo e se volta para a tampa do bueiro.

— Vamos torcer para que tenha reduzido um pouco o número deles lá em cima — murmura ela, basicamente falando consigo mesma. — Tudo bem, lá vamos nós. — Lilly engole em seco. — Todos prontos. — Inspira mais uma vez. — AGORA!

Ela empurra e abre a tampa do bueiro, e a luz do dia invade o túnel.

Lilly sai e, instantaneamente, solta um arquejo involuntário e espontâneo.

O tempo para quando ela se vê tragada por um enxame de errantes tão denso e lotado que o simples odor dele a deixa sem fôlego. A maioria está tão perto dela que as criaturas são indistinguíveis entre si: uma nebulosa de rostos escurecidos, dentes amarelos e olhos reluzentes brilhando como um borrão, babando, fazendo uma variedade infernal de gemidos e ruídos incompreensíveis com os dentes trincados. Apenas uma fração de segundo se passa antes que Lilly saque e dispare a Ruger, mas naquele instante horrível, no tempo de uma única sinapse disparar no seu cérebro, ela faz diversas observações.

Pela multidão de mortos-vivos se arrastando, ela vê de relance, brevemente, a pequena capela campestre do outro lado da rua, duas portas adiante, com as janelas cobertas por tábuas e vigas de madeiras pregadas na entrada. Está talvez a uns 30 metros dali, é difícil dizer — o prédio de ripas de madeira ao estilo Cape Cod, com a cruz branca encardida e desgastada erguida para o céu azul como centáurea, imprensado entre uma barbearia e um parquinho detonado —, o edifício está longe demais para julgar a distância. Mas Lilly não tem tempo para considerar as opções ou abortar a missão, nem sequer respirar, porque mãos que mais parecem garras já se enroscaram na manga da camisa dela, na perna esquerda da sua calça jeans, e na barra da camisa de brim. É quando ela consegue sacar uma Ruger .22 com cada mão e começa a atirar.

Os primeiros seis disparos, três e três, saem em uma rápida sucessão, tão altos que perfuram o tímpano esquerdo de Lilly. As balas fazem as criaturas mais próximas recuarem em erupções de matéria cerebral, os rostos pútridos se desfazendo à queima-roupa.

— FIQUEM NO TÚNEL! — grita Lilly para baixo, para Ben e os demais. — MUITOS DELES! NÃO SUBAM AQUI!

Ela dispara de novo contra a onda seguinte que se aproxima — três grandes homens vestindo calças militares em frangalhos e coletes de caça, e uma mulher cambaleante usando um jaleco hospitalar esfarrapado — e os disparos arrancam o topo de três crânios e fazem jorrar fontes de sangue no ar limpo acima da horda. O quarto acerta diretamente entre os olhos, e o crânio se parte e explode devido aos gases inflamáveis dentro dele.

Ao mesmo tempo, Lilly consegue empurrar de volta a tampa do bueiro com a bota, e o disco de ferro recai no lugar com um estampido baixo e agudo. A última coisa que ela vê na escuridão lá embaixo antes de a tampa tombar sobre a abertura é o rosto horrorizado de Ben, encarando-a boquiaberto, pálido e assombrado, os lábios se movendo, mas sem emitir nenhum som, olhos inquietos de terror.

Então Lilly se move, dispara na direção da rua, encaixando o ombro e trombando contra meia dúzia de errantes, derrubando-os como se fossem pinos de boliche. O fedor é insuportável, um miasma de bile humana cozinhando lentamente em merda, e quase rouba o que restou do fôlego de Lilly. Há tantos deles empurrando agora que caem para trás como dominós quando ela abre caminho até a igreja, atirando conforme segue em frente, os ouvidos zunindo, os olhos cheios d'água devido ao pânico.

Esses disparos são menos precisos — alguns sobem até o céu, outros abrem buracos em ombros e pescoços mortos, mas deixam as cabeças intactas. Com nove balas em cada pistola — oito em cada pente, uma em cada câmara — ela logo acaba com o restante da munição. Mas quando as pistolas de Lilly começam a clicar inutilmente, ela percebe que está na metade do caminho.

Através dos corpos trôpegos e cambaleantes, Lilly vê a capela a apenas 12 ou 15 metros e percebe que a entrada coberta por tábuas foi levemente aberta. Então ela nota um rosto se esgueirando pela fenda; um homem de meia-idade, pele clara, cabelo louro-prateado, vestindo um paletó manchado e uma calça está gesticulando para ela. Ele grita alguma coisa, mas Lilly não consegue distinguir o quê.

Mais errantes se aproximam dela, e Lilly não tem tempo de recarregar, então enfia as armas de volta no cinto e pega a pá articulada, que está guardada em um bolso com zíper na mochila e, por isso, difícil de alcançar. Ela tira a pá e golpeia assim que um homem pútrido e esquelético ataca o pescoço dela. A ponta afiada da pá se enterra na têmpora da criatura, fazendo um coágulo de matéria cerebral jorrar de dentro do crânio antes de o homem cair. Outra onda de agressores se aproxima, mas Lilly não hesita, apenas continua golpeando e seguindo para o prédio de ripas de madeira brancas com um único propósito.

Ela derruba mais meia dúzia de Mordedores e chega a 9 metros da capela quando vê o homem de cabelo louro com o terno carvão imundo disparar porta afora com um enorme crucifixo de prata esterlina. A cruz é do tamanho de um pequeno machado e reluz ao sol quando ele ataca a multidão diante da sua igreja.

— POR AQUI, IRMÃ! — grita ele pra Lilly. — VOCÊ ESTÁ QUASE FORA DE PERIGO!

O homem perfura a cabeça de uma errante mais velha quando Lilly faz uma última e heroica tentativa de chegar à igreja inteira.

— VENHA, IRMÃ... *QUASE LÁ!*

No túnel, apenas minutos antes, quando o estampido ressoante da tampa do bueiro desceu sobre a abertura e o clangor ressoou pela passagem escura, foi Bob quem ficou um pouco histérico.

— Porra! Porra! NÃO! NÃONÃONÃONÃONÃONÃO! — Ele sai correndo até a base da escada, a lâmpada de minerador oscilando e o feixe de luz saltitando nos rostos dos outros. — QUE PORRA VOCÊ ESTÁ FAZENDO?

Ben salta do degrau mais baixo e cai com força no chão, sem fôlego, um pouco confuso.

— Ela... ela disse para... eu só estava... ela disse para voltar para baixo.

— Quem diabos colocou a tampa do bueiro de volta?

— Ela colocou, Bob! Ela disse para voltar para baixo! — Ben limpa a boca com o dorso da mão, os olhos úmidos e pesarosos. — Aconteceu muito rápido.

— PORRA! PORRA! PORRA! — Bob pega a .357 do quadril e segue para a escada. A arma não parece familiar na mão dele, pois é um modelo mais novo do que aquele com que está acostumado, uma substituta para a que Calvin deixou no campo. — Vou buscá-la, caramba! Não podemos deixá-la lá fora!

Bob está a meio caminho na escada quando Speed o segura pelas pernas e o puxa para baixo.

— Vovô, espere! — A mão do rapaz parece um torno de ferro. — Vamos juntos! — Ele puxa cuidadosamente o homem mais velho de volta para baixo. — Ela é grandinha, é hábil com aquelas Ruger, então todos nós deveríamos apenas...

O som de poeira descendo interrompe a fala. Há uma parada farfalhante e surda acontecendo lá em cima.

Bob se vira e vê o fino redemoinho de partículas de poeira à luz da sua lâmpada de minerador. O teto vibra com a pressão de incontáveis pés se arrastando, todo aquele peso morto percorrendo as ruas daquela cidadezinha condenada, e isso dá uma ideia a Bob. Ele vê outro fiapo de poeira caindo à direita, depois outro à esquerda, então fala:

— Espere um pouco, *espere*.

— O quê? — Speed olha para ele, e os outros se aproximam, se reunindo.

— Tenho uma ideia melhor. — Bob estala os dedos retorcidos e começa a inspecionar o chão. — Um de vocês tem que encontrar algo que a gente possa usar para abrir um buraco no teto.

Lilly chega à porta da capela no último segundo possível, com um aglomerado de cadáveres móveis ensandecidos ao seu encalço, e estende a mão. O homem à porta foi até a borda do portal dianteiro. Ele estica a mão para ela.

As duas mãos se entrelaçam e o homem a puxa com gentileza, mas firmemente, pelo umbral.

Lilly cambaleia pela porta para um estreito cômodo iluminado por lanternas bruxuleantes de querosene, o ar fedorento carregado com cê-cê e podridão. O homem de terno cinza fecha rapidamente as portas externas duplas atrás dela, batendo-as na cara do enxame que se aproxima.

— Você está bem, senhorita?

Ele se volta para Lilly, que está tentando recuperar o fôlego, curvada, com as mãos nos joelhos.

— Ela foi mordida?

A voz vem do outro lado do saguão, onde uma mulher corpulenta, usando uma camisa manchada do Braves, calça capri e tênis de cano alto, olha para fora de uma porta interna. Há outros atrás dela, amontoados e observando — rostos imundos e assustados às sombras de um santuário destruído.

— Calma, irmã Rose — diz o homem de terno. Ele enfia o enorme crucifixo em uma bainha no cinto, como se fosse um sabre ou uma clava medieval. — Traga um pouco d'água para nossa amiga aqui.

— Estou bem, obrigada. — Lilly inspira ar para dentro dos pulmões e olha ao redor do cômodo entulhado, o ouvido esquerdo zumbindo impiedosamente. Hinários, lixo e respingos de sangue cobrem o chão. As paredes, que um dia exibiam quadros de avisos com as datas das próximas feiras de culinária, agora parecem flageladas, cobertas de buracos de bala e manchas de Rorschach de sangue seco, tão preto quanto tinta ônix. — Não fui mordida, até onde sei. — Ela olha para o homem. — Obrigada por me ajudar.

Ele faz um breve aceno galante e sorri.

— O prazer é todo meu.

À luz da lanterna, Lilly olha melhor para o cara e vê que é um homem de uns 40 anos, talvez menos, com um rosto jovial que está apenas começando a envelhecer nos cantos. Com o maxilar definido, olhos azul-claros e uma cabeleira no estilo de Kennedy começando a ficar salpicada de cinza, ele parece um antigo ator infantil que talvez tenha passado por momentos difíceis. O terno está bastante desgastado, lustroso nos fundilhos e nos ombros, mas o modo como ele se arruma — a gravata cuidadosamente presa no pescoço, apesar das manchas de sangue e da sujeira no tecido — o deixa com ares de líder, um homem notável.

Lilly estende a mão.

— Sou Lilly Caul. — Ela dá um sorriso. — Reverendo Jeremiah, presumo?

O sorriso do homem murcha de leve, os olhos dele se semicerram e a grande cabeça grisalha se inclina subitamente diante do fato improvável de que Lilly sabe o seu nome.

TREZE

Bob e os demais levam muitos segundos preciosos para encontrar um ponto adequado no teto do túnel para perfurar. Esses são segundos que eles prefeririam não desperdiçar — não fazem ideia de como Lilly está se saindo lá em cima em meio a multidão de errantes, nem se ela chegou à capela —, mas, no momento, precisam ser proativos e ninguém tem uma ideia melhor. Em uma série de presunções apressadas, conselhos com Reese e consultas no mapa topográfico, Bob escolhe um ponto mais de 120 metros túnel abaixo, depois de uma curva e sob uma intricada barreira de estalactites — há mais ou menos a extensão de um campo de futebol entre esse ponto e o coração do enxame — para dar a eles um espaço ideal, mas ainda estar perto o bastante para chamar a atenção da horda.

Eles usam a pá de ponta quadrada que Matthew levou, e Speed, provavelmente o mais forte de todos, faz as honras. O antigo jogador da linha de defesa pesa 88 quilos, e Matthew e Ben precisam ficar de quatro, com os cotovelos unidos, logo abaixo do ponto em questão para dar a Speed algo sobre o que ficar de pé. Eles trabalham rapidamente, comunicando-se com pouquíssimas palavras — Bob é quem mais fala — conforme Speed sobe nas costas dos dois e começa a abrir um buraco no teto com a pá, a AR-15 pendurada no ombro.

— Como sabemos que não há uma calçada logo acima de nós? — indaga Ben, ainda de quatro no chão, a voz embargada devido ao esforço, o peso das botas de solado grosso de Speed pressionando a área entre as escápulas dele. — Como sabe que vai perfurar?

— Não sei — murmura Bob ao se virar para David. — Olhe no compartimento da frente da minha mochila e veja se aquele espelho de dentista que encontramos na farmácia ainda está aí.

Enquanto tudo isso acontece, o ruído de Speed golpeando a lâmina contra as raízes acima continua, um retumbar alto, e cada impacto faz um punhado fresco de terra cair na escuridão. A argila dura da Geórgia é resistente, mas Speed coloca os valiosos músculos dos ombros e do pescoço para trabalhar.

Alguns metros mais distante, na escuridão, parecendo nervoso, Reese rói as unhas.

Um cronômetro invisível corre no cérebro de Bob enquanto ele espera que Speed consiga perfurar o teto. Alguns minutos se passaram desde que Lilly lançou-se para a horda, sozinha, exposta, lutando para atravessar a multidão. O som dos tiros dela cessou. Boa notícia se chegou à capela e uma muito, muito ruim se ela ficou sem munição ou foi cercada, e o coração de Bob começa a acelerar.

— Opa! — Speed recua quando uma pá cheia de poeira cai nas costas de Matthew e Ben. A luz do dia atravessa o túnel, uma nuvem amarela incandescente, difusa devido a toda aquela poeira. O fedor de errantes é evidente de imediato, como se alguém tivesse acabado de abrir uma lata de lixo. — Atravessamos! Atravessamos!

Bob se aproxima.

— Tudo bem, agora dispare alguns tiros controlados pelo buraco, não muitos, não desperdice munição demais, apenas o bastante para chamar a atenção deles.

— Pode deixar. — Speed joga a pá de lado e aponta a AR-15 para o buraco aberto no teto. Ele coloca o cano para fora. — Lá vai!

O rugido do rifle de assalto acende a escuridão com luz e barulho.

Reese e David tapam os ouvidos e Bob continua inquieto. Os dois homens no chão gritam algo um para o outro que ninguém mais consegue ouvir. Por fim, depois que o terceiro tiro é disparado, Speed solta o pente. O clipe de metal cai diretamente nas costas de Ben.

— Ai! Mas que porra, pode parar?

— Desculpe, desculpe... estou descendo.

Speed salta, desengonçado, das costas trêmulas dos homens no chão, enfiando um pente novo no receptor do rifle.

— Podemos levantar agora, porra? — Ben está sem paciência, e sua voz oscila de ódio.

— Não, fiquem aí por mais um segundo — diz Bob, então olha para os demais. — Todos juntos, façam um estardalhaço infernal!

Bob começa a gritar, a gemer e a uivar sob o buraco no teto, e os outros o acompanham em seguida. Logo, o túnel é preenchido pelo som revoltoso das vozes deles ecoando pelas paredes fossilizadas, uma festa descontrolada a todo vapor, uma balbúrdia esquisita em um espaço tão sombrio quanto uma cripta. Por fim, Bob ergue a mão para interrompê-los.

— Tudo bem, vou olhar.

Ele sobe em Ben e Matthew e vê que o buraco no teto é maior do que pensara — mais ou menos do tamanho de uma calota de pneu —, então cuidadosamente eleva o espelho de dentista para a luz do dia e o vira para conseguir olhar a rua.

O reflexo naquele espelho do tamanho de um selo postal é aterrorizante.

Um pequeno retrato de camafeu do inferno na terra.

— Irmão Jeremiah, olhe! Olhe o que está acontecendo lá fora!

A mulher gorda de calça capri olha por uma fenda estreita na janela coberta por tábuas.

O resto das pessoas no recinto — que apenas momento antes estava em choque com o som de disparos automáticos a distância cai imediatamente em silêncio e observa o pastor correr até a janela.

Ele olha para fora e vê a que a mulher está referindo. Fica muito quieto, recua, vira e olha diretamente para Lilly. Então faz algo que não apenas a fascina, como fica no fundo da mente dela, assombrando-a, durante os dias seguintes. O homem ajusta a gravata com prendedor. Ele faz isso como se estivesse prestes a subir num palco ou passar um sermão. O pastor mexe no objeto apenas por um instante, e se Lilly tivesse piscado, teria perdido, mas é tão esquisito, deslocado e anacrônico que a imagem fica gravada no cérebro dela. Então Jeremiah fala:

— Não temos muito tempo. Seus amigos atraíram a horda para longe do prédio.

Lilly olha para o homem.

— Existe um caminho direto até o bueiro do outro lado da rua?

— Existe, sim. — Jeremiah se vira para os demais. — Todos peguem o que puderem carregar nas costas. Recebemos uma segunda chance do Bom Senhor, assim como dessa boa gente... Depressa, agora, apenas o essencial.

Os outros entram em ação, abrindo mochilas, jogando itens desnecessários no chão entulhado. Espelhos de maquiagem, sapatos sobressalentes, livros, chaves e xícaras de café saem girando pelo piso de parquete. Lilly observa durante um momento, mesmerizada pela dinâmica entre o pastor e o grupo dele. Os sete homens e as seis mulheres, de todas as idades e tamanhos, seguem as instruções do homem com a obediência determinada de alunos do jardim de infância, apesar do fato de que se trata de um grupo desajustado e heterogêneo de ex-donas de casa, trabalhadores braçais, matronas e velhos rabugentos dos confins do Velho Sul.

Além da mulher rechonchuda de calça capri chamada Rose, os outros conseguiram apressadamente se apresentar a Lilly, e agora o cérebro dela está zonzo de nomes, cidades natais e breves relatos de como nenhum deles estaria vivo se não fosse pelo reverendo Jeremiah. Estranhamente, o pastor tinha mais perguntas para Lilly do que ela para ele. Queria saber que espécie de comunidade estava construindo em Woodbury, que tipo de recursos tinha, e, mais importante, por que havia ido até lá só para salvá-los. As pessoas tomam o cuidado hoje em dia de não saírem despreocupadamente com o primeiro ser humano racional que aparece. Lilly não é diferente. Assim que colocou os pés na capela, passou a lançar ao ministro e ao rebanho dele olhares observadores, a julgar os rostos, avaliar apertos de mão e a escrutinizar as expressões nos olhos deles.

Em grande parte, essas pessoas parecem normais, apesar de castigadas pela viagem e traumatizadas pela perda.

Em certo momento, Lilly reparou em sombras se movendo e ruídos vindo de um cômodo ao lado do santuário, e perguntou a Jeremiah a respeito daquilo. Depois que todas as cabeças se curvaram, Jeremiah esfregou os olhos com tristeza e falou, em voz baixa:

— Eles são os menos afortunados do nosso grupo, os que... foram vítimas das bestas.

A essa altura, Lilly já havia olhado pelo canto da porta e visto de relance dois homens e uma mulher atados à parede com correntes e cabos improvisados ao redor do pescoço, os olhos leitosos fixos no vazio diante deles, as bocas enrugadas se movendo inutilmente.

Agora Lilly afasta todas essas considerações da mente conforme dispara pelo cômodo até a janela, olha para fora e vê a interseção de ruas estreitas se esvaziando devagar como se algum apito canino mágico estivesse atraindo a horda para longe da capela. Dali a poucos segundos, a rua estará completamente vazia. Lilly saca as pistolas, uma de cada vez, e verifica os pentes como se os cartuchos vazios pudessem ter, magicamente, gerado mais balas. Ela vê que ainda estão vazios, coloca-os no lugar e enfia as pistolas de volta nos coldres.

Jeremiah vai até ela.

— Infelizmente, irmã, só temos poucas armas. — Ele gesticula apressadamente para que dois dos congregantes do sexo masculino se aproximem. — Este aqui é o irmão Stephen.

O reverendo indica um jovem franzino com 20 e poucos anos que veste uma camisa social dc manga curta surrada, gravata borboleta e calça preta. Parece um missionário mórmon exausto que tocou campainhas demais. O homem segura uma espingarda de cano único com mecanismo de recarga deslizante e acena com a cabeça para Lilly.

É uma Mossberg, senhora, carregada com munição para cervos — diz ele a Lilly, como se isso explicasse tudo. — Não é tão precisa quanto um rifle, mas faz bastante estrago à queima-roupa.

Lilly assente, nervosa.

— Tudo bem, fique perto da frente do grupo.

— Temos mais uma arma de fogo — diz o pastor, e se vira para outro homem, mais velho, abatido, usando um boné dos tratores Caterpillar e mascando tabaco Red Man, que já havia se apresentado a Lilly como um vendedor ambulante de Bíblias. — Você já conheceu Anthony.

O homem mais velho ergue um revólver antigo, tão velho que o aço azul ficou cinza.

— Não é muita coisa, mas ajudou meu pai na Coreia e durante 47 anos sob o balcão da loja de ferragens dele.

— Tudo bem, tudo bem, bom, bom... vamos torcer para que essas armas não precisem ser disparadas. — Lilly olha para cada homem. — Entendem o que estou dizendo? É muito importante que não atirem, a não ser que seja absolutamente necessário.

Os homens assentem, e o reverendo Jeremiah lança um olhar rigoroso para eles.

— Rapazes, ouçam essa moça, façam exatamente o que ela disser. Entenderam? — Ele se volta para o restante do grupo. — Isso vale para todos. Com a ajuda de nosso Senhor e Salvador, esta mulher aqui vai salvar nossas vidas.

A essa altura, todos os itens essenciais foram guardados em mochilas e a congregação está espremida perto da porta da frente. Lilly consegue sentir o cheiro de suor velho brotando da pele deles, cê-cê sob as roupas imundas. Fome e terror crônico cobraram seu preço nos rostos de todos. O reverendo Jeremiah compulsivamente passa os dedos pelo nó da gravata quando se vira para Lilly e a encara.

— Onde quer que eu fique, senhorita?

— Tudo bem para você vigiar a retaguarda?

— É claro. — O homem leva a mão até o topo do enorme crucifixo de aço no quadril, tão grande quanto um taco de beisebol. Olhando mais de perto, Lilly consegue ver que objeto foi afiado na ponta, talvez numa pedra de amolar ou num amolador, onde os pés de Cristo estão pregados. — Se encontrarmos um desgarrado — diz Jeremiah, cansado, sem prazer —, vou administrar a velha e austera cruz sem fazer muito barulho.

— Justo. — Lilly olha uma última vez pela fenda na janela. A interseção foi totalmente esvaziada. Apenas alguns pedaços soltos de lixo voam pela calçada. A tampa do bueiro é visível a 30 metros. — Tudo bem, gente, ao meu sinal, quero que todos andem depressa, mas não corram; caminhem em silêncio e rapidamente pela rua até a entrada do esgoto. — Ela olha por cima do ombro para os rostos contraídos, febris e aterrorizados. — Vocês conseguem. Eu sei que conseguem.

— Ouçam a moça — suplica Jeremiah. — Deus está conosco, irmãos e irmãs, mesmo que a gente ande pelo vale... nosso Senhor e Salvador anda ao nosso lado.

Alguns *améns* soltos.

Lilly, nervosa, coloca os dedos nas coronhas das Ruger vazias e olha para irmão Stephen, que segura a espingarda com força, como se fosse a corda de puxar o paraquedas.

— Stephen... no três, quero que, muito silenciosamente, abra a porta. Entendeu?

Ele assente com veemência.

— Um, dois... *três*!

O som das passadas deles — quinze pares de pés disparando por 30 metros de cimento desgastado, cada pessoa bufando, sendo detida por uma mochila pesada — normalmente chamaria a atenção de todos os seres humanos e errantes em um raio de 800 metros. Mas, no momento, o barulho desse êxodo repentino da capela é abafado pela onda de gemidos e grunhidos ininteligíveis que emana da horda, a qual já se afastou um quarteirão ou mais, atraída pelos barulhos estrondosos que saem do chão. Lilly corre à frente do grupo da igreja, o olhar fixo na tampa do bueiro logo adiante. Quanto mais se aproxima, mais se convence de que o objeto está se movendo. Como uma enorme tampa de garrafa se abrindo, a lateral se ergueu, uma fenda se formando, e um rosto é visível no buraco de sombras ali abaixo.

— Cuidado! — As feições enrugadas de Bob se esgueiram para fora da abertura, e a cabeça quadrada dele forma uma silhueta ao lado do feixe de luz de uma lanterna. — Desgarrado! Atrás de você!

Assim que Lilly chega ao bueiro, ela olha por cima do ombro e vê o reverendo Jeremiah se deter atrás do grupo, atacando com o tacape sagrado uma figura escura que dispara na direção dele. A enorme errante vestindo um macacão em frangalhos atacou exatamente no mesmo momento em que a ponta afiada dos pés atados do Salvador acertam a têmpora da criatura, cravando-se em uma parte enorme do crânio dela e em metade do cérebro pútrido, lançando um pedaço rodopiante de tecido pelos ares em uma almofada de sangue.

— *CONTINUEM EM FRENTE, IRMÃOS E IRMÃS!* — grita o pastor ao cambalear atrás do grupo.

Enquanto isso, Bob abriu toda a tampa do bueiro e começou a ajudar os congregantes — mulheres mais velhas primeiro, então as mais jovens, depois os homens — a descerem até o seio úmido e escuro da segurança. Lilly é a penúltima a mergulhar no buraco, seguida de perto pelo pastor bem-vestido. Depois que Jeremiah desce e sai do campo de visão, Bob puxa a tampa de volta. O estampido metálico e uníssono ecoa pela escuridão do túnel, abafado pelo zunido no ouvido esquerdo de Lilly conforme ela cai com a lombar no chão e vê estrelas.

A súbita falta de luz do dia e de oxigênio limpo é perturbadora — para Lilly, é como se ela tivesse acabado de mergulhar debaixo d'água. O ar é tão fétido, úmido e oleoso que parece uma membrana sobre seu rosto. Ela se limpa e fica de pé.

— Irmão Jeremiah! — Reese Lee Hawthorne está a poucos metros de distância, agitando as mãos, sorrindo para seu mentor e figura paterna, tentando ficar tranquilo, esconder as lágrimas e ser o soldado de Cristo valente. Ele engole a emoção. — Graças ao Senhor que está bem!

Jeremiah começa a responder quando, de repente, o rapaz perde a compostura e dispara na direção do reverendo, então praticamente desaba nos braços do mais velho com um suspiro.

— Graças a Deus, graças a Deus, graças a Deus... você está bem — murmura Reese, enterrando o rosto no paletó do pastor. — Rezei sempre que pude para que você conseguisse sair de lá.

— Meu corajoso, tão corajoso jovem batedor — murmura Jeremiah, chocado com a demonstração inesperada de emoção de Reese. Ele enfia a enorme cruz de volta na bainha e retribui o abraço, dando tapinhas nas costas do rapaz com o carinho de um pai há muito perdido que reencontra o filho. — Você se saiu bem, Reese.

— Tive certeza de que tinha perdido vocês — diz Reese, baixinho, encostado no tecido esfiapado do paletó de Jeremiah.

— Ainda estou de pé, filho. Estamos todos aqui, pela graça de Deus e dessa boa gente. Ainda não era nossa hora.

O pastor acena para Lilly e os demais conforme o resto do grupo da igreja se reúne atrás dela, se limpando e verificando os pertences. Todos continuam sem fôlego e abalados devido ao êxodo em massa do outro lado da rua, alguns deles olhando ao redor do túnel estreito enquanto tentam retomar o ar e vão se acostumando com a atmosfera drasticamente diferente ali embaixo. Eles conseguiram reunir uma quantidade impressionante de carga nas mochilas e bolsas estufadas, e agora estão praticamente lado a lado, de dois em dois, pois o túnel é estreito demais para se agruparem em um só lugar. Há meia dúzia de mulheres de idades que variam entre adolescência aos 60 anos, um único homem negro e homens em diversos estágios de agitação e forma física. Todos encaram Jeremiah e Lilly conforme os dois líderes começam a fazer as apresentações com a determinação de líderes tribais, Lilly indicando Bob Stookey primeiro, apresentando-o como o cérebro por trás do túnel.

— Prazer em conhecê-lo, reverendo — diz Bob ao homem de terno.

— Pode me chamar de Jeremiah — fala o pastor, piscando e devolvendo o aperto de mão de Bob. — Ou irmão Jeremiah, ou apenas irmão, como o Bom Samaritano de antigamente.

— Parece bom. — Bob olha para o homem. Lilly, do outro lado do túnel, repara nessa cena, que é sutil e ninguém mais nas sombras daquele local percebe, mas bem no fundo da mente ela toma nota do olhar. Sabe na mesma hora que Bob não gosta do cara. Ele estampa um sorriso nas feições grisalhas. — Pode me chamar do que quiser, menos de vovô.

Bob faz questão de olhar para Matthew, que apenas sorri.

Jeremiah retribui o olhar do homem com um leve sorriso e uma faísca de alguma coisa. Lilly imagina a si mesma observando algum tipo de reação química entre dois velhos leões.

Enquanto tudo isso acontece, a maioria dos membros do grupo da igreja ainda recupera o fôlego, verifica os equipamentos e olha em volta do recinto apertado, por isso, o leve barulho emanando das sombras a 150 metros do fim do túnel passa despercebido por todos.

A princípio, é tão baixo que é quase inaudível, mas se alguém prestasse atenção, escutaria o leve som de rachadura. Inicialmente muito abafado, aquoso e indistinto — como um galho verde cedendo —, ele percorre o túnel na escuridão, sem ser ouvido, notado, reparado... até que chega aos ouvidos de Speed.

Ele está de pé em um local do túnel quase completamente envolto pela escuridão, a uns 15 metros de distância de Lilly, e é a pessoa mais próxima da fonte dos ruídos de rachaduras, os quais vão aumentando gradativamente, como se uma grande pressão estivesse sendo aplicada a uma raiz teimosa. Speed passou os últimos minutos verificando os pentes de munição, contando as balas restantes, mas agora fica muito quieto, ouvindo o barulho.

— Ei — sussurra para Matthew, que está ajoelhado ali perto, vasculhando a mochila atrás de alguma coisa. Speed tenta ficar calmo. — Ouviu isso?

— Ouvi o quê?

— Ssshhh... ouça.

— Não estou escutando nada.

— Continue prestando atenção.

Agora o barulho aumenta a ponto de alguns dos outros — David, Ben, a moça gorducha de calça capri — começarem a se virar na direção dos ruídos, inclinando a cabeça, consternados. O barulho aumentou a ponto de lembrar um navio rangendo em uma tempestade, ou uma enorme árvore se curvando devagar — aquele rangido profundo que faz uma pessoa se arrepiar —, e aumenta e aumenta até os demais pararem de conversar.

Quando Speed percebe a fonte do ruído, é tarde demais.

Acontece como se em câmera lenta, embora Lilly não tenha certeza se está ocorrendo de fato com uma lentidão de mel escorrendo ou se é simplesmente o estado de choque dela: a centenas de metros de distância, no escuro, depois de uma curva, longe do campo de visão, no ponto em que a pá havia perfurado o teto do túnel, enfraquecendo a integridade da estrutura, o teto começou a desabar devido ao peso da horda acima.

Conforme o túnel reverbera com o barulho terrível — corpos pútridos despencando pela terra que desce em cascata, um ruído tão estranho que mais parece um trovão subterrâneo —, Lilly recua instintivamente. Ela trinca os dentes e leva as mãos às armas, embora, bem no fundo, saiba — assim como todos ao redor dela sabem bem no âmago da própria existência enquanto se afastam do barulho — que não têm para onde correr nem onde se esconder. Uma das pessoas da igreja — a mulher gorda chamada Rose, que também está recuando — começa a choramingar:

— *Não não não não não nãonãonãonãonãonão...*

A primeira coisa que veem é uma enorme nuvem de poeira rodopiando ao virar a curva do túnel, atingindo o ar com a força de um aríete, descendo como uma onda na direção do grupo no escuro. Várias pessoas projetam a luz da lanterna na coisa, e a característica surreal daquela luz intermitente refletindo na nuvem de poeira móvel é desnorteante.

A essa altura, ninguém se virou nem começou a fugir, pois todos ainda estão chocados e paralisados de terror ao registrarem as implicações daquela nebulosa sombria que rola na direção deles. O barulho estrondoso que emana de detrás da nuvem continua, inabalado, conforme mais e mais errantes imergem no túnel. Lilly não consegue desviar o olhar daquela onda de poeira que se aproxima.

A voz de Bob interrompe o transe dela.

— Tudo bem, o pessoal com as armas de fogo, adiante!

— Bob, não podemos enfrentar tantos assim! — As mãos de Lilly instintivamente seguram as coronhas das Ruger. — Há muitos...!

— Não temos escolha!

— Há muitos deles!

— Como sabe quantos tem? Nem sabemos qual é o tamanho da...!

Bob fica em silêncio. Os outros congelam onde estão. Lilly encara.

Leva apenas um segundo para que ela registre o que está vendo, e outro nanossegundo para que aquela informação visual percorra seu cérebro e viaje pelo córtex e para o restante do corpo, onde acelera os batimentos cardíacos, faz a boca de Lilly ficar seca e dispara pelos tendões com o rompante de lutar ou correr.

O reverendo Jeremiah abre caminho entre Speed e Matthew, então anda devagar até a frente do grupo. O pastor para ao lado de Lilly, e a princípio ela não ouve a voz sussurrada do homem, que diz:

— E havia guerra no céu, e Miguel e seus anjos lutaram bravamente contra o dragão...

A 30 metros de distância, a nuvem rodopiante de poeira se dissipou abruptamente e, do núcleo da poeira, como fantasmas nascendo do éter, uma coluna de mortos-vivos começou a surgir, arrastando os pés, praticamente ombro a ombro, alguns esbarrando sem jeito nas paredes de terra do túnel. Mais e mais deles se materializam nos feixes intermitentes das lanternas, como um carro de palhaço. O batalhão de cadáveres em movimento se estende até tão longe na escuridão que o número deles é incalculável.

Os corpos continuam se movendo para mais perto... até que o simples grito de Lilly seja a única coisa que traz os habitantes vivos do túnel de volta a realidade.

— FODA-SE! — A voz dela ficou alta e esganiçada, a voz da Lilly primitiva, a Lilly Caul adolescente, perturbada, rebelde. — CORRAAAAM!

* * *

Subitamente, eles correm — em fileira única ou lado a lado —, um grupo de vinte almas agora. Alguns tropeçam, mas, de alguma forma, conseguem ficar de pé, outros raspam o corpo nas paredes escabrosas do túnel estreito, gritando de dor, tropeçando, caindo e se recolocando depressa de pé (ou se permitindo serem erguidos por um dos membros mais fortes do grupo, como Speed, Matthew ou Ben, e então continuando diretamente para a escuridão). Outros deles se desgarram do grupo e tentam subir correndo pela escada de serviço e escapar pela tampa do bueiro na esquina da Eighteenth com a Maple, mas Lilly rapidamente intercede, puxando-os de volta para baixo, reprimindo-os ao apressá-los de volta em direção à parte sul do túnel, explicando sem fôlego que não há tempo suficiente para que todos saiam pelo bueiro, e, além do mais, a cidade está tomada por errantes e não há onde se esconder, e eles simplesmente acabarão encurralados de novo. Ninguém sabe até que distância o túnel se estende para o sul. Quilômetros? Centenas de metros? Na verdade, ninguém sabe exatamente aonde o túnel vai levá-los, mas tais considerações são secundárias agora ao simples imperativo de escapar daquela terrível maré. A horda está se movendo devagar, mas incessantemente, conforme farfalha e tropeça atrás do cheiro de humanos; o fedor dos mortos, além da poeira levantada pelo arrastar coletivo de pés sem vida permeia o ar. Logo, cada um dos seres humanos em fuga começa a tossir compulsivamente enquanto corre — o ritmo, que começou como uma corrida a todo vapor, foi reduzido a um trote manco e ferido. Eles se veem virando em outra esquina, ofegando e arquejando na escuridão sem ar — apenas alguns estão munidos com lanternas para iluminar o caminho adiante — quando, de repente, duas pessoas à frente param. Alguns dos corredores atrás deles tropeçam uns nos outros, um efeito dominó que faz alguns deles caírem estatelados no chão enquanto outros se apoiam na parede do túnel, e logo o grupo todo de vinte pessoas congelou coletivamente às sombras, encarando a mesma coisa que as duas pessoas na liderança olham boquiabertas, a meros 7 metros na escuridão.

— Ah, porra — murmura Lilly, sem sequer estar ciente da própria voz quando o feixe de luz de uma das lanternas varre devagar a extensão de uma parede de tijolos que forma um beco sem saída.

CATORZE

Na Georgia Tech, Lilly certa vez escreveu um trabalho para a aula de psicologia chamado "A mãe da invenção", que era um estudo acadêmico sobre como as ágeis avaliações das pessoas em situações de estresse — policiais, soldados, paramédicos — costumam levar a soluções geniais, as quais, por fim, se tornam um procedimento operacional padrão em lugares como prontos-socorros e campos de batalha modernos. "É um fato inegável de toda a existência humana", escreveu a jovem Lilly Caul, no típico estilo hiperbólico dos seus 19 anos, "que todas as grandes invenções da imaginação humana são impulsionadas e aprimoradas pelas situações de vida ou morte." Infelizmente, no curso dos últimos dois anos, ela aprendeu que esse conceito não necessariamente se sustenta na panela de pressão infernal da praga. Repetidas vezes, ela viu as pessoas caminharem direto para armadilhas, perderem todo o bom senso em meio a enxames de errantes, cometerem erros mortais e, no todo, se tornarem ovelhas ou versões monstruosas de suas verdadeiras personalidades em nome da sobrevivência. Mas Lilly também reparou que ela pode muito bem ter um núcleo de habilidades prodigiosas nessa área — transformar catástrofe em soluções criativas —, o que a acalma em momentos de grande perigo. Na verdade, ela tem essa sensação esquisita e inominável naquele segundo, quando a parede do beco sem saída é registrada de pessoa a pessoa atrás dela em uma série de gemidos sussurrados e arquejos chocados.

— Estávamos indo *tão bem* — opina Matthew ao lado de Lilly.

Bob se vira de costas para a parede e estala o ferrolho da Magnum para trás. Na escuridão, os olhos dele brilham de tensão.

— Tenho dois pentes de carregamento rápido. — Ele olha para Ben. — Quantos pentes ainda tem?

— Dois restantes, com dez balas em cada. — Uma pérola de suor pinga da ponta do nariz de Ben. — Não é muito para uma situação como esta.

— Espere um pouco, aguente aí — diz Lilly, mas bem nesse momento, ninguém a ouve.

As pessoas estão carregando e empunhando freneticamente as armas. Algumas choram baixinho, rezam consigo mesmas. Todos estão hipercientes dos ruídos da agitação do enxame que se aproxima, invisível por enquanto, vindo da última curva no túnel, a uns 22 metros, um barulho de roeduras, de rangidos. O tempo estimado de chegada dos errantes é um ou dois minutos no máximo.

Pelo canto do olho, Lilly vê o reverendo Jeremiah levar a mão à cruz de aço opaca, e logo ele segue até a curva distante enquanto reza baixinho. O que Lilly *não* consegue ver é o olhar estranho do pastor.

— O que mais temos com poder de fogo? — pergunta Bob para o grupo como um todo.

— Ainda tenho umas 12 cápsulas de munição para cervos — anuncia o jovem com a espingarda.

— Nunca vamos detê-los! — choraminga uma mulher mais jovem de vestido salopete xadrez desbotado. — Chegou nossa hora... e não é justo! Não assim!

— Cale a boca, Mary Jean! — A irmã Rose de calça capri parou de soluçar e passou a gritar. — APENAS PARE. PARE!

David leva a mão ao ombro da mulher.

— Tudo bem, querida, vamos pensar em alguma coisa.

Bob se volta para Matthew.

— E se você e Speed ficarem entre nós e a horda?

— Estou com pouca munição, cara — avisa Matthew. — Não vou conseguir detê-los por muito tempo.

Bob assente.

— Vamos precisar recorrer a todas as facas, picaretas e machados que tivermos na manga.

— Espere, espere... aguente aí — pede Lilly, tendo uma ideia.

O pensamento simplesmente se materializa no cérebro dela como uma bolha estourando. Lilly vai até a frente do grupo, empurrando para abrir caminho entre os congregantes que rezam e choram, movendo-se na direção por onde vieram, olhando para cima, para os pedaços de raízes e as estalactites de calcário pendurados.

À frente dela, o reverendo Jeremiah se apoia no chão em um joelho, e, com a cabeça curvada, reza baixinho. A onda de cadáveres de pé se aproxima, talvez a menos de um minuto de distância. Lilly quase engasga com o cheiro quando chega perto do pastor ajoelhado. Ainda não consegue distinguir a expressão estranha e deslocada do homem. Mas não consegue pensar nisso naquele momento, pois está concentrada demais na tarefa diante de si e no processo de transformar desastre em inspiração.

Lilly para e olha o teto. Na sua mente, ela vê os vetores do túnel — as vigas de sustentação, os locais de saída intermitentes, os pontos fracos, as madeiras velhas, os suportes roídos por vermes —, e todo o barulho ao redor dela desaparece. As rezas, o burburinho do enxame que se aproxima, os ruídos patéticos de choro, o som de Bob preparando os atiradores, os gritos, os berros esganiçados, as discussões — tudo isso desaparece nos ouvidos zunindo de Lilly, adentrando o ruído branco da inspiração. Ela finalmente vê o golpe de sorte que estava caçando.

— Bob! — Lilly se vira para os demais. — Bem ali em cima! — Ela aponta para o teto a cerca de 10 metros dela. — Está vendo a viga quebrada?

Bob ergue a mão para calar os demais.

— TODO MUNDO CALE A BOCA, PORRA!

Lilly e Bob fazem contato visual. Os dois velhos amigos — que, como se sabe, terminam as frases um do outro, leem a mente e compartilham comunicação não verbal de todo tipo — ficam se encarando. Lilly nem sequer precisa dizer. Bob sabe. Ele entende o que ela está pensando.

— Aquela viga está fraca, Bob — diz Lilly. — Está vendo?

Ele assente. Assente bem devagar a princípio. Então arregala os olhos e rapidamente se volta para os outros.

— Speed! Ben! Matt! Todos que ainda têm bala na arma! ESQUEÇAM OS ERRANTES! ESTÃO ME OUVINDO?

Durante um breve momento, olhares frenéticos e perplexos são trocados entre os homens com as armas de fogo.

— EI!— O grito estrondoso de Lilly os acorda. Ela está de pé a uns 15 metros deles, sacando as duas Ruger vazias. Lilly mira para o teto, como se para demonstrar o que quer. — TODO MUNDO ATIRANDO NAQUELA VIGA! AO MEU SINAL! ESTÃO VENDO?

Bob aponta a lanterna para a madeira podre que atravessa as raízes e as extensões de cálcio. O clangor das culatras preenche a escuridão. Lilly enfia as armas de volta nos coldres e depois aponta para a estrutura de sustentação cruzada. Então inspira. Ela consegue ouvir a fileira da frente do tsunami de errantes se aproximando, o odor de proteínas rançosas sobrepujante. Em seguida, grita:

— AGORA!

O túnel se acende com a fúrias de meia dúzia de armas de fogo — canos faíscam prata de magnésio na escuridão —, e o rugido coletivo abafa qualquer outro som.

Todos disparam livremente nas proximidades da viga de sustentação, e a artilharia consome as madeiras podres com a eficiência de uma serra elétrica: as farpas e poeira voam em todas as direções, preenchendo a escuridão com uma tempestade de partículas, até que os outros membros do grupo começam a tossir, recuar e tapar a boca com as mãos. Por fim, as armas esvaziam e o teto começa a ceder.

O ranger estrondoso faz todo mundo recuar, sobressaltado. O enxame de errantes se aproxima, as silhuetas pairando sobre os feixes oscilantes das lanternas. O fedor horrível das criaturas toma conta do túnel, e os ruídos delas aumentam a ponto de virarem uma ampla sinfonia desafinada inflamando-se no espaço apertado. Lilly recua até a parede, olhando o espetáculo, boquiaberta, incapaz de tirar os olhos do teto conforme ele começa a desabar bem na frente da fileira de mortos-vivos. Cinco ou seis das criaturas param estupidamente e olham para cima quando a poeira cai em cima delas, então começa a chover uma torrente de terra e poeira; raios de luz celestial cortam a névoa rodopiante como espuma do mar.

As pessoas se espalham. Lilly agarra o pastor pelo colarinho e o puxa para trás. Alguns mergulham em busca de proteção do outro lado da curva, outros caem no chão e tapam as cabeças, enquanto poucos cambaleiam rapidamente para as sombras mais profundas. Bob empurra Ben para longe do deslizamento no último momento possível, quando o teto desaba em uma nuvem de poeira. O barulho se parece com o de um veleiro de 90 metros se partindo em uma tempestade. Durante um momento, Lilly fecha os olhos e enfia o rosto no chão de terra enquanto o túnel se torna uma nuvem espessa e ondulante.

Estranhamente, naqueles brevíssimos segundos antes de Lilly fechar os olhos, quando o teto desaba — em apenas um milissegundo —, ela registra pela visão periférica a imagem embaçada e indistinta de um rosto. O pastor Jeremiah se abaixou ao lado dela, a apenas centímetros de distância, tapando o topo da cabeça e pressionando a lateral do rosto contra o chão. Mas durante aquele segundo que Lilly leva para registrar a visão do rosto dele no cérebro, ela percebe algo estranho e inesperado, algo que, a princípio, simplesmente não se encaixa, e não fará sentido durante um bom tempo.

O homem sorri beatificamente.

A poeira baixa instantes depois, e é preciso cerca de mais um minuto para que Lilly perceba que o sol está brilhando sobre ela. O chilrear de grilos e pássaros vem de algum lugar acima, e o barulho a prepara enquanto ela se senta com dificuldade, de costas para a parede do túnel, piscando por causa da forte luz do dia. Lilly inspira o ar limpo, sente cheiro de pinho — não tinha reparado no odor das árvores quando emergiu dos túneis mais cedo — e então, pela visão periférica, vê as silhuetas de outras pessoas se levantando no nimbo de poeira que ainda inunda o túnel aberto. Lilly fica de pé. Ao lado dela, Jeremiah limpa o imundo paletó do terno e a calça, ajusta a gravata e olha tristemente para o banco íngreme de terra diante deles.

— Pobres e desgraçadas bestas — murmura o pastor, quase falando consigo mesmo enquanto encara a parede de terra que se formou com o desabamento, a poeira ainda baixando. — Certamente merecem uma morte menos degradante do que essa.

Quando a névoa se dissipa, Lilly vê cinco errantes despontando da enorme pilha de terra. Eles parecem marionetes sendo operadas por um mestre psicótico — as cabeças estremecem para cima e para baixo, as bocas escurecidas trabalham, os olhos brancos como diodo estão arregalados, tragicamente perdidos — e fazem o mais perturbador dos barulhos. Seus resmungos e rugidos babados foram reduzidos a um coro de gemidos minguados, miados de gatos escalpelados, como gorjeios e quase falsetes.

— Todas as criaturas de Deus merecem a libertação — murmura o pastor conforme caminha até o local do desabamento, puxando o enorme crucifixo da bainha. Ele para diante do monte íngreme de terra, e alguns dos errantes estendem, impotentes, a mão para ele, mordendo o ar. Jeremiah olha por cima do ombro. — Rose, Mary Jean, Noelle... Vou precisar que todas vocês se virem por apenas um segundo agora.

Lilly repara que todos os outros já se levantaram e estão reunidos na poça de luz pálida do dia, silenciosamente transfigurados pelo desabamento, o cabelo emaranhado esvoaçando à brisa. Bob, David, Ben e Speed estão logo atrás de Lilly, e Bob murmura algo inaudível, mas levemente cético. O restante dos rostos se vira, como se por respeito, quando o pastor assente e retorna à sua solene tarefa.

Ele termina depressa. Cada golpe é desferido com força e decisivamente; a ponta afiada do crucifixo parte o centro de cada crânio pútrido, soltando um caldeirão borbulhante de gases tóxicos e fluidos cerebrospinais conforme criatura após criatura tomba para a frente, as cabeças destruídas oscilando fatalmente. O processo todo leva apenas um minuto. Mas aquele minuto é tão fascinante quanto perturbador para Lilly.

Depois que o último errante é morto, eles começam a tarefa de subir para sair do túnel. Bob vai primeiro, escalando a inclinação de 45 graus de terra solta com a .357 a postos, Speed e Matthew vão logo atrás, os rifles de assalto engatilhados e carregados. Quando chegam ao topo do desabamento e espiam o monte de terra solta, veem ao menos uma dezena de criaturas perambulando sem rumo pelas ruas desoladas e diante das fachadas das lojas cobertas por tábuas de Carlinville.

Os três homens têm munição suficiente para derrubar os errantes que vagueiam, e, uma a uma, as criaturas caem com jorros distantes de sangue e braços e pernas inertes. Bob até consegue conservar algumas balas para a longa jornada para casa. Quando está satisfeito porque os arredores estão limpos o bastante para que todas as vinte pessoas passem, ele começa a erguê-las para fora do túnel, uma de cada vez.

Demora uma eternidade para levar todos os membros mais velhos do grupo da igreja — assim como a grande coleção de mochilas estufadas do grupo — para fora da trincheira até o outro lado de pátios e estradas de acesso. Bob precisa ficar de olho nos mais velhos como um pastor atribulado.

Quando todos estão escondidos em segurança na cobertura da floresta, Bob os conduz em fila única para uma trilha estreita. Lilly e Jeremiah seguem atrás. Bob consegue ouvi-los conversando, mas não é capaz de distinguir o que estão dizendo e isso o incomoda. O pastor deixa Bob nervoso. Ele tenta tirar isso da cabeça e se concentrar na viagem, com Matthew e Speed caminhando ao lado dele, os rifles de assalto aninhados no alto do peito musculoso de cada um.

Eles lembram a Bob daqueles tipos da força Delta que costumavam patrulhar as ruas da Cidade do Kuwait. Aqueles babacas das forças especiais costumavam implicar com Bob, usando o poder da patente sobre ele o tempo todo — sem nem mencionar como eles tratavam o pessoal nativo —, mas, secretamente, Bob estava feliz por eles estarem ali. Assim como agora. Speed, com o pescoço de rinoceronte e os músculos anabolizados, e Matthew, com o bíceps definido e o físico de trabalhador braçal com peito largo; os dois podem ser um pé no saco, e metade do tempo parecem estar usando alguma coisa, como maconha ou pílulas, mas, independentemente do que for, ainda assim Bob está feliz por eles estarem do lado *dele*.

Bob tem uma forte sensação de que, cedo ou tarde, vai precisar dos dois.

O grupo segue para o norte pelos bosques das colinas do condado de Upson, percorrendo uma velha trilha que passa pelas fazendas de ta baco e pelos velhos e mortos campos de algodão. Houve uma época em que não se podia jogar uma pedra ali sem acertar uma plantação. E até onde Bob sabe, aquela trilha mesmo poderia ter sido um legado da Ferrovia Subterrânea — agora coberta de mato em alguns pontos, com florestas de sumagre, vinhas e buxo —, o que seria bastante adequado, considerando a missão em que estão. Bob usa a carta topográfica e os marcos visuais para mantê-los no curso.

Em certos momentos, o caminho serpenteia para cima das encostas das colinas, dando ao grupo uma vista desimpedida da autoestrada Crest de um lado e dos tributários sinuosos do Elkins Creek do outro. Desse ponto de vantagem, o rio parece uma fita cintilante entrecortando os campos de algodão negligenciados, e as silhuetas dos errantes — daquela altura, tão minúsculos e atribulados quanto baratas — parecem estar por toda parte, infestando as ruínas de velhos celeiros, perambulando por estradas desertas, entrecortando a vegetação dos campos agrícolas negligenciados e encurvados aqui e ali em leitos de rios secos e vales, alimentando-se dos restos mortais de algum ser humano ou animal azarado.

Ainda bem que a trilha alta parece estar longe do radar dos errantes no momento.

Com 8 quilômetros de viagem, Bob começa a pensar em uma coisa. Pelo canto do olho, vê de relance o pastor e Lilly no fim do comboio, conversando distraidamente, rindo de vez em quando de alguma ironia ou anedota engraçada. Bob repara na bolsa pesada da qual o pastor não tirou os olhos desde que deixou a capela. Com 1 ou 1,5 metro, feita de lona preta grossa, aquilo parece pesar uma tonelada. E o que quer que contenha, parece muito mais substancioso do que as vestimentas e os acessórios de um clérigo. Que diabo ele guarda ali? Armas? Barras de ouro? O Santo Graal? Ou talvez esteja carregando um suprimento vitalício de água benta e hóstias.

De novo, Bob tenta tirar isso da mente e se concentrar na viagem.

Ele sabe que precisarão virar para oeste em algum momento e encontrar uma ponte sobre Elkins Creek para chegarem a Woodbury ao anoitecer. Os mais velhos já estão exaustos, apesar do fato de Lilly ter permitido que o grupo fizesse três paradas para descansar. Os suprimentos de água estão diminuindo, e eles não têm munição para enfrentar outra horda. Bob fica preocupado. O sol começou a descer atrás da linha das árvores a oeste, e ainda não há sinal da autoestrada 18 a distância — apenas uma cadeia contínua e ininterrupta de campos abandonados.

Levará mais uma hora até Bob admitir para os demais — e para ele mesmo, na verdade — que estão desesperada, inexorável e perigosamente *perdidos*.

— Não é uma coisa pela qual quero passar de novo, só digo isso — confessa o bom reverendo Jeremiah Garlitz em voz baixa para Lilly enquanto os dois caminham pela trilha sinuosa, o sol do fim da tarde esquentando-lhes a nuca. Andam devagar para manter distância suficiente entre eles e o resto do grupo da igreja, em grande parte para conseguirem certa privacidade; não que estejam dizendo alguma coisa ilícita ou tenham algo a esconder. Simplesmente preferem discrição a essa altura.

— Nunca previ aquilo — murmura ele, balançando a grande e bela cabeça. O pastor carrega a bolsa preta e pesada em um dos ombros largos, a alça se afundando no paletó. — Tínhamos feito batismos naquele rio um milhão de vezes, levamos incontáveis irmãos e irmãs para Jesus...

Ele faz uma pausa e olha para baixo conforme anda. Lilly vê as lágrimas nos olhos do homem.

Jeremiah continua:

— Achei que fossem peixes a princípio, pois surgem bagres por lá de vez em quando do tamanho de dobermans, mas no momento em que a água começou a se agitar, e a coitada da Hastings foi puxada...

Mais uma vez, ele faz uma pausa, ajustando a alça no ombro, e uma única lágrima escorre pela covinha do queixo proeminente do homem. Lilly desvia o olhar e permanece em silêncio, por respeito.

— De toda forma, dito isso, seria uma benção me estabelecer em algum lugar. — Ele olha para ela. — Algum lugar seguro, com gente boa como você. — Ele olha, pensativo, para as costas dos congregantes, os ombros caídos e as carecas queimadas de sol dos mais velhos conforme eles se arrastam prontamente, seguindo Bob pela trilha sinuosa. — Essa pobre gente passou pelo inferno — diz Jeremiah. — Viram coisas que nenhuma pessoa decente jamais deveria precisar ver. — Por um momento, o pastor olha para o horizonte como se procurasse algo em alguma parte oculta da memória. — Uma coisa que essa praga nos ensinou, a crentes e não crentes, é o fato imutável de que há coisas que poderiam acontecer com uma alma que são muito, muito piores do que a morte. — Ele para, então olha de volta para Lilly, a visão cada vez mais nítida. — O que estou dizendo? Você provavelmente viu coisas que nem consigo imaginar.

Lilly dá de ombros conforme anda.

— Acho que a gente começa a ficar indiferente a isso. Não sei. — Ela pensa a respeito. — Mas ainda me incomoda. — Pensa mais um pouco. — Acho que eu deveria ser grata por isso.

O pastor olha para ela sem perder o ritmo.

— O que quer dizer com grata?

Lilly dá de ombros de novo.

— Grata por não ter morrido completamente por dentro... por ainda ter a habilidade de ficar chocada.

— É porque você é uma alma boa, uma boa pessoa de nascença... posso ver. Sei que acabamos de nos conhecer, mas dá para ver isso em algumas pessoas.

Lilly sorri.

— Passe um pouco de tempo comigo e vai mudar de opinião.

Ele gargalha.

— Duvido muito. — O vento sopra a aba do paletó dele para fora, expondo o topo do crucifixo embainhado no cinto do pastor. Ele põe a mão no objeto. — Mas, sabe, está certa sobre uma coisa. Não importa quem seja, a pessoa perde um pouco da alma sempre que é preciso acabar com o sofrimento de uma daquelas criaturas infernais.

Lilly não responde. Os dois caminham mais um pouco em silêncio. Por fim, ela olha para o topo do crucifixo, visível por dentro do paletó do pastor.

— Posso perguntar uma coisa?

— Vá em frente.

— Qual é a desse crucifixo?

— Como assim?

Lilly sorri.

— Não é exatamente o equipamento padrão para um pastor.

Ele suspira.

— Verdade... mas não há mais *muita coisa* neste mundo que seja padrão.

— Verdade. Mas não é, não sei, um pouco *sacrílego* usar uma cruz para partir cabeças? Aposto que há uma história interessante aí.

Ele olha para Lilly.

— Há uma história, sim, mas não é tão interessante.

— Deixe que eu decida isso — fala Lilly com um sorriso, percebendo mais uma vez que pode muito bem encarar o fato de que meio que gosta desse cara. Que Deus a ajude, pois ela meio que confia nele.

— Há uns dois anos — diz o pastor —, bem na época que toda essa confusão estourou, eu estava em Slidell, Louisiana, visitando uns amigos. Havia uma velha igreja católica por lá desde os tempos de Lewis e Clark. O padre era um velho amigo meu, e ele foi mordido feio. Cheguei assim que descobri, e o encontrei no santuário, no chão, perto do altar, nos últimos suspiros. Não tinha se transformado ainda, mas dava para ver que isso aconteceria a qualquer segundo. Ele segurou minha mão e pediu... — O reverendo faz uma pausa, olha para baixo e umedece os lábios. Lilly percebe que é difícil para ele, mas apenas continua andando em silêncio ao lado do homem e pacientemente espera que ele complete o raciocínio. — Ele me pediu para matá-lo — murmura Jeremiah, por fim, em tom mais baixo. — Peguei minha zarabatana, mas ele me impediu. Então algo muito estranho aconteceu. Com cada pingo de força que restava nele... o homem apontou para a grande e velha cruz acima do altar. Eu soube imediatamente o que ele quis dizer. Não sei como, mas simplesmente soube.

Outra pausa. Lilly espera um segundo, então pergunta ao pastor o que aconteceu.

— Apliquei a extrema-unção da melhor forma que sabia. Encontrei uma fonte de água benta e pedi desculpas por não saber nada de latim, mas eu o untei e ouvi sua confissão. Ele estava feliz por ter sido eu ali naqueles últimos minutos. Dava para ver. Melhor que um velho bronco pentecostal o despachasse do que algum estranho em um hospital ou algum diácono no campo. De toda forma, depois disso, fiz o que nos vem naturalmente quando nos deparamos com os olhos deles ficando amarelos como os de peixe... e quando vemos aqueles dentes aparecendo. Golpeei a cabeça dele. Perdi um pouco a calma, imagino. Acho que desmaiei. Quando acordei, havia algumas criaturas no santuário comigo, e estavam vindo atrás de mim, então fiquei bem descontrolado. Não conseguia encontrar minha pistola. Só tinha essa velha cruz. Eu as matei uma de cada vez com ela, então a vi brilhando à luz votiva e acho que entendi aquilo como algum tipo de sinal. Basicamente, foi assim que tudo aconteceu.

Lilly assente.

— Faz sentido para mim.

— Fiz algumas modificações nela — diz ele. — Não acho que o Bom Senhor se incomodaria tanto por eu ter desfigurado a imagem do filho único Dele, nesses tempos. É muito útil quando a situação fica feia.

Lilly dá uma risadinha nervosa.

— Preciso admitir, você é bem habilidoso com...

Ela interrompe quando repara em algo acontecendo à frente deles. Aparentemente, Bob, Speed e Matthew pararam na borda da trilha, a uns 50 metros, e as pessoas atrás deles também param abruptamente ao verem a mão de Bob se erguer.

Algo está errado. Lilly nota. Ela consegue sentir. Nas sombras alongadas do crepúsculo, através das nuvens de poeira rodopiantes de mosquitos, Lilly vê Bob apontando para o norte, depois para o oeste, e os outros dois homens discutindo com ele, então David se aproxima do grupo para contribuir com a discussão, e por fim até Ben se envolve.

— O que foi agora? — pergunta Lilly, meio que retoricamente, para o pastor.

QUINZE

Nos anos supermedicados, superdesinfetados e superprotetores que precederam a praga, ninguém acima dos 6 anos jamais se perdia. Com aparelhos de GPS em tudo, desde carros a telefones e chaveiros — assim como os satélites do Grande Irmão orbitando a terra —, pouquíssimas jornadas eram feitas sem as migalhas digitais de dispositivos de rastreamento que mostravam às pessoas o caminho de volta. Então veio o flagelo dos mortos reanimados, e por todo o mundo, redes de força, torres, transmissores, provedores de serviços celulares, roteadores, câmeras, drones e escutas foram desligados. Para piorar as coisas, havia a gradual decomposição do ambiente. Assim como os efeitos da idade no rosto humano, a paisagem começou a ficar cinzenta e murcha e parecer estranhamente homogênea. Homens idosos se parecem muito com mulheres idosas, e um lugar rural remoto começou a ficar muito semelhante a outro, do lado oposto de um condado. Ervas, vegetação e gavinhas oportunistas dominaram campos agrícolas. O clima transformou todas as estruturas na mesma pilha de madeira lapidada com o mesmo tom de cinza-verme. As cidades todas se tornaram uma Chernobyl ocupada por plantas, com prédios abandonados cobertos por tábuas, engolidos por vinhas espessas e ervas daninhas marrons e rastejantes. Tudo começou a parecer igual, e é exatamente por isso que Bob agora está de pé em uma encosta íngreme olhando para as sombras que se aprofundam nos campos da Geórgia Central, coçando o queixo nervosamente enquanto tenta entender onde diabo eles estão. Ele olha para a carta topográfica e depois para o horizonte. As águas prateadas e sinuosas de Elkins Creek brilham enigmaticamente à luz que se esmaece.

— Verificou a bússola? — pergunta Ben, do outro lado da trilha, onde ele jogou a mochila pesada na terra. Sua voz está cheia de sarcasmo. — Aqueles aparelhinhos mostraram ser úteis quando se está perdido.

— Pare com isso, Ben — sussurra Lilly, mantendo a discussão longe dos ouvidos dos demais. O coração dela está galopante. Ficarem perdidos não é uma opção, e embora só vejam um grupo escasso de errantes a distância, nos limites dos campos abandonados de feijões e nas valas de riachos secos, eles não têm recursos para passar sequer uma noite a mais ao ar livre. — Bob, atravessamos a autoestrada 18 por engano?

— Não sei — confessa ele, suspirando. — A bússola diz que estamos seguindo para noroeste, mas não faço ideia de quanto a norte nós estamos. — A essa altura, o restante do grupo da igreja se reuniu. Jeremiah vai para trás de Lilly e tira a enorme sacola de lona do ombro, apoiando-a com cuidado e soltando um suspiro cansado. O ruído abafado de algo tilintando na bolsa chama a atenção de Lilly por um momento. Que porra ele guarda ali dentro? Caixas de bebida? Vinho sacramental? Ela se vira para Bob e o vê passando os dedos pelo cabelo grisalho e ensebado, semicerrando os olhos para o sol que se põe; as rugas ao redor dos olhos dele se aprofundam a ponto de parecerem couro trançado. Ele olha para Lilly. — A única coisa que posso lhe dizer com certeza é que já deveríamos ter chegado ao viaduto de River Cove a esta altura.

— Estamos muito ao norte — diz Lilly, com seriedade.

— Obrigado, Sherlock — caçoa Ben.

David balança a cabeça.

— Ben, você é naturalmente babaca ou precisa se esforçar para isso?

Ben sorri, talvez pela primeira vez desde que saíram de Woodbury.

— Alguém precisa fazer isso.

— Todo mundo cala a boca por um segundo e me deixa pensar — diz Bob, com a carta topográfica aberta no condado de Meriwether.

Lilly o observa tracejar o tributário sinuoso de Elkins Creek com uma unha suja, quando o som da voz de Matthew chama a atenção dela.

— Lilly?

Ela tira os olhos do mapa e vê Matthew e Speed de pé, lado a lado, atrás dela, os dois parecendo um pouco envergonhados, tímidos, talvez até um pouco ansiosos. Cada um segura um rifle de assalto sobre o peito. Matthew fala:

— Posso sugerir uma coisa?

— Vá em frente, Matthew.

— A questão é que Speed e eu estamos investigando esse território há semanas. Talvez pudéssemos dar uma olhada rápida enquanto o grupo descansa, e quem sabe podemos encontrar um marco ou algo assim.

Lilly pensa.

— Tudo bem, se forem rápidos. Não queremos estar a céu aberto quando a escuridão cair. Vou com vocês.

Matthew e Speed trocam um olhar, e Matthew coça o lábio inferior, desconfortável, indeciso.

— Hã... podemos cuidar disso sozinhos, não precisa...

— Eu vou e ponto final. *Vamos*, estamos perdendo luz do dia.

Matthew dá um grande suspiro.

— Tudo bem, tanto faz.

Lilly olha para Bob.

— Se alguma coisa acontecer e não tivermos voltado em meia hora, leve essas pessoas para algum lugar seguro, ou pelo menos mais seguro do que aqui ao ar livre nesta porra de trilha.

— Pode deixar — responde ele.

Lilly se volta para os demais e fala alto para que as pessoas nos fundos possam ouvi-la.

— Senhoras e senhores, vamos sair com um pequeno grupo de reconhecimento para ter uma noção do território antes de irmos mais longe.

A mulher grande de calça capri dá um passo à frente.

— Vocês estão perdidos, não estão?

* * *

Os três levam menos de 10 minutos para chegarem à base das colinas do bosque e começarem a seguir o Elkins Creek para o sul. Matthew segue à frente, com Lilly atrás e Speed no fim da fila com o rifle de assalto em pronto, a coronha apoiada no ombro, estilo comando. O grupo cruza pelo menos 400 metros dessa maneira, olhos arregalados e alertas em busca de errantes, órgãos sensoriais aguçados pela luz e pelo espaço agrícola. Speed nunca foi treinado em protocolos paramilitares nem sequer no manejo mais rudimentar de armas de fogo. Tudo o que ele sabe sobre armamentos aprendeu jogando videogame. Mas de uma coisa ele sabe com certeza, um fato indiscutível, irrefutável, inegável, e isso toma conta das narinas dele conforme atravessam a terra rochosa e opaca de um leito de rio árido e mergulham na vegetação densa de um campo de tabaco abandonado.

— Matt! Está sentindo esse cheiro? — Speed inspira o odor almiscarado e herbáceo que permeia a brisa. — Pode me corrigir se eu estiver errado, mas está ficando mais forte!

Uns 10 metros adiante, caminhando alguns passos à frente de Lilly, Matthew abre caminho em meio às gigantescas folhas de tabaco com o corpo musculoso de faz-tudo. Ele apoia a AR-15 na clavícula, firmada rigorosamente nos braços musculosos. A imagem de Matthew remete a Speed a de um enorme urso-cinzento seguindo um rastro, se aproximando de um cardume de peixes.

Matthew conhece aquele cheiro tão bem quanto Speed — o cheiro revelador de sálvia acre que fica impregnado nas cortinas e nos tapete do carro e pode até invadir as fibras de um bolso vazio ou de um Ziploc quando os policiais vêm farejando. Para muitos, é uma fragrância tão habitual quanto a de biscoitos recém-assados, tão sensual quanto a brisa de um oceano, tão sedutor quanto perfume caro aquecido pelo calor do corpo de uma linda mulher. Bem naquele momento, na verdade, até Lilly detecta um odor familiar.

— Isso é...? — Ela para e olha por cima do ombro para Speed, desviando de talos e folhas. — Esse cheiro, não é...

— Sim, Lilly, *de fato*, é — diz Matthew, com o tipo de reverência que se reserva para a descoberta da maior trufa da floresta, a maior pepita de ouro em um córrego montanhoso ou então aquele cálice sagrado usado por Cristo.

Ele abaixa a arma e para em meio às plantas de tabaco. O mar de enormes folhas verde-escuras fala à brisa, fazendo ruídos ocos de batuque de bongô que flutuam para as nuvens úmidas e ralas.

— Vocês estavam escondendo de mim? — pergunta Lilly para Matthew, com um sorriso torto.

Ela nunca se consideraria uma maconheira, mas costumava fumar regularmente com a amiga Megan, a ponto de sentir falta pela manhã se não pudesse dar um trago com a primeira xícara de café. Quando a praga se alastrou, Lilly se viu querendo mais e mais, para acabar com a ansiedade, mas conseguir um saquinho de erva nesses tempos é mais difícil que parece.

— Nós íamos dividir — assegura Speed com um sorriso forçado quando se junta a eles em uma clareira estreita, cercada por uma parede verde de pelo menos 1,80 metro.

O cheiro de maconha está tão aromático naquele momento, misturado aos odores de terra preta e podridão, que Lilly sente que está ficando chapada pela proximidade.

— Em termos de direção — diz Matthew, ficando na ponta dos pés com as botas de cano alto, tentando enxergar acima das florescências do tabaco oscilando ao vento. O zumbido constante das folhas quase abafa a voz dele. — Estou achando que o estoque fica para aquele lado... Speed-O, o que acha?

Speed olha por cima dos talos.

— É, com certeza, consigo ver as árvores. Está vendo?

— Estou. — Matthew olha para Lilly. — Bem dentro daquele pequeno agrupamento de carvalhos a oeste. Está vendo? Há um trecho de terra bem ali, no meio do tabaco, onde alguém plantou a melhor erva deste lado da porra do condado de Humboldt.

Lilly olha para as árvores.

— Tudo bem, então presumo que isso signifique que vocês sabem onde estamos?

Matthew troca um sorriso com Speed, então sorri para Lilly.

* * *

— Andem na direção do cheiro, gente — instrui Matthew enquanto ele e Speed guiam o grupo por uma trilha sinuosa que beira o campo de tabaco.

Bob e Lilly vão atrás, trocando olhares carregados de significado.

Alguns minutos antes, Lilly permitiu que os dois jovens colhessem alguns gramas antes de voltarem para o grupo, e agora ela precisa lutar para evitar um sorriso. Ela os viu dando alguns tragos antes de assumirem as posições na beira da encosta, como Lewis e Clark doidões. Por isso, no momento, estão liderando o grupo farroupilha com um comportamento afetado suspeito.

A mulher de calça capri franze a testa quando cheira o ar com a curiosidade de um cão de caça.

— Isso é cheiro de gambá?

— Está mais para *erva* gambá — murmura Bob.

Lilly prende a gargalhada.

— Acho que é uma família de gambases.

Bob tosse para disfarçar a risada.

— Acho que o plural de gambá é *gambás*.

Um dos outros membros do grupo da igreja murmura:

— Nunca senti um cheiro de gambá como esse.

O pastor parece estar ciente da piada. Ele sorri conforme caminha com os congregantes, fazendo Lilly imaginar se ele mesmo já se divertiu com a erva.

— Tudo faz parte da rica generosidade de Deus, irmã Rose — diz ele, com um brilho no olho que pisca para Lilly.

Eles chegam em casa antes de escurecer totalmente, arrastando-se com exaustão, desgastados pela viagem. Chegam do leste, banhados na luz azulada do crepúsculo, e veem os limites da cidade muito antes de as sentinelas na muralha a leste os verem.

A essa altura, Lilly está na liderança, e apressa o passo quando vê as ruínas do armazém da ferrovia e as carcaças queimadas de carros a distância enevoada. Ela vê a torre d'água quebrada com as letras desbotadas WOO URY gravadas com estêncil na lateral, o barracão de motores coberto por tábuas e com o teto chamuscado, danificado pelos incêndios no início do mês, e a barricada improvisada com o portão de caminhão de carga leve ao norte do barracão. O coração dela bate mais rápido quando se vira e sinaliza para os demais.

Nesse exato momento, conforme o grupo se apressa pelos pátios externos vazios e se aproxima da entrada leste, Lilly se depara com diversas revelações. A mais importante delas é o fato de que jamais percebeu o quanto passou a gostar daquele lugar. Apesar de todas as lembranças traumáticas, das mortes dos amigos que ocorreram ali, da perda de tanta gente boa, e do reinado terrível do Governador, Lilly adotou o lugar como seu lar. Ou talvez aquele local a tenha adotado. Quem poderia ter imaginado que ela — a fashionista cool e hipster de Atlanta — passaria a amar um burgo tão minúsculo e às avessas como aquele? Mais importante, enquanto corre para a muralha, acenando para a figura de cabelo arrepiado de Barbara sobre o cesto do guindaste a distância, ela percebe com alguma tristeza que o coração dela está acelerado agora por motivos completamente inesperados — um conjunto poderoso de emoções, algumas contraditórias em comparação com as outras — que só agora emergem.

Durante praticamente o tempo todo em que esteve na missão de resgate — intermitentemente e, no entanto, às vezes nos momentos mais estranhos — esteve pensando em Calvin Dupree. Imagens meio formadas daquela noite em que ela quase o beijou piscam no fundo da mente de Lilly. Por algum motivo, ela não conseguiu parar de pensar no cheiro dele — naquela combinação aromática de colônia

Old Spice e chiclete — e seu olhar nítido e sábio. Durante a viagem inteira, Lilly esteve continuamente ciente da delicada corrente com a minúscula cruz no pescoço que ele lhe deu. Se tivessem ido em frente e se beijado logo naquela noite diante do tribunal, ela provavelmente não teria pensado naquele momento de forma tão saudosa, compulsiva e obsessivamente. Mas aquele momento agora paira com tanta força na mente dela que Lilly se sente — conforme se aproxima da muralha — como uma criança na manhã de Natal, correndo escada abaixo para ver o que Papai Noel deixou para ela.

— Olhe o que o gato trouxe para dentro — brinca Barbara do alto, no cesto do guindaste, gritando para os viajantes cansados que se aproximam. — O que está fazendo, Lilly, fingindo que é Moisés?

David caminha ao lado de Lilly sorrindo para cima, para a esposa de 37 anos.

— Típico! Ainda nem entramos e ela já está enchendo nosso saco!

— Você está com uma aparência horrível, David! — Barbara olha para os demais. — Esperem que eu cozinhe para essa gente toda?

— Amo você também, querida!

O motor do caminhão de carga leve é subitamente ligado quando Bob assobia.

Lilly e os demais se reúnem na entrada. Bob coloca a .357 no coldre e arranca uma viga de aço da abertura assim que o caminhão ruge, arrota fumaça preta e então começa a recuar da abertura. Ben, Speed e Matthew puxam correntes e gesticulam para os outros que é seguro entrar.

O reverendo Jeremiah parece uma criança vendo a cidade grande pela primeira vez, os olhos arregalados com espanto, a bolsa gigante pesando no ombro conforme ele olha maravilhado para a cidade queimada, castigada pela batalha e cercada. O homem murmura uma contínua corrente de *Graças ao Senhor* enquanto guia os congregantes, um de cada vez, pela abertura.

A essa altura, a notícia do retorno da equipe de resgate, com todos inteiros, já se espalhou como um incêndio selvagem por Woodbury, e a felicidade e a surpresa são visíveis nos rostos ansiosos que surgem em esquinas e prédios. Gloria vem correndo de trás de um caminhão de carga leve adjacente com um rifle na mão e um enorme sorriso. Tommy Dupree aparece galopando dos jardins da pista de corrida, ainda segurando uma pá, o rosto iluminado com animação. Outros saem de portas e das laterais do prédio do tribunal com expressões eufóricas nos rostos cansados.

Mãos são apertadas, abraçados proferidos, apresentações são feitas — o pastor parece estar em casa, fazendo reverências, abrindo para as pessoas seu sorriso de um milhão de quilowatts e abençoando a todos dentro de 45 metros, o carisma a todo vapor —, e Lilly observa tudo com uma satisfação estranha. Ela continua vasculhando os arredores, procurando por Calvin. Onde ele está? Ela pergunta a Tommy, e o menino assobia para chamá-lo. A pulsação de Lilly acelera. Ao longe, do outro lado da praça, as portas do tribunal são abertas bruscamente e Calvin sai apressado degraus abaixo, vestido a calça de trabalho, botas pesadas e camisa de cambraia, esfregando a nuca com uma bandana. Ele parece um cavalheiro do campo, talvez um capataz de construção ou um agricultor solteiro, correndo para o trabalho. Quando Calvin vê Lilly, o rosto dele se ilumina.

— Olhe quem está aqui, pai! — Tommy Dupree está de pé, orgulhoso, ao lado dela, como se ele mesmo a tivesse trazido de volta com vida.

Lilly sente os dedos do menino roçarem nos dela por um momento, então, muito naturalmente, como se tivesse feito isso a vida toda, Tommy segura a mão de Lilly e a entrelaça na dele.

Calvin se aproxima e dá um abraço comportado nela, o tipo de cumprimento que uma dupla de colegas de trabalho em un coquetel faria.

— Nossa, como é bom ver você.

Lilly sorri para ele.

— O mesmo para você, Calvin. Não tem ideia de como é bom estar de volta.

— Parece que a missão foi cumprida. — Ele faz um gesto na direção de todas as apresentações que estão acontecendo ao redor deles. — Bem impressionante.

Lilly dá de ombros.

— Eles teriam feito o mesmo por nós, acredite em mim.

— Barbara disse que perderam contato com você.

— Os walkie-talkies ficaram fora de alcance por um tempo, pois algumas baterias estavam fracas.

Calvin assente.

— Não foi o mesmo sem você por aqui. — Ele coloca a mão no ombro do filho. — Tommy se tornou um jardineiro e tanto.

O menino sorri para Lilly.

— Plantei o resto das sementes de melão hoje.

— Isso é ótimo, Tommy. Talvez amanhã a gente possa começar com os tomates.

Ele assente.

— E quando os tomates crescerem, podemos fazer espaguete?

Lilly dá uma risada ruidosa, apesar da exaustão.

— Ai, meu Deus... o que eu não daria por um prato de fettuccine Alfredo.

Calvin olha para ela com um sorriso natural, tranquilo, mas há uma faísca de algo mais sombrio por trás dos olhos dele, algo que parece mais com desejo.

— Você se contentaria com cereal seco e leite em pó?

Lilly retribui seu olhar e vê o brilho de desejo nos olhos dele. Isso a deixa sem fôlego. Ela sorri de volta para Calvin.

— É você que vai pagar?

Naquela noite, o reverendo Jeremiah faz questão de se apresentar pessoalmente para cada um dos 22 residentes de Woodbury que ficaram para trás. Cheio de charme e exibindo uma alegria de viver que as pessoas por aqueles lados não veem faz muito tempo, ele recebe todos na praça da cidade, muito depois de a escuridão ter caído e de as tochas terem começado a queimar até os tocos nas portas e janelas. Durante horas, o reverendo se demora sob os galhos retorcidos de antigos carvalhos, à luz da fogueira, apresentando alegremente as pessoas de Woodbury àquelas da pequena congregação dele, fazendo piadinhas carinhosas sobre as idiossincrasias da personalidade de cada um. Ele brinca sobre a irmã Rose, com a calça capri, ser o ícone de moda do grupo, e cutuca o mais velho, irmão Joe, por ser o mais próximo de Deus... *literalmente*. O reverendo implica com os congregantes com idade para estar na faculdade, irmãos Stephen e Mark, por terem abandonado a escola dominical, e apresenta o único congregante negro, um homem de meia-idade com um pequeno e fino bigode arrepiado chamado Harold Stauback, como sendo a Voz de Valdosta, um antigo DJ e famoso solista do coral da Igreja Batista de Calgary. Mas, durante a maior parte da noite, entre goles de sopa e chá solúvel, o irmão Jeremiah agradece profusamente às pessoas de Woodbury por terem salvado as vidas da congregação e terem dado a eles uma segunda chance de sobreviver. O reverendo promete que vai ralar para tornar Woodbury segura e próspera. Ele promete trabalhar em equipe, contribuir, fazer sua parte e se certificar de que todos os congregantes façam o mesmo.

Se estivesse concorrendo a alguma coisa, seria eleito por maioria esmagadora.

— Sei que é um velho clichê — diz o reverendo, tarde da noite, fumando um charuto barato, recostado nas cadeiras de madeira bambas colocadas ao redor da fogueira enquanto as chamas oscilantes iluminam os rostos dos fiéis que permaneceram reunidos ao redor dele —, mas o Bom Senhor trabalha mesmo de formas misteriosas.

— Como assim? — pergunta Ben Buchholz do outro lado da fogueira, o brilho tremeluzente do fogo tornando as feições envelhecidas dele quase lupinas na escuridão.

Sentado em um toco de madeira, fumando um Camel sem filtro, Ben ficou a noite inteira ouvindo atentamente o pastor, rindo das piadas do homem e assentindo pensativamente a cada fragmento de sabedoria tecido que sai da boca dele. Aqueles que conhecem Ben há mais tempo se divertiram muito com esse fenômeno, e com a velocidade com que o pastor conseguiu conquistar o ranzinza da cidade. Agora, a dezena ou mais de almas resistentes que permaneceu na praça da cidade para fofocar espera atentamente pela resposta do homem.

O pastor boceja.

— Só quero dizer que estávamos destinados a vir para cá e ficar com vocês. — Ele sorri, e mesmo na escuridão seu sorriso superbrilhante é estonteante. — É aqui que está nosso destino, Ben. Vocês todos são pessoas de Deus. Posso até chegar ao ponto de dizer que são o povo escolhido, e que somos abençoados por todos vocês terem arriscado suas vidas para no acolher. — O homem faz uma pausa para tragar o charuto. — Perdemos algumas de nossas pessoas lá em Carlinville. Rezamos para que as almas delas sejam enviadas para casa, e que elas descansem em paz nas mãos amorosas de Deus. — Jeremiah olha para baixo e os demais permanecem em silêncio, por respeito. Até mesmo Ben baixa o olhar em respeito ao pastor. Depois de um momento, Jeremiah ergue o rosto para eles. — Prometo uma coisa a vocês. Não vamos desconsiderar esse ato de bondade, misericórdia e amor. Vamos conquistar nossos lugares aqui. Vou arregaçar as mangas e ajudar da forma que eu puder. Assim como minha gente. Posso ver que Lilly é quem está no comando aqui, então, o que ela quiser, vai conseguir. Nós devemos nossas vidas a todos vocês.

Ele joga o charuto nas cinzas em brasa como se pontuasse a declaração com esse gesto importante.

Os outros absorvem tudo isso. Ao lado de Ben, David e Barbara estão sentados em cadeiras de jardim, assentindo, pensativos, com um cobertor no colo. Speed e Matthew estão estirados na grama atrás dos Stern, absorvendo tudo o que é dito e passando um pequeno baseado de um para outro, fingindo que ninguém sabe que estão fumando os frutos da colheita secreta. Do outro lado da fogueira, Gloria se estica, sonolenta, em uma espreguiçadeira, aninhando um copo de plástico com vinho barato, cochilando e despertando como um gato preguiçoso. A meia dúzia ou mais de outras almas relaxa no chão ao redor do pastor, atendo-se a cada palavra dele. A irmã Rose ainda está ali, aguentando, assim como o cantor gospel, Harold Stauback, que se deitou na grama, apoiado sobre um cotovelo enquanto ouve. Todos absorvem silenciosamente o solilóquio magnânimo do pastor e pensam em como é bom nesses dias que duas tribos de pessoas se unam, que trabalhem lado a lado, que se ajudem e se amem.

Na verdade, além dos limites da fogueira tremeluzente na praça, praticamente todas as almas de Woodbury se sentem da mesma forma: como se os dias sombrios tivessem ficado para trás, que o futuro da comunidade nunca pareceu mais claro e que há esperança.

A única exceção a toda essa felicidade utópica não é vista há horas.

Bob Stookey tem ficado na dele desde que voltou da missão de resgate, e continuará reservado — guardando seus sentimentos para si — por quanto tempo for preciso até encontrar evidências que corroborem suas suspeitas.

Então ele vai expor aquele artista enganador barato que afirma ser um homem de Deus.

DEZESSEIS

Nas primeiras horas daquela manhã, no porão do tribunal, onde um refeitório modesto um dia serviu ao secretariado e aos burocratas intermediários do governo do condado de Meriwether, Lilly e Calvin observam Tommy roncar baixinho, a cabeça apoiada em uma das grandes mesas dobráveis, com algumas latas vazias de Red Bull, tigelas de isopor, caixas vazias de cereal e embalagens abertas de meia dúzia de bolinhos espalhadas ao redor da cabeça como um enorme halo. Uma placa antiga está pendurada na parede atrás do menino, exibindo um urso amigável usando chapéu de guarda-florestal e pedindo a todos que passam para manter o condado de Meriwether livre de incêndios florestais.Tommy passou a última hora e meia tentando ficar acordado com o pai e Lilly, conversando sobre a missão do dia e as aventuras no túnel, até que a cabeça dele começou a oscilar e a tombar para a frente. Alguns minutos antes, o menino quase desabou com a cara no cereal. Calvin decidiu deixar Tommy cochilar ali mesmo enquanto ele e Lilly discutiam assuntos particulares.

Mas os dois acabaram indo até a ponta da mesa comprida, e Lilly está sentada na borda da mesa enquanto Calvin anda sem parar de um lado para outro, murmurando, baixinho:

— Não vou mentir para você, tinha minhas dúvidas quanto a essa missão de resgate.

— O que quer dizer? — Ela olha para ele. — Está falando sobre se encontraríamos essas pessoas?

— É, acho que sim... isso e se vocês sequer conseguiriam chegar ao outro lado do condado nesse túnel. Percebi que *ele* estava muito preocupado também. — Calvin indica o adolescente dormindo. — Ficou inquieto e preocupado o tempo todo. Tentei mantê-lo ocupado no jardim da pista de corrida, mas Tommy passou por muita coisa ultimamente, com a morte da mãe e tudo o mais. — Calvin abaixa o olhar. — Ele gosta muito de você, Lilly. — Olha para ela. — Todas as crianças gostam.

Há uma brevíssima pausa, na qual Lilly quer perguntar a Calvin se *ele* também gosta dela, mas controla a vontade e apenas diz:

— *Eu* adoro elas. — Lilly umedece os lábios. — Você mesmo disse, não tínhamos escolha. Precisávamos fazer isso. Era a coisa certa.

— Obviamente. Olhe para todas as vidas que você salvou. Woodbury vai ser mais forte por isso.

— O pastor é uma figura, não é?

Calvin ri.

— Ele tem motivação, isso é fato. — Seu sorriso desaparece. — Já vi um monte de homens como ele ao longo dos anos, o tipo de cara que é capaz de vender sorvete para um esquimó. — Calvin pensa a respeito por um momento. — Normalmente, eles se revelam oportunistas, sabe? Mas *esse* cara, ele parece... diferente. Confio nele por algum motivo. Não me pergunte por quê. Apenas parece um ser humano decente que encontrou sua vocação pregando a Palavra.

Lilly sorri.

— Preciso dizer, eu meio que sei exatamente do que está falando. Ele parece honesto... sincero. Alguma coisa. Não consigo identificar o que é.

Calvin assente.

— Eu sei. Apenas confie em seu instinto, Lilly. Até agora a ajudou. Ajudou a todos nós.

Seu sorriso fica tímido enquanto ela olha para baixo.

— Obrigada, Calvin.

Ele morde o lábio por um momento.

— Já te disse para me chamar de Cal.

— Desculpe... Então é Cal.

Lilly olha para ele, com vontade de estender a mão e tocar a sombra desbotada da barba no queixo forte de Calvin. Ela sente um súbito vazio no estômago quando ele se aproxima e se senta na borda da mesa, ao lado de Lilly. Agora ela consegue sentir aquele cheiro característico de sabão, chiclete e colônia Old Spice. Como diabo ele consegue cheirar tão bem nessa época insana? A maioria das pessoas tem cheiro de pelo de cachorro molhado e urina seca, mas esse cara cheira como se tivesse um encontro marcado com alguém.

— Vou ser sincero — diz Calvin, agora em voz mais baixa —, eu não estava exatamente tranquilo durante as últimas 24 horas.

Lilly olha para ele.

— Estava preocupado comigo também?

Calvin dá de ombros e sorri.

— Bem, sabe como é. Sou um poço de preocupação.

Um barulho na outra ponta da mesa chama a atenção deles. Tommy Dupree se mexe, tosse baixinho. Calvin leva a mão à boca e lança a Lilly um olhar exagerado de opa. Ela leva um dedo aos lábios e tenta conter as risadinhas. Os dois se afastam da mesa e seguem na ponta dos pés para o outro lado do cômodo, encenando uma pantomima de dois bandidos fugindo na noite, tentando não disparar um alarme ou acordar os vigias do banco.

Os dois saem de fininho pela porta para o corredor principal entulhado e escuro, onde uma única lâmpada de emergência brilha ao fim, estendendo as sombras e mal iluminando um chão coberto de cápsulas de bala, rolos de fita e poças imundas de sujeira. Lonas plásticas cobrem os radiadores, e alguns dos canos expostos no teto ainda pingam com água suja acumulada há meses.

Os dois ficam parados, encostados na parede do corredor, encarando um ao outro fixamente. Calvin toca o queixo de Lilly suavemente, hipnotizado pelos contornos do rosto dela.

— Eu *estava* preocupado com você — diz ele, com um sorriso. — Confesso... que senti sua falta.

Algo muda, como se um interruptor tivesse sido ligado. Calvin olha dentro dos olhos dela, o sorriso some. O sorriso de Lilly também desaparece quando ela olha para ele. Os dois se encaram durante um momento interminável, a água pinga no intervalo de alguns segundos, caindo entre os dois, fazendo ruídos no chão que mal são registrados pelos dois. Lilly sente um calor no estômago subindo como uma maré, a espinha dela formiga, a pele se arrepia. Mal consegue ouvir a voz de Calvin quando ele diz:

— Talvez a gente devesse ir a algum lugar e...

Lilly avança até Calvin e leva os lábios aos deles, e Calvin parece pronto para isso, porque ele a envolve com os braços e pressiona a boca de volta na dela.

O beijo dura vários segundos, e tem uma sequência, uma série de estágios, os quais começam quando Lilly abre a boca e leva a língua, sedenta, para dentro da de Calvin, que responde igualmente, sondando-a com a própria língua, e o abraço se intensifica e se desenvolve de um abraço desesperado para apalpadas, agarramentos, carícias e apertos insanos, intensos, e nada mais está fora dos limites. Há um motor guiando os dois. Calvin pega os seios de Lilly e pressiona as palmas das mãos contra os mamilos enrijecidos dela, e Lilly solta um gemido baixo e abafado enquanto pressiona o corpo na virilha de Calvin, onde algo já começou a se projetar, e os dois passam para o segundo estágio, quando ela o segura na parede e Calvin começa a se esfregar em Lilly, e a condensação apenas se soma ao calor que se acumula entre os dois. A água pinga no cabelo e nos ombros deles conforme ondulam o corpo um contra o outro, e o beijo se deteriora em um tipo doido de chave de luta. Os lábios deles estão se pressionando com tanta força que chega a sair sangue. Lilly consegue sentir o gosto — acobreado e salgado no fundo da língua, escorrendo quente — e o sabor apenas intensifica o frenesi dela. Lilly solta os lábios de Calvin e morde o pescoço dele, sente o gosto da pele dele, e quase sem perceber, como duas pessoas que caíram de um penhasco, os dois entram no terceiro estágio. Começa com as mãos de Calvin descendo, tirando o próprio cinto, abrindo a braguilha, separando as pernas de Lilly, puxando o cós dela para baixo, virando Lilly para a parede e penetrando-a, penetrando, metendo, penetrando, enquanto Lilly emite pequenos gritinhos rítmicos e se delicia com o relâmpago que se forma entre os dois. A água já os inundou agora, e por um breve e maravilhoso momento de abandono eletrizante, Lilly se perde completamente no relâmpago líquido, e não sabe o próprio nome nem onde está ou com quem está, e não há mais praga, nem morte, nem miséria, nenhum espaço ou tempo, nenhuma lei física do universo, existe apenas o relâmpago... o relâmpago abençoado, sagrado, purificador.

À primeira luz da manhã seguinte, Lilly acorda tremendo no chão do corredor, um cobertor de mudança jogado casualmente sobre ela e Calvin, que está dormindo ao lado dela com a testa franzida e enrugada como se tendo um pesadelo. Um fino feixe de luz do dia passa pela janela selada com tábuas. A lombar de Lilly está fixa no chão, na sujeira e na umidade. Por um momento, ela se sente — de muitas maneiras — como um pedaço de lixo quando se ergue do chão e se senta, esfregando os olhos doloridos e alongando o pescoço. Calvin se mexe. Ele pisca e pigarreia quando acorda devagar, então senta-se subitamente, como se estivesse sobressaltado.

— Ah, uau — diz Calvin, esfregando um músculo pinçado no pescoço e olhando para a calça ainda embolada em torno dos tornozelos. — Ah, meu... desculpe. Desculpe.

— Não vamos fazer alarde quanto a isso — diz Lilly enquanto veste as roupas de volta, engolindo o gosto de sangue seco e sono. — Aconteceu. É o que é. Você continua sendo a mesma boa pessoa que era antes de ontem à noite. Caso encerrado.

Calvin olha para ela. Ele pisca mais um pouco, e tenta se ater às palavras de Lilly.

— Caso encerrado? Isso quer dizer...

— Não quer dizer nada... Não sei o que quer dizer, não sei o que estou dizendo exatamente, não estou pensando direito. — Ela passa os dedos pelo cabelo e engole o gosto amargo na boca. — Tommy ainda está ali dentro?

Calvin fica de pé com dificuldade, dispara pelo corredor e olha pela janela estreita embutida na porta.

— Ainda dormindo pesado. — Calvin se vira para Lilly, agitando as mãos nervosamente. — Meu Senhor, espero que ele não tenha ouvido nada na noite passada.

Ela vai até Calvin e apoia a mão no ombro dele.

— Olhe, eu sei que você passou por muita coisa...

Calvin se afasta dela.

— Eu não deveria ter feito isso, não sei em que estava pensando. Bem no meio do corredor assim. — Ele a encara com o olhar febril de arrependimento, vergonha, até mesmo terror. — Tenho uma família, uma esposa há 17 anos, quero dizer, *tinha* uma esposa. — Os olhos de Calvin se arregalam e se enchem de lágrimas. — Não acredito que fiz isso.

— Cal, me escute. — Lilly o segura pelos ombros, preparando-o. Ela fala em um tom tranquilo, encarando-o. — No mundo em que vivemos, as coisas não são mais as mesmas. Não pode se penalizar por uma coisa assim. — Ele começa a responder, mas Lilly o aperta com mais força nos ombros. — Não sou uma adolescentezinha apaixonada. Não vou espalhar isso por aí se não estiver confortável.

— Não é isso, Lilly. — Ele recua, mas segura uma das mãos dela. A voz de Calvin se suaviza. — Não a culpo nem um pouco pelo que aconteceu. Deus nos deu livre-arbítrio. Eu estava flertando com você o tempo todo. Mas é um pecado o que fiz, diante de Deus e tudo. A 6 metros de onde meu filho está dormindo...?

— Calvin, por favor...

— Não! — Ele a encara com um olhar incandescente. — Me deixe terminar. Por favor. O que estou dizendo é que importa *sim* nesses tempos, nesse Fim dos Tempos, as escolhas de uma pessoa, como ela se comporta...

— Espere... devagar... o que quer dizer com Fim dos Tempos?

Calvin a olha como se Lilly tivesse acabado de lhe dar um tapa na cara.

— Sei que você não é crente, mas isso ainda não muda o fato de que o Armagedom é exatamente isso. Olhe ao redor, abra os olhos. Este é o Fim dos Tempos, Lilly, e mais do que nunca o que uma pessoa faz importa, *porque Deus está observando*. Entende? Ele está nos observando com ainda mais atenção do que antes.

Lilly solta um suspiro angustiado e frustrado.

— Respeito suas crenças, Cal. De verdade. Mas tenho uma novidade para você: não sou nenhuma pagã. Sempre acreditei em uma força maior, desde criança. Acredito que existe um Deus, *sim*. Mas não um Deus que pune, marca um placar ou nos joga na desolação por não sermos perfeitos. Acredito em um Deus de amor, e acredito que esse Deus de amor não tem nada a ver com tudo isso.

Os olhos de Calvin se acendem com ódio.

— Detesto ter que te desmentir, Lilly, mas o Senhor tem algo a ver com tudo no universo.

— Tudo bem. Podemos discutir filosofia, mas não há...

— Lilly...

— Não, Cal! Agora é minha vez. Ouça. Em primeiro lugar, ainda não sabemos como tudo isso começou. Poderia ser a porra do lixo tóxico, poderiam ser os aditivos que colocamos na porra do creme do café. Mas garanto a você, não é uma intervenção divina. Não foi profetizado na Bíblia ou pela porra do Nostradamus. Isso é feito pelo homem tanto quanto o aquecimento global, as guerras intermináveis e os reality-shows. O que quer que tenha causado isso, Cal, prometo a você: um dia, quando descobrirem, e provavelmente nós já vamos estar mortos há muito tempo, será atribuído à pura ganância humana. Atalhos. Linhas cruzadas por algum babaca em algum cubículo mediano em alguma porra de laboratório de pesquisa. — Ela perde o fôlego.

Calvin olha para o chão e murmura baixinho, como se recitando:

— O melhor truque do diabo é persuadir a humanidade de que ele não existe.

— Tudo bem. Certo. Como quiser, Calvin. Isso é punição porque somos todos pecadores. Está escrito. O fim está próximo. O que quer que esteja no seu repertório. Mas me conceda isso. — Lilly se aproxima, apoia a mão no braço dele. O toque dela é gentil e conciliatório, mas sua voz ainda está agitada. — Precisamos nos permitir relaxar. O que quer que ajude as pessoas a enfrentarem o dia... contanto que não fira ninguém, ou coloque alguém em risco... tudo bem, tanto faz. Alguém bebe, então, que seja. Trançar cestos, masturbação, se entupir de remédios... não importa. Tome outro por mim. Só para cuidarmos uns dos outros. Porque essa é a verdadeira questão, Cal. Não é como tudo começou ou mesmo se Deus é responsável. É sobrevivência. É se conseguimos trabalhar juntos, construir uma comunidade, e ser seres humanos em vez de animais. Respeito sua fé, Cal. Respeito o fato de que sofreu uma perda terrível. Mas peço que você respeite a *minha* fé... nas *pessoas*. — A essa altura, Lilly tem a atenção total de Calvin, que ficou muito quieto. Ele a encara e Lilly devolve o olhar quando aponta o polegar para o outro lado do corredor, onde as ferramentas e o cinto com as armas estão caídos no chão perto do rodapé. — Com um pouquinho de fé sobressalente naquelas duas pistolas Ruger calibre .22.

Calvin solta um suspiro longo e sofrido. Os ombros dele se curvam de leve, os músculos relaxam como em rendição. Ele sorri com tristeza.

— Desculpe, Lilly. Você está certa. Desculpe. Acho que não sei como eu deveria me sentir agora.

Lilly começa a responder quando uma voz aguda sai de trás deles, assustando os dois e fazendo Calvin estremecer, sobressaltado.

— Sentir com relação a quê?

Os dois se viram e veem Tommy Dupree de pé, descalço, à porta, esfregando o sono dos olhos, a camiseta do Homem-Aranha encharcada de suor.

— Do que vocês estão falando?

— De nada, amigo — dispara Calvin. — Só estamos falando de... *pistolas*.

Lilly e Calvin trocam um olhar, e ela não consegue deixar de sorrir. Seu sorriso torto é contagiante, e faz Calvin sorrir também, então ele solta uma gargalhadinha espontânea, que é meio uma risada, meio uma tosse para liberar a tensão, e Lilly começa a gargalhar do mero fato de que Calvin está rindo. O menino se aproxima e fica de pé diante dos dois, com um olhar confuso. A essa altura, os adultos começaram a rir como se nem tivessem noção do motivo para início de conversa, e logo estão simplesmente gargalhando do fato de que começaram a gargalhar.

Tommy os observa com um franzido confuso na testa, mas logo começa a rir também, e o fato de que o menino está rindo deles — o que não tem sentido algum — faz os dois adultos rirem ainda mais. Os três começam então a gargalhar histericamente por nada — talvez pelo mero fato de que as risadas aumentaram tanto — e parece tão engraçado que estejam gargalhando com tanta felicidade naquele dia e numa época como aquela, que riem e roncam ainda mais alto. As lágrimas nos rostos deles parecem estranhas — lágrimas de libertação, de prazer — e o processo de limpá-las, por fim, faz as gargalhadas se dissolverem.

Finalmente, eles se acalmam, e Calvin e Tommy se veem esperando que Lilly diga alguma coisa para quebrar o feitiço.

— De qualquer forma... — murmura ela, olhando para os dois, o sorriso se detendo. Lilly nunca havia reparado no quanto o menino se parece com o pai, o mesmo queixo forte, o mesmo cabelo louro que nem areia, a mesma entrada na linha do couro cabeludo, e isso dispara um raio de emoção pelo estômago dela. O sorriso de Lilly some. A dor fantasma na barriga, devido ao aborto que sofreu há apenas semanas, dá uma pontada quando a mente dela retorna àquelas antigas fantasias de lar, conforto e família. Em um único instante, ela vê uma vida paralela passar pela cabeça. Lilly se vê se tornando a mãe adotiva dos filhos de Calvin, indo morar com eles, trançando o cabelo da pequena Bethany, contando histórias de ninar a Luke, levando Tommy para pescar e cozinhando para eles, cuidando deles, dormindo em uma cama enorme de penas com Calvin toda noite enquanto a claraboia acima se acende com as estrelas brilhantes. Lilly se vê levando uma vida normal. — Vamos lá, vocês dois — diz ela, por fim. — Vamos ver se encontramos algo além de cereal frio e leite em pó para o café da manhã.

Eles recolhem os pertences, e Lilly os guia pelo corredor, até a saída e para o ar abafado da quente manhã da Geórgia — enquanto isso, a semente de uma ideia se enraíza no fundo da mente dela. É um conceito que, em breve, vai ocupar cada pensamento de Lilly, acompanhado pela certeza de que as coisas estão prestes a mudar em Woodbury... gostem os residentes ou não.

Nos dias antes de Lilly ter uma conversa sincera com Bob, o pessoal do reverendo Jeremiah demonstra diversas vezes a disponibilidade em colaborar.

Ela está excessivamente preocupada com os suprimentos escassos de combustível da cidade — estão no último tanque de propano, e apenas alguns galões de gasolina restaram no barracão do trem —, então ela convoca uma reunião de emergência na praça da cidade para alistar todas as pessoas disponíveis. O pastor aparece para a reunião com cada membro da sua congregação pronto para agir. Os homens do grupo da igreja se oferecem para sair em busca de suprimentos com Speed e Matthew, e várias mulheres se colocam à disposição para ajudar Gloria a colher o que encontrarem de comestível nos campos vizinhos. Algumas das mulheres da igreja têm experiência com cuidados infantis, e Barbara alegremente as integra nas tarefas diárias com as crianças. O congregante chamado Wade Pilcher, um ex-policial com treinamento militar, se oferece para se juntar às patrulhas noturnas por errantes na muralha. Lilly fica feliz pela ajuda, e vê os resultados quase imediatamente. Com os conjuntos a mais de olhos e músculos, a equipe de busca de Speed e Matthew descobre um tanque de armazenamento de combustível intocado sob as ruínas de uma concessionária de motocicletas cerca de 30 quilômetros ao sul de Woodbury, na autoestrada 85. Enquanto isso, algumas das mulheres, ao procurarem nozes e frutinhas, encontram um campo de milho antes desconhecido, os talos na altura dos ombros já exibindo milhos maduros. O tesouro promete inúmeros tonéis de carboidratos complexos nutritivos e açúcar para a cidade.

Lilly continua impressionada com a disposição do reverendo Jeremiah em arregaçar as mangas e ajudar com a causa. O pastor sai em diversas buscas por suprimentos, alegre em fazer o trabalho pesado quando necessário, aceitando ordens, feliz, de Matthew ou Ben, e divertindo a todos pelo caminho com comentários engraçados e piadas inteligentes.

Mais tarde, quando um errante passa pelo portão sudeste e ameaça sair descontrolado pela cidade, o pastor é o primeiro a interceder, escancarando a porta do alojamento temporário e usando seu crucifixo transformado em arma na criatura, silenciosamente abrindo a cabeça dela antes que tenha chance de causar mais mal. Em outra ocasião, uma das crianças da cidade se machuca na arena enquanto trabalha com uma pá de jardinagem, e o reverendo, sozinho, carrega o menino pelos jardins até a enfermaria, enquanto, ao mesmo tempo, canta cinco versos de "Will the Circle Be Unbroken".

Certa noite, Jeremiah pede para ver Lilly na sala comunitária do tribunal, onde apresenta uma listagem dos congregantes e de como eles podem ser mais bem utilizados pelas equipes de trabalho. Ao olhar o documento, Lilly fica maravilhada com a iniciativa.

FUNÇÕES E RESPONSABILIDADES
POVO PENTECOSTAL DE DEUS, REV. J. GARLITZ, PSTR.

NOME	IDADE	OCUPAÇÃO	DEVER
		—MULHERES—	
Mary Jean	17	Estudante	Equipe de colheita
Colby	32	Dona de casa	Equipe de colheita
Noelle	19	Estudante	Equipe de colheita
Rose	47	Dona de casa	Creche
Cailinn	63	Cozinheira de escola	Creche
Emma	31	Dona de casa	Busca por suprimentos
		—HOMENS—	
Joseph	73	Comerciante aposentado	Patrulha de errantes
Harold	51	Disc jockey	Busca por suprimentos
Stephen	26	Operário	Construção da muralha
Mark	28	Pedreiro	Construção da muralha
Reese	23	Estudante	Construção da muralha
Wade	41	Policial aposentado	Patrulha de errantes
Anthony	39	Vendedor	Busca por suprimentos

— Meus parabéns — diz Lilly, depois de analisar o documento.

A tabela do pastor está desenhada em papel de carta com uma única cruz dourada em relevo no alto, e as letras *P.P.D.* sob ela, o que Lilly presume significar Povo Pentecostal de Deus. Ela ainda não tem certeza se essa foi mesmo uma igreja de tijolos e argamassa ou simplesmente um ministério itinerante, um culto, ou qualquer coisa assim.

— Só queremos fazer nosso trabalho por aqui — assegura o reverendo a Lilly do outro lado da mesa.

Ele aninha um copo de isopor com café solúvel nas grandes mãos com as unhas feitas, o olhar direcionado e fixo em Lilly. O pastor está usando a camisa de botão com gravata com prendedor que é sua marca registrada, o tecido gasto, manchado de sangue e sujo devido às tribulações da vida com a praga.

— Muito bem pensado — diz ela.

— Você nos inspira, Lilly. O que tem aqui é verdadeiro, é um atestado da força resistente do espírito humano, e queremos ser parte disso.

— Vocês *são* parte disso. São tanto parte quanto qualquer um aqui.

O pastor abaixa o olhar para o café.

— Agradeço por dizer isso, Lilly, mas não desconsideramos nada... Não hoje, nessa época.

— Nosso pessoal adora vocês. É simples assim. Queremos que fiquem aqui indefinidamente.

Ele sorri. Lilly consegue ver que um dos dentes incisivos dele foi encapado com ouro.

— É muito gentil de sua parte. — Jeremiah encara Lilly. — Sentimos que Deus escolheu este lugar para passarmos o resto de nossos dias.

Lilly retribui o sorriso.

— Vamos torcer para que isso signifique bastante tempo.

A expressão dele muda, o sorriso sociável se transforma em uma máscara indecifrável.

— O homem planeja e Deus ri, como dizem.

— Acho que isso nunca foi tão verdadeiro quanto é hoje. — Lilly olha para o pastor. — Está tudo bem?

O pastor encontra o sorriso de novo.

— Com certeza. Acho que só estou um pouco cansado.

— Você merece um descanso, passou por muita coisa na última semana.

Ele dá de ombros.

— Não tenho trabalhado mais do que qualquer uma das outras boas pessoas desta cidade.

— Elas adoram mesmo você, sabe. Acho que conquistou metade das pessoas da cidade na segunda noite, quando matou aquele errante do lado de dentro do portão.

— Não é nada que eu não tenha visto *você mesma* fazer algumas vezes, Lilly.

— E conquistou o resto delas ontem, quando cortou aquele tronco teimoso perto dos correios para usar como lenha.

— Metade dos homens desta cidade é capaz de fazer o que fiz. Eu só ajudei, foi isso.

— Sua modéstia é a cereja do bolo — diz Lilly ao pastor com um sorriso. — Essas pessoas levariam um tiro por você, e isso é importante hoje em dia.

Ele dá de ombros.

— Se é o que diz, Lilly. — O pastor a olha. — Tem certeza de que todos se sentem dessa forma?

— O que quer dizer? Tenho, é claro. Alguém disse alguma coisa?

O homem gira o copo de café pensativamente entre as enormes mãos de pianista.

— Lilly, não é preciso ler mentes para ver que aquele cavalheiro mais velho... Bob é o nome dele? Ele não é muito fã da minha presença aqui.

Lilly desconsidera a declaração.

— Bob está bem, ele vive no próprio mundinho. — O fato é que ninguém o vê há dias. Ele anda se arrastando pelos túneis, trabalhando no sistema de ventilação e tentando levar energia lá para baixo. Bob alega ser para o caso de precisarem das vias por um período permanente algum dia. Mas Lilly percebe que ele está desconfortável e paranoico com os recém-chegados. — Pode deixar que eu me preocupo com Bob — acrescenta ela. — Você deve apenas continuar fazendo o que está fazendo. É de grande ajuda, e ninguém agradece mais do que eu.

— Tudo bem, Lilly, mas preciso perguntar outra coisa. — Outra pausa. — Por acaso há algum objetivo nessas palavras tão gentis? Mais algum ponto aonde quer chegar aqui?

Ela olha para Jeremiah e sua expressão muda. Lilly respira fundo e pigarreia, nervosa.

— Você me pegou. Sim. Tem algo que quero lhe perguntar. — Ela escolhe as palavras com cuidado. — Eu meio que herdei a liderança aqui. — Pausa. — Não vou entrar em detalhes.

— E você é uma líder *natural*, já falei, qualquer um pode ver.

— Não sei quanto a isso — diz ela, com um gesto para afastar o elogio, como se fosse uma mosca zunindo ao redor dela. — Só sei que nunca quis esse trabalho. Eu meio que o aceitei por falta de opção. — Ela faz uma pausa, medindo as palavras. — Cá entre nós, não há ninguém por aqui que tenha exatamente potencial para liderar... são todas boas pessoas, acredite em mim, mas não há nenhum líder de verdade nesse grupo. E, para ser sincera, eu preferiria estar levando uma vida mais simples. — Pausa. — Sei que a possibilidade de levar uma vida "normal" provavelmente está fora de questão. — Outra pausa. — Mas poderia me ver tendo uma família.

A voz do pastor se abaixa quando ele diz:

— Reparei que você passa muito tempo com aquele homem Calvin e o rapazinho dele.

Ela sorri.

— Culpada.

— Você é boa com aquelas crianças, posso dizer isso. E aquele cara é um bom cristão.

— Obrigada, agradeço por isso.

— Tudo bem, então... o que posso fazer para ajudar?

Ela sorri e inspira fundo.

— Pode me ajudar se tornando o líder desta comunidade.

DEZESSETE

Naquela noite, muita discussão acalorada se segue à proposta de Lilly, e ela descobre que Jeremiah está muito hesitante em assumir uma função de tamanha importância. Ele é cético no que diz respeito à aceitação dos habitantes originais de Woodbury de tê-lo — um forasteiro que está lá há apenas uma semana — como seu líder oficial. E também não tem certeza se isso cairia bem com os congregantes. Eles ficaram muito possessivos em relação ao seu pastor. Mas Lilly é persistente, e o convence a entrar em um acordo: coliderança. Jeremiah, mesmo relutante, aceita, e os dois apertam as mãos.

A decisão é muito verbal e não oficial a essa altura, mas Lilly sente como se o peso do universo tivesse sido retirado de seus ombros.

Durante os dias seguintes, ela parece andar nas nuvens conforme supervisiona a plantação das sementes de melancia e melão na zona norte da arena, ajuda a limpar o restante das manchas de sangue e os ganchos dos grilhões nas baias de serviço sob a pista de corrida, e ara o solo na zona leste do campo interno para fazer um limite de flores. As flores são ideia de Lilly — algumas pessoas, brincando, sugerem lírios —, mas alguns dos mais ranzinzas da cidade pensam que é um desperdício de tempo. Por que perder um minuto sequer com coisas frívolas, decorativas e não essenciais como flores? As pessoas ali estão em uma situação de vida ou morte. Precisam passar cada momento fortificando as muralhas, reunindo provisões, trabalhando em serem autossustentáveis e apenas aprimorando no todo suas chances de sobrevivência. É claro que ninguém consegue discutir com essa lógica. Lilly sabe. Jeremiah sabe. Todos sabem. Mas ela ainda assim deseja ter flores em Woodbury.

A ideia começa a deixá-la obcecada. A lembrança das roseiras do seu pai paira na imaginação e nos sonhos dela. Everett Caul costumava cuidar do jardim premiado de flores com atenção de monge, e as rosas inglesas que alinhavam a cerca de madeira eram o orgulho de Marietta. Além disso, Lilly acredita que pode convencer os outros de que um canteiro de flores não é algo totalmente sem propósito. Ela argumenta inutilmente que as flores vão atrair abelhas, que, por sua vez, ajudarão na polinização das outras plantações.

Lilly fala com as crianças Dupree sobre isso, e elas se oferecem para ajudá-la a plantar as flores em segredo à noite, depois que todos tiverem ido dormir. As crianças imediatamente entendem a ideia da "coisa das flores" (que agora é a expressão que todos usam para a controvérsia). Crianças aceitam coisas que foram arrancadas de adultos pelas correntes rápidas e brutais da vida. Mas Lilly não quer ir contra a maré de opiniões dos demais, principalmente durante um processo tão delicado do que ela começou a pensar como uma *pacífica* mudança de regime.

Os dias continuam a passar sem incidentes ou ataques de errantes. O padrão migratório da superhorda mudou de direção e a maior parte dos errantes na área mais próxima parece ter seguido para o norte, talvez atraída pelas luzes, pelos incêndios e barulhos que ainda povoam as áreas remotas de Atlanta. Ou talvez seja tudo desesperadamente aleatório. As pessoas ainda estão confusas com os movimentos dos mortos-vivos, os padrões comportamentais inatos e a impossibilidade de prever o que farão em seguida. Em seus pensamentos, Lilly acredita que eles poderiam voltar a qualquer momento, mil vezes mais fortes do que antes, tão devastadores quanto um terremoto ou um tornado. Apenas mais motivo para viver. Respirar o ar. Amar uns aos outros. Aproveitar a vida o máximo possível. E por favor, por favor, por favor — algum dia, de alguma forma, com a vontade de Deus — *parar para cheiras as flores.*

Durante a semana seguinte, Lilly se aproxima ainda mais de Calvin e dos seus filhos. Ela lê contos de fadas e histórias infantis — às vezes de memória, outras vezes de livros cheios de orelhas que Bob há muito tempo pegou na biblioteca. Ela ensina Tommy a carregar, atirar e cuidar de uma pistola. Eles praticam no pátio dos trens — o lugar onde o Governador um dia treinou a si mesmo, incansavelmente, a atirar com um só olho funcional — e o menino desenvolve um sentimento enorme por Lilly, a primeira quedinha de verdade da adolescência dele. Calvin acha toda essa aproximação maravilhosa e aos poucos começa a se arrepender de algumas coisas que disse a Lilly na manhã depois de terem dormido juntos no corredor solitário do tribunal. É muito possível que Calvin Dupree esteja, devagar, firme e inexoravelmente, se apaixonando por Lilly Caul.

Lilly evita pular imediatamente na cama com ele. Ela vai devagar, trata Calvin com respeito, age de forma platônica ao redor das crianças, e, em geral, nega a tensão sexual fervilhante que volta com vingança entre os dois. Algumas vezes eles se veem sozinhos, à noite, no segundo andar do tribunal, as crianças dormindo profundamente atrás de portas trancadas, o zumbido dos grilos da noite ressoando do lado de fora das janelas cobertas com tábuas, e caem nos braços um do outro, se beijando como se não houvesse amanhã, mas Lilly mantém as roupas. Ela ainda não está pronta. Não vai se entregar a ele completamente até chegar a hora, o que será em breve. Pode muito bem encarar a verdade: quer ser a mãe dos filhos de Calvin.

No fim daquela semana, o grupo da igreja já faz parte da comunidade há quase um mês, e Bob só foi visto algumas vezes. O velho médico do exército esteve enfurnado nos túneis, sozinho, vivendo como um monge, trabalhando na ventilação e na energia, mapeando toda a miríade de tributários, reforçando algumas das vigas de sustentação, e basicamente se ressentindo do papel crescente que Jeremiah vem desempenhando na comunidade. Lilly decidiu basicamente deixá-lo em paz. Ela acredita que Bob vai voltar atrás em breve, e é melhor deixar que ele se acostume em seu próprio tempo. Mas como Lilly descobrirá logo, Bob está fazendo mais do que se ressentir. Ele tem passado boa parte do seu tempo tentando descobrir o que o pastor esconde naquelas enormes bolsas pretas que no momento estão guardadas debaixo da cama dele, no seu apartamento no fim da rua principal.

Por algum motivo, o qual nem mesmo Bob conseguiria explicar, ele tem certeza de que aquelas bolsas contêm a chave dos verdadeiros objetivos de Jeremiah.

O alto verão chega oficialmente no sábado seguinte: o calor sufocante e a umidade descem do golfo como um exército invasor. À tarde, a pista dupla do asfalto que ladeia a cidade vira uma frigideira chiando, e os galhos de nogueira ao sul da ferrovia cozinham sob o sol pálido e incandescente, o odor de canela perfuma o ar denso da floresta como sachês de gavetas bolorentas.

Woodbury assa no calor até que as pessoas começam a sair dos apartamentos e bangalôs abafados para pelo menos respirar ar puro. Ninguém tem o luxo de um ar-condicionado funcional — o único que ainda funciona com geradores é um aparelho na janela nos fundos do armazém em Dogwood Lane, onde todos os alimentos perecíveis estão armazenados —, então, no momento, o melhor lugar para estar é a praça da cidade, sob a sombra generosa fornecida por carvalhos de duzentos anos, os quais estendem seus braços disformes e velhos sobre aquele único quarteirão de praça com grama queimada.

Na hora do jantar, praticamente toda a população de Woodbury já se reuniu sob aqueles carvalhos. Algumas pessoas estenderam cobertores no gramado. Três das moças da igreja — Colby, Rose e Cailinn — mataram dois coelhos e chegam na praça com uma longa assadeira para biscoitos cheia de coelho frito, feito em uma fogueira com óleo de milho reciclado. Duas das garotas mais jovens da igreja, Mary Jean e Noelle, fizeram um ponche extremamente forte com suco de fruta enlatado e o moonshine artesanal horrível de Ben. Speed e Matthew ficaram amigos dos homens mais jovens do grupo da igreja — Stephen, Mark e Reese — e os cinco compartilham a erva atrás do prédio do tribunal.

Todos sentem o odor enjoado e doce de baseado soprando pela propriedade, mas naquele momento até o pessoal da igreja parece estar imune ao cheiro proibido. Wade Pilcher, o antigo policial de meia-idade de Jacksonville que se tornou o autointitulado sargento em exercício para o grupo da igreja acha, na verdade, engraçado. Em certo instante, ele dá a volta no prédio para bancar o policial e assustar os rapazes, e quando se apressam em esconder os cachimbos de espiga de milho que estão usando para fumar a erva, o homem solta uma gargalhada e briga com eles por não "levarem o bastante para toda a turma", então pede um trago. A essa altura, a festa se anima um pouco.

O sol começa a se pôr umas 19 horas, e a agradável luz do crepúsculo traz um alívio abençoado ao calor incandescente. Nessa hora, a festa improvisada está a todo vapor. Toda a população de Woodbury, que soma 43 almas, alivia o cansaço e o estresse da vida com a praga em uma celebração espontânea. As crianças Dupree brincam na rua com meia dúzia de outras crianças de Woodbury enquanto Gloria pega o ukulelê e começa a dedilhar músicas folclóricas. Não demora muito para David se juntar a ela com a gaita e Reese se aproximar com um balde de plástico, no qual ele passa a tamborilar baixinho, ao ritmo das cordas.

Todos se reúnem quando o som de "Amazing Grace" sobe até a luz arroxeada. Harold Stauback, que tem uma voz gospel de partir o coração, se aproxima e começa a cantar. As crianças ficam quietas e o ar farfalhado do crepúsculo parece se deter e ressaltar a beleza daquela única voz lamuriante.

Quando Harold termina, todos aplaudem e ovacionam, e o reverendo Jeremiah Garlitz se levanta da sua manta de piquenique e vai até a banda improvisada, então passa o braço em volta do cantor.

— Que tal mais uma salva de palmas para o Coro Batista Unido de Tallahassee — vocifera Jeremiah, dirigindo-se à multidão com uma voz alegre. — A antiga voz do Country da WHKX, o grande Harold Benjamin Stauback!

Vivas ressoam e Harold faz uma breve reverência e acena.

— Agradeço a todos gentilmente — diz ele, quando os vivas diminuem. Ele limpa o bigode bem cuidado com um lenço e acena mais uma vez na direção de Lilly, que está recostada em uma árvore ali perto cortando uma maçã com um canivete e abre um enorme sorriso para ele. — E sei que falo por todos nós quando agradeço à senhorita Lilly Caul e às pessoas boas e decentes de Woodbury. — Os olhos do homem se enchem de lágrimas. — Sabíamos que o Bom Senhor nos levaria para casa cedo ou tarde... mas nunca sonhamos que seria... em um lugar tão lindo quanto este.

Lilly dá uma olhada na praça — sequer prestando atenção ao que o homem acaba de dizer — quando vê a silhueta de uma figura bem distante. Um homem mais velho de cabelo oleoso e modelado com pomada e uma papada no pescoço, vestindo uma camiseta justa surrada, cinza de poeira, está sentado em uma cerca dupla na beira de um pátio vazio. É difícil dizer de tão longe, mas ele parece se animar quando ouve a voz do pastor retornar à brisa.

— Se todos me permitem, por um segundo — diz Jeremiah ao grupo, dando tapinhas no ombro de Stauback conforme o cantor se senta novamente em um tronco com os músicos —, eu gostaria de dizer algumas palavras. — Ele sorri. — Isso não deve ser uma surpresa para o meu povo, que está acostumado comigo discursando sobre tudo, desde arco-íris até a agência que recolhe os impostos. — Ele faz uma pausa e permite que as risadinhas percorram a multidão. O sorriso de Jeremiah some. — Só quero dizer algumas breves palavras sobre flores. — Ele olha para Lilly e acena para ela. — Agora, alguém pode dizer que flores não têm muita serventia neste velho mundo a não ser para primeiros encontros e aniversários de relacionamento. Talvez de vez em quando, quando a pessoa fez uma burrice e quer pedir desculpas à garota especial. Ou talvez queira enfeitar uma mesa ou um cômodo. Mas certamente para nada prático... como comida, água, abrigo, autodefesa... ou qualquer outra das coisas que passaram a significar sobrevivência nesses últimos anos.

Ele para e avalia a multidão, fazendo contato visual com praticamente todos os presentes, *exceto* Lilly, jogando com o silêncio da maneira como um mestre da oratória, um homem que nasceu para pregar. O reverendo dá um sorriso tranquilo e sábio.

— Se me perguntar, no entanto, digo que é fácil esquecer o propósito das dádivas de Deus, como a música, a irmandade, a boa comida, um bom charuto e um uísque forte de vez em quando. Estou aqui para lhes dizer que essas coisas, de algumas formas, são mais importantes do que comida e água, mais críticas para nós como crianças crescidas de Deus do que oxigênio e luz do sol... porque tratam do que significa estar vivo de verdade.

Distraída pela figura solitária no fim da rua, Lilly agora direciona o olhar para Jeremiah. Algo nas palavras dele, e no modo como as diz, a detém, chama sua atenção. Lilly vê que o pastor está se debulhando em lágrimas.

— *Não* fomos colocados aqui meramente para sobreviver — diz ele, enxugando os olhos. — Jesus não morreu por nossos pecados para que pudéssemos apenas existir. Essa é a questão, irmãos e irmãs. Se a única coisa que fizermos for sobreviver... então perdemos. Se aquelas coisas lá fora nos fizerem esquecer as simples dádivas de Deus, como a risada de uma criança, um bom livro, o gosto de maple syrup em uma panqueca no domingo de manhã, então perdemos nosso caminho, e perdemos a guerra. As coisas mortas já nos derrotaram... porque nós demos as costas para quem somos.

Ele para de novo, pega um lenço do bolso e seca o rosto, o qual está brilhando de suor e lágrimas que escorrem pelas suas bochechas.

A voz do pastor falha levemente conforme ele prossegue:

— Um balanço de pneu sobre um lago, uma velha poltrona reclinada diante de uma partida de futebol americano, dar as mãos a quem se ama... todos se lembram dessas coisas. Todos nos lembramos. — Ele faz uma pausa e Lilly ouve os demais segurando as lágrimas, alguns pigarreando, outros fungando, e isso faz os olhos dela arderem. — Sim, são apenas sementes de flores que Lilly Caul quer plantar. Não vão alimentar ninguém, nem curar as feridas de nenhuma pessoa, matar a sede de ninguém... mas afirmo a todos vocês, irmãos e irmãs, as flores... como uma pista à noite com as luzes acesas para os aviões... as flores são uma mensagem para Deus, podem ser vistas do paraíso. — Ele para a fim de reunir fôlego e luta contra as lágrimas. Lilly mal consegue se mover ou respirar; a pele dela está dormente com todo o poder na voz do homem. — As flores estão dizendo a Deus e ao diabo e a todos entre eles... nós lembramos... ainda lembramos... e jamais esqueceremos... o que é ser humano.

Alguns dos homens e das mulheres mais velhos são tomados por emoções, os ruídos altos de choro são carregados para o topo das árvores junto da brisa quente com cheiro de pinho do crepúsculo. Está quase escuro, e a luz roxa parece ter colocado um ponto de exclamação nas palavras do pastor. Ele inclina a cabeça e murmura:

— Há mais uma coisa que quero dizer, irmãos e irmãs. — O pastor respira fundo. — Lilly gentilmente me pediu para ajudá-la com os deveres de liderança aqui em Woodbury. — Pausa. Ele ergue o olhar. Lágrimas no rosto. Humildade total, absoluta e crua. — Com a benção de todos vocês... para mim seria uma honra ficar ao lado dessa mulher de bom coração, decente, corajosa. — Ele olha para Lilly. — Obrigado, parceira.

Uma lágrima escorre pelo rosto de Lilly e ela a limpa, sorrindo.

O pastor se volta para a pequena banda improvisada.

— Vocês todos conhecem "The Old Rugged Cross"?

Gloria sorri para o homem pela aba opaca da viseira.

— Hum, algumas notas, pastor... A gente se vira.

Com uma voz solitária e aguda que é surpreendentemente delicada e linda, Jeremiah começa a cantar a mesma música que Bob Stookey um dia cantou para o cadáver de uma menininha chamada Penny. E as mesmas palavras agora saem do belo pastor em um canto nítido, caloroso e melífluo:

— *In that old rugged cross, stained with blood so divine, a wondrous beauty I see, for 'twas on that old cross Jesus suffered and died, to pardon and sanctify me.*

Logo, alguns dos outros, a maioria do pessoal mais velho, encontram as próprias vozes e cantam junto. Tudo isso hipnotiza Lilly até o momento em que ela repara pela visão periférica na figura escura ao longe se levantar da cerca, se virar e sair, revoltada, para longe, noite adentro.

— Espere! — Lilly se vira e corre atrás da figura. — Bob, espere!

Ela leva apenas um minuto para atravessar a praça, a rua e dar a volta pelo canto nordeste do pátio vazio. Lilly finalmente alcança o homem mais velho perto da barricada.

— Bob, pare! Me escute! — Ela estende a mão para o braço de Bob e o puxa até que ele pare. — O que foi? Qual é o seu problema?

Ele se vira e faz uma expressão de reprovação para ela, a luz de uma lanterna distante tremeluzindo em seu rosto enrugado.

— Parceiros? Está maluca, porra?

— Qual é o seu problema com esse cara, Bob? Ele é um bom homem, qualquer um é capaz de notar.

— Esse cara não é boa coisa, Lilly, e você engoliu muito fácil as merdas que ele diz! — Bob se vira e sai transtornado, com os punhos cerrados.

— Bob, espere. Espere aí. — Lilly vai atrás dele, puxando carinhosamente o braço do companheiro. — Fale comigo. Vamos lá. Não é normal você se fechar assim, agir com paranoia e essas merdas. Vamos lá, Bob. Sou eu. Qual é o problema?

O velho médico inspira fundo, como se tentando se acalmar. Ao longe, vozes aumentam ao vento e o velho hino reverbera nas árvores. Por fim, Bob suspira e diz:

— Vamos para algum lugar onde podemos conversar em particular.

DEZOITO

Dentro do apartamento de Bob Stookey, em Dogwood Lane, em meio às caixas de pêssego com garrafas vazias e por trás das janelas apressadamente tapadas com cortinas, Bob larga pilhas de velhos documentos amarelados e publicações em uma mesa, com um baque alto, o que faz Lilly recuar, sobressaltada.

— Aquela pequena biblioteca para onde levei você no mês passado, aquela na Pecan Street — diz Bob, encarando a pilha de jornais impressos, fotocópias e revistas com orelhas. — É uma das antiguidades. Sistema decimal Dewey, arquivos de fichas, microfilme... se lembra do microfilme?

— Qual é o objetivo disso tudo, Bob?

Lilly está de pé perto da entrada com os braços cruzados sobre o peito. Ela consegue ver no alto da pilha uma antiga revista chamada *Tallahassian*, provavelmente a revista lustrosa e fútil de fofocas que um dia ostensivamente promoveu a capital da Flórida.

— Não é a maior biblioteca do mundo, posso lhe garantir — continua Bob, ainda vasculhando a pilha de publicações com a admiração de um pai orgulhoso olhando para uma criança superdotada. — Mas mesmo assim... não é necessário internet para encontrar as coisas lá dentro. — Ele olha para Lilly. — Não estou brincando... há velhos jornais diários ali que datam da administração de Eisenhower.

— Vai me dizer sobre o que é tudo isso ou preciso adivinhar?

Ele suspira e dá a volta na mesa de jantar na qual uma variedade impressionante de documentos está empilhada e organizada.

— Seu amigo teve uma vida bastante conturbada e fez um nome e tanto para si na Flórida e por aqueles lados. — Bob encara Lilly. — Isso mesmo... sei os podres do seu honorável reverendo Jeremiah Garlitz.

Ela solta um suspiro exasperado.

— Bob, o que quer que seja... Tenho certeza de que é história antiga. Caso não tenha notado, não olhamos mais os currículos das pessoas.

Bob continua andando como se não tivesse ouvido uma palavra do que Lilly falou.

— É evidente que ele foi um mimadinho militar quando criança, filho único, pulou de escola em escola.

— Bob...

— O melhor que posso dizer é que o papai dele era um babaca insuportável, um capelão no exército, conhecido por ser rígido, bater nos recrutas com um bastão de beisebol de metal que chamava de Porrete de Belém. — Ele lança um olhar de esguelha para Lilly. — Fofinho, não é?

— Bob, não vejo como nada disso...

— Acho que o jovem Jeremiah jamais se encaixou, sempre foi um pária, um desajustado. Levou muitas surras no parquinho, mas isso o deixou forte, criativo. Ele se tornou um boxeador federado pela Golden Gloves, teve visões do Apocalipse, entrou para o clérigo aos 18 anos e se tornou o mais novo ministro batista a fundar uma megaigreja no estado da Flórida. — Bob faz uma pausa para dar ênfase. — Então, tem muita coisa faltando... um grande buraco na biografia.

Lilly olha para o velho médico.

— Terminou?

— Não, não terminei. Na verdade, estou apenas começando. — Bob aponta para a pilha de publicações. — O melhor que posso dizer por esses papéis é que ele levou um pé na bunda dos diáconos da Igreja Universal de Pentecostes em Jacksonville, perdeu a licença e fugiu do estado da Flórida. Sabe por quê?

Lilly suspira.

— Não, Bob... não faço ideia de por que ele foi expulso do estado da Flórida.

— O engraçado é que nem eu sei! — Os olhos caídos e vermelhos de Bob brilham com a tonteira e a paranoia de um bêbado sem álcool. — Tudo foi ocultado pelos advogados da igreja, ou o que seja. Mas garanto que tem algo a ver com o que eles estão chamando de Fim dos Tempos... Apocalipse. Julgamento Final, Lilly. O grande arrebatamento.

— Bob, preciso ser honesta com você... simplesmente não tenho energia para isso agora.

— Não está vendo o padrão? Foi por isso que ele estava perambulando pelo Sul sem igreja na época em que a Transformação aconteceu! — Bob limpa a boca. Ele parece precisar muito de uma bebida. — Não está claro pelos registros públicos, mas parece que eles encontraram algo... algo entre os pertences dele, talvez um diário, fotografias, algo incriminador, uma prova importante... *alguma coisa.*

— O que está dizendo, exatamente? Acha que ele é um molestador de crianças, porra?

— Não... quero dizer, não sei... talvez seja outra coisa. — Bob caminha mais um pouco. — Eu apenas não confiaria cegamente nele. — Bob faz uma pausa e olha para Lilly. — Lembra as enormes sacolas? Aquela que ele estava carregando... e aquela outra, que o garoto chamado Steve levava?

Lilly dá de ombros.

— Acho que... é, me lembro delas. E daí? Eles levavam bolsas pesadas.

— Viu essas bolsas enquanto eles estão aqui com a gente?

Lilly dá de ombros enquanto pensa a respeito.

— Acho que não. E daí?

— O que tem nelas? — Bob a encara. — Não está nem um pouco curiosa?

Lilly trinca os dentes e solta outro suspiro exasperado pelo nariz. Conhece aquele médico velho e ranzinza melhor do que qualquer outra pessoa, talvez melhor do que Bob conhece a si próprio. Durante os últimos dois anos, Lilly e o velho Bob Stookey se tornaram melhores amigos, compartilhando os segredos mais íntimos e profundos, as tragédias, os sonhos e os medos. Ela também sabe que Bob, não muito diferente do pastor, cresceu na miséria, foi abusado quando criança por pais extremamente religiosos. Ao se tornar adulto, Bob desenvolveu um ódio permanente por evangélicos, o qual agora povoa todos os pensamentos dele. Com isso em mente, Lilly finalmente diz:

— Bob, vou pegar leve com você por causa dos seus problemas com religiões instituídas... mas realmente acho que você precisa respirar fundo, recuar e se acalmar. Não precisa gostar desse cara Nossa, nem precisa falar com ele. Pode deixar que eu lido com ele. Mas estou implorando para que pare com essa porra de caça às bruxas.

Bob a encara por um momento.

— Você nem mesmo se importa em descobrır o que tem naquelas porcarias de bolsas?

Lilly suspira, vai até Bob, estende a mão e carinhosamente toca a ponta do queixo grisalho dele.

— Vou voltar para a festa agora. — Ela abre um sorriso nada entusiasmado para ele. — Estou muito cansada... e preciso relaxar e deixar a mente no piloto automático. Aconselho que você faça o mesmo. Apenas deixe isso para lá. Se concentre no futuro, nos túneis, na situação do combustível.

Ela dá um tapinha na bochecha de Bob e se dirige para a porta. Ele a observa. Antes de sair, Lilly para à porta, vira-se e olha para o amigo.

— Deixe para lá, Bob. Prometo... vai ficar feliz por ter feito isso.

Lilly sai, fechando a porta, e o estalo uníssono da tranca reverbera no silêncio.

Durante a semana seguinte, um observador casual poderia concluir que a cidade de Woodbury, na Geórgia — um lugar que um dia foi anunciado em torres d'água e placas de boas-vindas como "Doce como um pêssego" —, começou a viver sua maior renascença desde a conclusão do tronco da ferrovia Norfolk e Southern, em 1896. Durante a maior parte do tempo, os errantes deixam a cidade em paz, ficando bem a oeste de Elkins Creek e permitindo que o povo de Woodbury terminasse a expansão da muralha. Com força de trabalho a mais fornecida pelo grupo da igreja, a barricada é estendida para o norte, ao longo da Canyon Road, até a Whitehouse Parkway, então a leste, para Dogwood Lane. A expansão acrescenta mais uma dúzia de lares vazios, assim como diversas lojas não exploradas para dentro da zona de segurança. Uma das principais esperanças é uma pequena loja de autopeças em Dogwood chamada Carros Et Cetera, que antes foi apenas rapidamente vasculhada pelos homens do Governador em busca de provisões valiosas, e agora é oferecida como uma mina de tesouros e suprimentos escondidos.

O reverendo Jeremiah James Garlitz ocupa seu lugar ao lado de Lilly em todas as reuniões do conselho da cidade e leva uma dinâmica renovada para as sessões de planejamento. O conselho institui novos programas para expandir as atividades agrícolas, padronizar as buscas de reconhecimento, estabelecer um novo manifesto político para a cidade, redigir uma série de direitos e responsabilidades, criar novas regulamentações e toques de recolher, e explorar todas as tecnologias possíveis que possam trazer sustentabilidade para a comunidade. Lilly e o pastor designam equipes para construir um aquífero capaz de recolher água da chuva para irrigação e água potável, montar pilhas de composto para conseguir fertilizante e começar uma busca na área rural imediata por todas as tecnologias verdes que possam usar. No fim daquela semana, eles descobrem um armazém antes inexplorado no condado vizinho, cheio de células solares novíssimas e pequenas turbinas de vento.

O reverendo parece aceitar a nova função com gosto. Ele começa a fazer serviços religiosos ecumênicos e a realizar batismos. Calvin Dupree, que é batista a vida inteira, jamais vivenciou a cerimônia antiquada de imersão, e pergunta ao pastor se pode ser o primeiro cidadão de Woodbury a ser batizado. Jeremiah fica feliz em aceitar, e Lilly, orgulhosa, fica com as três crianças Dupree certa noite, ao crepúsculo, ao longo das margens de Elkins Stream — o mesmo lugar no qual Meredith Dupree tirou a própria vida tão heroicamente. Eles escolhem um local sob uma enorme nogueira antiga, e Harold Staubachk canta um hino quando Jeremiah coloca um braço em volta de Calvin, de túnica branca, e, devagar, ritualisticamente, o abaixa de costas para as correntes mornas e lodosas. Lilly se surpreende ao perceber que, enquanto assiste, há lágrimas de grande emoção no seu rosto.

Ninguém repara na mudança sutil, porém sísmica, nos humores de todos do grupo da igreja. Para olhos não iniciados, não treinados, eles parecem ter aceitado o novo lar com gratidão e satisfação serena. Olhando com mais atenção, no entanto, pode-se começar a questionar os sorrisos beatíficos deles, a característica vítrea, quase dopada, nos seus olhares. Nessa era brutal, com a morte em cada esquina, ninguém nunca fica tão feliz sem a ajuda de medicação pesada. Mas os membros do Povo Pentecostal de Deus — quase todos — parecem mais e mais felizes e exultantes a cada dia. E nenhum dos colegas residentes, incluindo Bob Stookey, sequer suspeita de que um grande e épico evento nas vidas deles está se aproximando.

Pela maior parte daquela semana, na verdade, Bob se distrai demais com sua obsessão por aquelas enormes bolsas — se é que de fato ainda existem e não foram jogadas fora ou destruídas — para reparar nas mínimas mudanças de comportamento entre o grupo da igreja.

Na maioria das noites, Bob espera até que o pessoal tenha se deitado, então sai de fininho pela cidade, olhando casualmente pelas janelas, espiando dentro das tendas e verificando áreas de armazenamento sob as escadas de incêndio e as escadas dos prédios. Eles mudaram Jeremiah algumas vezes; primeiro o colocaram no velho prédio do Governador, no fim da rua principal, então o promoveram para um dos bangalôs na Jones Mill Road, e por fim o levaram para o prédio de fachada de arenito do outro lado da rua de Lilly. A outra bolsa — presumivelmente com o jovem membro da igreja chamado Stephen — também sumiu. Bob verificou o apartamento do rapaz certa manhã quando o menino tinha saído para trabalhar com uma equipe, mas não encontrou nada.

Bob não teve a chance de invadir o atual lar do pastor — mas ele vai invadir, promete a si mesmo; quando a hora certa chegar, Bob vai verificar o lugar do outro lado da rua de Lilly em busca de qualquer sinal das bolsas misteriosas.

Enquanto isso, Bob tem passado os dias no túnel, reforçando as paredes e reformando o caminho sombrio para torná-lo um lugar mais habitável. Ele conta com a ajuda de David e Barbara — que, com exceção de Lilly, são os únicos residentes em quem Bob confia incondicionalmente — e começa a experimentar células solares e geradores para conseguir energia elétrica e, em retorno, luzes e ventilação para dentro dos túneis. Ele consegue, com sucesso, ligar 400 metros do túnel principal com meia dúzia de células posicionadas em árvores pela estrada, uma variedade de baterias e cabos arrancados de carros aos pedaços, e três geradores potentes que ele posiciona no solo, protegidos contra água e equipados para funcionar com biodiesel. Bob prepara a própria versão caseira do combustível ao misturar óleo de cozinha velho, uma pequena quantidade de gasolina, metanol de um anticongelante chamado Heet (encontrado na loja de autopeças) e alguns galões de limpador de ralo Drano (o qual contém hidróxido de sódio). No fim daquela semana, quase 460 metros do túnel se tornaram um lugar limpo, bem-iluminado e sem cheiro, onde é possível se esconder do mundo.

Na sexta-feira, tarde da noite, Bob está no túnel, sozinho, explorando os pontos mais longínquos daquela área principal — usando a carta topográfica para marcar os locais onde o esgoto começa a se cruzar com o túnel — quando ouve um barulho. Vozes abafadas ressoam baixinho na escuridão, vindo de algum lugar lá de cima, aparentemente próximo. Ele encontra um túnel tributário e segue o som das vozes por outro paralelo, o qual ele calcula que deva estar sob o bosque ao leste da cidade, bem ao redor do rio pantanoso no qual Calvin Dupree foi batizado.

Bob para na escuridão, as vozes claramente audíveis agora, diretamente acima. Os pelos da nuca dele se arrepiam quando ele reconhece a voz de barítono sedosa do pastor.

— Só estou dizendo que, quando a hora chegar, certifique-se de que não deixaremos ninguém para trás.

Perfeitamente audível no silêncio feito túmulo e na escuridão do túnel, a voz de Jeremiah parece descer por um cano.

Uma segunda voz, mais jovem, aguda e melódica, parece vir de uma boneca de corda:

— Só quero me certificar de que estou entendendo, você vai em frente e quer levar esses não crentes com a gente.

Essa voz também é instantaneamente identificável: o rapaz que primeiro esbarrou em Woodbury vindo da floresta, aquele que se chama Reese. Os pelos de Bob se arrepiam. Ele sente um frio na barriga. Bob fica zonzo, a boca tão seca quanto um cinzeiro enquanto ouve a resposta do pastor carregada com seu sotaque forte.

— *Devemos isso a essa gente, irmão, devemos a elas uma viagem de volta para casa conosco. São filhos de Deus, exatamente como nós, e merecem tocar a barra das vestes Dele tanto quanto nós. São boas almas.*

Uma única gota de suor percorre a ponte do nariz de Bob.

A voz que Bob identificou como a de Reese proclama:

— *O Senhor seja louvado, e você também. É um homem generoso, irmão.* — Há uma pausa, e isso faz Bob se sentir como se estivesse encolhendo, como se estivesse afundando no chão do túnel, em direção ao centro derretido da terra. — *Mas e se eles resistirem?*

— *Yessir, alguns vão resistir. Não há dúvida quanto a isso. Não vão querer ir, não conseguirão ver a glória nisso, mas vamos vencer. Vamos educá-los. E se não pudermos educá-los...*

— *Então o quê? O que fazemos? Como conseguiremos que essas pessoas voltem para casa de uma só vez?*

— *É necessário tomar bastante cuidado, irmão Reese. E precisamos fazer isso em breve. Precisamos ir para casa antes que alguém interprete isso de forma errada, tente interferir.*

— *Como quiser, irmão J.*

— *Essas são boas pessoas, Reese, pessoas decentes, pessoas de Deus. Eu farei qualquer coisa para convencê-las, e o Bom Senhor não deixará ninguém nos impedir de voltar para casa. Se tentarem nos impedir, simplesmente passaremos direto por elas, por baixo delas, por cima delas, ou através delas. O que for preciso.*

— *Amém.*

— *Glória aleluia. Vamos para casa, irmão Reese. Finalmente. E ninguém vai ficar no nosso caminho desta vez.*

— *Yessir, amém. Amém.*

— *Está decidido, então. Partiremos amanhã à noite. Olhe para mim, Reese. Amanhã à noite. Vinte e quatro horas... e então levamos essas pessoas boas para casa.*

— *Amém!*

DEZENOVE

Mais tarde, na escuridão da madrugada, que cobre a cidade com um silêncio gélido como uma mortalha, há uma única figura se movendo pelo labirinto de vielas, uma única hemácia procurando um órgão doente.

Bob Stookey se esgueira entre dois prédios na Pecan Street e se move pela escuridão com a lanterna desligada. Ele conhece aquela parte da cidade quase como a palma da mão. Costumava se esconder ali, bem ali, agachado com uma garrafa de uísque e memórias ruins e acabava dormindo no cimento, sob a mesma escada de incêndio. Agora ele passa pelo local como um borrão escuro.

Bob encontra a casa do pastor no primeiro piso do prédio de arenito no fim da rua principal, do outro lado da rua da casa de Lilly. Ele se aproxima do lugar pelo beco dos fundos e, silenciosamente, atravessa o pátio até a porta de trás. Bob sabe que o pastor saiu à noite, está se reunindo com os mais velhos do grupo dele na floresta, planejando, fazendo todos concordarem com o que quer que estejam tramando. Bob sabe que o tempo não está ao seu lado — o pastor pode voltar a qualquer momento —, então arromba rapidamente a porta dos fundos com uma ferramenta de serralheiro.

Bob entra e dá início aos trabalhos. Com a lanterna acesa, verifica a escuridão entulhada. Seu coração bate forte, e ele confere armários, prateleiras, debaixo do sofá e, por fim, sob a enorme cama de metal no quarto, onde localiza a famosa bolsa.

Ele inspira fundo, preparando-se quando puxa a pesada mala para fora.

No segundo andar do prédio do tribunal, no quarto dos fundos, que agora está tão escuro quanto o interior de uma panela, marcado pelo cheiro de crianças, um menino de 5 anos chamado Lucas Dupree se revira e encolhe em um emaranhado de lençóis encharcados. O irmão dele, Tommy, dorme profundamente em uma bicama do outro lado do quarto, e a irmã em um sofá de dois lugares no canto. Lucas sonha que está no jardim da casa dos avós, em Birmingham, Alabama, escondendo-se nas roseiras da avó. É muito real. Ele sente os odores azedos de fertilizante e cocô de cachorro, sente os espinhos afiados espetando as palmas das mãos e os joelhos dele conforme o menino engatinha na escuridão, procurando a mãe. Lucas sabe que está brincando de esconde-esconde, embora não consiga se lembrar do início do jogo.

Sonhos são assim. Você simplesmente sabe das coisas. Apesar do fato de que a mãe está morta, mas ainda assim quer brincar, então ele engatinha na direção de uma abertura nos arbustos e vê a mãe agachada na grama ao lado do varal, de costas para Lucas. Ela conta até dez com uma voz falhada e robótica — "sete, oito, nove, dez" —, então se vira.

Os dentes dela estão pretos, os olhos são como os vermelho-canela de um boneco de biscoito de gengibre, a pele, áspera e cinza como massa de pão estragada. Lucas grita, mas nenhum som sai. Fica paralisado enquanto a mãe morta-viva caminha até ele. Ela se ajoelha. A princípio, Lucas acha que vai devorá-lo.

Então a mulher se aproxima e sussurra algo para o filho. Ele ouve com atenção — é uma mensagem muito importante.

Ajoelhado ao lado da velha cama de metal no quarto escuro, Bob abre a enorme mala e vê as garrafas. Pelo menos uma dúzia de béqueres de laboratório selados com tampas plásticas e etiquetas científicas estão guardados ali como se fossem garrafas de leite prontas para serem entregues.

Bob procura os óculos de leitura. Ele os encontra no bolso do peito da camisa jeans e os coloca. O homem se aproxima e ilumina a etiqueta com a lanterna. Diz HIDRATO DE CLORAL — 1000 ML — PERIGO — MANTENHA LONGE DO ALCANCE DE CRIANÇAS. A pulsação de Bob acelera.

Ele encontra outros béqueres variando de 50 a 100 ml. Esses frascos estão com etiquetas que dizem CIANETO DE HIDROGÊNIO — PERIGO EXTREMAMENTE VENENOSO.

Bob se senta e solta o ar pelos lábios contraídos. Ele mal repara no resto do conteúdo da bolsa: explosivos plásticos C4 embrulhados em papel encerado, pavios de detonação enrolados em minúsculas molas e montes de bananas de dinamite embrulhadas, tão organizadas quanto talheres em uma gaveta.

O olhar dele permanece naqueles recipientes de vidro com fluidos transparentes mortais. Bob é um ex-médico do exército, um homem com conhecimentos de química básica e farmacologia. Ele sabe que hidrato de cloral é um forte barbitúrico, e também conhece os efeitos devastadores do cianeto.

Bob fica muito imóvel e tenta trazer ar para os pulmões. Ele sabe exatamente aonde o culto de suicídio do bom reverendo vai levar todos na noite seguinte.

— Você nunca deve dormir, Luke. — O sussurro de uma mulher morta penetra o ouvido de um jovem sonhador. — Ou vai acabar como eu.

Lucas estapeia o próprio rosto durante o sonho e se esforça ao máximo para acordar. Ele não gosta nada daquele sonho. Quer tanto acordar. Agora. *Acorde, acorde, acorde, acorde... ACORDE!*

Sua mãe morta apenas ri... e ri e ri. Luke não consegue respirar.

Talvez ele já esteja morto, como a mãe. Talvez *todos* estejam... o irmão e a irmã, o pai, todos... condenados a dormir para sempre.

PARTE 3

Extrema-unção

Eis que vem o dia do Senhor, cruel, com ira e cólera, para tornar a terra em desolação e destruir os pecadores dela.

— Isaías 13:9

VINTE

Desde a época em que ainda usava tênis Red Ball Jet nos enormes pés e tinha aparelho na enorme arcada superior, Jeremiah James Garlitz era perpetuamente obcecado em agradar o papai. Mesmo nos anos que se seguiram à morte do velho — o pai se foi como uma lâmpada se apagando, na poltrona diante de um jogo dos Braves, em 1993, devido a um aneurisma cerebral —, Jeremiah sonhava em fazer o primeiro-sargento Daniel Garlitz orgulhoso do único filho. Não se passa um dia — na verdade, nem mesmo uma hora — sem que uma lembrança do velho surja na mente de Jeremiah. Por diversas vezes, os pensamentos do pastor voltam para a época em que o pai o fez recitar os livros da Bíblia enquanto ficava ajoelhado em vidro quebrado na garagem da velha casa vitoriana em Richmond. Ou para a vez em que o Grande Dan Garlitz trancou o menino só de cueca em um armário do porão da casa deles em Wilmington sem nada a não ser uma Concordância da Bíblia, e só deixou o menino sair depois de ele ter se cagado e começado a gritar tão alto que a mãe ouviu e intercedeu. Hoje, Jeremiah recorda disso com um estranho tipo de fascinação mórbida e compulsiva — como um homem continuamente cutucando uma ferida. As lembranças dão combustível a ele, uma descarga elétrica, e fazem com que sonhe com o dia em que deixará, enfim, o sargento Dan verdadeiramente orgulhoso.

E chegou, por fim, o dia da libertação, o dia da salvação. Que o Senhor seja louvado.

Essa percepção passa pelo fundo da mente do pastor conforme ele se agacha nas ruínas queimadas do barracão de trens na zona sudoeste da barricada de Woodbury, logo antes do alvorecer daquela manhã. Ele se sente como um treinador antes de um grande jogo, um técnico da Equipe Jesus, e fala baixinho, furtivamente, para não ser ouvido por nenhum residente desnecessário que possa ter acordado cedo por algum motivo.

— Lembrem-se dos dois estágios do ritual — diz o homem para os demais enquanto desenha na terra com um graveto. Ele faz um grande círculo e o marca como *Woodbury*, então risca setas que apontam para dentro, saindo dos quatro cantos dos campos agrícolas vizinhos. Depois ele coloca um X no meio da cidade e nomeia *Arena*. — O primeiro estágio é a comunhão. — O reverendo sorri, olhando para os homens como um pai olharia, orgulhoso, para os filhos pródigos. — Tomamos o sangue e o corpo de Cristo na praça ao pôr do sol. Amém.

Os outros cinco homens reunidos ao redor dele — Reese, Mark, Stephen, Anthony e Wade — absorvem essa notícia com grande ansiedade, como paraquedistas ansiosos, os rostos encharcados de suor refletindo tanto alegria quanto tensão nervosa.

— Estágio dois, claro, é a convocação. — O pastor indica com a cabeça o policial aposentado atarracado que está de joelhos ao lado dele. — Que será o seu departamento, Wade.

O ex-policial do DP de Jacksonville sorri, intoxicado pelo espírito. A última oferenda, o sacrifício final — para ser consumido pelas próprias criaturas que trouxeram o apocalipse — será o grande momento do Povo Pentecostal de Deus.

— A muralha não deve ser um problema — assegura Wade ao pastor. — A única coisa que gostaria de saber é a localização da horda.

O pastor assente.

Está imaginando se haverá o suficiente deles.

O policial assente.

O sorriso de Jeremiah se intensifica, uma luz no reostato.

Deus nos trará as multidões... como ele levou a montanha a Maomé.

Alguns dos homens respondem *amém* ou *Ele seja louvado* enquanto trocam sorrisos exultantes.

Jeremiah sente as lágrimas umedecerem os olhos. Eles estão esperando ansiosamente por esse momento incrível e maravilhoso. Chegaram perto algumas vezes, mas autoridades da igreja local e as leis do estado da Flórida se colocaram no caminho. Agora não há nada que possa impedi-los. Deus traçou o caminho para esse momento glorioso.

Harold Stauback é o único membro do grupo que não está sorrindo. O homem elegante, vestindo um suéter quadriculado surrado e calça cáqui rasgada, está de pé do outro lado do barracão, perto de uma pilha de dormentes da ferrovia, as mãos nos bolsos, mordendo os lábios, nervoso, pensativo, chutando a terra.

— Eu só queria que não precisássemos impor isso a essa gente. — Ele ergue o olhar. — Passei a gostar mesmo desse pessoal.

Jeremiah se levanta e vai até onde Harold está.

— Irmão, entendo você. — Ele toca o ombro de Harold. — Eu me sinto da mesma forma. Peço a Deus que não precisássemos guardar tanto segredo. — Então Jeremiah abraça o homem. Harold funga ao retribuir o abraço. O reverendo fala baixinho ao ouvido do homem: — Rezei inúmeras vezes para isso, mas não consigo pensar em outro modo. — Ele fica para trás, ainda segurando os ombros do homem negro, apertando Harold. — Você é um homem bom, Harold. Seu lugar é no Paraíso, não neste inferno terrível na terra. — O pastor faz uma pausa, pensa a respeito. — Sabe aquele sujeito, o que se chama Calvin? Aquele bom cristão que tem as crianças? — Ele vê Harold assentindo e morde o interior da bochecha, refletindo. — Por que não o aborda mais tarde, em particular? Apenas sugira a ideia e vê se ele entende.

Harold esfrega a boca, pensando.

— E se ele contar aos outros? Se rebelar contra isso?

— Eu não me preocuparia, pois tenho um bom pressentimento sobre esse cara. — Jeremiah se vira para os demais e mira o sorriso carregado de alta tensão para eles. — Pensem sobre isso. Estamos fazendo um favor a essas pessoas, o favor de uma vida; os cristãos entenderão. — Os homens curvam as cabeças, assentindo, como se em tributo. Jeremiah limpa lágrimas dos olhos. — A essa hora amanhã, estaremos no Paraíso. — Ele olha para o grupo através das lágrimas. — Chega de cadáveres ambulantes. Chega de muralhas. Chega de luto. — Ele solta uma risadinha estranha e quase frívola. — Chega de leite em pó.

O sol nasce naquela manhã precisamente às 5h32, a hora exata que é exibida no velho relógio de bolso de corda que Bob ainda guarda dos dias de exército, de quando corria com ambulâncias para cima e para baixo na autoestrada 8, entre Bagdá e a Cidade do Kuwait. Apesar do acabamento fosco, o relógio é lindo, com a unidade e insígnia de Bob gravados, a coroa cinzenta em que deu corda ao longo dos anos — o tipo de marcador de tempo que a mãe dele chamaria de "relógio de maquinista" —, e agora Bob o mantém ao alcance da mão enquanto se agacha no telhado da empresa Deforest Rações e Sementes, no fim da Pecan Street.

O vento sopra o cabelo grisalho, oleoso e ralo de Bob sobre os olhos dele enquanto o homem avalia a área. Com as enormes chaminés cobertas de fuligem oferecendo cobertura e uma vista cênica tanto da rua principal quanto da rede emaranhada de becos de Woodbury, o telhado é o lugar ideal para uma figura solitária se esconder e manter vigilância, esperando que a cidade acorde e vá trabalhar. Bob consegue ver o prédio de arenito do pastor um quarteirão e meio a oeste, e também tem uma vista livre da praça, do tribunal, da casa de Lilly, dos pontos mais afastados da barricada, dos bosques distantes além e da maioria dos outros marcos significantes. Bob sabe que cabe a ele impedir essa loucura. Mas também percebe que precisa tomar cuidado. Se não fizer isso direito, ninguém acreditará nele. É quase como se precisasse desprogramar os membros originais da cidade — inclusive Lilly — que caíram no feitiço daquele artista de araque que diz ser um homem de Deus.

Bob verifica a .357, que está apoiada no telhado de papel betumado ao lado do cantil. Já faz anos que ele usa a Magnum para tudo, desde atirar em guaxinins a matar errantes. O revólver o serviu bem, apesar de só abrigar sete balas — seis no pente e uma na câmara —, e também costuma ser grande e desajeitado em situações em que precisa ser sacado rápido. Mas com o aparato suave, de ação única para engatilhar, assim como uma boa mira 2X com opção de mira laser, a arma oferece uma boa taxa de mortes e faz Bob se lembrar um pouco de como é dirigir um Buick Roadmaster com um motor V-8 e mais de duzentos cavalos sob o capô durante uma longa extensão reta, deixando todos os outros karts comendo poeira.

Que Deus abençoe a General Motors, que Deus abençoe Clint Eastwood, e que Deus abençoe os senhores Smith e Wesson: ninguém fode com uma .357.

Ele verifica o cilindro da arma, girando-o com um clique sonoro, então toma um gole da água de poço do cantil. Tem gosto ruim e metálico, mas está fria e é úmida, então serve ao propósito. Bob encontrou algumas caixas de barras de cereal no Walmart que foi saqueado alguns meses antes e está vivendo delas desde então. Ele puxa uma do bolso e come. Sem gosto, seca e passada, não é exatamente um prato de ovos Benedict — além disso, é a última barra —, mas Bob não se importa. Ele se sente como um apostador, arriscando tudo.

Como dizia o comandante da unidade dele logo antes de partirem:

— É foder ou andar, garotos.

Uma hora de espera se passa, na qual a cidade está relativamente silenciosa e as pernas de Bob começam a ficar dormentes e com câibras, quando, do nada, uma figura surge subitamente na beira do bosque, logo além do portão nordeste. Bob usa a mira 2X e olha, desviando do limiar de uma nuvem de fumaça, rastreando a figura que entra na zona de segurança, vira para o sul e, rapidamente, caminha pela calçada deserta na direção da praça. Bob reconhece o único afro-americano na cidade — o cantor gospel arrumadinho chamado Harold Stauback — conforme o homem sobe os degraus do tribunal e bate à porta principal.

Um minuto depois, Calvin Dupree, sonolento, surge à porta, vestindo calça de moletom, bocejando e coçando a bunda. Os homens trocam algumas palavras e, por fim, Calvin convida Stauback para entrar. Batem a porta, e o som ecoa pelos telhados.

Bob olha para o relógio de bolso. Agora são quase 7 horas e ele consegue ouvir outras vozes se erguendo à brisa, a maioria delas abafadas por trás de paredes e janelas, enquanto as pessoas se reviram e saem da cama para começarem com as tarefas do dia. Sem jornais, TV, rádio, internet, restaurantes, bares, casas de show, teatros ou qualquer outra forma de entretenimento moderno para manter as pessoas na rua à noite, os ritmos circadianos da maioria das pessoas começaram a mudar. As pessoas começaram a se deitar mais cedo à noite e a acordar mais cedo pela manhã. Ou talvez seja simplesmente uma adaptação evolutiva embutida — afinal de contas, a escuridão traz mais perigos. Melhor ficar do lado de dentro com a pistola calibre .12 ao lado da cama.

Por fim, Bob vê o homem do momento — o pastor de maxilar retangular e dentes grandes, esplendoroso no terno de lã anacrônico e gravata — emergindo dos fundos do prédio de arenito. Caminhando no ritmo que é sua marca registrada, ele se junta a outros três membros do culto suicida na rua empoeirada. Bob reconhece o rapaz magricela, Reese, que foi o primeiro a chegar a Woodbury, junto a outros dois seguidores do pastor, Wade e Stephen. Bob sabe que Wade é um ex-policial, e Stephen, um cantor de coral arrumadinho de Panama City Beach, na Flórida; isso é tudo que Bob sabe sobre essas pessoas.

Ele evitou essa gente como uma lebre em uma convenção de cães de caça.

Os quatro homens marcham pela calçada na direção da arena da pista de corrida, cumprimentando alguns dos outros cidadãos e dos membros da igreja conforme saem pelas portas com pás, espátulas de jardinagem e sacos de sementes. O grupo cresce enquanto o pastor se aproxima da pista de corrida, rindo, dando tapinhas nas costas das pessoas e desejando a todos um bom-dia — sempre o bonachão, sempre o político. Bob acha que se houvesse bebês por ali, o pastor os beijaria.

Bob sente vontade de vomitar ao observar os cidadãos entrarem nos jardins da arena com o pastor. O estômago dele se revira, mas não totalmente por causa da náusea. A tensão nervosa voltou. Bob sabe que e agora ou nunca, e durante um breve instante, deseja uma bebida. Engole o gosto azedo do cobre no fundo da língua e afasta o pensamento da mente. Ele não bebe mais. Pode ser um bebum, mas não bebe. Sabe que é assim que deve ser.

Reúne seus pertences e cruza o telhado de volta para a cerca de ferro decorado da escada de incêndio. O vento chacoalha os degraus conforme ele desce com agilidade. A visão de Bob se estreita e o coração se acelera quando chega à base das escadas e salta o último lance.

Então ele se vira e corre pelo beco, pegando o caminho dos fundos para a casa de Lilly.

Assim que as primeiras batidas ressoam pelo ar quieto e silencioso do apartamento, Lilly está tendo um pesadelo. Sonha que está perdida em um amplo armazém do tamanho de um hangar de aviões e há cadáveres alinhados no chão feito lenha empilhada, e ela precisa saltar os corpos para chegar à saída, a qual continua fugindo, sumindo diante dos olhos de Lilly, e esta logo percebe que não tem como sair daquele lugar. Além disso, os restos humanos no chão são de todas as pessoas que já conheceu, que morreram na presença dela ou desapareceram sem deixar rastro. Ela vê o pai, Everett, e vê Josh, Austin, Megan, Dr. Stevens, Alice, o tio Joe, a tia Edith... quando, subitamente, surge o som alto de batidas, e ela pensa consigo mesma — no sonho — que quem quer que esteja batendo à porta *daquele* lugar terrível é louco. Quem diabo iria querer entrar ali? E as batidas continuam até que o sonho começa a desabar sob o peso do barulho como um castelo de cartas em um tornado.

Lilly se senta, sobressaltada; os raios brilhantes do sol de verão penetram por uma fenda nas cortinas do quarto. Ela estremece para afastar o pesadelo e olha para o relógio que marca 7h13. As batidas aumentam e ficam mais rápidas. Alguém lá fora precisa muito mesmo vê-la.

Lilly veste apressadamente uma calça jeans furada e uma camiseta surrada da Wilco e corre pelo apartamento até a porta da frente, prendendo o cabelo em coque conforme segue.

— Precisamos conversar — diz Bob Stookey a Lilly assim que ela abre a tranca e entreabre a porta.

Bob leva Lilly para o outro lado da rua, pelos fundos do prédio de arenito vazio, e entra pela porta de trás. Ela continua fazendo ruídos desagradáveis e de irritação conforme o segue relutantemente para as sombras sufocantes, sacudindo a cabeça e olhando por cima do ombro para se certificar de que ninguém está observando. Bob a assegura o tempo todo de que no momento todos estão na arena da pista de corrida, trabalhando nos jardins e tomando café da manhã e que, dessa forma, os dois estão completamente sozinhos, mas a verdade é que ele não tem certeza. Qualquer um poderia tê-los visto se esgueirar para dentro da casa do pastor.

E é por isso que Bob se move rapidamente pelo corredor dos fundos, passa pela cozinha estreita com a geladeira fétida e o ralo pútrido, pela sala de estar com as caixas de pêssego e os jornais empilhados quase até o teto, e, por fim, para dentro do quarto que cheira a óleo velho e tecido mofado impregnado com vestígios antigos de fumaça de cigarro e gordura de cozinha. O prédio de arenito teve uma história conturbada: antes do surto pertencia a um idoso recluso, então foi comandado por uma sucessão dos brutamontes do Governador.

— Eu sabia que ele tinha algo na manga — diz Bob conforme se apoia ao lado da cama sobre os joelhos artríticos rangendo —, mas nunca achei que seria algo tão terrivelmente doido quanto isso. Você pode querer se sentar.

— Bob, isso é mesmo necessário? — pergunta Lilly, de pé ao lado dele, observando com as mãos nos quadris e um olhar azedo.

— Apenas me dê um segundo. — Ele grunhe ao puxar a enorme sacola de debaixo da cama, o tilintar do vidro acompanhando os ruídos dos fios do carpete rasgando sob o peso. Bob a abre. Ele puxa um dos béqueres lá de dentro e o mostra para Lilly. — Dê uma olhada nisso — pede Bob. — Vá em frente, olhe de perto... só não derrame.

— Que porra é essa? — Ela pega o béquer da mão dele e lê a etiqueta. — Cianeto de hidrogênio?

— Você vê essa merda na maioria das vezes em forma de gás — diz Bob, colocando-se de pé de novo, buscando um lenço e esfregando o pescoço dolorido. — Vem em forma líquida e em cristais. Tem um leve cheiro de amêndoa. Cai bem com Kool-Aid.

— Bob, você não sabe se isso é...

— Abra a porcaria dos olhos, Lilly! — O aumento súbito do tom de voz dele faz Lilly dar um salto. Ele precisa entrar naquela cabeça dura o mais rápido possível, pois eles não têm muito tempo, e naquele momento Bob tem uma sensação sobrepujante de que está sendo observado. Lança um olhar penetrante para Lilly. — Jonestown, Jim Jones... isso lhe diz alguma coisa?

— Bob, calma...

— Eu vi Saddam Hussein usar essa merda nos curdos no norte do Iraque, em 1993. Isso pode acabar com a produção de oxigênio nas células de uma pessoa em segundos, e ela morre em menos de um minuto. Não é nada bonito. Confie em mim nessa. A pessoa engasga com o próprio tecido da garganta.

— Bob, pare! — Lilly coloca o béquer no chão e então segura a cabeça com as mãos como ela se pudesse rachar. Fecha os olhos e olha para baixo. — Pare... apenas pare.

— Lilly, me escute. — Bob vai até ela e pega Lilly delicadamente pelos braços. — Sei que está apenas tentando fazer a coisa certa para todos. Você é uma boa garota. Nunca pediu para ser política, jamais quis ser uma heroína. Mas agora precisa agir.

— P-pare... — A voz de Lilly mal é ouvida. Ela quase não é capaz de proferir um som. — P-por favor, apenas p-pare...

— Lilly, olhe para mim. — Bob a sacode de leve. — Em menos de 12 horas, esses malucos vão transformar esta cidade em um suicídio em massa. — Ele a balança de novo. — Olhe para mim, menina Lilly! Não tenho ideia de para que serve toda essa tranqueira, mas pode apostar que não é para comemorar o Quatro de Julho! Preciso que você se irrite e entenda o que está para acontecer aqui! Está me ouvindo? Está me entendendo?

Lilly desaba nos braços dele, as emoções e a exaustão escorrendo de dentro dela em uma maré de lágrimas, muco e luto. Lilly chora sem parar, e a mera intensidade disso — a tristeza convulsiva que jorra de dentro dela para os braços de Bob — é tão desconfortável para ele, tão perturbadora e inesperada que naquele momento nem sequer ouve a pessoa que esteve observando os dois o tempo todo, ouvindo cada palavra, entrar cuidadosamente pelos fundos do prédio de arenito com uma pistola 9 mm apontada e pronta na mão, com a trava de segurança já solta.

VINTE E UM

Pressionando o rosto nas dobras mofadas e com cheiro de fumaça da camisa de flanela de Bob, Lilly soluça de forma totalmente desenfreada e desamparada. Ela nunca havia chorado dessa maneira na vida. Nem mesmo no funeral do pai, nem quando perdeu Josh no ano anterior, ou depois da morte sacrificial e heroica de Austin fora da prisão há poucos meses. Lilly estremece, geme e tenta respirar em meio à agonia, mas a dor vem em ondas — tão amorfa e mal definida que ela nem consegue localizar a fonte —, como tremores passando pelos seus ossos. Será que está chorando pelos sonhos perdidos? Está de luto pela vida normal que sempre ficará fora de alcance naquele mundo terrível? Ela continua ouvindo os velhos hinos que Harold Stauback cantou na noite em que todos comemoraram a santidade da vida e o futuro de Woodbury na praça, mas no momento ela não escuta nada além das batidas feias de uma canção fúnebre afogando aquela linda voz gospel, afogando tudo que é bom e esperançoso com o clangor brutal e medíocre um gongo quebrado, *os sinos da morte*.

— Querida? — A voz de Bob no ouvido de Lilly. — Sei que é difícil. Sei que está magoada... mas precisa se recompor, pelo bem daquelas crianças. — Lilly solta um suspiro doloroso e contido, mas ouve o que Bob diz: — Precisa se recompor, menina. Não posso fazer isso sozinho. Consigo trazer Speed e Matthew para o meu lado, talvez, David e Barbara, claro, quem sabe Gloria, mas preciso de você, menininha.

Ela assente. Seu rosto está encharcado. Lilly soluça com uma série irregular de fôlegos e olha através da membrana brilhante de lágrimas.

— Tudo bem... estou... bem.

Bob pega o lenço de novo e seca os olhos de Lilly.

— Eu os ouvi no bosque, vão fazer isso esta noite e não vão levar prisioneiros.

Ela aquiesce, limpa o rosto.

— Tudo bem. Desculpe, desculpe. Me deixe pensar.

— Eles virão buscar essas coisas daqui a pouco. — Bob olha para ela. — Você está bem?

Ela assente.

— Sim, estou bem — mente Lilly. Sua cabeça está girando. Ela esfrega os olhos de novo. — Apenas me deixe pensar por um minuto. — Lilly se solta com cuidado dos braços de Bob e começa a andar de um lado para outro, para a frente e para trás, lançando olhares nervosos para a bolsa e o conteúdo dela. — Pense... pense. — Lilly limpa a boca. — Como foi que isso aconteceu? Como uma coisa dessas acontece?

Bob dá de ombros.

— Porcaria de fanáticos, quem sabe que ideias eles enfiam nas cabeças.

— Mas por que nos levar com eles? — O crânio de Lilly lateja conforme ela anda, e uma dor lancinante ameaça partir a cabeça dela. — Por que simplesmente não sacrificarem a si mesmos? O que têm contra nós?

Bob a observa caminhar.

— Não acho que eles vejam isso como algo negativo.

— É assassinato em massa.

— Não estou discordando. Está ensinando o padre a rezar a missa, menina Lilly.

— Mas por quê? — Ela passa os dedos pelas mechas de cabelo que se soltaram do rabo de cavalo apressado. — Por que agora? Aqui? Por que hoje?

Bob suspira.

— Quem diabo sabe que bicho morde os malucos? Poderia ser o solstício de verão. Poderia ser o décimo aniversário de sabe-se lá quem, porra.

Lilly sente o ódio acender dentro dela como uma pedra gerando faísca.

— O que quero dizer é, por que *agora*... hoje... depois que o mundo já está assim há tanto tempo? Por que não acabar com o sofrimento de todos logo no início da Transformação?

Bob dá de ombros novamente.

— Como falei, você vai precisar perguntar ao monsenhor.

Lilly olha para o outro lado do quarto e vê o crucifixo prateado fosco caído em uma mesa de cabeceira entulhada. Ela vai até lá, encara o objeto e, subitamente, com um gesto violento do braço, joga a cruz e todo o resto que está sobre a mesa no chão. A brusquidão daquilo faz Bob dar um salto. O rosto de Lilly fica um ou dois tons mais sombrio.

— Irmandade, uma pinoia! — ruge ela. — Esses são *cristãos*? *PORRA DE HIPÓCRITAS!*

Bob recua, observando, procurando no bolso um cigarro enrolado à mão. Ele está reduzindo o consumo porque os suprimentos de papel para enrolar estão escassos, mas naquele momento Bob acende um dos últimos com o Zippo e assente.

— Não está errada, menina Lilly. — Ele traga. — Desabafe.

— São mentirosos da porra! — Ela chuta a cadeira para o lado. — Golpistas da porra!

— Amém, irmã. — Bob fuma e olha com uma satisfação mórbida. — Estou ouvindo.

— MENTIROSOS! — Com um empurrão arfante, Lilly vira a mesa. O conteúdo das gavetas se espalha pelo chão quando as pernas do móvel desabam, partindo-se. — PORRA DE MENTIROSOS!

Bob espera, fumando, enquanto Lilly fica de pé no centro do quarto, os punhos cerrados, o peito subindo e descendo. A mente dela está acelerada. Lilly não consegue se ater a um único pensamento. Nunca quis ser líder, jamais pediu para assumir as rédeas da cidade, nem quis qualquer coisa além de uma vida normal, um marido, um lar, alguns filhos, talvez um pouco de felicidade. E agora *isso*? Ela arriscou a vida por esses hipócritas mentirosos pelo reverendo Jeremiah e seu rebanho —, arriscou sua vida e as vidas do pessoal dela, e agora todos serão apagados em um piscar de olhos? Sem lutar? Sem se esforçar? Como velas votivas sopradas depois da missa?

Lilly fica muito imóvel, então. Os olhos dela estão ardendo. O estômago congela e se aperta. Uma única e peculiar vontade se acumula dentro dela — uma emoção forte que nunca havia sentido nesse mundo assolado pela praga —, *a vontade de vingança*. Por fim, Lilly diz, com a voz baixa, comedida e equilibrada:

— Bob, vamos cortar essa merda pela raiz.

Ele começa a responder quando uma terceira voz fala:

— Desculpe.

Lilly e Bob voltam os olhos para o canto mais afastado do quarto.

Calvin Dupree está de pé à porta, segurando a Glock com força em ambas as mãos, apontadando para eles, o rosto contorcendo-se de tensão nervosa.

— Desculpe mesmo, Lilly — reforça o homem com a voz falhando, os olhos cheios de lágrimas. — Mas ninguém vai impedir esse evento abençoado.

Lilly e Bob trocam olhares rápidos. Nenhum dos dois tem uma arma à mão — essa é a primeira coisa que ela nota — a .357 está na sala, na mesa de centro. As Ruger de Lilly estão na casa dela. Atualmente, ela quase nunca sai de casa sem as armas, mas naquele dia saiu às pressas, Bob a arrastou para fora como se o lugar estivesse pegando fogo, e os pensamentos dela estavam a todo vapor, o que a distraiu. Lilly olha de volta para Calvin e começa a dizer algo quando percebe uma outra coisa: *aquele é Calvin apontando a arma para eles, o querido, doce e amável Calvin, de pé diante deles como um fanático maluco, pronto para matar por um homem louco.*

— Calvin, o que está fazendo? — Lilly fica imóvel bem onde está, não faz qualquer movimento para interceder ou se aproximar. Ela apenas o encara. — O que está fazendo? Sério.

As mãos de Calvin tremem com angústia, o cano da arma sacudindo.

— Você n-não entende, Lilly. Posso ajudá-la a entender. Isso é para melhor.

— Melhor? — Lilly sustenta o olhar dele. — Mesmo?

Calvin assente.

— Sim, senhora.

— É assim que Deus quer que você se comporte? Apontando armas para as pessoas?

— Calma, menina Lilly — avisa Bob do outro lado do quarto, e ela não consegue dizer se é provocação ou se ele está mesmo preocupado que Calvin possa atirar.

— Meredith sempre disse que esse não era o fim — diz Calvin a eles com a emoção embargando a voz. O cano da sua Glock continua apontado para Lilly, apesar dos tremores convulsivos e a aparente paralisia das pernas dele. — Sabemos que há um paraíso esperando por nós. Está esperando por você também. — Uma lágrima escorre pela bochecha grisalha de Calvin. — Por favor, confie no Senhor.

— Com o Senhor nós estamos bem, Calvin — intromete-se Bob do outro lado da cama de metal. — É sobre o seu pastor que não temos muita certeza.

As lágrimas de Calvin estão escorrendo, o rosto úmido e brilhante por causa delas.

— Deus trouxe esse grande homem aqui para nos levar para longe deste inferno.

— E quanto a seus filhos, Calvin? — Lilly mal consegue sentir as pontas dos dedos conforme elas se cravam na palma das mãos. — Vai fazer isso com seus próprios filhos?

— Eles querem estar com a mãe. — Ele baixa a cabeça e permite que as lágrimas estremeçam seu corpo por um momento. — Desculpe... desculpe *mesmo*..

Acontece num piscar de olhos: Bob dá dois passos rápidos na direção do atirador e, ao mesmo tempo, Lilly se vira para a janela. Calvin vê os dois se movendo e direciona a arma para Bob.

— ACHA QUE ESTOU BRINCANDO? — Bob fica paralisado. Calvin vocifera: — VOU ATIRAR NA SUA CABEÇA, JURO PELAS ALMAS DOS MEUS FILHOS!

— Não! — Lilly se coloca entre os dois homens. — Por favor! Calvin, não!

— EU VOU! — A agonia dele se transforma em loucura, seus olhos vítreos de ódio. — JURO QUE VOU!

— Acreditamos em você! — Lilly tenta acalmar as coisas abaixando o tom de voz. Ela ergue as mãos. — Acreditamos em você, Cal. Acreditamos. Ninguém precisa atirar.

Calvin está hiperventilando e encara os dois, um de cada vez, os olhos se movendo como se assistisse a uma partida de tênis, o cano da arma oscilando. Bob está com as mãos erguidas em posição de rendição também, o olhar fixo em Calvin. Lilly respira fundo. Ninguém diz nada durante bastante tempo. As garrafas de fluido transparente aninhadas na bolsa ao chão emitem um brilho opaco à luz do início da manhã que entra por uma abertura nas cortinas.

Por fim, Lilly fala:

— Calvin, tem alguma forma de talvez abaixarmos a arma e...

O tiro a interrompe no meio da frase, um flash estroboscópico *atrás* de Calvin Dupree, quente como o sol. O ferrão de vespa de uma bala de calibre pequeno dilacera um pedaço da parte de trás da cabeça dele, jogando o homem para a frente como se um cabo o estivesse puxando do chão.

A vida de Calvin se esvai antes que seu corpo pare de se contorcer no chão.

Um instante lúgubre de tempo se passa sem que ninguém se mova; tanto Lilly quanto Bob apenas encaram, boquiabertos. O leve córrego de sangue pingando do crânio de Calvin é o único som além dos corações acelerados deles. O homem está caído com o rosto no chão em uma poça crescente de um tom carmesim intenso. A parte de trás do crânio foi destruída pelo dano balístico de um tiro à queima-roupa — pelo visto, disparado diretamente de detrás dele —, de um ponto de vantagem em algum lugar na sala.

Então Lilly ouve um estampido, alguém no outro cômodo deixando uma arma cair no chão. O sussurro baixinho do choro de uma criança pode ser ouvido.

Lilly olha para Bob, que olha de volta para ela com os olhos arregalados.

— Ai, Jesus — murmura Lilly ao disparar, desviando do corpo de Calvin, para a sala, onde Tommy Dupree está caído de joelhos diante da Ruger calibre .22 de Lilly. Vestindo uma calça jeans imunda e uma camiseta do Pokémon, o menino chora baixinho. Lilly vai até ele. — Ai, Jesus, Tommy, ai, meu Deus — sussurra, ajoelhando-se ao lado do menino, passando o braço ao redor dele. — Venha cá, venha cá.

O menino soluça no ombro de Lilly.

— Eu não deveria ter feito isso, mas precisei.

— Sshhhhhh... Tommy. — Lilly acaricia o cabelo encharcado dele. — Não precisa...

— Ouvi o que ele disse a vocês.

— Tudo bem...

— Desde que os mortos voltaram, minha mãe e meu pai estavam ficando um pouco mais doidos a cada dia.

— Tommy...

— Achei que teria que fazer algo com a minha mãe, mas...

— Sssshhhh...

— Ela foi a primeira, começou a agir estranho, disse que era a vontade de Deus. Eu tinha medo de que ela me machucasse, ou a meu irmão ou minha irmã, ou até ela *mesma*.

— Tudo bem, tudo bem, agora se acalme. — Ela abraça o menino com força enquanto Bob olha com uma expressão angustiada. As lágrimas de Lilly escorrem em pequenos córregos pelo rosto dela. — Não precisa explicar, Tommy, eu entendo.

Tommy enterra o rosto nas dobras da camiseta de Lilly. A voz abafada dele se acalmou um pouco.

— Acredito em Deus, mas Ele não é como o Deus de quem meus pais falam. — O garoto estremece. — Primeiro, meu pai disse que essa praga era porque estávamos sendo punidos, então ele começou a falar enquanto dormia, pedir a Deus que o levasse, que o levasse bem naquele momento.

— Tudo bem, Tommy, já chega. — Lilly pressiona a lateral do rosto do menino contra o peito dela. — Chega.

Ele se afasta, olhando para Lilly com lágrimas escaldantes.

— Ele está morto?

— Seu pai?

O garoto assente.

— Matei ele?

Lilly lança outro olhar arrasado para Bob, que assente devagar. Lilly não sabe dizer se Bob está assentindo porque quer que ela conte a verdade à criança ou se está confirmando que Calvin Dupree está morto... ou se ele está assentindo por algum outro motivo maior, como o fato de que isso estava fadado a acontecer, então devemos apenas lidar com a situação. Talvez todas as anteriores. Lilly seca as lágrimas e olha para o menino.

— Sim, querido, infelizmente, seu pai... — Ela sente um acesso de tristeza se acumulando tão subitamente que a deixa sem fôlego. Lilly não consegue olhar para o corpo atrás de si. Tinha mesmo começado a amar aquele homem. Com todos os defeitos, todo o proselitismo e toda a filosofia crua e às avessas, ela o amava. Queria formar uma família com ele. Lilly abaixa o rosto e profere as palavras como se elas pesassem mil toneladas: — Ele se foi.

Tommy não responde, apenas baixa a cabeça e chora em silêncio por um momento, as lágrimas pingando da ponta do nariz.

Aparentemente, Bob entende a deixa dessa pausa, porque baixa a cabeça, se vira e volta para o quarto. Ele se ajoelha e toca o pescoço de Calvin em busca de pulsação, mas não sente nada, então vira-se, pega um cobertor da cama e gentilmente — quase com carinho — o coloca sobre o cadáver de Calvin. Bob olha para a dupla no outro cômodo.

O menino parou de chorar. Ele engole o luto e olha para Lilly.

— Eu vou para o inferno?

Lilly sorri com tristeza.

— Não, Tommy. Você não vai para o inferno.

— Precisamos atirar no papai de novo?

— Como assim?

— Precisamos atirar na cabeça para ele não se transformar?

Ela solta um suspiro exausto.

— Não. — Acaricia a bochecha do menino. — Ele não vai se transformar, Tommy.

— Por que não?

— O ferimento foi na cabeça.

— Ah.

Tommy já se acalmou o suficiente para Lilly guiá-lo até uma velha poltrona quebrada encostada na parede. Ela o senta e diz:

— Amigão, vou precisar que fique sentado aqui por um momento enquanto eu falo com o velho Bob.

Tommy assente.

Lilly corre até o quarto, onde Bob já está empurrando a bolsa para debaixo da cama. Ele resmunga enquanto rapidamente a verifica para se certificar de que não há sinais de que foi remexida.

— Eles vão voltar a qualquer minuto — diz Bob pelo canto da boca para Lilly, sussurrando para que a criança não o ouça. — Precisamos sair daqui, levar esse corpo com a gente... limpar o sangue da melhor forma que der.

— Ele tem um nome, Bob. — Lilly examina o quarto, o corpo, a janela com tábuas, o armário, e vê um recipiente de plástico para combustível e um tubo de mangueira de borracha ao pé da cama. — Que porcaria é essa?

— Isso é meu... explico depois, me ajude a pegar essa merda.

— Você tem um plano?

— Talvez, não sei. Estou meio que improvisando enquanto boto em prática. — Ele a encara. — E você? Tem alguma ideia brilhante?

— Na verdade, não. — Lilly olha para fora do quarto, para o menino inquieto na poltrona. — Só sei que precisamos levar as crianças para algum lugar seguro.

— Porra de fanáticos por Jesus — resmunga Bob enquanto coloca o recipiente de combustível e a mangueira na mochila. — Eles sempre fodem tudo.

Lilly se sente zonza, sem fôlego. Olha para os restos mortais encolhidos de Calvin Dupree e murmura:

— Como isso aconteceu?

— Ei! — Bob segura o braço dela e sacode Lilly um pouco. — Preciso de você atenta.

Ela assente e não diz nada. Bob dá um tapinha no braço dela.

— Sei que está sofrendo, menina Lilly, mas precisa ficar comigo, permanecer tranquila.

Ela assente de novo, e Bob a sacode.

— Entende o que estou dizendo? Precisamos sair daqui *agora mesmo* antes que...

Uma série de ruídos reveladores vindos do lado de fora das janelas seladas por tábuas o interrompem subitamente — mecanismos de trava de rifles tilintando, vozes gritando — e faz Bob e Lilly ficarem tão imóveis quanto manequins.

VINTE E DOIS

O bom e honrado Jeremiah Garlitz está de pé diante do prédio de arenito aos pedaços, os ombros eretos na direção da varanda da frente, o vento agitando as pernas da calça dele e as abas do paletó puído enquanto o reverendo aninha uma espingarda calibre .12 nos braços, o que lhe confere um ar quase régio, arturiano, quando grita:

— LILLY! BOB! QUEM MAIS ESTIVER AÍ! POR FAVOR, NÃO TOMEM NENHUMA ATITUDE PRECIPITADA! NÃO SOMOS O INIMIGO! POR FAVOR, RECONHEÇAM QUE ME OUVEM E ENTENDEM!

O pastor passa os dedos pelo gatilho azul-metálico enquanto espera uma resposta.

Jeremiah posicionou seus homens em todos os lados do prédio. A maioria dos congregantes do sexo masculino está presente, armada e disposta a fazer o que precisa ser feito. Há apenas duas ausências. O velho Joe Bressler, o aposentado de 73 anos, que ficou atrás das trincheiras com as mulheres do grupo da igreja enquanto preparam a comida e a bebida sacramental na cozinha dos fundos da Pousada Gota de Orvalho na Pecan Street. E Wade Pilcher, o ex-policial enrugado, que foi despachado para as colinas e as encostas vizinhas para preparar o aparato secreto da convocação.

Faz menos de uma hora desde que Calvin Dupree concordou em se juntar ao Povo Pentecostal de Deus, voluntariando-se subsequentemente para ser um espião entre os residentes mais recalcitrantes de Woodbury. Para Jeremiah, é muito doloroso ter que recorrer a essa difícil rotina de espionagem, principalmente porque ele só quer dar ao bom povo de Woodbury uma carona para fora do inferno até o Paraíso — um passe livre para o Céu —, mas é assim que o mundo funciona. Como diz João, capítulo 2, versículo 15: *Não ame o mundo ou as coisas no mundo, pois tudo no mundo é passageiro, junto aos desejos; mas aquele que faz a vontade de Deus permanece para sempre.*

É por tudo isso que Jeremiah posicionou Mark e Reese ao leste do edifício de arenito, Harold e Stephen nos fundos e Anthony a oeste. Cada congregante do sexo masculino recebeu uma arma do arsenal de Woodbury — atualmente um depósito de 18 metros quadrados que é um ninho de ratos, nos fundos do armazém da Dogwood Street, cujo conteúdo escasso reflete a carência de munição e armas de fogo da cidade — cuja chave Calvin havia conseguido roubar do armário da enfermaria de Bob. Agora, alguns dos congregantes empunham rifles de assalto e outros portam pistolas semiautomáticas potentes.

Jeremiah detesta qualquer tipo de violência humana ou não humana, mas essa é uma época que pede que os soldados cristãos de Deus sigam o imperativo de Eclesiastes de que há tempo para paz e há tempo para guerra, e está na hora de lutar contra qualquer um que tente impedir a libertação abençoada marcada para o fim daquele dia.

Por fim, uma voz aguda e hesitante sai de detrás das janelas seladas do prédio de arenito, tão irregular e trêmula que parece quase feral.

— OUVIMOS! — Pausa. — ENTENDEMOS QUE VOCÊ NÃO É O INIMIGO! — Outra pausa. — MAS TAMBÉM SABEMOS EXATAMENTE O QUE ESTÁ PLANEJANDO PARA ESTA NOITE!

Há outra breve pausa, a qual faz Jeremiah ficar imóvel, o estômago dele se contorcendo conforme ele olha para cada lado, cada membro da igreja portando uma arma, pronto para atirar.

A voz continua.

— ESTOU LHE DIZENDO AGORA MESMO QUE ISSO NÃO VAI ACONTECER!

— LILLY, ME ESCUTE! — O pastor emprega seu tom mais convivial. — OUVIMOS TIROS! NÃO SABEMOS SE ALGUÉM FOI ATINGIDO OU SE VOCÊ PLANEJA ATIRAR OUTRA VEZ, MAS NÃO HÁ MOTIVO PARA NINGUÉM SE FERIR! PODEMOS RESOLVER ISSO...

— ESTÁ BRINCANDO? — A voz do prédio de arenito fica mais ríspida, afiada como uma faca. — NINGUÉM PRECISA SE FERIR? ACHA QUE SOMOS IDIOTAS? VOCÊ IA ACABAR COM TODAS OS SERES VIVOS DA CIDADE ESTA NOITE! IA NOS ENVENENAR SEM NEM PENSAR DUAS VEZES!

— LILLY, NÃO É O QUE ESTÁ PENSANDO! ESTE AINDA É UM PAÍS LIVRE, TODOS TÊM DIREITO A VOTO AQUI! NINGUÉM PRECISA FAZER NADA QUE NÃO QUEIRA!

O pastor umedece os lábios. Ele está mentindo, é claro. A essa altura, o plano está em ação, e ninguém vai impedir. Além disso, eles não podem arriscar que alguém estrague o trabalho, mude as opiniões ou enfraqueça a determinação.

Ao olhar por cima do ombro, o reverendo vê alguns dos residentes originais a cerca de um quarteirão — os Stern, a mulher chamada Gloria — saindo dos prédios e seguindo para a comoção. O tempo está passando. Jeremiah sabe que precisa agir depressa e com determinação. Como seu pai sempre dizia, a melhor maneira de lidar com uma criança travessa é uma punição rápida, severa, mas justa.

Agora mesmo.

Jeremiah gesticula para Mark Arbogast, o antigo pedreiro esguio que está montando guarda a leste do prédio.

— Irmão Mark! Venha aqui!

Arbogast deixa obedientemente seu posto e segue trotando até o pastor.

— Mudança de planos, irmão — diz Jeremiah, mantendo a voz baixa enquanto gesticula para os outros homens. — Todo mundo! Aqui! Rápido! Vamos!

Os outros surgem pelo canto mais afastado do prédio, os rostos tensos e contraídos ao correrem até onde o pastor está.

Jeremiah assente para os demais residentes da cidade que se encaminham até ali — o casal Stern, Gloria e Ben Buchholz —, a cerca de um quarteirão, se aproximando.

— Precisamos conter isso agora mesmo antes que saia do controle. — Jeremiah olha para Arbogast. — Irmão Mark, preciso que mantenha o povo dessa cidade afastado, deixe-o longe do prédio, diga que... diga que estamos lidando com alguém que se transformou e invadiu minha casa. Entendeu?

Mark assente e se vira para o grupo de pessoas que se aproxima.

Jeremiah se volta para os outros homens e fala com muita pressa e bastante clareza, explicando exatamente o que vão fazer e enfatizando a importância da agilidade.

Lilly ouve uma voz vindo dos fundos do prédio de arenito e chamando seu nome, mas o pânico faz com que ela a confunda com a voz do pai. Everett Caul costumava ficar na varanda da casa em Marietta e gritar o nome completo da filha como se chamasse o animal de estimação da família: *LILLEEEEEEEEEE CAAAAAAUUUUUL!* Ela se lembra de brincar de esconde-esconde com as crianças da vizinhança e ouvir aquele chamado de trombeta ecoando sobre as copas dos carvalhos, enriquecida com os presságios de um jantar quente, histórias de ninar e talvez um programa de TV ou dois antes de apagarem as luzes. Mas tão rapidamente quanto ela se viu sonhando acordada com uma lembrança passageira do pai, Lilly agora se vê sendo puxada de volta para o aqui e o agora: a sala de estar entulhada de um prédio de arenito em Woodbury, com o som da voz do pastor quebrando o silêncio.

— LILLY?

Tanto Lilly quanto Bob se voltam para o som da voz — agora vindo dos fundos do lugar como em um jogo de Acerte a Toupeira — enquanto Tommy Dupree sai da poltrona e fica de pé.

— O que eles estão...? Por que...? — balbucia o menino.

Do lado de fora, dos fundos do prédio de arenito, ouve-se:

— LILLY, CONSEGUE ME OUVIR?

Ela pega sua arma no chão — a que foi usada por Tommy para matar Calvin —, ejetando o pente da Ruger e verificando-o. Está cheio. Ela vê Bob pelo canto do olho girando o cilindro da Magnum, espiando a cozinha. Lilly vai até Tommy e fala, bem baixinho:

— Vou precisar que fique bem atrás de mim. Pode fazer isso? Pode ficar bem atrás de mim, não importa o que aconteça?

Ele assente.

Do lado de fora, no pátio dos fundos, a voz de barítono grita de novo:

— LILLY, ME DESCULPE POR FAZER ISSO COM VOCÊ, MAS VOU PRECISAR QUE SAIA PELA PORTA DOS FUNDOS AGORA.

Bob ergue uma das mãos, indicando para Lilly e Tommy ficarem onde estão por um instante. Ele entra na cozinha, segurando a arma com ambas as mãos, posição Weaver, técnica do exército de Israel que Bob aprendeu no treinamento básico em Fort Benning. Lilly observa da sala. As botas dele estalam no piso de linóleo quando vai até a janela, a arma apontada e pronta para agir. Bob olha por uma fenda nas tábuas pregadas sobre a janela quebrada, observando o pátio dos fundos. Ele solta um suspiro doloroso.

— SINTO MUITO MESMO, LILLY — grita a voz —, MAS VOCÊS TÊM UM MINUTO PARA SAIR COM AS MÃOS E AS ARMAS ONDE POSSAMOS VÊ-LAS!

Lilly ergue a .22 e acena com a cabeça para Tommy.

— Fique por perto.

Ela atravessa a sala com a arma erguida, pela porta da cozinha, e vai até onde Bob está. Tommy se arrasta ao seu lado, segurando o passador de cinto na parte de trás da calça jeans dela. A respiração pesada e nervosa do menino é audível na cozinha silenciosa. Lilly olha para Bob e começa a dizer algo.

Do lado de fora:

— TRINTA SEGUNDOS... ENTÃO TEREMOS QUE ENTRAR.

Lilly sussurra para Bob:

— Tenho seis balas no pente, então sugiro tentarmos fugir correndo.

Bob balança a cabeça, abaixando a arma.

— Não vale a pena, Lilly. Virão atrás de nós por todos os lados, e eles têm os Bushmasters.

— O quê? Do que está falando?

— Lilly...

— Você ainda tem o carregador, podemos contê-los e correr até a muralha. Depois nos reunimos no bosque e matamos um de cada vez.

— Lilly, por favor...

A voz:

— QUINZE SEGUNDOS, LILLY!

Ela sente a mão úmida, apertada e aterrorizada da criança em sua lombar. Cicia as palavras, o ódio lhe apertando o estômago:

— Bob, estou lhe dizendo, o elemento surpresa vai nos permitir cruzar aquele pátio...

Bob discorda com a cabeça.

— Não, confie em mim, precisamos jogar a toalha.

— DEZ SEGUNDOS!

Lilly olha para ele.

— Não vou desistir, não vou cair sem lutar.

Bob a olha nos olhos e, por apenas um instante, algo que se parece com um sorriso cruza as feições enrugadas dele.

— Não falei nada sobre desistir.

— CINCO SEGUNDOS!

Bob se vira na direção da porta dos fundos, abaixa a trava da arma, segura a .357 acima da cabeça e grita, erguendo a voz o suficiente para ser ouvido pelos atiradores de cada lado das janelas dos fundos do prédio:

— Tudo bem, vocês venceram! Estamos saindo! Não atirem!

Horas depois, Jeremiah está filosófico com relação a todo o incidente. A rebelião momentânea se revela um leve soluço — uma tempestade em copo d'água, como a avó do pastor costumava classificar as brigas de família — apesar do fato de que um dos fiéis se foi. Jeremiah está arrasado por Calvin Dupree ter perdido a vida prematuramente. Mas, de certa forma, é um tributo adequado à fé e à bravura daquele homem. Ele vai chegar ao Paraíso algumas horas mais cedo.

Ao meio-dia, o pastor conseguiu conter a crise, colocar a programação de volta aos eixos e se aproximar dos estágios finais do ritual.

Wade Pilcher volta das colinas e das florestas com boas notícias. Os dispositivos remotos foram montados e testados, e a superhorda foi localizada (a nuvem de poeira delatora está 1,6 quilômetro a leste de Elkins Creek, indicando sua posição atual). Wade assegura o reverendo de que a convocação estará pronta quando chegar a hora. De acordo com os cálculos do ex-policial, a horda levará aproximadamente três horas, assim que o sinal a alcançar, para mudar o curso e atravessar os 8 quilômetros de pântano antes de chegar a Woodbury.

Naquela tarde, às 13 horas do horário padrão do leste, um momento que será lembrado mais tarde como um marco na série épica de eventos que se seguirão, o reverendo Jeremiah Garlitz volta para o prédio de arenito, pega as bolsas pesadas de debaixo da cama, carrega seu conteúdo precioso pela cidade até a arena da pista de corrida e desce a escada de serviço que leva para o subsolo.

Na enfermaria, o pastor encontra Reese, Stephen e Mark reunidos em um círculo formado pela luz da lâmpada de halogênio de emergência no canto da sala, tomando café em copos de papel, rindo baixinho de alguma piada. Ao lado deles, os sacramentos são empacotados e empilhados em mesas de aço inoxidável.

— *Ei!*

A voz afiada de Jeremiah quando ele entra na enfermaria assusta os homens. Eles erguem os olhos do café, mas seus sorrisos permanecem.

— Irmão Jeremiah — fala Reese, o rosto jovial ainda cheio de bom humor. — Achei que só viria às 3 da tarde.

Jeremiah vai até o grupo, apoia com cuidado as bolsas com um clangor surdo e olha para as pessoas com o máximo de gravidade nas feições belas.

— Nada de brincadeira no dia de hoje, cavalheiros. Não quero ouvir risinhos ou gargalhadas de ninguém.

Os homens parecem magoados; seus sorrisos vão desaparecendo, os rostos se abaixam. Reese encara o chão.

— Desculpe, irmão... você está certo.

— Este é um dia solene. — O pastor avalia os rostos tristes deles. — Sim, também é uma ocasião feliz, admito isso. Mas o tempo de rir e contar piadas chegou ao fim, meus irmãos.

Reese está assentindo.

— Amém, irmão... amém.

— Quero que todos completem suas tarefas ao pé da letra; devemos isso ao bom povo de Woodbury. Entendem o que estou dizendo?

Todos os três homens concordam com a cabeça. Então Mark, o ex-pedreiro magrelo de Tallahassee, diz:

— Você quer nós três nas baias de serviço com você quando... quando... for *lidar* com os traidores?

— Eles não são traidores, irmão.

— Desculpe, não quis insinuar nada com isso.

Jeremiah oferece um sorriso paternal.

— Sei que não perguntou por mal. Mas a verdade é que estão apenas fazendo o que qualquer um de nós faria se achássemos que alguém estava ameaçando nossos entes queridos.

Mark olha para os demais, então de volta para o pastor.

— Não tenho certeza se entendi o que quer dizer, irmão.

O pastor dá tapinhas no ombro do mais jovem.

— Eles não são pessoas ruins, não são nosso inimigo. Apenas não percebem o dom que estão prestes a receber. Não veem a glória maravilhosa nisso.

Mark está assentindo, os olhos quase se enchendo de lágrimas.

— Você está certo, irmão... está muito certo.

Jeremiah se ajoelha ao lado das bolsas, abre o zíper da primeira e começa a tirar os béqueres.

— E para responder à sua pergunta original, irmão, sim, quero que todos me ajudem ali. — Ele coloca um dos grandes recipientes de vidro na maca de aço inoxidável encostada na parede ao lado dos sacramentos. Tira luvas de borracha do bolso do paletó e as veste. — A melhor forma de abater um animal inocente é com humanidade e rapidez. Quero que todos sigam minhas instruções exatamente como eu disser. Estão entendendo?

Os homens assentem.

Jeremiah aponta para a caixa mais próxima de pão sem fermento recém-assado.

— Tudo bem, está na hora. Alguém me passe um pedacinho daquela hóstia e outra pessoa coloque para mim dois dedos deste líquido em um daqueles copos de papel dos quais vocês estão bebendo.

VINTE E TRÊS

A enorme e surrada porta de garagem range quando desliza pelas roldanas enferrujadas, e eles entram no primeiro vestíbulo — uma antiga baia de serviço manchada de graxa logo abaixo das barraquinhas de comida. O grupo acende a lanterna de acampamento que funciona a pilha, direcionando-a para um monte de pneus sobressalentes ao lado da porta, e um brilho amarelo fraco ilumina os 18 metros quadrados de piso de cimento corroído e manchado de óleo. Há uma única figura atada e amordaçada a uma cadeira dobrável no centro da câmara de odor almiscarado e abafada.

Jeremiah se aproxima primeiro, com um lenço roxo litúrgico jogado ao redor das ombreiras do terno empoeirado. Os outros três homens seguem ao encalço, com expressões respeitosas e traumatizadas, segurando os itens sacramentais nos braços como cortesãos de algum harém real.

— "Limpai-me completamente do mal" — recita Jeremiah conforme se aproxima do sujeito. — "E purificai-me do pecado."

Lilly geme sob a mordaça de fita adesiva, os olhos arregalados de terror quando vê a bandeja de papel onde estão o pedaço de pão e o copo com líquido envenenado. Ela começa a puxar as amarras, estremecendo na cadeira, produzindo um som terrível de gritos abafados pela fita, a blusa encharcada de suor esticada pelos grilhões de plástico que atam seus pulsos às costas. Ela lança um olhar penetrante para o pastor e grita algo inaudível por trás da mordaça.

Jeremiah se volta para o séquito, e baixinho, mas rapidamente, diz:

— Estejam com a hóstia e o sangue de Cristo preparados quando eu der o sinal, e não deem atenção ao que nossa amada irmã possa dizer quando a fita for retirada, porque será Satanás falando nesse momento, e Mark, se posicione atrás de Lilly e, ao meu sinal, puxe a cabeça dela para trás como praticamos com o boneco em Jacksonville.

Os outros homens assumem suas posições atrás da cadeira de Lilly enquanto ela se contorce, puxa e se sacode contra as amarras, gritando profanidades incompreensíveis sob a mordaça. A cadeira range e se arrasta no chão com as fortes convulsões e os movimentos de contorção de Lilly.

— "Fazei de mim um coração puro, ó Deus" — entoa Jeremiah ao acenar com a cabeça para Reese, que está segurando a bandeja, para que ele entregue os sacramentos. — "Livrai-me da culpa do sangue, ó Deus, e minha língua cantará Vossa virtude!" — Outro aceno para Mark conforme ele vai para trás da cadeira de Lilly, e um para Stephen, além de uma última súplica ao Bom Senhor: — "Aceitai esta jovem irmã a Vosso lado, ó Deus, e a levai ao paraíso!"

Mark, o mais forte dos três, vai para trás de Lilly e cruza as mãos na base do queixo dela, então o puxa no exato momento em que Stephen arranca a fita da boca da mulher.

— MUITO BEM, ME ESCUTE! POR FAVOR! ESTOU IMPLORANDO! NÃO PRECISA FAZER ISSO! ME DÊ UMA CHANCE DE ME DEFENDER! RESPEITO O QUE ESTÃO FAZENDO! ENTENDE O QUE ESTOU DIZENDO? NÃO FAÇA ISSO COMIGO! POR FAVOR! ESPERE...!

Naquele instante terrível antes de Jeremiah enfiar um pedaço de biscoito do tamanho de uma moeda de cinquenta centavos na boca de Lilly, ela percebe que vai morrer, e é o fim, e ele virá pelas mãos daquele fanático maluco, e que irônico, que irônico, porra, que *não* seja pelas mãos dos errantes mas sim de um homem supostamente de Deus, e Lilly se dá conta bem naquele momento que está pouco se fodendo para a ironia, só quer viver, e sua voz subitamente sai em uma cascata de súplicas ululantes, deteriorando-se depressa em um soluço incompreensível.

— P-POR FAVOR! AH, POR FAVOR! AH, POR FAVOR! POR FAVOR! POR FAVOOOOR...!

O grupo enfia a hóstia na boca de Lilly, a mão forte e irrefreável do pedreiro atrás dela abrindo e fechando sua mandíbula sobre o pedaço, violentamente massageando o biscoito garganta abaixo. Ela engasga, tosse e tenta vomitar, mas os movimentos peristálticos do sistema digestivo humano, começando na garganta e descendo até o esôfago, involuntariamente — como os membros da igreja aprenderam com a pesquisa que fizeram — aceitam a comida nessa situação e digerem, não importa o quanto a pessoa revide em consciência.

O forte barbitúrico foi acrescentado à massa antes de assar.

O líquido transparente e sem cheiro vem a seguir. Lilly arqueja e se contorce na cadeira, tentando expelir a hóstia, quando Jeremiah pega o copo de papel da bandeja.

— "De acordo com a infinidade de Vossa misericórdia" — reza ele em voz alta ao se inclinar e, rapidamente, vira o líquido na boca de Lilly, a qual é novamente aberta e fechada à força pelo pedreiro. — "E livrai-me de todas as minhas ofensas, para todo o sempre... Amém."

Ela tosse, cospe e recua, mas Jeremiah fica parado, esperando pacientemente até ter certeza absoluta de que o cianeto entrou no sistema dela. Lilly finalmente desaba na cadeira, seja de exaustão ou devido à toxina de ação rápida, e seus músculos ficam inertes, a cabeça oscilando para a frente.

Jeremiah ouve algo muito baixo, quase como um estremecimento da morte, sair da garganta dela.

O pastor se aproxima e sussurra:

— Não lute contra isso, irmã. — Ele acaricia a bochecha dela com muito carinho. — Estará com Deus em breve... e pode contar tudo a Ele.

O pastor assente para os demais, que o seguem para fora. Antes de baterem a porta de garagem, Jeremiah enfia a cabeça para dentro da cela novamente.

— Já estamos chegando, irmã.

A porta é fechada.

* * *

Minutos depois, Lilly não se dá conta de que já deveria estar morta.

Ela tomba para a frente na cadeira, sem saber quanto tempo se passou, com a crosta seca de alguma coisa nos lábios, a sala girando. Será que vomitou? Ela olha para o colo e não vê resquícios de vômito. A virilha da sua calça jeans parece encharcada. Será que se urinou?

Lilly se recosta de volta na cadeira, os pulsos queimando devido às amarras de plástico. A mordaça está caída no piso de cimento diante dela — um pedaço jogado e amassado de fita adesiva. Ela pisca. Sente-se tonta, enjoada, com frio... mas viva. Que diabo está acontecendo? Lilly tenta soltar as mãos quando ouve os gritos abafados de Tommy Dupree vindo da baia de serviço ao lado da dela.

As paredes são 45 centímetros de argamassa, vergalhões e cimento reforçado, então os ruídos que vêm do cômodo ao lado são muito baixos e completamente abafados pela infraestrutura. Lilly precisa se concentrar nos barulhos, aguçando a audição, para entender o que está acontecendo.

Ela consegue ouvir duas vozes, uma delas são os gritos agudos do menino. Os sons de uma luta surgem a seguir. Lilly escuta o rangido de uma cadeira dobrável de metal, o tagarelar do pastor, então silêncio. Passos se movendo pela sala.

O forte estampido da porta de garagem batendo faz com que ela pule de susto.

Lilly respira fundo, inspira pelo nariz, expira pela boca, engolindo de volta o horror. Agita os pulsos, tentando manter a sensibilidade nas mãos, lutando contra as pontadas da dormência que se espalha. O estômago dela se revira. Uma coisa é certa: não parece estar passando dessa para uma melhor, como prometido.

Não está morrendo.

Que porra é essa?

O som de outra porta de garagem sendo erguida a assusta.

Lilly ouve a voz grave de Bob soltar uma série de obscenidades abafadas, escuta o estalo da fita sendo arrancada da boca dele, as rezas, os sons de luta, mais rezas, então... silêncio de novo. Passos. O estampido estrondoso da porta de garagem batendo.

Então ela ouve os passos dos misericordiosos assassinos voltando pelo corredor.

Um momento depois, um manto de silêncio recai sobre o subsolo.

Lilly tenta respirar apesar do terror. O silêncio é insuportável. É um silêncio carregado, onipresente, primitivo — o silêncio do túmulo —, e ela começa a entrar em pânico. Será que está alucinando tudo isso enquanto dá os últimos suspiros? Será que Tommy e Bob já se foram? Será que na verdade ela está morta e tendo uma daquelas falhas cerebrais que fazem a vítima acreditar que está bem quando suas entranhas estão prestes a jorrarem para fora a qualquer momento?

Lilly tenta respirar o mais equilibradamente possível e controlar as emoções quando ouve outro barulho vindo de trás da parede entre ela e Bob.

A princípio, ela pensa que é apenas o som de Bob desabando — um estampido uníssono e um clangor metálico — quando a cadeira dele vira e cai no chão. Mas então percebe que, na verdade, está ouvindo um arrastar atravessando a baia de serviço vizinha. Bob está se movendo. Ele está se arrastando, talvez ainda atado à cadeira, na direção da porta.

Que porra está acontecendo? Lilly se concentra mais intensa mente nos seus grilhões. Ela sente algo úmido, que presume ser sangue devido aos constantes puxões que dá nas amarras. Um dos seus pulsos começa a deslizar pela algema de plástico, a lubrificação oleosa do próprio sangue permitindo que ele escorregue, e Lilly trabalha sem parar nas amarras quando, subitamente, um rangido agudo e metálico a assusta.

O barulho vem da cela de Bob, e causa o efeito de acordar Lilly. Ela o chama.

— Bob!?

— Estou indo, caramba!

A voz rouca e sedenta por uísque — mal audível por trás de centímetros de pedra e ripas velhas de aço — chega à alma de Lilly. Ela não está sonhando nem alucinando. Está de fato ouvindo a voz ranzinza como um coaxar de Bob por trás da parede.

— Apenas aguente aí por um segundo! — avisa a voz abafada.

— Rápido!

Lilly liberta uma das mãos das amarras. O pulso dela tem cortes profundos devido aos puxões desesperados, e um fino córrego de sangue escorre pelo seu antebraço dela. Ela consegue ouvir a porta de garagem adjacente rangendo ao se abrir sobre as roldanas enferrujadas, e em seguida passos arrastados.

Ela se inclina para a frente e tenta alcançar a corda que prende seus tornozelos à base da cadeira, mas com uma das mãos ainda atada, isso é impossível.

— Bob, o que está acontecendo? O que está fazendo?

— Pegando o menino!

A voz vem da parede oposta, quando o som de uma segunda porta de garagem rangendo ao ser erguida sobre ripas enferrujadas penetram a barreira de pedra. O coração de Lilly acelera. Ela consegue ouvir a voz de Tommy Dupree — graças a Deus, graças a Deus. Lilly tenta arrastar a cadeira até a porta.

Um instante depois, sua cela é preenchida com o rangido agudo da própria porta.

— Meu Deus, o que fizeram com você? — exclama Bob quando entra na câmara de Lilly, seguido de perto por Tommy. — Você precisa de um torniquete, porra!

— Não é nada, fiz isso comigo mesma tentando me livrar das amarras. — Ela segura a mão erguida, sente o sangue pegajoso sobre a pele. — Me solte, Bob.

Ele se ajoelha e abre o canivete, então liberta Lilly das amarras do pulso e dos tornozelos.

Lilly esfrega os pulsos doloridos e ensanguentados ao olhar para Tommy.

— Você está bem?

O menino assente, evidentemente ainda em choque, o rosto pálido como cola de papel de parede.

— Estou bem, acho. O que eles acabaram de fazer com a gente?

— Não sei, Tommy.

O menino franze a testa.

— Aquelas coisas que eles nos deram para comer não deviam estar envenenadas?

— Essa é uma boa pergunta. — Lilly olha para Bob. — O que acabou de acontecer?

Bob já está indo até a pilha de pneus no canto da sala. Ele rapidamente vasculha um bolo de retalhos, algumas embalagens de doce e uma caixa abandonada de cápsulas de espingarda.

— Os desgraçados pegaram nossas armas — resmunga. — Estão com todas as armas de fogo da cidade agora.

— Bob, você ouviu o que acabei de dizer? — Lilly se levanta da cadeira. A sala ainda está girando, e ela precisa se apoiar no encosto do assento. — Que diabo está acontecendo? O que tinha naquela água?

Bob murmura enquanto vasculha a sala:

— Água... era o que tinha naquilo. Nada a não ser a boa e velha H_2O.

— OK, estou um pouco confusa. — Lilly olha para ele. — Do que está falando?

Bob se vira para ela e suspira.

— Troquei o cianeto por água esta manhã, antes de mostrar a você... só por precaução.

Lilly o encara. Subitamente ela se lembra do recipiente plástico de combustível cheio e do tubo de mangueira que Bob levou para o prédio de arenito, ao pé da cama do quarto de Jeremiah — um recipiente de combustível cheio d'água — e se recorda do momento em que ele abriu o sorriso enigmático antes de eles se renderem aos homens do pastor, das palavras sussurradas de Bob que lhe caíram como um peso: *não falei nada sobre desistir*.

— Bob Stookey, você é um gênio.

Lilly agarra os ombros do homem mais velho e sorri para ele, então se aproxima e o beija na bochecha.

— Só temos um problema — diz Bob, fixando o olhar caído de cão de caça nela, com a expressão tão sombria quanto a de um agente funerário. — Sem armas, poderíamos muito bem desistir, porra.

VINTE E QUATRO

O sol abandona o dia aproximadamente às 19h30 daquela noite, a luz se pondo atrás das copas das árvores das encostas vizinhas, projetando feixes laranja radiantes pelos tufos de algodão e pela névoa espessa como gaze. É um pôr do sol adequado, uma elegia pastel de partir o coração para a coleção maltrapilha de almas que está se reunindo no limite dos jardins da pista de corrida — um total de 23 pessoas de pé, de mãos dadas, na pista externa empoeirada do campo de beisebol, os rostos erguidos, como se suplicassem a Deus —, alguns deles meditando em silêncio, se preparando para deixar um reino para ir ao próximo, outros esperando por um destino desconhecido.

Além dos dez membros do rebanho itinerante de Jeremiah, há 12 residentes de Woodbury — incluindo, entre todas as pessoas, Ben Buchholz — que se juntaram aos comungantes para a jornada final até o esquecimento.

De acordo com rumores sussurrados entre os mais religiosos dos cidadãos de Woodbury, Ben teve sua epifania apenas horas antes — uma experiência de conversão mística ou um colapso nervoso, depende de para quem se pergunta — nos degraus dos fundos do prédio na Pecan Street. Bêbado como um gambá, Ben escorregou e caiu escada abaixo, e quando aterrissou era uma pessoa diferente. Jeremiah o alcançou primeiro, reconfortando-o e lhe prometendo salvação e amor eternos. Ben caiu em prantos, derretendo nos braços do homem como uma criança perdida que finalmente encontrou o caminho de casa. O pastor usou o mesmo papo de vendedor que proferiu durante o dia para a maioria dos residentes fiéis de Woodbury:

— Venham para nossa "Megacomunhão" esta noite, às 19 horas em ponto, com o coração aberto e a consciência limpa, e se livrarão deste inferno. Deus pegará sua mão e o levará até o Paraíso.

Jeremiah vê isso como uma afirmação verdadeira, não como a tática de isca que Harold Stauback o acusou de perpetrar nessas pessoas, alegação esta proferida ao pastor no fim daquela tarde durante uma reunião particular na enfermaria. Vozes ficaram elevadas. No momento, Harold é um dos três membros do Povo Pentecostal de Deus que está estranhamente ausente naquela noite gloriosa. Os outros dois que estão faltando, Wade e Mark, saíram em uma missão importante nas colinas a leste da cidade. Mas a ausência desses congregantes não vai estragar o humor de enlevação que está vibrando no fundo da medula do pastor conforme ele sobe os degraus do pódio improvisado.

Os ruídos dos *améns* sussurrados e de gargantas pigarreando nervosamente somem quando o reverendo se move para trás de uma pilha de pneus ladeados por flores selvagens e cruzes de madeira. Um pequeno walkie-talkie está preso à lapela dele. O sol poente projeta um halo de luz dourada ao redor do seu cabelo arrumado, e seus olhos estao cheios de emoção.

MEUS IRMÃOS E IRMÃS... ESTA NOITE ENCERRAMOS UM CICLO. ESTAMOS PRONTOS. — A voz grave, profunda e retumbante dele ecoa pelo solo virgem e pelos vestíbulos vazios. Sua carreira inteira, na verdade toda a sua vida miserável, foi uma preparação para esse sermão final. O Grande Dan Garlitz ficaria orgulhoso. — NÓS, CADA UM DE NÓS, FIZEMOS AS PAZES COM NOSSO CRIADOR. IRMÃOS E IRMÃS, OREMOS.

Algumas pessoas de Woodbury trocam olhares nervosos. Elas haviam esperado alguma espécie de batismo em massa, ou talvez um tipo de indução coletiva para o grupo do pastor.

Mas agora parece haver algo errado.

* * *

A 1,6 quilômetro a oeste, nas árvores altas ao longo de Gainsburg Bluff, dois membros do Povo Pentecostal de Deus se agacham nas sombras, colocando os toques finais na convocação.

O crepúsculo quase cedeu totalmente seu lugar à noite, e o zumbido de grilos e rãs envolve Wade Pilcher e Mark Arbogast conforme os dois se apressam para remexer nos botões e nos interruptores de um pequeno sistema portátil de anúncios públicos — uma relíquia dos velhos shows de gospel, durante os quais Jeremiah exigia amplificação para alcançar os mais velhos em cadeiras de roda e aparelhos de locomoção no fundo da tenda. Do tamanho de um pequeno desumidificador de ar, o sistema operado a pilhas Heathkit PA tem um megafone no alto de um amplificador velho e um receptor remoto na parte de trás que passa a piscar uma luz verde quando o alto-falante começa a estalar com o som da voz do pastor:

— *...E NESTA NOITE SAGRADA PEDIMOS QUE ACEITEIS CADA UM DOS VOSSOS FILHOS REUNIDOS AQUI EM VOSSO DOMÍNIO SAGRADO...*

A minúscula e fantasmagórica voz do pastor ecoa pelas colinas dos bosques além de Elkins Creek e Dripping Rock Road, rodopiando à brisa como o chamado de um bacurau. Wade e Mark se olham. Mark assente. Wade espia pela colcha de retalhos verde-escura dos campos agrícolas, que se tornam roxos à escuridão que se aproxima. Ele leva os binóculos aos olhos e verifica a paisagem vizinha quando o chiado falho da voz do pastor reverbera pelas colinas distantes, chamando a horda que nem um apito para cães.

— *Ó SENHOR, ESTAMOS PRONTOS PARA TOCAR A BARRA DE VOSSAS VESTES. ESTAMOS PRONTOS. UNGI-NOS COM VOSSA GRAÇA ENQUANTO ACEITAMOS ESTE SACRAMENTO...*

A voz ressoante amplificada penetra os vales vizinhos, os canais dos bosques e a densa vegetação de pinheiros onde as figuras farroupilhas se esgueiram às sombras, mastigando o ar e agarrando o vazio. O barulho as perturba e as persuade até que passem a seguir a voz; o som é um farol natal, uma trombeta, uma convocação...

— ...*ENTREGAMOS NOSSO DESTINO A VÓS, Ó SENHOR, VOS ACEITAMOS NOS CORAÇÕES. OUÇA NOSSA ORAÇÃO, LEVAI-NOS ÀQUELE LITORAL DOURADO, VINDE E LEVAI-NOS...*

No bosque distante, nos vales e nas colinas, em meio aos destroços de cruzamentos de estradas agrícolas e das profundezas de celeiros e silos abandonados, mais e mais criaturas são despertadas, virando-se desajeitadas na direção do som, saindo bizarramente de leitos de rios secos e subindo encostas enlameadas, sendo atraídas pela promessa de carne humana.

— ...*ESTAMOS CHEGANDO, Ó SENHOR, ESTAMOS NO EXPRESSO DO PARAÍSO...*

Wade olha para o relógio de pulso. Menos de 15 minutos antes que o próximo estágio da convocação precise ser executado. Ele assente para Mark.

Então os dois homens pegam as mochilas e as armas apressadamente e disparam pela trilha rochosa de vegetação alta que desce de volta a Woodbury.

Agora são 19h46, pelo horário padrão do leste.

Sussurros percorrem a arena da pista de corrida quando o pastor começa a chorar baixinho. Ele não demonstra muito, apenas baixa a cabeça e deixa uma única lágrima cair da base do queixo proeminente enquanto prossegue:

— ESTAS OFERENDAS, Ó SENHOR, REPRESENTAM A CARNE E O SANGUE DE VOSSO ÚNICO FILHO... SACRIFICADO PARA QUE PUDÉSSEMOS VIVER... UM SÍMBOLO DE VOSSO AMOR.

Atrás do pastor, Reese e Anthony surgem da abertura escura de um vestíbulo, cada um segurando uma bandeja de aço inoxidável da enfermaria cheia de sacramentos, como se fossem petiscos de festa

Jeremiah sente a tensão no ar aumentar, e a canaliza com a confiança de um maestro invocando a apresentação da sinfonia.

— AGORA, CONFORME CADA UM DE NÓS SE APRESENTA, UM A UM, PARA ACEITAR A CARNE E O SANGUE DE CRISTO,

NOS REGOZIJAMOS EM NOSSO AMOR POR VÓS, Ó SENHOR, E EM VOSSA PROMESSA DE VIDA ETERNA NO PARAÍSO.

Alguns dos membros mais antigos da igreja vão para a frente da pista externa do campo de beisebol, as mãos erguidas no gesto universal de um verdadeiro crente tomado pelo espírito, com a leve oscilação da cabeça e o rosto abaixado em um êxtase respeitoso. Os outros formam uma fila atrás deles, uma fila única, as mãos unidas diante do corpo enquanto aguardam as hóstias.

— REGOZIJEMO-NOS, IRMÃOS E IRMÃS, CONFORME CADA UM DE NÓS ACEITA A HÓSTIA SACRIFICIAL, EM NOME DE DEUS, DO PAI, DO FILHO E DO ESPÍRITO SANTO...

Jeremiah desce da elevação até o campo interno enquanto os dois que carregam as bandejas se aproximam dele, segurando as oferendas envenenadas para a inspeção do pastor.

— AGORA ENTREGAMOS NOSSAS VIDAS A VÓS, Ó SENHOR — cantarola Jeremia com sua voz musical de barítono ao se voltar para uma bandeja e pegar o primeiro biscoito de pão sem fermento maculado. — EM HONRA DE TODOS OS NOSSOS ENTES QUERIDOS QUE SE FORAM, ACEITAMOS ESTA HÓSTIA COMUNAL.

O primeiro comungante se aproxima da beirada das arquibancadas.

O velho Joe Bressler, o aposentado de 73 anos que ajudou as mulheres do grupo da igreja a prepararem a comida e a bebida sacramentais nos fundos da cozinha da Pousada Gota de Orvalho, fica diante do pastor sobre seus joelhos artríticos. O rosto enrugado do homem se eleva. Ele fecha os olhos e abre a boca desdentada, os dentes superiores da dentadura manchados e malcheirosos. Jeremiah coloca a hóstia sobre a língua do homem, que fecha a boca, então mastiga por um instante antes de engolir.

O sorriso que surge em Joe diz muito. Ali está um homem que gerenciou uma mercearia durante 43 anos na perigosa área de Frenchtown de Tallahassee, que virou o rosto quando as crianças pobres da vizinhança entravam para roubar fraldas e leite em pó, que deu cupons falsificados de desconto para algumas mães locais, que foi casado com a mesma mulher durante quase cinquenta anos, sem filhos, e, mesmo assim, devotado a sua Ida, e o amor que sentia por ela durou até o dia em que foi transformada e Joe precisou esmagar a cabeça dela com uma enxada de jardim. O sorriso que enruga seu rosto envelhecido e seco é de libertação, o canto do cisne de um homem que levou a vida mais plena que se pode imaginar.

Jeremiah sorri de volta para Joe, exultante ao saber que o forte barbitúrico vai apagar o velho excêntrico antes que o cianeto entre em ação, poupando o homem de qualquer dor nos seus últimos momentos.

— Aleluia, irmão! — exclama Joe, com uma migalha de biscoito ainda presa ao lábio amarelado. — Glória ao Senhor!

Jeremiah puxa o velho para um abraço caloroso e sussurra para ele:

— Você será o primeiro a tocar a barra das vestes Dele, irmão. — Então, o pastor se vira para a outra bandeja, pega um dos copos de papel e o entrega ao homem. — Beba tudo, Joseph.

Joe vira o fluido morno, o qual ele espera que finalmente acabe com sua longa e plena vida. O velho entrega o copo vazio de volta.

— Deus o abençoe, irmão — diz Joe, com lágrimas nos olhos.

Ele se afasta e volta para seu lugar na pista externa.

O próximo congregante sobe.

As crianças Dupree — Lucas e Bethany — são a sexta e a sétima na fila.

O sinal deve vir de Lilly. Ela está escondida atrás de uma das enormes pilastras de sustentação nas arquibancadas superiores, ao lado oposto da pista de corrida. Espera-se que ela dispare um único tiro numa hora específica, o qual dará a deixa para o resto do grupinho de insurgentes lutar com a multidão. Encharcada de suor, com a pulsação esmurrando os ouvidos, Lilly tenta respirar normalmente e ficar calma conforme observa os procedimentos. Ela consegue ver o pastor do outro lado do campo interno, no limite da pista exterior do campo de beisebol, conduzindo seu ritual à luz que se esvai, entregando os biscoitos e as bebidas a cada um dos seus súditos enquanto o murmúrio de vozes oferece *amém* e *aleluia*. Lilly assistiu a documentários de Jonestown, leu sobre cultos de suicídio ao longo dos anos, mas jamais poderia esperar que a situação real parecesse tão... *parada*. Tão *tranquila*. Até mesmo as crianças dão a impressão de estarem felizes em aceitar aquela comunhão simbólica em meio à terrível praga. Talvez seja algum tipo de versão distorcida de psicologia em massa. Ou pode ser que seja apenas o que acontece quando as pessoas são castigadas por uma praga tão terrível por tanto tempo. A verdade é que Lilly não faz ideia de quantos congregantes sequer estão *cientes* do que aquilo se trata.

Ela pega então a maldita pistola semiautomática calibre .45 com tensão nervosa e ódio fervilhante nas juntas esbranquiçadas dos dedos. O ódio que sente — misturado ao luto não resolvido pela perda de Calvin — está exacerbado pela característica sofrível da nova arma, a qual foi descoberta naquela tarde em uma busca frenética pelas ruínas da estação da Guarda Nacional incinerada. Bob a encontrou em um abrigo antibomba subterrâneo que não havia descoberto ainda, junto a algumas espingardas militares e mais munição. Mas Lilly não faz ideia de quanto tempo as armas ficaram lá embaixo, ou se aquela porcaria sequer dispara direito. Ela tem oito balas na pistola e um pente adicional com mais dez, só.

O resto dos insurgentes está posicionado em junções cruciais ao redor da arena, com mínimo poder de fogo. David Stern e Speed Wilkins têm os únicos rifles de assalto completamente automáticos do grupo, enquanto Gloria Pyne está com a confiável Glock, e Barbara Stern, com a calibre .38 especial da polícia — nenhuma das armas é muito eficiente a longa distância. Matthew e Bob têm, cada um, uma espingarda — Bob empunha a calibre .12 e Matthew, uma .20 de cano duplo —, nenhuma das duas necessariamente projetada para aplicações a longa distância. Devido a tudo isso, o arsenal minguado do grupo não é páreo para as armas de fogo e os dispositivos que o grupo da igreja tem escondido.

É por isso que Lilly, apesar da névoa de ódio, convenceu a equipe a segurar fogo a menos que seja absolutamente necessário. O plano é aguardar até que Jeremiah e os demais percebam que ninguém está caindo na espiral mortal conforme esperado, e tanto o barbitúrico quanto o veneno parecem estar neutralizados e serem ineficientes — *esse* será o momento ideal para interceder. Talvez Jeremiah veja o fracasso do veneno como um ato de Deus. Talvez ele interprete isso como um sinal. Mas, em meio à confusão, o reverendo estará mais maleável. Ouvirá a voz da razão.

Lilly pensa em tudo isso quando repara que dois membros da igreja estão faltando. O policial — qual é o nome dele? Wade? — e o cara de Panama City, Arbogast, Mark Arbogast. Ela chegou a conhecer melhor os dois durante as buscas por suprimentos, e gostava deles. Eram homens estáveis, simples, de cidadezinhas com valores singelos. Mas, por algum motivo, a ausência deles deixa Lilly nervosa. Na verdade, ela começa a dar uma olhada nos lugares mais afastados das arquibancadas em busca deles quando ouve uma comoção no campo interno.

Vozes elevadas ecoam ao vento, alguns dos paroquianos discutem uns com os outros. Lilly direciona o olhar para o pastor.

Ao longe, Jeremiah saiu do púlpito improvisado, desceu os degraus da arquibancada, e, irritado, está abrindo caminho em meio à multidão, sentindo a temperatura das testas das pessoas e olhando com cuidado para os olhos delas com a atenção febril de um enfermeiro estafado. É difícil de interpretar a expressão do reverendo a distância, mas ele parece estar pálido de choque, e as pessoas gritam com ele. É difícil ouvir as palavras exatas que estão sendo ditas, mas pelo visto Jeremiah está respondendo aos berros:

— *Não é a vontade Dele! Não é! Tem alguma coisa errada! Vocês deveriam estar adormecendo! Todos deveriam estar adormecendo!*

Lilly dá o sinal — a mão erguida em punho, então um rápido puxão para baixo.

Imediatamente, ela vê um borrão de movimento de um lado do campo interno, a uns 30 metros de onde o pastor está abrindo caminho em meio à congregação, tentando entender o que aconteceu com seu veneno.

Speed Wilkins sai de detrás de uma das colunas, ergue o cano da AR-15 e dispara um tiro controlado para o céu.

VINTE E CINCO

Durante um momento surreal, a maioria dos congregantes simplesmente fica boquiaberta, em um silêncio assombrado, alguns erguendo as mãos como se estivessem sendo assaltados. Outros congregantes do sexo masculino pegam as armas, mas todos os demais rebeldes — Bob, David, Barbara, Gloria e Matthew — saem do esconderijo e, com as armas erguidas, cada um dá um tiro pro alto, para chamar a atenção de todos e desencorajar qualquer aspirante a herói. A salva ecoa pelo céu escuro.

Lilly caminha tranquilamente até a beirada da varanda do mezanino, a 45 metros de onde o pastor está paralisado, encarando-a como se visse um fantasma. Lilly ergue a mão com a arma e a voz dela se projeta como a de um ator em uma peça shakespeariana:

— Jeremiah, sinto muito... mas isso não pode acontecer!

— O que você fez? — Os olhos dele se enchem de terror absoluto e inalterado. — Ai, meu Senhor, o que, em nome de Deus, você *fez*?

— Nós trocamos o veneno por água! — Lilly respira fundo. — Agora está na hora de você...

— VOCÊ NÃO TEM IDEIA DO QUE FEZ! — grita Jeremiah para Lilly, e o rosto dele subitamente se transforma em uma máscara de horror abjeto. — VOCÊ NÃO FAZ IDEIA ALGUMA!

— Calma — berra Lilly de volta para o homem, bruscamente, como se falando com um animal de estimação desobediente. — Cale a boca por um segundo e ouça o que vai acontecer!

— O QUE VAI ACONTECER? O QUE VAI ACONTECER? — Ele olha em volta como se estivesse prestes a arrancar os cabelos. A arena toda está em silêncio. Jeremiah olha para o relógio de pulso. Então volta a olhar para Lilly, e os olhos dele praticamente brilham com pesar. — VOCÊ SE CERTIFICOU DE QUE TODOS NÓS TEREMOS UMA MORTE INFERNAL, HORRÍVEL E DOLOROSA...!

— Calma, porra! — Lilly puxa o ferrolho da .45 e aponta a arma para ele. — Você já manipulou essas pessoas por tempo demais. Esta é a nossa cidade, não vamos...

A primeira explosão a interrompe, agitando as arquibancadas e ressoando nas vigas com um estrondo forte de trovão. Lilly instintivamente se agacha. Que porra foi essa? Ela sente um clarão e uma onda de choque de calor do lado esquerdo, então se vira para o leste.

A segunda explosão vem do canto nordeste da barricada, um clarão estroboscópico seguido por um estrondo ressoante, o qual lança estilhaços de madeira e uma nuvem de destroços na direção do céu.

O coração de Lilly quase para e sua respiração fica presa na garganta quando ela percebe o que está acontecendo. Mas *por quê*? Por que eles derrubariam a fortificação da cidade... ainda mais se estavam determinados a se autodestruir com veneno? Não faz sentido. Mas Lilly rapidamente percebe que não tem tempo de entender tudo isso, porque Bob está girando na direção do altar improvisado com o cano erguido enquanto as pessoas correm para todas as direções.

Então Lilly vê o pastor disparando até um dos seguidores — o homem chamado Anthony — que empunha uma das AK-47 roubadas. Subitamente, Jeremiah adotou uma expressão de cada um por si, pegou o rifle de assalto das mãos do discípulo e está puxando o gatilho de segurança com um único movimento.

— LILLY, ABAIXE-SE!

A voz de David Stern atrás dela lança um sinal de aviso pela coluna de Lilly e a leva ao chão conforme o ar se acende com uma saraivada de balas em alta velocidade, as quais bombardeiam as varandas superiores da pista de corrida com gotas de faíscas, poeira e estilhaços tilintando.

* * *

Uma hora, Lilly vai entender tudo: aquela outra bolsa cheia de explosivos que Bob mencionou, a que Stephen carregava — estava destinada o tempo todo a abrir caminho, se não em uma barricada como a de Woodbury, então talvez na lateral de um prédio ou nas janelas de um armazém ou fortificação. A ideia era deixar a horda de mortos-vivos entrar apenas depois de os membros da igreja terem tirado as próprias vidas e o terreno sacrificial estar repleto de cadáveres recentes. O estouro da manada de errantes então desceria sobre o Povo Pentecostal de Deus e o consumiria em alguma inversão distorcida da Comunhão Sagrada. De alguma forma, pela visão de mundo perturbada e invertida de Jeremiah, ser devorado pela horda consagraria aqueles que se sacrificaram. Talvez, racionou Lilly, se a lógica falha de Jeremiah fosse estendida, o processo de comunhão, sacrifício e consumo acabaria com o Apocalipse.

Se ao menos... se ao menos... se ao menos, Lilly se vê pensando enquanto se abaixa atrás da pilastra em meio aos estalos e ricochetes de balas em alta velocidade que faíscam nas pilastras superiores.

Outros congregantes armados seguiram a ação do pastor e começaram a atirar nos rebeldes. O resto dos observadores começa a fugir para todas as direções, atropelando mudas e fileiras de vegetais frescos, tentando encontrar abrigo ou rotas de escape pelo campo interno. O ar dentro da arena se acende, estalando com tiros de todos os tipos, calibres e velocidades. Alguns dos adultos correm para reunir as crianças e a tirarem da linha de fogo, mas a cordita, a fumaça e a poeira se levantam quase instantaneamente, transformando a arena da pista de corrida em um banco de névoa.

Durante uma saraivada de balas que atinge os deques superiores, Lilly se encolhe em posição fetal atrás da pilastra, tapando a cabeça conforme destroços caem nela, esquecendo-se de que ainda tem uma arma à mão direita. Ela consegue enxergar movimentos embaçados pela visão periférica de cada lado, e vê relances de Bob, Speed, Matthew, Gloria, David e Barbara, cada um buscando abrigo atrás de vigas, arquibancadas vazias e colunas de sustentação. Em meio ao caos, Lilly sente o ódio revirar seu estômago e fica de pé, puxando a trava da .45 e olhando pela borda da pilastra.

Ela vê a leve sombra de uma figura vestindo paletó, de pé perto do altar improvisado, atirando nos assentos baratos com uma AK-47. *Ele está enlouquecido,* pensa Lilly, *finalmente perdeu as estribeiras e ficou totalmente psicótico.*

— É ISSO O QUE JESUS FARIA?! — grita Lilly para Jeremiah conforme dá três disparos rápidos, segurando a velha Smith & Wesson com ambas as mãos, o cano rugindo alto nos ouvidos dela, fazendo-os zunir e cuspindo pólvora nas bochechas de Lilly. Ela erra o pastor por 1,5 quilômetro.

Outra saraivada de balas em alta velocidade responde ao fogo de Lilly, ecoando nas vigas mestras acima dela e jorrando sobre as arquibancadas ao redor dos seus pés.

Ela recua de volta para trás da pilastra, puxando instintivamente o ferrolho com o polegar, calculando suas chances na mente traumatizada. Lilly tosse uma lufada de cordita e poeira. Ela tem quase certeza de que há três, talvez quatro atiradores ali com rifles de assalto. Se conseguir coordenar os próprios disparos com os outros insurgentes, talvez eles possam derrubar os atiradores um a um. Mas e quanto a danos colaterais? Onde estão as crianças? Lilly olha pela lateral da coluna em direção à névoa de fumaça. A arena está tão embaçada com poeira e destroços que é difícil distinguir qualquer coisa além de silhuetas disformes correndo em todas as direções. No intervalo de alguns segundos, outra salva de balas estala e se acende na poeira, tilintando e iluminando as arquibancadas.

— SEUS MERDAS HIPÓCRITAS, ARROGANTES E SANTIMONIAIS! — grita Lilly por cima do estardalhaço de gritos e disparos intermitentes. — É ISSO O QUE JESUS FARIA? — Um disparo estrondoso ecoa ao lado dela, e Lilly dá um pulo para trás, sobressaltada. — PORRA! PORRA! PORRA! PORRA!

Matthew Hennesey está parado em uma espiral sufocante de poeira do lado direito de Lilly, a uns 10 metros, enfiando balas na câmara da espingarda e disparando uma de cada vez, insanamente, sem pensar muito ou mirar, para o altar, gritando uma corrente de profanidades a todo vapor sempre que atira — no estilo de um gângster —, uma série de palavras e ameaças que Lilly não consegue decifrar muito bem. Ela começa a gritar algo para Matthew quando uma saraivada de fogo em resposta penetra a barriga dele e o joga, trôpego, para trás, na arquibancada vazia. A espingarda sai voando de suas mãos e um jorro vermelho-sangue escorre pelos ferimentos quando ele cai de costas em um banco.

— MATTHEW! — Lilly engatinha pela distância de 10 metros até o homem caído. — AH, MERDA! AH, MEU DEUS! MATTHEW, AGUENTE FIRME!

O ex-pedreiro de Valdosta está caído com o rosto virado para cima, jogado no banco de metal, com sangue escorrendo pela boca, tossindo, tentando falar, o abdômen destruído por buracos de bala, e os órgãos já começando a falhar. Matthew é um homem grande, mas parece encolher diante dos olhos de Lilly conforme a vida é drenada dele. Ela consegue levantar Matthew antes que ele desmaie, aninhando a cabeça do rapaz.

— Desculpe por eu não ter ajudado muito — diz ele, tossindo sangue e engasgando ao tentar transformar em palavras seus últimos pensamentos. — Preciso que você... preciso que vá em frente e... preciso que... que... para que eu não..

— Ssshhhhhh — conforta Lilly. Sem pensar muito, diz: — Feche os olhos, Matthew. Apenas feche os olhos e durma.

Ele obedece.

Lilly apoia o cano da .45 na têmpora do rapaz e vira o rosto.

David e Barbara Stern passaram por situações difíceis juntos desde que a praga irrompeu... mas nada *assim*. No momento, David a está arrastando pela barreira de cerca retorcida do lado sul da arena, engasgando com a fumaça, tentando ficar abaixado enquanto os estalos do fogo cruzado zunem e tilintam por cima das cabeças deles. A única coisa que

David tem a seu favor é o fato de ser uma das poucas pessoas na névoa com um rifle de assalto totalmente automático. O lado negativo da equação é que ele perdeu seus companheiros de vista, não faz ideia de em quem deveria atirar, é capaz de sentir o cheiro revelador da horda se aproximando e não consegue fazer a esposa irritante se mexer.

— Não podemos simplesmente deixá-los! — Barbara se debate nos braços dele, tentando se desvencilhar. Os fios grisalhos de cabelo estão grudados no rosto suado e encharcado dela. — David, pare! Precisamos voltar!

— Gloria está com as crianças, Babs! Caso não tenha reparado, a muralha caiu, e precisamos entrar... ou vamos acabar virando o jantar de alguém!

— Mas que droga, não vou deixá-la com aquelas crianças!

Barbara finalmente se desvencilha, gira sobre os tênis e dispara de volta para a nuvem de poeira.

— Por que tive que me casar com essa mulher? — pergunta David a si mesmo, meio que retoricamente, conforme vai atrás dela. Ele puxa o ferrolho da AR-15 e a alcança em segundos. — Barbara, fique abaixada! Vá para trás de mim! — David passa para a frente dela. — Mantenha a cabeça baixa e...

Um único disparo de uma arma automática do lado oposto da arena o interrompe.

Os Stern se abaixam enquanto balas perdidas ricocheteiam de vigas acima deles, mas em meio a tudo isso, os dois continuam seguindo pela barreira de cerca retorcida na direção sudeste do campo interno. Eles conseguem ver o pequeno aglomerado de pessoinhas entrando em um vestíbulo a 15 metros, sendo levado por uma mulher baixa e atarracada usando viseira.

Barbara grita:

— Gloria!

A mulher de viseira para, se vira e olha pela borda do vestíbulo.

— Venham logo para cá! — berra ela. — Que diabo estão fazendo?

Os Stern caminham abaixados mais uns 12 metros e então mergulham na passagem de cimento, os dois hiperventilando com a exaustão nervosa. A escuridão e o cheiro almiscarado de cimento fresco e os odores corporais de meia dúzia de crianças imediatamente os envolvem. O teto alto pinga devido à condensação e uma única placa dizendo SAÍDA coberta de teias de aranha está escura, sem energia. As crianças — de 5 a 10 anos — se encolhem contra uma parede desgastada, algumas delas gemendo baixinho, tentando ser corajosas, contendo as lágrimas.

A passagem se estende por mais 30 metros de concreto velho antes de se abrir para o pátio escuro e deserto de cascalho no lado sul da arena.

— Precisamos levar esses pequenininhos para algum lugar seguro imediatamente — anuncia Gloria Pyne para os Stern, afirmando o óbvio.

Os adultos conseguem sentir o cheiro dos horrores sombrios na brisa noturna que invade a abertura do vestíbulo. O leve fedor de carne podre, tecido infeccionado e mofo aumentou a ponto de fazer os olhos lacrimejarem e os estômagos se revirarem. O coro distante de grunhidos ferozes já começou a ecoar pelo topo das árvores próximas dali.

— Tudo bem, vamos levá-las para o outro lado da... — começa a dizer David Stern, mas, subitamente, o enorme estalo de um ruído estrondoso vem do lado de fora da abertura mais afastada da passagem, um som não muito diferente de uma enorme sequoia caindo na floresta, tombando tão forte que faz o chão estremecer, e todas as cabeças se viram para o norte, a direção geral da barricada danificada, ainda em chamas.

O ar se enche com uma onda de gemidos vibrantes, rosnados e aquosos.

VINTE E SEIS

A horda se arrasta para dentro da cidade vindo de três direções: norte, leste e sul. Se vista do céu, a infestação em câmera lenta poderia lembrar um ataque constante, incessante sobre um gigantesco organismo por um exército invasor de células cancerígenas. Os mortos-vivos saem pelas ruínas enevoadas da barricada até quase a Folk Avenue e se espalham pelo pátio de trens, levando consigo a infecção do fedor, os olhos amarelos que avaliam insanamente a propriedade, os braços estendidos na escuridão como os de membros de uma companhia de dança mortal e psicótica. Eles invadem vindos do bosque, entram nas seções abertas da muralha perto do cruzamento da Pecan Street com a Dogwood procurando carne quente, esbarrando uns nos outros na fome comunal, cada uma das criaturas grunhindo em uníssono, produzindo um zumbido crescente como uma enorme turbina que gira cada vez mais rápido. As criaturas tropeçam nos trechos queimados e derrubados da barricada na Durand Street e se espalham como uma corredeira pelos pátios vazios, escorrendo por calçadas e avançando até a praça da cidade. O fedor incrível se espalha como tinta pela escuridão, invadindo lares por janelas abertas, permeando os becos, as alcovas e as ruas sem saída. O odor é tão forte que gruda na pele dos poucos seres humanos que estão espalhados procurando abrigo, gritando de terror, buscando freneticamente por segurança.

Na ponta norte da praça da cidade, Speed Wilkins tenta fugir de um aglomerado de errantes que segue o cheiro dele, mas o rapaz é inadvertidamente cercado quando vira em uma rua errada no velho carvalho do centro da praça coberta de grama. Speed fica encurralado por três grupos distintos e tem apenas dez balas restantes na AK-47, mas mesmo assim tenta atirar para fugir. Grande erro. O tempo que Speed leva para matar a primeira fileira de errantes vindo pelo lado direito — as cabeças explodindo como melões podres estourando, figuras maltrapilhas fazendo a dança desengonçada da morte à luz da lanterna —, ele não só acaba com a munição, mas também dá à fileira de monstros que vem atrás a oportunidade de chegar ilesa até ele.

A arma estala, vazia, no exato momento em que um enorme morto-vivo do sexo masculino vestindo um jaleco hospitalar queimado, consumido pelo fogo, salta por trás de Speed e crava os dentes escuros no pescoço musculoso do rapaz. Ele grita e deixa a arma inútil cair. Depois se vira, mas já é tarde demais. Há tantos deles que o simples ato de arrancar o enorme morto das costas atrai mais uma dúzia da outra direção como sanguessugas, fechando as mandíbulas sobre os braços, as pernas e as escápulas de Speed. O rapaz luta corajosamente, mas o mero número de criaturas — a simples inércia do peso e do volume delas — finalmente leva Speed ao chão.

A essa altura, três grupos separados de humanos passam na linha de fogo de Speed conforme correm para o centro da cidade, freneticamente procurando refúgio, atirando livremente na direção da horda que se aproxima. Jeremiah e dois dos seguidores — Reese e Stephen — estão fugindo em uma bicicleta tandem, atirando com armas pequenas, quando reparam em Speed sendo devorado sob a árvore. O ex-jogador de futebol se debate às cegas conforme os errantes se alimentam das pernas dele, o pescoço já destroçado e jorrando sangue. Ao passar a 15 metros do frenesi de alimentação, Reese para por um momento horrorizado. Ele pensa que talvez devesse tentar interceder — talvez isso fosse *realmente* a coisa cristã a se fazer — quando, de repente, sente a mão forte como ferro de alguém no seu braço.

— Vamos, irmão, ele se foi! — Jeremiah o arrasta para longe. — Não temos tempo, vamos!

Conforme o pastor e seus discípulos correm para a escuridão, os errantes cercam Speed, rasgando-o, arrancando os órgãos dele, cortando a pele e partindo tendões como se fossem laços de fita de um embrulho. Speed ainda está consciente quando o segundo grupo passa ao alcance do seu ouvido.

David Stern, disparando a AR-15, lidera o grupo de seis crianças — com Gloria e Barbara atrás — na direção do abrigo no tribunal. Quando David vê o frenesi horrível acontecendo, ele se vira e grita para as crianças:

— Todo mundo, olhe para mim, olhos aqui em cima! Olhos em mim, olhem para mim! — David corre na direção do tribunal o mais rápido que pode com suas articulações artríticas. — Assim está bom! Sigam em frente e mantenham os olhos em mim!

Quando eles desaparecem na esquina do prédio em busca da entrada dos fundos, pois os degraus da frente já estão lotados de errantes, o terceiro e último grupo de sobreviventes passa pelo campo visual de Speed.

A essa altura, ele está quase inconsciente, agarrando-se à vida conforme os errantes mastigam o estômago dele, sugando suas entranhas da mesma forma que cães selvagens devorariam uma montanha de ração. Ainda em posse das próprias cordas vocais, Speed consegue soltar um último grito de desafio e ódio — um gemido vociferado e inarticulado, o corpo dele estremecendo com os últimos suspiros, um velho atleta de escola caindo com o orgulho ainda intacto — que chega a três outros humanos correndo pela parte sul da praça. Lilly vê aquela cena horrível primeiro, mas Bob e Tommy Dupree não reparam até Lilly parar completamente. Bob se vira na direção dela e exige saber que porra ela está fazendo, se perdeu a cabeça, mas tudo o que Lilly consegue fazer é encarar o banquete enquanto ergue a .45 e atira no amigo, murmurando, sem fôlego:

— Vá tranquilo, Speed... descanse em paz.

O disparo arranca o topo do crânio do homem, trazendo a escuridão abençoada e o fim a mais um dos fiéis amigos de Lilly.

Em menos de uma hora, a superhorda toma conta da cidade. Mais tarde, após o evento, os sobreviventes vão refletir sobre o fenômeno e especularão a respeito dos fatores que podem ter atraído tantos deles para um único lugar. Ostensivamente atraídos pelo som amplificado da voz do pastor, seria bem possível a horda ter dobrado de tamanho depois do barulho e da luz das explosões — visíveis a pelo menos 1,5 quilômetro —, efetivamente atraindo ainda mais criaturas dos bolsões e dos enclaves de fazendas e cidades vizinhas. Independentemente das explicações, no entanto, às 10 horas daquela noite, o exército rastejante de mortos-vivos já se infiltrou em todas as calçadas, as ruas vicinais, as fachadas de lojas, os pátios vazios, as soleiras das portas e em cada metro quadrado de imóveis que Woodbury tem a oferecer.

A maioria dos membros do Povo Pentecostal de Deus teve sua pulsão de morte realizada — apesar de por uma forma muito menos humana. Três das mulheres — Colby, Rose e Cailinn — são atacadas dentro do prédio, nos fundos da Pousada Gota de Orvalho, onde haviam originalmente assado os sacramentos utilizados no ritual. Pelo que parece, um bando de errantes utilizou a entrada de serviço dos fundos e as devorou bem no chão da cozinha.

Joe e Anthony nem sequer saem da arena da pista de corrida. A primeira leva de errantes corre pelos vestíbulos, surpreendendo a dupla conforme eles tentam sair por uma das passagens.

Wade e Mark perecem do lado de fora da cerca, quando um dos dispositivos de explosão dispara prematuramente, ferindo os dois e tornando-os alvos fáceis no momento em que o exército de errantes chega. Outros membros da igreja, assim como um número significativo de antigos residentes de Woodbury, morrem tentando fugir da segunda onda de errantes que varre a cidade depois de devorar Wade e Mark.

No momento, apenas Bob, Lilly e Tommy ainda estão nas ruas, encurralados, isolados, sem munição, reunidos nas sombras de uma enorme galeria de escoamento.

Já faz 30 minutos ou mais que eles estão se escondendo naquele gigantesco cano de esgoto, desde que as multidões de errantes ficaram numerosas demais, bloqueando a rota de fuga e perseguindo-os para dentro do cano. Com cerca de 2 metros de diâmetro, coberto de tijolos enviesados e empoçado no centro com pelo menos 7 centímetros de água parada, o enorme cano de cimento tem um fedor salobro. Bob acredita que ele se conecta com os túneis mais profundos da Ferrovia Subterrânea, mas, infelizmente, está bloqueado por uma grade de ferro, feita para manter guaxinins e pragas maiores longe do esgoto. A boca da galeria — a abertura está meio enterrada na argila da Geórgia — se abre para um pátio de trens abandonado, o qual, no momento, fervilha com errantes de todas as formas, tamanhos e estágios de decomposição.

— Bob, vamos — sussurra Lilly para o homem mais velho, que está agachado perto da entrada da galeria, raspando o chão com a lâmina do seu canivete Swiss Army. — Nesse ritmo, Tommy já vai ter passado da puberdade quando você terminar de cortar essa porra.

— Muito engraçado — murmura Tommy atrás de Lilly. O menino está sentado apoiando-se na tela de ferro do lado de dentro do cano, e sua camiseta do Pokémon parece ter passado por um triturador de madeira. Ele é um prodígio para Lilly: a criança mais resistente e ousada que ela já conheceu. Apesar de traumatizado por ter matado o próprio pai e perturbado pela tragédia do suicídio da mãe, ainda luta para sobreviver, com o pequeno queixo projetado desafiadoramente para a frente e o rosto suado e coberto de sardas contraído pela coragem. Ela precisa mesmo de mais umas três dúzias de Tommys Dupree. — O que tem aí embaixo mesmo? — pergunta o menino a Bob.

— Uma saída desta confusão — responde o homem, trabalhando e raspando a lâmina cega na junção do cano com a persistência de um prisioneiro tentando cavar um túnel para fora do presídio de Sing Sing. — A maioria dos novos canos d'água municipais são feitos de PVC —

explica ele, grunhindo com o esforço, preocupado e cavando a junção —, mas esses velhos desgraçados daqui são feitos de cimento e argamassa.

— Bob... — Lilly começa a interromper, com uma onda de calafrios percorrendo suas costas. Ela acaba de sentir uma lufada de fedor de errantes pairando pela entrada do cano, uma mistura de entranhas podres de peixe e merda em decomposição, e agora ela vê sombras se movendo na direção da abertura.

Bob está distraído, obcecado em abrir o chão do cano de escoamento.

— O truque é atravessar a primeira camada da mistura — murmura ele.

— Bob, acho melhor nós...

Uma figura surge na entrada do cano, um enorme errante do sexo masculino completamente carbonizado, com metade do abdômen cortado e as entranhas pendendo para fora.

Tommy grita:

— CUIDADO!

Bob se vira e ergue a faca. Os olhos do errante giram para trás do crânio, como um tubarão, quando ele se lança para Bob, mirando na papada carnuda do pescoço do homem. O velho médico é rápido como um relâmpago para uma pessoa da idade dele, e consegue ao mesmo tempo recuar e enfiar a pequena lâmina na testa do errante.

A lâmina afunda, fluidos jorram pelo cabo e o errante desaba.

Bob gira na direção dos outros.

— O barulho vai atrair mais deles! — Tommy e Lilly trocam um olhar acalorado. Bob limpa a lâmina na calça e assente na direção do fundo da galeria. — Tentem chutar as barras para fora! Façam isso juntos! Deem mais uma boa...

Movimentos em borrões atrás de Bob interrompem as palavras dele, fazendo-o se virar quando figuras escuras e em frangalhos convergem para o cano de esgoto. Tommy grita de susto. Três criaturas atacam Bob — duas do sexo feminino e uma do masculino —, suas bocas escurecidas trabalhando ativamente, hálitos insuportáveis saindo de dentro delas a cada grunhido. Uma das criaturas ataca o rosto de Bob, mas ele a chuta com toda força, derrubando-a na borda da abertura do cano. Do outro lado, Lilly busca freneticamente algo para usar como arma enquanto Tommy chuta, ensandecido, a grade de ferro retorcida.

Subitamente, um enorme ruído de rachadura percorre a extensão da galeria, soando quase como gelo se partindo, conforme os errantes cercam Bob, que está gritando obscenidades para as criaturas, golpeando com seu canivete patético. Eles se amontoam em Bob, o peso fazendo pressão no ponto já enfraquecido e comprometido pelo raspar constante da faca do homem. Lilly grita quando o chão começa a ceder. Ela estende a mão para Bob, roçando a manga da camisa dele, buscando a mão do amigo, mas é tarde demais.

Em uma imensa, abaladora e rodopiante erupção de poeira e barulho, o piso do cano desaba.

O estrondo terrível abafa o grito de Bob conforme ele mergulha escuridão abaixo, os monstros agarrando-o, a massa de carne, sangue e dentes desaparecendo no breu sob o pátio de trens. Um enorme estampido de aríete chacoalha a estrutura subterrânea, e Lilly engatinha até a borda do buraco irregular que agora ocupa metade da extensão da galeria. Ela tenta enxergar em meio ao fedor, mas não consegue distinguir nada na escuridão coberta de poeira. Lilly faz uma tentativa inútil de chamar o amigo, mas mal consegue tomar fôlego, pois a poeira está tão onipresente, obstruindo a garganta e fazendo os olhos dela arderem. Lilly ouve algo cedendo abaixo, como vigas de madeira quebrando em um navio, então uma grande ruptura de água que parece um motor de aeronave.

— Lilly! — A voz de Tommy chama a atenção dela de volta para a galeria. Lilly recua, caindo sentada. Pisca e olha para cima, como se saísse de um transe. Ela vê o olhar do menino. — Lilly, me escute — diz a criança, com os olhos brilhando de adrenalina e pânico. — Precisamos sair daqui, agora *mesmo*. *AGORA MESMO!*

Ela nota que a abertura do cano está relativamente livre, e os errantes mais próximos, visíveis na escuridão distante ao longo dos trilhos de trem a uns 45 metros, se arrastando pelo trilho como se corressem atrás de um trem que nunca virá. Lilly seca as lágrimas do rosto e encontra uma reserva interior de força pelo bem do menino, pelo bem da cidade, pelo bem de todos aqueles que se sacrificaram... mas em grande parte... *por Bob.*

Ela fica de pé, fungando para conter a dor e o choque, e pega a mão de Tommy. Então, dando um grande passo, os dois saltam por cima do buraco no chão e se lançam na noite.

VINTE E SETE

Do outro lado da cidade, fora da muralha, no limite de um estacionamento coberto de destroços, três homens estão pendurados de ponta-cabeça em uma SUV que capotou, o motor ainda roncando e as rodas de trás girando inutilmente.

Em parte consciente, sangrando, o homem preso atrás do volante continua de paletó, que é sua marca registrada, e está apenas parcialmente ciente dos outros dois homens no veículo capotado. No banco de trás, Reese Lee Hawthorne está deitado, contorcido e inconsciente no teto, ainda respirando com irregularidade, o capuz do moletom encharcado de sangue devido a lacerações profundas que sofreu na parte de trás do crânio. No banco do carona, Stephen Pembry pende, também inconsciente, preso pela alça no ombro, seu rifle de assalto quente e fumegando no teto. Quando a onda de errantes vinda de todas as direções se aproximou do veículo e, por fim, o virou de ponta-cabeça, Stephen Pembry estava atirando desesperadamente pela janela quebrada.

Agora, o homem atrás do volante luta para permanecer consciente enquanto sangue escorre pelo corpo dele, pingando do alto da cabeça para o teto do carro como uma torneira teimosa.

Jeremiah Garlitz nunca pensou que iria morrer dessa forma: em um carro roubado que capotou, cercado por centenas, talvez milhares de cadáveres errantes, sangrando devagar enquanto a multidão arranha incessantemente as janelas do veículo, deixando rastros de sangue e bile no vidro. O pastor sempre imaginou que sua morte seria muito menos infame — talvez até gloriosa e nobre —, mas no momento precisa encarar o fato de que Deus quer que ele morra dessa forma: um animal ferido na SUV capotada.

— Por quê, Senhor? Como chegou a este ponto? — profere ele pelos lábios rachados e com crostas de sangue seco.

Do lado de fora, o arrastar de incontáveis pés — muitos descalços e escurecidos pela putrefação e lividez — cerca a van. Agitados pelo som abafado da voz do pastor, os mortos-vivos se lançam contra as janelas e os painéis traseiros, irradiando o fedor de túmulo. Pelo vidro quebrado, o cheiro é insuportável, o odor do demônio, o cheiro da degradação, do pecado, da fraqueza, da podridão e do mal. O pastor precisa arquejar para tomar fôlego — uma perfuração em um dos pulmões torna a respiração um sofrimento —, e fixa o olhar lacrimejante nas figuras farroupilhas e molhadas que se esfregam de um lado para outro no exterior.

Jeremiah fecha os olhos e tenta convocar todo o amor que tem no coração por seu querido Senhor Jesus Cristo, seu salvador, sua luz guia, e tenta pedir perdão por seus inúmeros pecados, rezando para que sua passagem seja rápida, e tenta fazer a travessia com calma, em paz, no ventre abençoado do espírito santo, mas algo interrompe o momento. O barulho da multidão, os grunhidos e gemidos coletivos das bestas, um barulho como metal se partindo ressoa pelo veículo capotado, causando um nervoso nos dentes do pastor, latejando no crânio e na cavidade nasal dele, acendendo-se branco e quente nos olhos de Jeremiah, atormentando-o, torturando-o, provocando-o.

— *POR QUÊ? POR QUÊÊÊÊÊÊÊÊÊÊÊÊÊ?!*

No fundo da sua mente, bem lá atrás, nas câmaras secretas além da consciência, no quarto escuro onde seus segredos e imoralidades permanecem, a fonte da dor de Jeremiah assume a forma de uma caixa, um pequeno recipiente de metal com uma porta ainda menor embutida no topo. Ele está vendo essa caixa na mente conforme a multidão aumenta do lado de fora, atraída pelo som dos gritos do pastor. Jeremiah nota uma pequena manivela na lateral da caixa. O carro começa a oscilar assim que a horda se aproxima pelas laterais. A manivela da caixa gira. Os errantes pressionam o lado esquerdo e o veículo se inclina com violência. A manivela da caixa imaginária gira mais rápido, uma canção de ninar baixinha e desafinada saindo de dentro dela. A horda empurra do lado direito e o carro se inclina para a outra direção. A melodia de "Três ratinhos cegos" ressoa na caixa invisível. A onda de errantes se choca mais uma vez com tanta força que, subitamente, em um imenso espasmo, a SUV vira sobre as rodas.

O boneco imaginário salta para fora da caixa.

Os pneus de trás encontram atrito.

Uma pequena marionete de satanás sai de dentro da caixa na mente de Jeremiah.

O automóvel se impulsiona para a frente através de uma parede de mortos-vivos, atropelando várias centenas de cadáveres em movimento conforme o pastor segura o volante com as mãos escorregadias de sangue e pisa fundo no acelerador. Os pneus traseiros deslizam de um lado para outro sobre o asfalto escorregadio de sangue conforme mais e mais corpos são esmagados sob o veículo, e o reverendo começa a gargalhar em uníssono com a pequena marionete de satanás na sua imaginação. Os outros dois homens oscilam e caem inertes conforme a SUV tritura um mar de entranhas, e a risada de Jeremiah está rugindo, seus ferimentos ficando dormentes e frios. A Escalade preta como um corvo mói um oceano de errantes, lançando tecido, bile e matéria cerebral por cima do para-choque e do capô, lavando o para-brisa com miúdos, pedaços de órgãos e estilhaços de ossos e sangue com consistência de lodo, e o pastor ri tão forte que soa ridículo conforme irrompe pelas últimas poucas fileiras de mortos-vivos e derrapa pela estrada de acesso ao norte da cidade. E mesmo enquanto dispara pela escuridão, finalmente livre da horda, do passado, do jugo da religião, ele não consegue parar de rir da insignificância e do absurdo de tudo aquilo.

Jeremiah ri sem parar até a fronteira do condado, então se vira para o sul e segue para o vazio da noite, pensando em sobrevivência, pecado e ajustes de contas.

* * *

Eles não ouvem as vozes até virarem na esquina da rua principal e seguirem para o norte, pela escuridão fétida em direção à praça da cidade. Lilly usa uma viga de madeira da muralha desfeita como bastão ao abrir caminho pela multidão conforme segue, perfurando freneticamente a parte de trás de crânios ou derrubando agressores com golpes nas pernas. Tommy mal consegue acompanhá-la, agitando o próprio bastão improvisado, atacando a horda faminta com uma liberdade selvagem. De vez em quando, um dos errantes maiores ataca o menino e Lilly precisa parar, se virar e empalar o crânio da criatura com o lado pontudo do bastão. Dessa forma trabalhosa, os dois levam mais de cinco minutos para cruzar a distância entre a galeria de escoamento e a praça.

Quando chegam ao gramado que compõe a praça da cidade, o número de errantes dentro da zona de segurança parece ter dobrado ou até mesmo triplicado. São tão numerosos que ficam ombro a ombro ao longo de partes da calçada e da praça ladeada por árvores. Lilly precisa derrubar uma lata de lixo pela sarjeta apenas para distrair um número suficiente deles a fim de abrir caminho até os degraus do tribunal. Mas depois que ela arrasta Tommy pela calçada e chega às escadas, vê imediatamente a entrada principal escancarada, as enormes portas duplas oscilando ao vento.

Dentro do saguão escuro, lixo é soprado pelo piso de parquete e as silhuetas de cadáveres escuros de pé tropeçam ebriamente de um lado para outro. No intervalo de alguns segundos, um dos rostos pálidos e manchados reflete o luar, a boca escancarada com a fome bestial.

— Ótimo. ÓTIMO! ÓTIMO! — comenta Lilly ao puxar Tommy de volta pela calçada, na direção da rua. — PORRA! PORRA! PUTA QUE PARIU!

Ela decide seguir para o leste, e assim que começa a arrastar o menino para trás do prédio do tribunal, ouve os sons baixinhos de vozes a chamando — quase inaudíveis sob o rugido dos errantes — e para apenas por um segundo a fim de olhar para trás. Lilly não consegue ver ninguém em qualquer uma das janelas adjacentes, ninguém na rua além de errantes, as calçadas desprovidas de atividade humana. O lugar se entregou às multidões, e isso faz o estômago de Lilly se revirar com pesar e desolação. Ela não ouve a errante esguia que se aproxima por trás até Tommy dar um grito.

— CUIDADO!

Ela se vira assim que a errante a ataca, derrubando-a. Lilly cai na calçada, torcendo a coluna e batendo a parte de trás da cabeça no cimento. Ela vê estrelas. A errante do sexo feminino se joga em cima de Lilly, pele morta pendendo em tiras de um rosto mumificado, os dentes expostos entre lábios escuros retraídos. O luar reflete nos olhos vítreos e leitosos da criatura e a mandíbula estala como castanholas quando subitamente o ar se acende com o clarão de um rifle potente.

O estouro vaporiza a parte de trás do crânio da fêmea, lançando para o alto um disco de osso craniano do tamanho de uma molheira e fazendo Lilly se abaixar e cobrir a cabeça. A errante desaba, inerte, na calçada no momento em que Tommy corre para ajudar Lilly a se levantar e o som das vozes atravessa a balbúrdia mais uma vez:

— Aqui em cima! LILLY! AQUI EM CIMA, DROGA!

Lilly e Tommy olham para cima, para o céu noturno, e veem a fonte das vozes delineadas pelo luar.

Um grupo de dez ou 12 sobreviventes se aglomera no telhado do tribunal, segurando uns aos outros em uma rotunda estreita decorativa na base do domo principal, como pombos perdidos. David Stern ainda está com a AR-15 apoiada no ombro, o cano fumegante do tiro certeiro que atingiu a errante. Barbara Stern e Gloria Pyne seguram meia dúzia de crianças, incluindo Lucas e Bethany Dupree. Atrás deles, agachado em uma torre solitária, está Harold Stauback, a Voz de Valdosta, o homem com as cordas vocais de ouro, com a camisa de seda elegante praticamente em frangalhos.

— PELOS FUNDOS, PELA ENTRADA DE SERVIÇO! — David gesticula ensandecido na direção da parte de trás do prédio. — TEM UMA ESCADA DE INCÊNDIO!

Lilly agarra Tommy e dispara para trás do edifício antes que um grupo de errantes que se aproxima consiga alcançá-los. Eles encontram os degraus enferrujados de uma antiga escada de ferro pendurada nas sombras. Lilly ajuda o menino a subir primeiro, em seguida escala apressadamente atrás dele.

Depois que Lilly chega à beira da rotunda, David e Tommy a ajudam a puxar a escada para cima... entregando as ruas de Woodbury aos mortos.

VINTE E OITO

A luz do alvorecer ilumina gradualmente a cidade, revelando os arredores em estágios dolorosos e perturbadores. Primeiro, o horizonte sobre o pátio dos trens se aquece com uma leve luz cinzenta, revelando apenas o suficiente dos pátios vizinhos vazios e dos campos não cultivados para que seja possível notar a área coberta de figuras. Inicialmente parecendo cobertores móveis de sombras, a luz que se intensifica começa a deixar à mostra as inúmeras cabeças oscilantes se posicionando ao longo dos trilhos, pela rua principal e ao longo das fachadas das lojas e dos condomínios da Pecan e Duran Street. Parece uma convenção no inferno, um carnaval dos mortos, conforme a horda de Mordedores preenche cada reentrância, perambula por todas as ruas vicinais, se detendo em cada recanto. Os gramados queimados pelo sol ao longo da Flat Shoals Road, que já foram espaços arrumadinhos de terra ladeados por cercas de madeira, no momento fervilham com cadáveres em movimento. Até mesmo os jardins da arena estão completamente ocupados: os corpos errantes tropeçam pela preciosa plantação de vegetais, circulando sem rumo pela pista externa do campo de beisebol e lotando todos os vestíbulos. Alguns dos errantes até se arrastam de um lado para outro nas arquibancadas, perambulando incansavelmente entre bancos como se por memória muscular, como que procurando crianças perdidas ou bolsas esquecidas. Aqui e ali cambaleiam espécimes quebradiços e carbonizados — vítimas do grande incêndio que ocorreu há poucas semanas —, deixando um rastro de cinzas para trás. Os zumbidos das lamentações coletivas aumentam como ondas quebrando, e o fedor combinado da multidão paira no ar como uma névoa invisível; um oceano de fezes, pus e alcatrão.

Na verdade, o cheiro é tão sobrepujante que a maioria dos sobreviventes que se agarra ao domo principal do prédio do tribunal tirou peças de roupas no calor úmido da Geórgia e as usou para cobrir o nariz e a boca como máscaras improvisadas de proteção contra agentes tóxicos.

— Preciso fazer xixi! — informa Lucas Dupree a Gloria Pyne de um dos lados da rotunda estreita.

O menino amarrou um pedaço da aba da camisa sobre a parte inferior do rosto, portanto, sua vozinha fina sai abafada e quase inaudível ao vento. A borda tem menos de 1 metro de largura, mas, felizmente, alguém pensou em instalar uma pequena cerca decorativa percorrendo toda a circunferência. Essa cerca evitou diversos acidentes com as crianças, pois algumas delas tentaram escalar o domo para ver por cima do alto dos bosques vizinhos e talvez enviar um pedido de socorro para quem pudesse estar lá fora.

— Deixe-o fazer nos fundos — aconselha Barbara a alguns metros de distância. Ela se senta no parapeito entre Bethany Dupree e uma das meninas Slocum, com um retalho encharcado na mão retorcida, a brisa esvoaçando seus cachos grisalhos selvagens. Barbara se volta para Bethany e diz: — Abra bem, querida.

A menina inclina a cabeça para trás e Barbara espreme algumas gotas d'água da sua bandana — ensopada pelo orvalho que se acumulou nos telhados — na boca seca da menininha. Os lábios da criança estão tão ressecados, rachados e descamados que começam a sangrar. Ela engole a água e olha para Barbara.

— É isso? Essa é toda a água que ganho?

— É isso, sinto muito — diz a mulher, lançando um olhar preocupado para o marido, do outro lado do telhado, que está sentado sem camisa e de pernas cruzadas, a cabeça enrolada em um turbante improvisado de tecido rasgado da camisa de cambraia. O rifle de David está apoiado no colo enquanto ele encara, cheio de desejo, as colinas distantes.

David Stern sabe que estão com problemas muito, muito sérios, e quando se vira e olha para Lilly, sentada ao lado dele, vê a ansiedade no rosto dela também.

— Vamos pensar em alguma coisa — murmura Lilly, falando mais consigo mesmo do que com qualquer outra pessoa.

Depois de um dia e uma noite no telhado, a pele clara dela já está começando a queimar, o pescoço e as bochechas rosados como uma lagosta cozida. Lilly olha para a extensão mais ao norte da rua principal, reparando na multidão de monstros que atropela o delicado jardim de flores que ela plantou diante do próprio prédio, e sente uma pontada que quase a deixa sem fôlego. Por algum motivo, aquelas flores sendo pisoteadas é mais um indicador da condenação do que qualquer coisa que Lilly viu lá de cima.

Tommy está sentado ao lado dela, compulsivamente afiando um graveto com o canivete de Harold Stauback, usando uma bandana ao redor do nariz e da boca. O menino não falou muito desde que foram parar no telhado, mas Lilly sabe, pelo brilho de dor no olhar dele, que está sofrendo.

Harold está de pé atrás do menino, apoiado em uma calha de cobre manchada pelo tempo e pelas fezes de pássaros. Mesmo segurando um lenço sobre a boca, com a barriga caindo por cima do cinto, Harold mantém um ar despreocupado e elegante. Ele fez mais para manter os ânimos do que qualquer um, cantando casualmente músicas populares e canções gospel, contando anedotas de como foi crescer sendo filho de um meeiro na Flórida e entretendo as crianças com truques de mágica. Mas mesmo ele está começando a exibir certa fadiga.

Glória leva Lucas ao redor da borda para os fundos do telhado.

O menino fica de pé sobre a escada de incêndio, abre o zíper do macacão Oshkosh e olha para baixo, para a multidão de cadáveres que perambula pela área de carga e descarga. O vento sopra lixo pela calçada quebrada conforme os monstros caminham bizarramente, esbarrando uns nos outros, tão próximos que parecem um cardume de peixes horríveis. Alguns ouvem barulhos vindos do alto do telhado e direcionam os olhos de níquel para a criança.

O menino continua urinando nas criaturas.

Gloria observa, a expressão sombria e distraída. A desidratação afinou e enfraqueceu o fluxo da urina do menino, mas ele tem líquido suficiente para chamar a atenção dos errantes. Os monstros viram os rostos selvagens para o céu como se espantados com a chuva súbita. Sem sorrir, o menino observa a urina espirrar no alto das cabeças detonadas dos mortos-vivos, escorrendo pelas formas macilentas deles. Aparentemente, a criança não acha graça nisso, nenhum prazer nem animação travessa.

Apenas uma fascinação mórbida.

Eles ouvem os barulhos no fim daquela tarde. Harold é o primeiro a registrar os ruídos, virando-se na direção da escotilha embutida na lateral do domo, puxando instintivamente a Smith & Wesson calibre .45 e apontando-a para a porta.

— Que porra é essa? — pergunta o homem, com o cano do revólver tremendo de leve.

Lilly fica de pé, David se levanta do parapeito e ergue o cano da AR-15. Os outros recuam de cada lado do parapeito, encarando a antiga escotilha imóvel. As crianças estão especialmente petrificadas pelas batidas e pelos rangidos que vêm do interior do prédio, ecoando pelas escadas dentro da escotilha. Será que errantes conseguem subir escadas? Ninguém tem muita certeza de qual é a resposta para isso, mas eles *têm* certeza que a maioria dos prédios da cidade foi invadida e infestada pelos mortos-vivos.

— Fiquem todos calmos — diz Lilly, alto o bastante para ser ouvida acima do vento. — Não deve ser nada.

— Não soa como "nada" — murmura Gloria, pressionando uma das crianças mais novas contra o peito, pois os olhos dela irradiam terror.

— Essas criaturas não conseguem subir escadas, conseguem? — A pergunta retórica de Harold paira no ar como um gás tóxico.

— Algumas daquelas coisas conseguiram subir as arquibancadas da pista de corrida — replica Gloria.

— Fiquem calmos. — David aponta o rifle na direção da porta, assentindo para a maçaneta de latão enferrujada, oxidada e fossilizada. Mesmo que cheguem ao topo das escadas, nunca vão conseguir abrir aquela porta.

Os ruídos abafados se intensificam conforme ficam mais e mais perto do telhado: passos arrastados e rangidas subindo na direção da porta. É impossível dizer se é um único errante ou dezenas deles se arrastando pelas escadas de ferro. Lilly encara a maçaneta. A porta de serviço não é usada há gerações. Embutida ao lado do domo, coberta de musgo, com cracas da idade e cocô de pássaro, a porta já serviu a zeladores e trabalhadores quando o tribunal vivia em seus dias de glória.

— Barbara, só para garantir — diz Lilly, olhando para o outro lado da borda, onde está a matrona de cabelo grisalho —, não quer levar as crianças para os fundos do telhado?

Barbara e Gloria fazem conforme lhes foi instruído, conduzindo devagar a meia dúzia de pessoinhas para trás do domo. Até mesmo Tommy entrega timidamente o canivete para Lilly e vai com as outras crianças, contente em deixar a tarefa de lidar com os agressores para os adultos.

Enquanto isso, os ruídos aumentaram a ponto de estarem a apenas poucos metros. Farfalhos e barulhos de raspagem soam de maneira estranha por trás da porta, então há uma pausa, e em seguida um estampido alto faz todos no telhado recuarem, sobressaltados.

— David, se prepare para dar tiros controlados — diz Lilly, com a voz monótona, inexpressiva e aterrorizada.

— Entendi. — David se aproxima, segurando o cano a alguns centímetros da porta.

Outro estampido faz a porta estremecer e lança uma nuvem de gesso pelas treliças.

— Que cada tiro seja certeiro — reforça Lilly, de pé ao lado de Harold.

Ela não tem arma alguma, mas isso não a impede de empunhar a faca de Harold, pronta para agir.

Harold segura a .45 com ambas as mãos, direcionando-a para a porta.

Estampido!

— Preparar... apontar...

A porta se escancara e um rosto muito enrugado e selvagem olha para eles.

— Que diabos vocês estão fazendo aqui em cima... tomando banho de sol?

— Ai, meu Deus — murmura Lilly, sem fôlego, embasbacada com os olhos brilhantes que a encaram de volta.

O cabelo de Bob Stookey está mais oleoso do que nunca, a camisa jenas ensopada de sujeira como se ele tivesse passado a última semana rastejando em um poço de piche ou em um sítio arqueológico. Ele sorri para os demais, e seus olhos brilham de emoção entre os pés de galinha.

— Estão prontos para descer daí, ou será que eu deveria ir buscar um Coppertone e me juntar a vocês?

VINTE E NOVE

Eles têm milhões de perguntas para Bob, que assegura a todos que haverá bastante tempo para responder a cada uma delas, mas, no momento, ele precisa descobrir uma forma de passar com 12 pessoas pelo térreo infestado de errantes e chegar no poço do elevador de serviço, para então descer os traiçoeiros degraus que dão acesso ao subsolo, e, depois disso, passar pela porta secreta que leva até a passagem interconectada, e, por fim, para a passagem principal dos amados túneis da Ferrovia Subterrânea de Bob.

Barbara e Gloria mantém as crianças quietas brincando de ver quem consegue ficar em silêncio absoluto por mais tempo; o vencedor receberá um suprimento de um ano de suco Kool-Aid sabor cereja. Bob usa uma antiquíssima técnica de distração de jogar uma lâmpada queimada no saguão do tribunal: o barulho repentino do vidro se quebrando é alto o bastante para atrair por um ou dois minutos cruciais os errantes para longe dos elevadores dos fundos do prédio.

Eles mal conseguem levar todos para a escada de serviço antes que as criaturas sintam o vento e comecem a rastejar atrás do grupo. Bob enfia um pé de cabra no olho do errante mais próximo, bate as portas do poço do elevador na cara de mais uma dúzia, então desce atrás de Harold para a escuridão do subsolo. São precisos mais dez minutos para atravessar a conexão e chegar ao túnel principal.

Pelo caminho, Bob lidera o grupo por 15 centímetros de água parada cheia de lixo pútrido e coisas rastejantes que arrancam um grito de terror de alguma criança de vez em quando, conforme os insetos d'água ou os diversos vermes roçam pelos tornozelos expostos delas.

— Juro por Deus — diz Bob a Lilly enquanto lidera o grupo pela esquina de túneis interligados, ladeados por tijolos escorregadios, as paredes mofadas reluzindo à luz laranja distante das tochas. — Quando caí pelo chão daquela galeria, na verdade tive a maior sorte da minha miserável vida.

- E qual seria? — pergunta Lilly, incapaz de conter o sorriso, ainda zonza e feliz devido à montanha-russa emocional causa pela descoberta do amigo vivo.

A camiseta surrada de Lilly está tão imunda e manchada de suor que passou de azul-claro para cinza-água-de-privada, e ela sente a velha claustrofobia pinicando seus nervos, fazendo seu couro cabeludo se arrepiar, mas isso é mitigado pela pura alegria, pelo alívio e pela gratidão por algo finalmente estar funcionado do jeito dela. Lilly percebe que a comunidade de Woodbury, o lar dos sonhos dela, pode ter desaparecido, mas as únicas coisas que realmente importam em uma comunidade são as pessoas, e Lilly ainda tem um bom grupo ao seu lado. Os demais andam atrás dela, as crianças exaustas, mas impulsionadas pelo medo e pela ansiedade. David vai por último, com a AR-15 apoiada nos braços.

— Eu caí bem em cima daqueles desgraçados e parti um dos crânios nessa hora.

— Fala sério, você não fez nada disso.

— Lilly, eu não mentiria para você — afirma Bob, sorrindo para ela. — Afinal de contas, você é minha amiga competitiva preferida, porra.

Lilly dá um soco bem-humorado no braço dele.

— Olha a boca perto das crianças

Bob dá de ombros.

— Vou ter que me esforçar para isso. — Então ele dá uma risadinha e continua andando. — Enfim... um dos desgraçados acabou tendo o crânio esmagado embaixo de mim, e consegui enfiar aquela faquinha velha nos miolos das duas mulheres bem rápido. — O sorriso de Bob some. — Nem tenho certeza se sabia o que estava fazendo... fiquei meio que no piloto automático por um tempo.

— Imagino. — Lilly vê outra curva no túnel diante deles e algo brilhando além dela. Uma fogueira? Tochas? Por mais estranho que seja, parece quase incandescente. — E aí, como você saiu de lá e veio para cá?

Outro gesto de ombros de Bob.

— Não sei direito. Acho que andei estudando tanto aquela porcaria de carta topográfica no último mês ou mais que praticamente memorizei. Saí correndo pelo esgoto e foi provavelmente uma benção eu ter me perdido.

— Como assim?

— De repente, comecei a reparar em coisas que pareciam familiares, tributários do esgoto que davam a impressão se cruzar com o duto principal no qual eu estava trabalhando havia semanas. De qualquer forma, encontrei o caminho de volta até o túnel principal. — Ele aponta para a frente. — É logo aqui, não está muito longe agora.

Bob lidera o grupo pela curva, e a uns 45 metros Lilly vê uma lanterna empoeirada pendurada em um cabo espesso. A luz brilha.

— Espere um pouco — diz ela, parando. Os outros também param e observam. Lilly não acredita no que vê. — Como fez isso?

Bob dá de ombros novamente.

— A boa e velha genialidade americana.

A seção do túnel transformada pelo trabalho e pela genialidade de Bob durante as últimas cinco semanas tem quase a extensão de um campo de futebol americano e cerca de 3 metros de largura, além de uns 2 de altura — uma longa e estreita câmara de caixotes, tanques de propano e pequenos aparelhos que lembram a enorme cozinha de um submarino gigante. As paredes foram adornadas com mapas, quadros de cortiça e gravuras, e um retalho de restos de carpete e tapetes de segunda mão localiza-se no centro do piso com o objetivo de deixar o espaço mais acolhedor. Em intervalos regulares, mesas de cartas e pedestais abrigam lâmpadas, os bulbos de 60 watts brilhando intensamente sobre pilhas de livros e revistas retiradas da biblioteca. O efeito é acolhedor, convidativo e talvez até um pouco surreal.

No entanto, após uma análise mais minuciosa, são os toques tecnológicos que realmente impressionam Lilly e os outros adultos conforme eles entram devagar no santuário e olham maravilhados para os abrigos de metal ao longo das paredes que contêm pequenos geradores, os quais zumbem baixinho, os canos de exaustão reaproveitados de dutos de fornalhas e canalizados para cima na direção dos poços de ventilação no teto de estalactite. Aqui e ali, alguns maços e montes de fios elétricos percorrem as paredes como vinhas, conectando-se em tomadas duplas, e a cada 30 metros ou mais um ventilador portátil faz o ar circular. Durante bastante tempo, Lilly fica sem palavras. Por fim, ela pega Bob pelo braço enquanto os demais desabam em bicamas e poltronas, e as crianças começam a inspecionar as prateleiras sobre as quais há bens enlatados enfileirados, cereais e diversas guloseimas não perecíveis como carne seca ou água vitaminada cuidadosamente organizadas.

Lilly leva Bob até o fim do túnel — o ponto final é marcado por uma parede de cerca retorcida, recém-pintada com um azul brilhante antiferrugem — e fala baixinho, quase sussurrando, para que os outros não ouçam:

— Quando você fez tudo isso?

Bob dá outro dos seus habituais gestos de ombro.

— Acho que fiz a maior parte quando os fanáticos religiosos estavam tomando conta do lugar, mas não fiz tudo sozinho. — Ele aponta para os outros com o polegar. — Dave e Barb me ajudaram a reunir as máquinas, a passar a fiação, a entender os sistemas de ventilação e exaustão. Gloria meio que foi minha decoradora de interiores, acho que se pode dizer.

— É incrível, Bob. — Lilly olha para as sombras dos túneis mais profundos do outro lado da cerca retorcida. — Isso vai definitivamente nos abrigar até podermos tomar a cidade de volta dos errantes.

Bob olha desconcertado para o chão, umedece os lábios e escolhe as palavras com cuidado.

— É, hã... deveríamos conversar sobre isso.

Lilly ergue o rosto para ele.

— Qual é o problema?

Bob respira fundo.

— Woodbury já era, menina Lilly.

— O quê?

— Já era que nem um navio naufragado no fundo do oceano.

— Do que diabo você está falando?

Ele dá um tapinha paternal no ombro dela.

— É como funciona o mundo hoje em dia, Lilly. Se você perde um lugar para aqueles desgraçados, segue em frente.

— Isso é ridículo. — Ela olha de volta para as reentrâncias mais afastadas do túnel. — Podemos reconstruir a cidade, limpá-la, recomeçar, dar a estas crianças um lugar onde crescer.

Bob segura Lilly pelos ombros até que os olhares dos dois se encontrem.

— Este é nosso novo lar. — Ele nunca pareceu tão sério. — Woodbury se transformou, Lilly.

— Bob...

— Ouça, Woodbury se transformou exatamente como uma daquelas coisas lá em cima costumava ser uma pessoa normal... A cidade se transformou. As coisas estão *dentro* dos prédios agora, estão por toda parte. É a porra de Chernobyl lá em cima. Você não vai limpar nada, Lilly, nem reconstruir nada, a cidade se foi... está morta e enterrada.

Lilly olha para Bob por um momento, suas palavras falham.

— Eu... eu nem consigo respirar aqui. — Lilly volta a olhar pela cerca. — Como vou viver nesta lata de sardinha, Bob? Com minha doença?

Ele a envolve com os braços.

— Lilly, temos um monte de Xanax, Ambien... até Valium. E, quando acabar, podemos nos mover pelo condado através do subterrâneo sem arriscar nossas vidas, e podemos encontrar *mais* remédios. E suprimentos, comida e o que mais precisarmos, na verdade.

— Bob, não posso...

— Sim, você pode. — Ele dá um aperto amigável em Lilly e outro tapinha reconfortante. — Você é Lilly Caul e pode fazer praticamente tudo que quiser.

Ela não responde, apenas encara Bob por mais um momento.

Então se vira e olha novamente para as extensões escuras do túnel.

Pela tela de cerca retorcida, bem nas profundezas do túnel principal e em meio à escuridão granulada, como fantasmas, os outros tributários se abrem em direções opostas, o legado de escravos fugidios chamando Lilly, uma herança negra de dor, sofrimento, solidão e desolação, um murmúrio baixo de vozes do além, sussurrando há muito tempo: *Corra... fuja... salve sua vida!*

Lilly sente uma resposta se formando bem no fundo dela, uma voz secreta, *sentida*, mais do que ouvida, desencadeada pelo instinto de fugir ou lutar.

Ela vai ficar.

E lutar.

Este livro foi composto na tipologia Palatino LT Std,
em corpo 10,5/15,65, e impresso em papel offwhite
no Sistema Cameron da Divisão Gráfica
da Distribuidora Record.